Josephine Pullein-Thompson

# Neues vom Ponyclub

Aus dem Englischen übertragen
von Nina Schindler

Kosmos

Umschlaggestaltung von Atelier Reichert, Stuttgart, unter Verwendung
einer Illustration von Milada Krautmann, Stuttgart.
Innenillustrationen von Jennifer Bell.

Titel der Originalausgabe: Josephine Pullein-Thompson,
„Pony Club Team"/„The Radney Riding Club"
Josephine Pullein-Thompson.

Für die deutschsprachige Ausgabe:
Pullein-Thompson, Josephine: Wilde Jagd im Ponyclub

Pullein-Thompson, Josephine: Ein Reitclub sorgt für Wirbel

Pullein-Thompson, Josephine: Turnierfieber im Ponyclub




Gedruckt auf chlorfrei gebleichtem Papier


ISBN 978-3-440-09446-4
Produktion: Ralf Paucke
Satz: Steffen Hahn GmbH, Kornwestheim
Druck und Bindung: Finidr s.r.o., Cesky Tesin
Printed in Czech Republic / Imprime en République Tchèque

# Neues vom Ponyclub

# Wilde Jagd im Ponyclub

# Wilde Jagd im Ponyclub

## Die Mitglieder des Ponyclubs in der Reihenfolge ihres Auftretens

Evelyn und ihre Zwillingsschwester Hilary sind die Kinder von Doktor Radcliffe und Mrs. Radcliffe, einer Modezeichnerin. Sie reiten die Ponys *Rocket* und *Northwind.* Ihr älterer Bruder Roger hatte als erster in der Familie ein Pferd: *Sky Pilot.* Die jüngeren Geschwister Margaret (Marga) und James (Jim) reiten auf *Darkie* und *Pixie.* Ihr Bruder Andrew ist erst ein Jahr alt und noch kein Mitglied im Ponyclub.

Noel Kettering hat sich trotz ihrer Ängste bereits als gute Reiterin erwiesen. Das brachte sie in den Besitz der Ponystute *Sonnet,* die von ihrem früheren Besitzer vor dem Schlachthof gerettet wurde.

June Cresswell hat schon viele Pokale gewonnen – unter anderem deshalb, weil sie eine sehr ehrgeizige Mutter hat, die ihr immer teure Pferde kauft, wie kürzlich die Vollblutstute *Golden Glory.*

Christopher Minton ist ein echter Wirbelwind und immer zu Späßen aufgelegt. Sein Pony *Fireworks* ist ihm da ganz ähnlich: voller Tatendrang und schwer zu bändigen.

Merry Hemlock-Jones ist mehr an schicken Klamotten als an einem guten Reitstil interessiert. Ihr Wallach *Quaver* wird von einem Pferdepfleger betreut, sie selbst macht sich nie die Finger schmutzig.

Susan Barington-Brown hat einen reichen Vater, der

ihr bereits das teure Pony *Beauty* kaufen konnte. Inzwischen hat sie ein noch besseres bekommen: *Golden Wonder,* das früher June Cresswell gehörte.

John Manners hilft gern auf dem Gut seines Vaters bei der Feldarbeit mit. Sein Pony *Dick Turpin* springt nicht schlecht, kennt aber die exakten Hilfen nicht, weil John sie auch nicht kennt.

Dick Hayward ist für seine sechzehn Jahre etwas klein geraten. Das macht ihm jedoch nicht viel aus, denn so kann er immer noch sein heißgeliebtes Pony *Crispin* reiten.

Henry Thornton, Neffe von Major Holbrooke, fühlt sich den Ponyclubmitgliedern haushoch überlegen, obwohl er eigentlich keinen Grund dazu hat. Er reitet die Stute *Black Magic,* die seinem Onkel gehört.

## Erstes Kapitel, in dem einige Ponyclubmitglieder Post bekommen und ein großes Ereignis seine Schatten vorauswirft

»Zeig doch mal! Was hast du denn da?« Evelyn Radcliffe wies mit ihrem marmeladenbekleckerten Messer auf die Postkarte, die ihre Zwillingsschwester Hilary in der Hand hielt.

»Moment mal! Laß sie doch erst mal lesen, was draufsteht«, sagte Mrs. Radcliffe und fischte dem knapp einjährigen Andrew mit geübtem Griff drei Zuckerstücke aus dem Mund, weil ein lautes Röcheln anzeigte, daß er sich wieder zuviel zugemutet hatte. Zudem hielt Doc Radcliffe, der Vater der quirligen Schar, als Arzt von übermäßigem Zuckergenuß sowieso nichts.

»Hier, du kannst meine haben, es steht bestimmt das gleiche drauf.« Roger, der Älteste, reichte Evelyn seine Karte. »Also, Mam, damit du schon mal Bescheid weißt: Jetzt kommt der zweite Teil von dem Kurs, den wir beim Major am Anfang der Ferien gemacht haben. Ab nächsten Montag sollen wir wieder täglich auf Folly Court aufkreuzen, und am Samstag fahren wir dann alle zu seinem Vetter, diesem Colonel Shellbourne, zum Turnier.«

»Ich bin gespannt, wo der diese Horde Jungreiterinnen und Jungreiter unterbringen wird«, überlegte Doc Radcliffe und erhob sich, weil es Zeit war, in seine

Praxis zu fahren. Schließlich hatten nur seine Kinder Sommerferien.

»Ich finde das gemein, daß immer nur die Großen mitmachen dürfen«, maulte Margaret. »Jim und ich würden auch gern mitmachen, nä, Jim?«

»Mhm.« Der zweitjüngste Radcliffe war auf Trainingsstunden in der Reitbahn nicht besonders scharf, aber er wollte seiner Schwester Margaret auch nicht widersprechen. »Vielleicht nächstes Jahr?«

»Püh.« Evelyn schnaubte wie eines der Radcliffe-Ponys. »So'n Quatsch! Entweder man kann reiten, oder man fällt dauernd runter, und dann soll man's lassen. So seh ich das. Diese blöde Schulerei versaut doch nur die Pferde.«

»Na, na«, mischte sich die Mutter ein. »Das kann man aber auch anders sehen.« Dann wandte sie sich Hilary und Roger zu: »Das bedeutet dann wohl, daß ihr die Ponys wieder auf Folly Court unterstellt und täglich auf dem Rad hindüst?«

»Ja, Mam.« Hilary seufzte. »Leider bedeutet es erst mal, daß wir unsere Sättel und unser Zaumzeug ordentlich putzen müssen. Komm, Roger, wir wollen keine Schande über die Sippe bringen.«

»Moment mal, wir haben doch noch drei Tage Zeit!«

»Von wegen! Wir müssen auch noch den Platten bei deinem Rad flicken, und bei mir ist die Bremse locker!«

»Nee, eher 'ne Schraube!« Evelyn grinste. »Wahrscheinlich bereut ihr schon Montag mittag, daß ihr euch darauf eingelassen habt.«

»Wart's ab, du Stinktier.« Damit stand Roger seelenruhig auf und fing an, den Tisch abzuräumen.

»Mama, Mama, ab nächsten Montag geht der Kurs bei Major Holbrooke weiter!« Noel kam strahlend mit der Postkarte in der Hand in den Garten gelaufen, wo ihre Mutter verblühte Rosen abschnitt.

»Wie schön, mein Schatz. Du hast ja letztes Mal viel gelernt bei ihm.«

Noels Gesicht verzog sich. »Na ja, vielleicht sollte ich mich lieber nicht so freuen. Bestimmt mach ich wieder alles falsch, und er brüllt mich an.«

»Nun sei mal nicht so streng mit dir. Selbstkritik in allen Ehren, aber du hast doch gesagt, Sonnet wäre nach dem Dressurkurs viel besser geworden. Und immerhin habt ihr beim Turnier den ersten Preis gewonnen.«

»Jaaa, Mama, Sonnet schon. Aber ich mach immer noch so viele Fehler!«

»Na, dann hast du ja jetzt die allerbeste Gelegenheit, dich zu verbessern. Ich muß übrigens Mrs. Holbrooke fragen, ob du wieder bei ihnen wohnen kannst, denn Papa und ich hatten Omi versprochen, sie am nächsten Wochenende zu besuchen.«

»Wenigstens begleitest du Papa nicht wieder auf einer seiner Vortragsreisen. Ich wette, im Sommer wollen die Leute gar nichts über ägyptische Altertümer hören!«

»Da irrst du dich, mein Schatz! Nicht alle Professoren sind staubtrocken, und dein Vater hat inzwischen ein ziemlich breites Publikum, das sich für seine Arbeit interessiert.«

»Ich finde es ja auch gut, daß er so viele Bücher verkauft. Sonst könnten wir das Futter für Sonnet gar nicht bezahlen.«

Mrs. Kettering seufzte. »Ich bin mal gespannt, wie lange du noch alles an deinem Pferd mißt. Es scheint ja wirklich, als wäre das der Mittelpunkt der Welt.«

»Nur von meiner, Mama, nur von meiner.« Noel drehte sich mit einer kleinen Pirouette um und rannte hinüber zum Feld des Bauern Trent. Dort stand Sonnet, ihre kleine Stute, der sie gleich die Neuigkeit berichten wollte.

»Ich geh da nicht hin, Mama, das kannst du nicht von mir verlangen!« June Cresswell warf trotzig den Kopf zurück. »Was Major Holbrooke uns da beibringen will, das kann ich alles längst!«

»Ruhig, mein Schätzchen, nur ruhig.« Mrs. Cresswell tätschelte ihrer Tochter die Hand. Sie war eine Frau mit tadellos frisierten grauen Löckchen und einem strengen Zug um den Mund. »Ich weiß doch, wie talentiert du bist. Schließlich hätte ich dir sonst nicht so ein teures Pferd wie Golden Glory gekauft. Aber –«

»Kein Aber, Mama. Ich langweile mich da zu Tode!«

»Ich geb ja zu, daß das unter deiner Klasse ist, was da abläuft, meine Süße. Aber dennoch müssen wir wissen, was die anderen jungen Leute hier können. Stell dir nur vor, wenn im Herbst die Turniere losgehen, und die anderen Ponyclubmitglieder haben sich bis dahin so stark verbessert, daß du kaum noch einen Pokal gewinnst. Ich darf gar nicht daran denken, wie schrecklich das letztes Jahr war, als du nur einen einzigen zweiten Preis gemacht hast. Was hab ich mich geniert! Und dieses Jahr hast du schon die Dressurprüfung verpaßt, das macht auf die Dauer einen schlechten Eindruck.«

»Och, Mama, laß doch endlich die ollen Kamellen. Die anderen können mir doch echt nicht das Wasser reichen. Und daß der Major so gut reitet, liegt doch nur an seinen Klassepferden. Mit denen kann das jeder Hansel.«

»Na, na, du machst es dir ein bißchen zu einfach. Ich werde den Major jedenfalls anrufen und dich für nächste Woche anmelden. Dann bringe ich dich und Golden Glory jeden Morgen mit dem Hänger rüber und hole euch abends wieder ab. So wissen wir jedenfalls, daß sie ordentlich betreut wird.«

June zuckte die Achseln und schaute aus dem Fenster. Vielleicht würde es ja eine Möglichkeit geben, den Major endlich mal auf sich aufmerksam zu machen. Es wurde langsam Zeit, daß er aufhörte, ständig an ihr herumzumäkeln. Er sollte sie mal ordentlich vor den andern loben, das könnte ihr gefallen.

»Jippie! Quietsch! Quietsch!« Christopher kam wie der Blitz das Treppengeländer runtergerutscht und platzte in das Wohnzimmer. »Es geht weiter! Quietsch, quietsch! Endlich! Ab nächsten Montag wohne ich wieder auf Folly Court! Der Major hat geschrieben!«

»Christopher, hör endlich auf mit diesem schrecklichen Quietschen!« Seine Mutter sah von ihrer Illustrierten auf und mußte sich ein Lächeln verkneifen. Verstrubbelt, in schlotternden Shorts und mit einem viel zu langen T-Shirt stand ihr Ältester da und strahlte aus allen Knopflöchern. »Dann pack schon mal langsam deine Sachen zusammen, damit ich dich am Sonntag abend dort komplett abliefern kann. Und vergiß nicht deine Reitkappe, ich möchte, daß du sie immer trägst, wenn du auf dem Pferd sitzt.«

»Geht in Ordnung, alles paletti!« Christopher war schon fast wieder aus dem Zimmer. »Ich will nur schnell David und Martin Bescheid sagen, die werden platzen vor Neid!«

»Tu das, das ist wahre Bruderliebe«, murmelte Mrs. Minton, während sie sich wieder ihrer Illustrierten zuwandte.

Brigadegeneral Hemlock-Jones war überhaupt nicht nach Lächeln zumute. »Ich war vor ein paar Wochen schon dagegen, Merry«, donnerte er seine Tochter an. »Reitkurse! Du kannst doch reiten! Alles, was du für eine ordentliche Jagd brauchst, hab ich dir beigebracht.«

»Ja, Papilein, du hast ja recht. Aber es geht anschließend doch noch zum Turnier. Colonel Shellbourne, der Vetter von Major Holbrooke, hat uns am Wochenende alle zu einem Turnier in seiner Nähe eingeladen.«

»Colonel Shellbourne? So, so. Anständiger Kerl. Der hat euch eingeladen, sagst du? Na ja, dann mußt du natürlich mit. Aber sag dem Major noch mal, wie wenig ich davon halte, wenn ihr eure Sättel und den ganzen Kram dauernd putzen müßt. Wozu bezahl ich einen Pferdepfleger, verflixt noch mal!«

»Danke, Papi, danke! Du bist der beste Papi der

Welt!« Und damit verschwand Merry aus dem Arbeitszimmer ihres Vaters. Auf dem Weg zu ihrem Zimmer überlegte sie, was sie am Montag anziehen könnte. Schließlich war sie in Sachen Reitmode tonangebend und konnte diesen Trotteln vom Ponyclub in ihren ollen Jeans und ausgeleierten Sweatshirts mal zeigen, wie man sich anständig anzog. Am besten, dachte sie, ziehe ich meine beigen Jodhpurs an und dazu das braune Seidenhemd. Das wäre sowohl bei kühlerem als auch bei wärmerem Wetter höchst passend.

Mrs. Barington-Brown ärgerte sich mal wieder über ihre jüngste Tochter.

»Ich finde deinen Aufzug unmöglich! Nimm dir doch mal ein Beispiel an Valerie! Wozu hat man schließlich eine ältere Schwester! Susan, so geht das nicht weiter! Immer nur in Dreck und Speck und mit Heu in den Haaren! Wie soll da mal eine junge Dame aus dir werden.«

»Am besten gar nicht, Mama«, erwiderte Susan fröhlich. »Ich werde sowieso mal Stallmädchen, und dann lauf ich nur noch so rum.«

»Untersteh dich!« Die Mutter sah genervt zur Zimmerdecke. »Leider hast du ja deinen Vater immer auf deiner Seite. Aber eins sage ich dir: Wenn du nächste Woche wieder bei diesem Reitkurs mitmachst, ziehst du dich picobello an. Ich muß mich ja sonst vor Mrs. Holbrooke schämen!«

Auf der Lower Basset Farm saßen Colonel Mannering, seine Frau und ihr Sohn John beim Abendbrot.

John war etwas unbehaglich zumute, denn er wußte noch nicht, wie sein Vater auf die neuerliche Einladung des Majors reagieren würde. Schließlich wurden während der Erntezeit auf dem Hof alle Hände gebraucht, und trotz seiner fünfzehn Jahre war John schon ein geübter Traktorfahrer. Ein Großteil der Feldarbeit wurde ja mittlerweile mit Maschinen erledigt, und mit denen kannte John sich gut aus.

Colonel Mannering räusperte sich. »Deine Mutter hat mir vorhin gesagt, daß Major Holbrooke euch wieder nach Folly Court eingeladen hat. Zweiter Teil von eurem Reitkurs. Hat dir ja wohl schon beim ersten Mal gut gefallen, was? Na, werden wir eben ohne dich zurechtkommen müssen. Sollte mich nicht wundern, wenn wir das dieses Jahr noch mal schaffen würden.«

Er zwinkerte seinem Sohn kurz zu, wischte sich über den Schnurrbart und wandte sich wieder seinem Essen zu.

John atmete erleichtert aus und sah zu seiner Mutter hinüber. Die blinzelte ihm zu, und da blinzelte er zurück. Toll, daß es wieder klappte! Hoffentlich war nur der Neffe des Majors, dieser hochwohlgeborene Henry nicht mehr mit von der Partie! Aber der hatte sich ja so oft verächtlich über die Ponyclubmitglieder ausgelassen, da sollte man eigentlich erwarten können, daß er nicht besonders scharf auf ein Wiedersehen war. Ohne Henry würde es bestimmt ganz spannend. Ob Noel und Christopher auch wieder beim Major übernachten würden? Sie waren diejenigen, die am weitesten von Folly Court entfernt wohnten und keine Möglichkeit hatten, jeden Morgen dorthin zu fahren. Bestimmt waren die beiden auch wieder dabei! John beugte sich über seinen Teller, um sein breites Grinsen zu verbergen. Ganz so deutlich wollte er seinem Vater seine Freude nun doch nicht zeigen.

Dick Hayward stand vor dem großen Spiegel im Schlafzimmer seiner Eltern und besah seine neue Jeans. Na ja, so schrecklich viel hatte er an Zentimetern immer noch nicht zu bieten. Aber das störte ihn nicht weiter. Schließlich wuchsen die meisten Menschen auch nach ihrem sechzehnten Lebensjahr noch ein ganzes Stück, also mußte er nur darauf warten. Inzwischen würde er aber noch nicht zu groß und schwer für Crispin sein, und Crispin war nun mal in Dicks Augen das wundervollste Pony der Welt. Am Sonntag würde er sich leider einen Tag lang von Crispin trennen müssen, denn dann wurde der zum Major nach Folly Court gebracht. Aber dafür würde er dann eine Woche lang wieder viel lernen, und Crispin und er würden ein noch besseres Paar abgeben. Vielleicht – Dick grinste sein Spiegelbild an –, vielleicht würde er bei dem Turnier danach einen Preis gewinnen. Das hätte Crispin wirklich verdient!

»Nein, nein und nochmals nein!« Henry war puterrot im Gesicht und stinkwütend. »Ich hab keine Lust auf diese blöden Gören! Diese Ponyclubdeppen gehen mir echt auf den Keks!«

Als er Luft holen mußte, schaltete sich Mrs. Thornton, seine Mutter, ein. »Nun reg dich mal ab. Schließlich war es gar nicht so schlimm. Wenn ich mich recht erinnere, habt ihr euch ja sogar ein bißchen angefreundet, diese sogenannten Deppen und du! Jedenfalls habe ich meinem Bruder versprochen, daß du rechtzeitig wieder auf Folly Court eintrudelst, um den zweiten Teil von seinem Kurs mitzumachen. Du weißt ja«, sie lächelte ihn liebevoll an, »daß ich mit meinem alten Bruder durchaus nicht immer einer Meinung bin. Aber vom Reiten versteht er nun mal eine Menge. Und wenn er sagt, daß du Talent hast, dann sollten wir das nicht verkommen lassen. Also, ab in dein Zimmer, und pack schon mal!«

»Er hat gesagt, ich hätte Talent?« Henry wunderte sich. »Mir gegenüber hat er das nie geäußert.«

»Na ja.« Mrs. Thornton mußte jetzt laut lachen. »So direkt hat er das nicht gesagt. Das täte er nie, vorher würde er sich die Zunge abbeißen. Aber er hat so was verlauten lassen wie: er hätte schon schlechtere Reiter gesehen. Und das heißt bei ihm eine ganze Menge.«

Henry zog einen enttäuschten Flunsch.

»Nimm's nicht tragisch, mein Sohn.« Mrs. Thornton klopfte ihm freundlich auf die Schulter. »Außerdem werde ich mit Papa nächste Woche ein paar Tage nach London fahren, da ist es mir ganz recht, daß du unter Aufsicht bist. Schließlich bist du ja –«

»– erst sechzehn!« vollendete ihr Sohn den Satz und sah aus, als hätte er in eine saure Zitrone gebissen. »Müssen Eltern eigentlich immer solchen Schwachsinn von sich geben?«

Major Holbrooke und seine Frau saßen auf der Terrasse ihres Gutshauses Folly Court.

»Ich hätte gern noch einen Tee«, sagte der Major und reichte seiner Frau die Tasse hinüber. »Ist diese Stille nicht wunderbar?« Er seufzte und blinzelte hoch, wo einzelne Sonnenstrahlen durch das dichte Laub der Ulmen drangen.

»Genieß sie nur richtig, mein Lieber.« Mrs. Holbrooke nahm sich noch ein Muffin und bestrich das Gebäck mit Marmelade. »Ab morgen geht es hier wieder zu wie in einem Affenstall.«

»Ach, herrje!« Der Major verschluckte sich an seinem Tee und mußte husten. »Stimmt ja, morgen kommen die Ponyclubmitglieder wieder her.«

»Und dein Neffe Henry.«

»Richtig.« Der Major räusperte sich. »Tja, da habe ich mir was eingebrockt. Und dir auch, meine Liebe. Warum habe ich ihnen in diesen Ferien auch noch einen zweiten Kurs angeboten! Ich muß verrückt gewesen sein!«

»Überhaupt nicht!« Seine Frau lächelte. »Gib's doch zu, du alter Brummbär, es hat dir doch großen Spaß gemacht, als du die Wette gegen Vetter Harry gewonnen hast! Und außerdem haben sich die Kinder im Reiten wirklich enorm verbessert. Wenn ich daran denke, wie Noel früher als Häufchen Unglück auf irgendeinem geliehenen Pony rumrutschte! Die hat sich doch gut gemacht, seitdem sie ihr eigenes Pony hat.«

»Hm«, knurrte der Major, »nur keine voreiligen Komplimente. Denk an die hochnäsigen Blagen wie June Cresswell oder Merry Hemlock-Jones. Bin mal gespannt, ob die sich noch was von mir beibringen lassen.«

»Aber die Radcliffes geben sich doch große Mühe, und auch Henry hat schließlich seine Vorurteile gegenüber den anderen ganz gut überwunden.«

»Wir werden ja sehen, ob sie immer noch wie Hund und Katze aufeinander losgehen.« Der Major nahm sich auch noch ein Muffin. »Jedenfalls müssen sie noch eine ganze Menge lernen, bis wir zu Harry auf das Turnier fahren. Bin mal gespannt, wie sie dort abschneiden werden. Bei der Dressurprüfung haben sie mir jedenfalls keine Schande gemacht. Na ja, morgen werden wir ja sehen, was von der ersten Kurswoche noch hängengeblieben ist.«

Als Henry am Sonntag abend Noel, John und Christopher zur Begrüßung die Hand schüttelte, mußte er sich eingestehen, daß ihn die Aussicht auf eine ganze Woche Zusammensein mit ihnen längst nicht mehr so erschütterte wie beim ersten Mal. Und als sie abends noch einen gemeinsamen Spaziergang zu der Koppel machten, wo die Ponys standen, unterhielten sie sich ganz friedlich über das, was sie in der Zwischenzeit erlebt hatten. Die schreckliche Prügelei, als Henry und John wie die Wilden aufeinander losgegangen waren, war längst vergessen. Alle dachten an die bevorstehenden Tage und daran, wie sie wohl beim Turnier am nächsten Wochenende abschneiden würden.

## Zweites Kapitel, in dem sich alle Kursteilnehmer wiedertreffen und viel gesprungen wird

Am Montag morgen war auf Folly Court ein Riesendurcheinander aus Kindern, Eltern, Ponys und Autos mit Hängern, Fahrrädern und Pferdepflegern. Blake, den Stallmeister auf Folly Court, konnte das alles nicht erschüttern, er hatte die Ruhe weg. Sogar als Mrs. Cresswell ihm eine Liste in die Hand drückte und dazu bemerkte: »Golden Glory ist ein kostbares Vollblut und verdient ihre besondere Aufmerksamkeit«, knurrte er nur leise und stopfte das Blatt Papier in die Tasche seines Overalls.

Hilary und Roger hatten schon Northwind und Sky Pilot von der Weide geholt und waren beim Auftrensen. Noel stand neben der fix und fertig gesattelten Sonnet und klopfte ihr beruhigend den Hals. Mr. Barington-Brown gab seiner Tochter einen knallenden Abschiedskuß, bevor er wieder in seinen Daimler stieg, die Tür zuschmetterte und mit einem Tempo davonrauschte, daß der Kies auf der Einfahrt nach allen Seiten spritzte.

John und Christopher schleppten Eimer mit Hafer aus der Futterkammer und stritten sich über die Menge, die den einzelnen Ponys und Pferden zustand. Henry kam zum Stall heruntergeschlendert und pfiff dermaßen laut einen Popsong, daß es von den Ziegelwänden nur so widerhallte. Und June und Merry erörterten eifrig, welche Frisuren am besten für das Tragen von Reitkappen geeignet wären.

Mrs. Holbrooke stand hinter der Gardine ihres Wohnzimmers und beobachtete, wie ihr Mann eher widerwillig auf das Menschengewimmel zuging.

Doch dann dauerte es nur noch fünf Minuten, und alle Ponyclubmitglieder samt Henry saßen im Sattel und strebten der Reitbahn zu, während sich die letzten Mütter und Väter mit ihren Autos davonmachten.

Erleichtert holte Mrs. Holbrooke tief Luft und ging in die Küche, um mit Hilda, der Köchin, wegen des Mittagessens zu reden. Nur die vier Hausgäste aßen bei ihnen, die anderen brachten Sandwiches mit.

In der Reitbahn angekommen, ließ der Major zunächst die ganze Abteilung rundum auf dem ersten Hufschlag traben und galoppieren und vergewisserte sich, was von seinen letzten Unterrichtsstunden bei seinen Schülern hängengeblieben war.

Roger ritt an der Tête, und es war deutlich zu sehen, daß Sky Pilot jetzt besser auf die Hilfen reagierte, wenngleich die Zügelführung immer noch reichlich unruhig war.

Danach kam Merry auf Quaver, doch selbst ihr elegantes Outfit konnte nicht verbergen, daß sie immer noch nicht sicher im Sattel saß und Quaver nicht weit genug untertrat.

June hatte immer noch die Beine zu weit vorn und hielt die Zügel zu straff – obwohl der Major ihr das schon hundertmal gesagt hatte.

Hinter June ritt Noel. Ihr Pony Sonnet hatte sich wirklich beachtlich entwickelt. Kaum zu glauben, daß das die gleiche abgemagerte Stute mit dem glanzlosen Fell sein sollte, die der Vetter des Majors seinerzeit Noel als ersten Preis geschenkt hatte, weil sie ein anderes Pony von ihm so hervorragend eingeritten hatte. Jetzt war Sonnet wohlgenährt und hielt den Kopf aufmerksam aufgerichtet, nur Noel sah immer noch zu Boden.

»Kopf hoch, Noel!« brüllte der Major und: »Schenkel richtig anlegen, June!«, was aber nur in Noels Fall Wirkung zeigte.

Hilary und Northwind war anzusehen, daß sie sich miteinander wohl fühlten: Das Pony reagierte gut auf Hilfen, und Hilarys Sitz hatte sich verbessert.

Hinter Hilary kam John auf Dick Turpin. John gab sich alle Mühe, dem Major zu zeigen, daß er seine Anweisungen beherzigte. Seitdem der Major ihn letztes Jahr dabei überrascht hatte, wie er in blindem Zorn auf ein Pony einschlug, wollte John dem Major gern beweisen, daß er seine Unbeherrschtheit von damals sehr bereute. Deshalb nahm er sich merklich zusammen und versuchte, den Eindruck völliger Konzentriertheit zu vermitteln.

Susan zockelte auf Golden Wonder hinterher. Sie ritt voller Begeisterung und lachte sich schlapp, wenn die anderen sie wegen Reitfehler aufzogen. »Macht's doch selber besser! Wir lernen das schon auch noch, nicht wahr, mein Superpony?« sagte sie dann und klopfte Wonder liebevoll den Hals.

Dann kam Dick auf seinem heißgeliebten Crispin. Aufmerksam folgte er den Anweisungen des Majors.

Hinter Dick hatte Christopher alle Mühe, Fireworks unter Kontrolle zu halten. Der schien ungestüm und wild wie eh und je. Verzweifelt versuchte sich Christopher an die Hilfen zu erinnern, mit denen er Fireworks bändigen könnte. Aber wie beim ersten Kurs mußte er mehrere Runden um die Bahn galoppieren, bevor sein Pony sich schließlich dazu bequemte, seinen Anweisungen Folge zu leisten.

Als letzter kam Henry, der von seinem Onkel wieder Black Magic geliehen bekommen hatte. Henry hatte seit Wochen nicht mehr auf einem Pferderücken gesessen, und der Mangel an Übung war ihm genauso deutlich anzusehen wie die Anstrengung, sich wieder an alles zu erinnern.

»Na ja«, meinte der Major nach einer halben Stunde. »Das muß aber wieder besser werden. Manche von euch haben das meiste wohl wieder vergessen. John, Henry und Dick holen jetzt mal die Hindernisse, ein paar von euch halten so lange ihre Pferde. Christopher, du reitest noch mal dort drüben an die Hecke und versuchst, dein Pony rückwärts zu richten. Dann sieh mal zu, ob du eine einwandfreie Vorhandwende hinkriegst.«

Während Christopher übte, saßen die anderen ab und übernahmen Turpin, Black Magic und Crispin. Deren Reiter mühten sich unterdessen mit den Ricks und Oxern ab und schwitzten unter der heißen Augustsonne.

»Also dann«, sagte Major Holbrooke, als die Hindernisse aufgestellt waren. »Es sind nur vier niedrige Gatter, aber bildet euch bloß nicht ein, daß sie so leicht zu springen sind, wie es auf den ersten Blick aussehen mag. Ich habe sie absichtlich nicht direkt hintereinander gestellt, damit ihr Schenkel- und Zügelhilfen einsetzen müßt, um die Pferde zu lenken,

wenn ihr das nächste Gatter anreitet. So, Roger, fang du mal bitte an.«

Roger sprang die ersten beiden Gatter, konnte dann aber nicht verhindern, daß Sky Pilot am dritten vorbeipreschte.

»Roger hat zwar seine Beine benutzt«, erklärte der Major, »aber wie ihr hoffentlich alle bemerkt habt, hat er keine Verbindung mit dem Maul seines Pferdes gehalten. Versuch's noch mal.«

Diesmal schaffte Roger alle vier Hindernisse. Henry, der als nächster drankam, setzte gleich beim ersten Versuch über alle vier drüber. Doch der Major bemerkte dazu, daß das wohl mehr an dem gut ausgebildeten Pferd als an seinen Reitkünsten gelegen hätte. Die wären sozusagen gar nicht vorhanden gewesen. Es sei ein Graus, ihm zuzusehen, und er solle gefälligst seine Fersen nach unten halten, seine Knie nach innen drehen und die Unterschenkel zurücknehmen.

Hilary gelang auf ihrem Stichelhaar-Rappen ebenfalls der Sprung über alle vier Gatter, obwohl Northwind nicht besonders gern sprang. Der Major erklärte, daß sie die richtigen Schenkelhilfen gegeben hätte, daß aber die Zügel zu lang gewesen wären. Wenn Northwind temperamentvoller wäre, dann wäre er ihr durchgegangen.

Merry saß beim ersten Sprung viel zu weit hinten im Sattel und ließ Quaver am nächsten vorbeigaloppieren. Daraufhin erklärte der Major, daß sie bei diesem unmöglichen Sitz niemals ihr Gewicht ausbalancieren und auf die Steigbügel verlagern und nie ihre Schenkel ordentlich einsetzen könnte. Merry versuchte es noch einmal und setzte etwas eleganter über das erste Hindernis, aber sie ließ Quaver beim zweiten wieder seinen Willen durchsetzen.

»Du hast überhaupt keine Schenkelhilfen gegeben«, warf ihr der Major vor. »Es bringt überhaupt nichts, sich einfach aufs Pferd zu setzen und zu glauben, es weiß schon, was es machen soll. Du mußt im geraden Sprung über das Gatter setzen und dann mit deinen Schenkeln dein Pferd antreiben, so daß es auch über das nächste Hindernis springt.«

Der dritte Versuch war erfolgreicher, Merry gab Schenkelhilfen, und Quaver nahm auch das zweite Gatter, aber sie rutschte dabei über seine Schulter zu Boden.

»Ist alles in Ordnung?« erkundigte sich der Major.

Merry rappelte sich langsam auf. »Hoffentlich!« schrie sie zurück.

Doch als sie zu Susan und Noel zurückgeritten kam, jammerte sie über Rückenschmerzen und beklagte sich: »Der Major spinnt ja, wenn er verlangt, daß ein Pferd, das überhaupt nicht für Turniere ausgebildet ist, über Hindernisse springen soll! Vor allem, wenn die nicht mal richtig in gerader Linie aufeinander folgen.«

In der Zwischenzeit sprang Dick tadellos über die Gatter, sah jedoch dabei die ganze Zeit zu Boden.

John sprang ebenfalls ohne Fehler, aber – wie der Major bemerkte – auf eine »wilde, ungehobelte« Art. »Du hast den Kontakt zu Turpins Maul verloren, deshalb mußtest du ihn beim dritten Sprung wie verrückt herumzerren. Hast du das gemerkt?« fragte der Major, und John mußte ihm leider recht geben.

June kam als nächste dran. Sie ritt wie immer mit schleifenden Zügeln und den Schenkeln zu weit vorn und merkte sofort, daß Golden Glory ihr Schwierigkeiten machte. Ihre Stute schnappte nach den anderen Pferden und versuchte jedes Mal auszubrechen, wenn June sie an das nächste Hindernis heranritt. Der Major brüllte seine Anweisungen: June sollte die Zügel verkürzen, ihre Schenkel zurücknehmen und sich tief in den Sattel setzen. Mit einiger Verzögerung näherte sich Glory dem ersten Hindernis, aber es dauerte noch lange, bis sie sich zum Springen überreden ließ und über alle vier Hindernisse setzte. Sowohl der Major als auch June waren mittlerweile verschwitzt und verärgert.

Noel hatte besorgt beobachtet, wie sich die Stimmung zusehends verschlechterte. Als sie an das Gatter heranritt, war sie davon überzeugt, daß sie lauter Fehler machen würde.

Sonnet versuchte zwar nicht auszubrechen oder zu verweigern, aber sie sprang sehr unkonzentriert und riß den letzten Ständer um.

»Es ist eine Schande, daß du nach neun Monaten

Schulung dein Pferd immer noch nicht besser versammeln kannst!« bellte der Major. »Du läßt es einfach vor sich hinlatschen! Unmöglich!«

Damit war auch der letzte Rest von Noels Selbstbewußtsein verschwunden. Ich reite statt besser immer schlechter, redete sie sich ein. Das ist die Strafe dafür, daß ich mir soviel auf meinen Preis eingebildet habe, den ich im letzten Sommer für das Einreiten der New Forest Ponys bekommen habe. Geschieht mir ganz recht. Hochmut kommt vor dem Fall.

Sie hätte heulen können.

In der Zwischenzeit erhielt Susan einen Anpfiff, weil Golden Wonder ihren Kopf hochwarf und viel zu schnell über die Hindernisse gesaust war, da Susan die Kontrolle über sie verloren hatte. Als der Major nachfragte, warum das Pony nicht mit seinem üblichen Martingal aufgetrenst war, erwiderte Susan, daß sie das ihrem Vater wieder mit nach Hause zurückgegeben hatte, weil der Major ja nicht viel von einem Martingal hielt.

Der Major, knallrot im Gesicht und stinkwütend, explodierte nun endgültig. »So ein Blödsinn, natürlich bin ich nicht grundsätzlich gegen ein Martingal! Ich benutze es selbst oft bei jungen oder falsch eingerittenen Pferden. Nur bei einem gut ausgebildeten Pferd ist ein Martingal überflüssig, und natürlich auch bei einer Dressurprüfung.«

»Aber –« wollte Susan einwenden.

»Kein Aber!« donnerte der Major. »Das Weglassen des Martingals war sträflicher Leichtsinn, sorg erst mal dafür, daß dein Pferd sich besser benimmt. Solange es noch diese Macken hat, brauchst du das Martingal, basta. Das Weglassen war pure Dummheit!«

Nachdem er mit Susan fertig war, wandte der Major sich Christopher zu. Fireworks wartete schon ungeduldig darauf, daß er an die Reihe kam, und stampfte vor Erregung mit den Hufen. Der Major warf ihm nur einen einzigen Blick zu, dann stellte er ein Hindernis abseits von den anderen auf und verstellte die Stange so weit nach unten, bis sie nur etwa zwanzig Zentimeter hoch war. Er wies Christopher an, vor dem Hindernis im Zirkel herumzureiten, bis Fireworks die Hoffnung auf einen Sprung aufgegeben und sich beruhigt hätte. Zuerst tänzelte und zockelte Fireworks herum und zerrte an den Zügeln, aber dann wurde ihm das zu langweilig, und er ging ruhiger. Danach sollte Christopher ihn im Schritt über die Stange und einen Kreis reiten und das wiederholen. Nachdem Fireworks zwölfmal über das niedrige Hindernis gegangen war, ging er ruhig im Schritt mit gestrecktem Hals am langen Zügel.

Das, so erklärte der Major Christopher, sei genau die gewünschte Haltung. »Und jetzt«, fügte er hinzu, »ist es Zeit zum Mittagessen.«

Nach dem Essen ging es wieder zurück auf die Reitbahn. Der Major ließ die Vorhandwende und Hinterhandwende üben, bis alle hochrote Köpfe hatten und ihnen ihre Hemden am Körper klebten. Doch keiner murrte, bis auf Merry, die über Rückenschmerzen von ihrem Sturz am Vormittag klagte. Doch bei den anderen zeigte sich langsam der Erfolg ihrer Anstrengungen, was ihnen eine knurrige Bemerkung des Major wie »Na ja!«, »Da siehst du!« oder »Warum nicht gleich so?« einbrachte.

Nach dem Tee teilte er seinen Schülerinnen und Schülern mit, daß er leider am nächsten Tag dringend geschäftlich nach London müßte und Mrs. Holbrooke ihn begleiten würde. Sie sollten den Pferden eine kleine Verschnaufpause gönnen und den Tag für einen schönen, ruhigen Ausritt nutzen.

## Drittes Kapitel, in dem die einen um die Wette reiten und die anderen lieber einen Spazierritt machen

Der Major und Mrs. Holbrooke ermahnten die Ponyclubmitglieder, sie sollten sich nicht zanken und keinen Blödsinn machen. Dann fuhren sie mit dem Frühzug nach London. Als sie weg waren, wanderten Henry, John, Noel und Christopher hinüber zum Stall und kümmerten sich um ihre Pferde. Bald kamen auch Roger und Hilary und verkündeten, daß Evelyn, Margaret und James herüberreiten und ihnen das Mittagessen bringen würden.

»Oh, super!« Susan, die inzwischen ebenfalls eingetrudelt war, freute sich. »Das wird bestimmt noch lustig heute, Evelyn fällt immer der letzte Quatsch ein.«

»Oh, super!« äffte Henry sie nach. »Was für ein Quatsch denn? Hübsche kleine Kaffeekränzchen?«

»Hach, Henry, du bist echt der letzte Heuler.« Susan lachte laut heraus. »Du weißt doch genau, was ich meine: Wettrennen und Geländespiele mit den Pferden.«

»Wieso soll ich das wissen?« fragte Henry. »Ich hab doch diese Evelyn noch nie gesehen.«

»Dann wirst du jetzt gleich aus dieser Unwissenheit erlöst«, sagte Roger. »Ich höre Hufgetrampel.«

»Oh, super!« quietschte Henry.

In diesem Augenblick kamen die angekündigten Radcliffe-Geschwister auf den Hof geritten. Evelyn preschte vor Margaret und James her und brachte ihr Pony unter Indianergeheul zum Stehen.

»He, guckt mal, wir sind in Rekordzeit hierher geritten! Was ist? Worauf wartet ihr denn noch? Warum können wir nicht los?« Ungeduldig ließ sie ihr Pony umhertänzeln und stieß dabei gegen Sonnet.

»Paß doch auf!« fuhr sie Noel an, der vor Staunen über so viel Dreistigkeit der Mund offenstand.

»Krieg dich mal wieder ein«, sagte Roger. »Siehst du denn nicht, daß noch welche fehlen?«

June kam als letzte. »Ich hab meiner Mutter lieber nicht gesagt, daß der Major heute nicht da ist«, erklärte sie, als der leere Pferdehänger wieder von der Auffahrt verschwunden war. »Sonst hätte sie mich nicht herkommen lassen.«

»Warum das denn nicht?« fragte Hilary.

»Och, so genau weiß ich das auch nicht«, sagte June gleichgültig. »Sie stellt sich immer so an bei allem, was Glory angeht.«

»Von Merry ist noch nichts zu sehen.« Noel kam gerade vom Tor zurückgeritten, wo sie Ausschau nach ihr gehalten hatte.

»Bestimmt ist sie zu schwer verletzt, um zu reiten«, sagte Hilary spöttisch. »Wahrscheinlich läßt sie sich gerade von irgendwelchen berühmten Ärzten untersuchen.«

»Na ja, aber man kann da auch falsch liegen«, sagte Dick. »Man denkt einfach, daß jemand sich nichts getan hat, und später stellt sich raus, daß der wirklich was Ernsthaftes hatte, und dann macht man sich die schlimmsten Vorwürfe.«

»Seh ich nicht so.« John schüttelte den Kopf. »Es kann doch jedem mal passieren, daß man sich verschätzt.«

»Du hast einfach zu wenig Phantasie!« Henry drehte sich zu John um. »Wie sollte jemand wie du so etwas begreifen können.«

»Henry, das werd ich deinem Onkel sagen!« knurrte Christopher. »Du weißt genau, daß wir nicht streiten sollen!«

»Ich hab mich überhaupt nicht gestritten!« gab Henry wütend zurück. »Ich habe nur eine hochinteressante Bemerkung fallen lassen.«

»Keine hochinteressanten Bemerkungen mehr über anwesende Personen«, sagte Dick. »Jeder kann über Merry meckern, so lange er will.«

»Kommt schon, laßt uns losreiten.« Evelyn wurde immer ungeduldiger.

»Wir dachten, wir können vielleicht auf das große, ebene Feld in der Nähe der Hogshill Road.« Roger wandte sich an Henry. »Meinst du, wir dürfen das?«

»Klar doch.«

Das Feld war riesengroß, ganz flach und ohne Mauselöcher; ein idealer Platz für Wettrennen.

»Was machen wir zuerst?« fragte Susan.

»Wir galoppieren einmal rundherum«, sagte Evelyn sofort und galoppierte so schnell los, wie sie Rocket nur antreiben konnte.

»Juhuu, juhuu!« schrie Roger, raste hinter ihr her und hatte sie schon nach wenigen Augenblicken überholt. Henry brüllte ebenfalls irgend etwas, ließ Black Magic viel Zügel, und die war wirklich sehr schnell. Die anderen folgten, aber sie ritten nicht in gestrecktem Galopp – bis auf Fireworks: Der keilte dreimal aus und raste hinter den ersten dreien her.

Sie galoppierten zweimal um das Feld herum, dann parierten alle durch – außer Fireworks. Doch nachdem Christopher ein paar Volten geritten hatte, kriegte er ihn endlich zum Stehen.

»Das war TOLL!« John tätschelte Turpins Hals.

»Große Klasse, spitzenmäßig und so weiter«, sagte Christopher ziemlich atemlos.

»Sonnet ist ja viel schneller, als ich dachte!« Noel klopfte ihrem Pony den Hals. »Das muß am Hafer vom Major liegen.«

»Stimmt, sie ist fast so schnell wie Wonder«, sagte Susan.

»Was machen wir jetzt?« erkundigte sich Henry.

»Schritt-, Trab- und Galopprennen?« schlug Hilary vor.

»Ja«, stimmten die anderen Radcliffes zu. Sie erklärten denjenigen, die es nicht wußten, daß jeder Extrarunden reiten mußte, wenn sein Pferd in die verkehrte Gangart fiel, also zum Beispiel trabte, statt im Schritt zu gehen. Dann einigten sie sich darauf, daß James als Jüngster anfangen sollte.

»Ich finde, ich sollte einen Vorsprung kriegen«, sagte Margaret.

»Von wegen, dein Pony kennt das schon«, widersprach June. »Glory hat so was noch nie gemacht.«

Fireworks fiel gleich in gestreckten Galopp, obwohl er eigentlich im Schritt gehen sollte. Golden Wonder buckelte, schielte in den Himmel und weigerte sich, geradeaus zu gehen. Golden Glory zockelte erst und galoppierte dann plötzlich los. Henry gewann das Rennen, Evelyn war zweite und John dritter. »Nächstes Mal müssen die Ponys aber einen Vorsprung kriegen«, maulte Margaret.

»Jetzt ein Staffelrennen«, sagte Evelyn. »Wer wählt?«

»Der Älteste, dann müssen wir nicht erst zanken«, schlug Dick vor.

Henry zeigte auf Noel, doch die reagierte nicht.

»Wach auf, Noel, Henry hat dich gewählt«, schrie Evelyn.

»Ach.« Noel riß die Augen auf. »Und weshalb?«

»Damit du mir hilfst, wen ich dazuwählen soll«, flüsterte Henry, nachdem sie an seine Seite geritten war.

»John, Dick und Susan«, antwortete Noel. »Die Radcliffes wollen immer zusammen bleiben.«

»Bestimmte Leute gehen mir auf den Geist«, sagte Henry und wählte Dick.

»Ach, Henry, du bist ein Trottel.« Christopher grinste trotzdem breit, als er vor John genommen wurde.

Die Radcliffes und John gewannen mit Leichtigkeit. Christopher verlor völlig die Kontrolle über sein Pony und galoppierte mit Fireworks zweimal rund ums Feld, und Noel ließ den Stab fallen, als sie ihn June übergeben wollte. »Jetzt ein Vier-Ecken-Rennen«, sagte Margaret. »Ich reite gegen Noel oder Susan.«

»Spiel nicht die Chefin, Marga«, sagte Hilary.

»Gerade eben ist mir wieder was in den Sinn gekommen.« Henry runzelte die Stirn. »Hat mein verehrter Onkel George uns nicht befohlen, einen Ausritt zu machen?«

»Äh, stimmt, ja, das hat er gesagt«, rief Susan aus.

»Aber was er meinte, war doch, daß die Pferde sich vom Schulen erholen sollten, oder?« fragte Roger.

»Wahrscheinlich hatte er Angst, daß die Pferde zu einseitig werden könnten.« Evelyn fuchtelte mit der Gerte wie mit einem Zeigestock. »Es ist schließlich eine altbekannte Tatsache, daß zuviel Schulreiterei jedes Pferd völlig versaut. Das hier ist doch ein hervorragender Ausgleich für die armen gequälten Viecher.«

»An Fireworks Benehmen hat das hier jedenfalls auch nichts geändert.« Dick tätschelte seinem Pony den Hals.

»Sollen wir jetzt einen Ausritt machen? Dann könnte sich Fireworks auch wieder beruhigen.« Noel blickte in die Runde.

»So'n Quatsch. Ein Ausritt wird den doch kein Stück beruhigen«, widersprach Evelyn. »Du mußt ihn immer weiter galoppieren lassen, Christopher, bis er endlich müde wird.«

»Tolle Aussicht.«

»Na, das ist eben die Meinung einer Expertin.« Henry wendete Black Magic um. »Trotzdem mach ich jetzt einen Ausritt, und zwar in aller Gemütlichkeit. Mir reicht es für heute mit den Wettrennen.«

»Ich komme mit, wenn das o. k. ist«, sagte Noel.

»Welch ein Vergnügen.« Henry verbeugte sich. »Noch jemand?«

»Ich.« Susan ritt ebenfalls zur Seite.

»Auf gar keinen Fall.« John wollte nicht zugeben,

daß Henry recht hatte, obwohl er insgeheim der gleichen Meinung war. »Du bleibst doch hier, Dick, oder?«

»Nö, ich finde das ganz vernünftig von Henry.«

»Ihr habt doch alle eine Holbrooke-Klatsche«, giftete Evelyn. »Ihr traut euch später bestimmt nicht mehr, mal gestreckten Galopp zu reiten. Nee, nee, was für langweilige Typen. Bleib lieber bei uns, Dick.«

»Na gut«, sagte Dick, gegen seinen Willen.

»Reite mit den andern, Jim«, flüsterte Hilary James zu. »Wir wissen doch, daß du nicht so gern bei Rennen mitmachst.«

»Nur, wenn du mich dann nicht für einen Schwächling hältst«, antwortete James, dem die wilden Spiele seiner älteren Geschwister nicht sehr viel Spaß machten.

»Nee, geh ruhig mit und kümmere dich nicht um Evelyn.« Hilary war in vielen Dingen toleranter als ihre Zwillingsschwester.

»Ich bleib hier«, erklärte June. »Ich mach zu Hause genug Ausritte, und mir stehen sie bis hier.« Sie hielt die Hand unter die Nase.

»Kann ich gut verstehen.« Evelyn grinste.

»Kommt schon, Mädchen.« Henry äffte Evelyns Stimme nach. »Sollen doch die anderen ihre halsbrecherischen Spielchen machen, wir genießen jetzt die schöne Aussicht. Sollen wir dort über die Hecke springen?«

»Klar«, sagte Noel, »los, du als erster.«

»Reite du besser durchs Tor, Jim.« Susan lächelte ihm zu. »Die Hecke ist ein bißchen zu hoch für Darkie.«

Black Magic setzte leicht und sicher über die Hecke, Golden Wonder und Sonnet folgten ihr ohne Zögern, aber Sonnet streifte mit den Hinterbeinen.

Henry hielt an und wartete auf James. »In welche Richtung wollen wir denn reiten?«

»Quer über die Felder zur alten Römerstraße«, schlug Noel vor, und die anderen waren einverstanden.

Zunächst führte ein Wiesenpfad durch die Kornfelder; es war brennend heiß unter der stechenden Sonne, und man konnte fast dabei zusehen, wie das Korn reif wurde. Sie ritten um ein Birkenwäldchen, einer grünen Oase mitten in der sommerlichen Hitze, und kamen zu einem Feld, das schon abgemäht war.

Dann ritten sie im Trab bis zu einem Stück Brachland voll dorniger Brombeerbüsche und mit unzähligen Kaninchenbauen unter der Erdoberfläche. Hier ließen sie die Pferde langsam einen Weg hindurchfinden. Nur noch ein Getreidefeld trennte sie jetzt von der Römerstraße, aber es war weit und breit kein Weg zu sehen. Deshalb ritten sie im Gänsemarsch um das Brachland herum und ließen dann die Pferde die steile Böschung zur Straße hochklettern, von wo aus sie weit über die Felder schauen konnten. Sie blickten über das

Hügelland, über dem die Hitze flimmerte, mit einem winzigen Dorf hier und da zwischen den Falten der Hügel versteckt, mit einer grauen, gedrungenen Kirche oder einem Bauernhof wie aus einer Spielzeugschachtel und weit hinten im Tal der silbernen Schlangenlinie eines Flusses.

Einfach wunderschön, überlegte Henry, wie sie hier standen, den schwachen Windhauch auf ihren Gesichtern spürten und sahen, welch ein Landschaftspanorama sich dort unten entfaltete. Was für eine herrliche Welt! Er seufzte. Warum waren nicht alle Tage so wie dieser? Warum gab es auch noch Regen und Schnee? Warum war man manchmal schlecht gelaunt und abweisend und mürrisch? Warum mußte man erwachsen werden und später in irgendwelchen Büros arbeiten?

Noel ging es wie Henry. Sie genoß die Brise in ihren Haaren und empfand ein starkes Glücksgefühl, als sie den Blick über die Felder schweifen ließ.

In James' Augen konnte sich dieser Anblick dagegen nicht mit dem majestätischen Bild des Meeres messen, und Susan wunderte sich, daß sich manche Leute so über Landschaften ereifern konnten.

»Die andern waren total bekloppt, daß sie nicht mitgekommen sind.« Henry unterbrach die Stille. »Das ist doch viel, viel besser als ein Vier-Ecken-Rennen, oder wie immer das heißt.«

Noel war wieder mal völlig seiner Meinung. Gutgelaunt begann sie ein Gedicht vor sich hinzuplappern, und ebenso fröhlich stimmte Henry ein.

»Hör bloß auf, Henry, sonst ermutigst du sie nur noch mehr«, warnte Susan. »Du hast ja keine Ahnung, wie das ist, wenn sie erst mal in Fahrt kommt. Das kann Stunden dauern.«

»Das einzige Gedicht, das ich kann, ist ›Ladilaus und Komkarlinchen‹«, sagte James. »Aber wenn ich mal viel Zeit habe, dann lerne ich noch ein zweites, ein ganz langes!«

»An deiner Stelle würde ich ›John Maynard‹ lernen, das ist von einem echten Helden auf einem See«, sagte Noel.

»Die anderen sind doch echt bekloppt, oder?« fragte Henry noch einmal kurze Zeit später.

»Vollidioten«, stimmte Noel zu.

»Das war der Einfluß der Radcliffes«, sagte Henry ganz leise. »Deine Freundin Evelyn ist eine echte Zimtzicke.«

»Pssst«, flüsterte Noel. »James kann das hören.«

»Nö, tut er nicht, dafür ist er viel zu weit hinter uns. Und außerdem sagt er jetzt bestimmt sein ›Stanislaus und Komkarlinchen‹ auf. Sag mal im Ernst, diese Evelyn ist doch wirklich unausstehlich. Sie ist genauso schlimm wie Merry.«

»He, was ist denn das? Wir dachten, du könntest Merry so gut leiden?« Susan war überrascht. »John sagte, ihr paßt prima zusammen und solltet heiraten.«

»Da hat John seinem persönlichen Vorurteil gestattet, sein Urteilsvermögen zu trüben«, erklärte Henry mit fester Stimme. »Und überhaupt, wenn ich Merry heiraten soll, dann kannst du John heiraten, und ich wette, er ist ein gräßlicher Ehemann und knurrt dich schon beim Frühstück an.«

Susan kicherte. »Henry, du kannst manchmal herrlich blöd sein.«

»Wirklich? Tatsache? Super, super!« quietschte Henry und äffte ihre Stimme nach.

## Viertes Kapitel, in dem es einen schlimmen Sturz gibt und Merry die Nase vom Reitkurs voll hat

Evelyn hatte das Vier-Ecken-Rennen gewonnen. Anschließend veranstalteten sie ein Hindernisrennen, danach ein Wett-Blättersammeln und schließlich ein Trabrennen.

Zu guter Letzt machten sie auch ein Paarrennen, doch vorher gab es ein Mordsgezänk, wer mit wem antreten sollte. Sieger wurden dann Dick und Evelyn.

Fireworks hatte sich jedesmal geweigert anzuhalten, und John, der Christophers Partner gewesen war, hatte deshalb auch nie eine Chance gehabt.

»Also von mir aus können wir jetzt aufhören«, sagte Dick nach dem Paarrennen. »Es ist schrecklich heiß, und ich würde lieber auf dem Rückweg zum Stall noch über ein paar Hecken springen.«

»Gute Idee«, stimmte John ihm zu.

»Och, kommt, wir können doch jetzt noch nicht aufhören.« Evelyn war sauer. »Es ist erst zwölf Uhr. He, sei kein Spielverderber, Dick, noch ein letztes Rennen.«

»Au, ja! Unbedingt!« Margaret unterstützte ihre Schwester.

»Na, gut.« Dick gab nach. »Aber ich mach nur noch einmal mit.«

»O. k., ich auch«, sagte John.

»Warum scheuchst du Fireworks nicht noch ein paarmal ums Feld?« Evelyn drehte sich zu Christopher um. »Der hat noch genauso viel Pfeffer im Hintern wie heute früh.«

»Dann wird er bloß noch schlimmer«, gab Christopher zurück. »Ich hätte mit ihm wirklich besser den Spazierritt machen sollen.«

»Er ist völlig naßgeschwitzt.« June zeigte auf das Fell. »Guck mal, überall Schweißflocken! Ich würde ihn lieber ganz ruhig herumführen.«

»Auf gar keinen Fall«, stöhnte Christopher. »Ich will nur noch still stehen und meine Arme ausruhen, die hat er mir fast ausgerissen.«

»Jetzt weiß ich's!« sagte Evelyn plötzlich. »Wir machen ein Wettsattel-Rennen.«

»Au, klasse! Dann fangen wir ohne Sattel an«, sagte Roger. »Laßt die Sättel hier, und wir starten dort drüben auf der anderen Seite vom Feld.«

Die Sättel wurden in einer Reihe vor den Zaun gelegt. June bat Roger, ihr aufs Pferd zu helfen, Christopher kletterte erst aufs Tor und von dort auf Fireworks, und die anderen schafften es alle, vom Boden aus auf den Pferderücken zu springen.

Margaret durfte anfangen, weil sie die Jüngste war. Mit lautem Gekreisch trieb sie ihr Pony an. Die anderen folgten ihr, mit unterschiedlichem Erfolg.

Glory buckelte beim wilden Galopp quer über das Feld, und June rollte herunter, aber sie sprang gleich wieder auf die Füße und rannte hinter Glory her, die zum Tor trabte. Margaret hatte als erste wieder ihr Pferd gesattelt. Der befriedigende Gedanke, ihre Schwestern und ihren Bruder auszustechen und außerdem noch John und Dick, spornte sie an. Sie krabbelte auf das Pferd, Pixie stand wie ein Baum, aber der Sattel rutschte ein bißchen. Sie sah sich um: John und Evelyn stiegen gerade auf.

»Na, komm schon, Pixie«, kreischte Margaret und ruderte mit ihren Armen und Beinen wie eine Windmühle, als sie ihr Pony vorwärtstrieb.

Als Pixie anfing zu traben, rutschte der Sattel und rutschte immer weiter, bis Margaret sich plötzlich auf der Erde wiederfand und über sich die geduldige Pixie sah. Der Sattel hing mittlerweile unterm Bauch.

»Alles in Ordnung?« rief Hilary im Vorüberreiten.

»Klar«, brüllte Margaret und sprang auf. Wenn sie sich beeilte, wäre sie wenigstens nicht die letzte, June und Christopher waren noch hinter ihr. June stieg gerade auf, aber Fireworks wollte einfach nicht stillstehen. Christopher hatte einen Fuß im Steigbügel und sprang hoch, aber bevor er das andere Bein über den Pferderücken geschwungen hatte, galoppierte Fireworks los. Christopher versuchte, den anderen Fuß in den Steigbügel zu bekommen und das Pony zum Stehen zu bringen, aber ohne Erfolg. Also hing er an ihm fest wie eine Klette, während Fireworks davonjagte. So galoppierten sie an Glory vorbei.

»He, he«, brüllte June, als sie sah, was los war. Die anderen Reiter drehten sich um.

»Mist!« sagte John.

»Ruhig, Fireworks, ruhig, he!« rief Hilary.

»Festhalten, Christopher«, schrie Dick.

»Vielleicht hält er ja bei uns an«, sagte Roger.

Doch Fireworks hielt nicht an, er wich aus und galoppierte auf die Hecke zu. Die anderen Reiter schauten hilflos zu.

»Können wir ihn nicht abdrängen?« fragte Evelyn.

Johns Herz fühlte sich an, als wäre es verrutscht.

Fireworks wich noch mal zur Seite aus. Nun verlor Christopher vollends den Halt und stürzte. Einen schrecklichen Augenblick lang schien er zwischen Fireworks fliegenden Hufen zu verschwinden, dann galoppierte das Pony weiter, und er lag bewegungslos da. Die anderen warteten einen Moment lang in der Hoffnung, er würde wieder aufspringen. Doch er blieb liegen, und voll böser Vorahnung trabten sie über das Feld.

Als sie Christopher erreichten, richtete er sich gerade langsam auf. Er sah benommen vor sich hin. »Es ... es ist alles in Ordnung. Was ist passiert?« Fragend blickte er zu den anderen hoch.

»Fireworks bretterte los, und du warst noch nicht richtig drauf«, antwortete John.

»Du hast das echt gut gemacht, du hast dich ganz schön lange oben gehalten!« Evelyn sah besorgt zu ihm hinunter.

»Wo bin ich?« fragte Christopher.

»Auf Folly Court«, sagte John.

»Was ist passiert?« fragte Christopher.

Die Ponyclubmitglieder sahen sich bestürzt an.

»Er hat eine Gehirnerschütterung«, Roger sprach aus, was die anderen dachten.

»Er hätte eine Reitkappe tragen müssen.« Hilarys Stimme klang verzweifelt.

John sah die anderen schuldbewußt an. »Hoffentlich ist nichts Schlimmes passiert.«

»Wo bin ich? Was ist passiert?« fragte Christopher ärgerlich.

»Du lieber Himmel, ich glaube, jetzt ist er verrückt.« Margaret klang auch ganz unglücklich.

»Sei nicht so dämlich«, pfiff Roger sie an. Er gab sich alle Mühe, die Ruhe zu bewahren, denn später wollte er einmal Arzt werden wie sein Vater. »Wir müssen ihn ins Bett bringen, er muß in einem verdunkelten Zimmer liegen und braucht jetzt völlige Ruhe.«

»Was ist denn los? Warum wollt ihr mir denn nichts sagen?« Christopher war kurz vor dem Losheulen. John erzählte ihm rasch noch einmal, was geschehen war.

»Wir sollten ihn jetzt besser zum Haus bringen«, schlug Dick vor. »Wenn einer von euch Crispin nimmt, dann geh ich mit ihm.«

»Ich komm besser mit euch«, sagte John. »Ich kenn mich hier aus.«

»Gut, dann bringen wir die Pferde in den Stall.« Roger nahm Crispins Zügel.

»Ich fang Fireworks ein.« Hilary ritt zu dem Pony.

Es war eine traurige Prozession, die die lange Auffahrt zu den Ställen heraufkam. Fünf Reiter, die drei reiterlose Pferde mit sich führten, und dahinter John und Dick, die rechts und links von Christopher gingen und immer und immer wieder die gleichen Fragen beantworteten: »Wo bin ich? Was ist los? Welcher Tag ist heute? Was ist passiert?«

Dick bewunderte Johns Geduld, denn ihm selbst war so, als müßte er losschreien, wenn er jetzt noch einmal diese Fragen hören würde. Doch John sagte immer wieder: »Alles ist gut, Christopher, du bist auf Folly Court.«

»Mir ist das mal beim Fußball passiert«, erzählte John Dick, als Christopher für kurze Zeit schwieg.

»Wenn er nur die blöde Kappe aufgehabt hätte!« Dick fühlte sich elend.

»Ja, wir waren ziemliche Trottel, daß wir sie nicht aufgesetzt haben.«

»Ich hoffe bloß, daß es ihm besser geht, wenn die Holbrookes wiederkommen«, sagte Dick. »Immerhin hat der Major gesagt, wir sollten ausreiten.«

»Na ja, aber da hätte er schließlich auch stürzen können«, versuchte John ihn zu beruhigen.

Im Haus zogen sie Christopher seine Reithosen und die Stiefel aus und brachten ihn zu Bett. John zog die Vorhänge zu, und dann zischten sie aus dem Zimmer, bevor Christopher sie weiter mit seinen Fragen »Wo bin ich?« nerven konnte.

Die Spazierreiter waren zurückgekommen und hatten die traurige Geschichte schon gehört, als John und Dick wieder bei den Ställen ankamen.

Henry sagte: »Du lieber Himmel!« und »So ein Mist! Das muß natürlich passieren, wenn Onkel George nicht da ist!«

Noel bereute, daß sie den Radcliffes nicht Paroli geboten hatte. Sie hätte darauf bestehen sollen, daß Christopher mit ihnen ritt. »Sollten wir nicht einen Arzt herholen?«

Susan machte ihrem Schrecken in wiederholten Ausrufen Luft: »Herrje!« und »Wie furchtbar!«

Der Pferdepfleger Blake war dafür, erst nach dem Mittagessen etwas zu unternehmen. »Wenn es ihm dann nicht besser geht, könnt ihr immer noch den Doktor rufen.«

Die Radcliffe-Kinder sahen sehr betreten drein, als er das sagte. Nachdem Blake gegangen war, erklärte Roger, daß ihr Vater sowohl der Hausarzt von Mintons als auch von Holbrookes war. Wenn sie ihn holen würden, dann müßten sie auch erzählen, was geschehen war. »Und das bedeutet«, fuhr er fort, »daß wir gleich zweimal Ärger kriegen.«

In diesem Augenblick ertönte der Gong zum Mittagessen, und während die anderen ihre mitgebrachten Brote aßen, flitzten Henry, John und Noel ins Haus. Sie erklärten der Köchin, warum Christopher nicht mitaß. Hilda, die seit vielen Jahren bei Holbrookes angestellt war, gab ihnen den Rat, die alte Kinderfrau der Holbrookes zu holen, die im Pförtnerhaus lebte. Die hätte jede Menge Erfahrung mit Stürzen und wüßte, was da zu tun wäre.

»Na klar.« Henry faßte sich an den Kopf. »Warum hab ich da bloß nicht schon früher dran gedacht? Ich lauf schnell zu ihr hin!« Er raste die Auffahrt hinunter. Die anderen warteten niedergeschlagen auf seine Rückkehr. Kurze Zeit später kam er wieder und verkündete, daß die Kinderfrau gleich da wäre.

Mit etwas leichteren Herzen setzten sie sich an den Mittagstisch, jetzt, wo eine vertrauenswürdige Person die Verantwortung übernahm. Als die Kinderfrau ankam, brachte Henry sie zu Christopher. Der schlief gerade, und die Kinderfrau war der Meinung, man sollte ihn besser nicht stören.

»Geht ihr mal und kümmert euch um euern Pferdekram«, sagte sie mit einer Stimme, die es gewohnt war, Befehle zu erteilen. »Ich bleib hier und kümmere mich um ihn, wenn er aufwacht.«

»Oh, Sie sind wunderbar«, sagte Henry in bewunderndem Ton, und er meinte das ganz ehrlich.

Merry war in der Sattelkammer und redete mit den anderen Ponyclubmitgliedern. Sie hatte ein schickes Sommerkleid an und trug Schuhe mit hohen Absätzen.

»Ich bin stinkewütend«, begrüßte sie Henry. »Ich wollte meine Sachen holen, und nun ist alles verschwunden, alles vermüllt mit dem Kram von euch. Ich finde das einfach widerlich, warum können die Leute nicht die Pfoten von meinem Eigentum lassen? Ich werde das Major Holbrooke schreiben, das ist eine grenzenlose Unverschämtheit!«

»Ach, mein armes Schätzchen, wie ab-so-lut gräßlich für dich«, sagte Henry in übertrieben mitleidvollem Ton. »Aber warum willst du denn so eifrig deinen ganzen Krempel zusammenpacken? Hörst du mit dem Kurs auf?«

»Ja.« Merry machte eine Pause. »Der Orthopäde meinte, ich dürfte mindestens eine Woche lang nicht reiten.«

»Was ein Glück«, knurrte John leise.

»Hast du das meinem hochverehrten Onkel schon mitgeteilt?« wollte Henry wissen.

»Ich habe einen Brief für ihn mitgebracht.«

»Was genau ist denn nun mit deinem Rücken los?« Roger war neugierig.

»Ich wurde gestern geröntgt.« Merry hörte sich an, als würde sie ein Staatsgeheimnis verraten.

»Na, und? Was ist?« hakte Roger nach.

»Jedenfalls nichts an der Wirbelsäule«, blaffte Merry zurück.

»Na, dann kann es ja nichts Dolles sein«, sagte Evelyn.

»So? Kann es nicht?« Merry war beleidigt. »Ich habe mir was ganz schrecklich gezerrt, es tut manchmal teuflisch weh. Ihr habt ja keine Ahnung!«

»Doch, doch, so was ist ganz schön schmerzhaft!« June gab sich Mühe, sehr klug auszusehen. »Ich weiß noch, als ich mir mal mein Handgelenk verstaucht habe –«

»Hört mal, ich will jetzt sofort mein Putzzeug wiederhaben«, unterbrach Merry sie. »Wer hat das weggenommen?«

»Woher sollen wir das wissen?« fragte Roger zurück.

»Bestimmt hat Christopher die Sachen versteckt.« Merry wurde immer wütender.

»Oh, nein, das hat er mit Sicherheit nicht«, widersprach John. »Der interessiert sich nicht die Bohne für deinen blöden Kram.«

»Sollten wir jetzt nicht lieber unsere Arbeit machen?« Dick hatte genug von dieser Unterhaltung.

»Ach, herrje, klar doch«, rief Susan. »Ich soll nämlich rechtzeitig wieder zu Hause sein – wir erwarten Besuch, und da muß ich mich vorher noch umziehen.«

»Ihr habt aber auch dauernd Besuch.« Noel griff nach dem Hufkratzer.

»Stimmt, und einer ist langweiliger als der andere, sie reden immer nur über Einkaufen und Kochen – einfach gräßlich!«

»Hier wird es nachher auch ziemlich gräßlich sein.« John seufzte.

»Warum?« wollte June wissen.

»Na, weil wir den Holbrookes alles erklären müssen, ist doch klar. Ihr Glückspilze seid dann alle zu Hause, und ich bin der einzige hier, der bei Christophers Sturz dabei war.«

»Wir werden dich schon nicht im Stich lassen, John.« Noel seufzte ebenfalls.

»Stellt euch doch nicht so an«, sagte Evelyn. »Schließlich gibt es immer wieder mal Stürze, und die Holbrookes sind doch keine zittrigen alten Jungfern. Christopher ist vom Pferd geplumpst, na und? Es war halt Pech, daß er was abgekriegt hat.«

»Genau das ist es nicht«, widersprach Henry. »Es war eben kein normaler Sturz! Onkel George wäre der letzte, der deshalb einen Aufstand machen würde. Wir sollten aber eigentlich einen Spazierritt machen, und außerdem wissen wir alle, daß Fireworks nicht zu bändigen ist.«

»Und daß wir Kappen tragen sollen«, ergänzte Noel.

»Och, das muß man ja nicht alles so genau erzählen«, wehrte Evelyn ab.

»Du hast einfach keinen Anstand«, fuhr Henry sie an. »Was uns angeht, kann man uns wahrscheinlich kilometerweit unser schlechtes Gewissen ansehen. Schaut euch nur an, wie John den Kopf hängen läßt.«

»Vielleicht sollte ich besser dableiben und euch zur Seite stehen«, überlegte Dick. »Schließlich war ich auch dabei.«

»Laß nur, Dick«, sagte Henry. »Onkel George wird uns schon nicht auffressen. Das äußerste wird sein, daß er herumflucht und mit uns schimpft.«

»Ich bin mit Putzen fertig.« John stand auf. »Ich geh mal nachschaun, wie's Christopher geht.«

»Aber, John!« rief June empört aus. »Du kannst doch überhaupt noch nicht fertig sein!«

## Fünftes Kapitel, in dem ein Vogel entwischt und eine Spaziergängerin erschreckt wird

Als alle anderen Ponyclubmitglieder nach Hause geritten waren, machten sich Henry und Noel auf die Suche nach John. Er lag auf dem Rasen in der Nähe der Voliere und erzählte ihnen, daß Christopher immer noch schlief.

Es war ein wunderschöner Abend. Sie saßen einige Zeit schweigend beisammen, genossen die Wärme der letzten Sonnenstrahlen und sahen, wie die Schatten der Bäume auf dem Rasen immer länger wurden. Sie hörten dem abendlichen Vogelkonzert zu, das die Vögel um sie herum veranstalteten, die im Freien ebenso wie die in der Voliere.

»Habt ihr euch die Voliere schon mal richtig angeschaut?« unterbrach Henry das lange Schweigen. »Dieser riesige Vogelkäfig ist nämlich der ganze Stolz meiner Tante! Sie hat hier lauter exotische Viecher.«

»Nö, aber ich wollte immer schon gern mal reinsehen«, antwortete Noel.

»Wenn ihr wollt, mach ich mit euch eine Führung, wenn wir die Pferde auf die Weide gebracht haben«, bot Henry an. »Vorausgesetzt natürlich, meine liebe Verwandtschaft ist bis dahin noch nicht zurück.«

»Oh, das wäre toll«, sagte Noel, und auch John nickte begeistert.

Sie brachten die Pferde auf die Weide und fegten noch einmal den Vorplatz vor der Scheune. Die Ponyclubmitglieder, die täglich wieder nach Hause gingen, verrichteten ihren Anteil an der Stallarbeit immer in der Mittagspause.

Auf dem Rückweg begegneten sie der alten Kinderfrau, die ihnen mitteilte, daß Christopher aufgewacht war und ganz vernünftig redete. Er wüßte aber immer noch nicht genau, was eigentlich vorgefallen sei und würde sich wegen seines Ponys Sorgen machen.

»Geht mal besser rein und sprecht mit ihm«, sagte die alte Dame. »Aber bleibt nicht zu lange und macht keinen Lärm.«

Als sie ins Zimmer kamen, setzte Christopher sich im Bett auf und grinste.

»Na, wie geht's dir?« fragte Noel.

»Ich hab nur ein bißchen Kopfweh«, antwortete er. »Aber ihr könntet mir mal erzählen, was eigentlich passiert ist. Ich hab einen totalen Filmriß.«

Sie berichteten von dem Sattel-Rennen, wieso er gestürzt war und wie er sich danach verhalten hatte. Dann erklärten sie, sie müßten jetzt leider wieder gehen, oder sie würden Krach mit der alten Dame kriegen.

»Was für ein Glück, er ist wieder o. k.!« sagte Henry, während sie die Treppe hinunterliefen. »Und jetzt besichtigen wir die Voliere. Um ehrlich zu sein, ich kenn nicht mal die Hälfte dieser komischen Viecher.« Er öffnete die Tür.

Noel sah sich um. »Sie können hier sicherlich ganz schön leben. Aber irgendwie finde ich es nicht gut, wenn man wildlebende Vögel einsperrt.«

»Aber es sind gar keine wilden Vögel mehr«, entgegnete Henry. »Die sind schon in Gefangenschaft geboren worden. Die wüßten draußen in der Freiheit gar nicht mehr, was sie tun sollten.«

Dann nahm er die Pose eines Fremdenführers ein: »Hier, bitte, sehen Sie dieses leuchtendbunte Vögelchen aus Südafrika. Tante Carol hat sich eine Riesenmühe gemacht und seine natürlichen Jagdgründe nachgebildet, obwohl es selbst gar nicht weiß, wie die aussehen. Deswegen dieses seltsame Gras, und dazwischen versteckt sich übrigens sein weniger farbenfreudiger Gefährte. Bitte folgen Sie mir jetzt weiter zum nächsten Käfig. Hier sehen Sie Wellensittiche oder Grassittiche, deren Heimat, soweit ich weiß, Australien ist. Hier nun erkennen Sie sicherlich den allgemein bekannten Kanarienvogel, aber vielleicht sind Sie sich der Tatsache nicht bewußt, daß sein Gefieder in seiner Heimat leuchtend grün ist. In den nächsten Käfigen sind alle möglichen Arten von Tauben zu sehen, und dies hier ist Archibald, ein Kakadu.«

»Der sieht aus wie ein Papagei«, sagte John.

»Tja, ist er aber nicht«, belehrte ihn Henry. »Er ist ein Kakadu und kommt aus Malaya.«

»Er sieht wunderhübsch aus.« Noel schaute auf die rosa und weißen Federn und den gekrümmten Schnabel.

»Er ist ein verschlagener alter Teufel.« Henry grinste den Vogel an. »Bist du doch, Archie, oder?«

»Nee, nee, nee«, erwiderte Archie prompt.

»Du sollt doch nicht lügen.« Henry drohte mit dem Zeigefinger.

»Nee, nee, nee«, kreischte Archie empört. »Laß mich raus, laß mich raus«, bat er dann, legte den Kopf kokett schräg und schaute sie aus schwarzen Knopfaugen an.

»Ist er zahm?« wollte Noel wissen.

»Klar doch«, antwortete Henry. »Im Winter lebt er drinnen im Haus in einem Vogelkäfig, und er darf aber immer raus, wenn einer aufpaßt, daß er dann nicht von der Katze gefressen wird oder sonst was in der Art passiert.«

»Kann er auch noch was anderes sagen?« fragte John.

»Ich kann's ja mal probieren.« Henry stellte sich direkt vor den Vogel und sagte mit affektierter Stimme: »So ein lieber Vogel, lieber alter Archie, so ein hübsches Kerlchen, nein, wie gut du mir gefällst.«

Archie legte seinen Kopf noch weiter auf die Seite und fragte gefühlvoll: »Küßchen?«

»Du lieber Himmel.« John rollte die Augen vor gespieltem Entsetzen.

»Nee, nee, nee«, kreischte Archie.

»Das hat ihm Roland beigebracht«, erklärte Henry. »Er brachte Archie immer zum Reden, wenn David eine Freundin da hatte. Roland und David sind die Söhne von Onkel George und Tante Carol.«

»Mit ihnen hat man bestimmt einen Riesenspaß.« John kicherte. »Stellt euch mal so ein Viech in der Klasse vor!«

»Will raus«, krächzte Archie.

»Tante Carol hatte mal einen echten Papagei, der konnte stundenlang sprechen«, sagte Henry. »Aber Archie ist auch erst acht Jahre, da hat er noch reichlich Zeit zum Lernen.«

»Will raus«, krächzte Archie.

»Du bist ja fast so ein Quälgeist wie Christopher«, sagte John.

»Will raus, ach ja«, bettelte Archie.

»Na ja, ich denke, wir können ihn hier auf den Gang rauslassen, solange wir die anderen Vögel anschauen. Aber du mußt dich ordentlich benehmen, und du darfst nicht raus in den Garten«, fügte Henry streng hinzu.

»Ach ja«, seufzte Archie. Henry öffnete die Käfigtür, hob Archie hoch und setzte ihn auf Noels Schulter.

»Du bist ein toller Vogel«, sagte Noel zu Archie. »Ich finde dich unheimlich schlau.«

Er machte auf ihrer Schulter einen ganz zufriedenen Eindruck, und sie folgte Henry und John zum nächsten Käfig. Plötzlich stieß Archie ein lautes Krächzen aus und flog den Gang zurück, er hatte die offene Tür gesehen. Noel, die als letzte in die Voliere gekommen war, hatte vergessen, sie zuzumachen.

»Scheiße«, brüllte Henry, als Archie raus in den Garten flog.

»Kriegen wir den noch mal zu fassen?« fragte John entgeistert.

»Och, bin ich doof! Wie konnte ich bloß die Tür auflassen?« Noel war todunglücklich.

»Archie!« lockte Henry, »komm, Archie, komm, sei ein lieber Vogel.«

Aber von Archie kam nur ein »Nee, nee, nee«, während er über den Rasen halb hüpfte, halb flog.

»Wenn wir ihn dazu bringen könnten, daß er ins Haus fliegt, dann kriegen wir ihn«, sagte Henry.

Sie versuchten zu dritt, Archie in Richtung Haustür zu treiben. Sobald Archie merkte, was sie vorhatten, kreischte er »nee, nee, nee«, flog ums Haus herum und den Weg hinunter zum Gemüsegarten.

Noel dachte mit Schrecken an das letzte Mal, als sie ein ausgerissenes Tier im Garten der Holbrookes verfolgt hatte. Wenigstens macht Archie nicht soviel kaputt wie seinerzeit das Pony Topsy, dachte Noel und sah im Geiste die zertrampelten Rabatten und Blumenbeete von damals.

Aber sie mußten ihn unbedingt bald zu fassen kriegen.

»Vielleicht erwischen wir ihn zwischen den Gewächshäusern«, sagte Henry. »Geh du da hinten rum und warte, John, wir versuchen, ihn dir in die Arme zu treiben.«

John flitzte nach vorn. Henry und Noel scheuchten Archie auf einen engen Pfad zwischen dicken grünen Hecken und dirigierten ihn vorsichtig in Richtung Gewächshaus. Er wanderte ganz zufrieden den Pfad entlang, hielt ab und zu an, um ein bißchen in der Erde zu picken, behielt seine Verfolger aber immer wachsam im Auge. Dann kam er auf den Rasenstreifen zwischen den Gewächshäusern.

»Paß auf, John, jetzt!« rief Henry, und John tauchte auf und versperrte den Weg. Archie saß in der Falle.

»Nee, nee, nee«, kreischte Archie und flog direkt auf John zu. »Nee, nee, nee.« Geschickt wich er Johns ausgestreckten Händen aus. John sprang auf ihn zu und griff nach ihm, doch alles, was er in der Hand hielt, war eine Handvoll Federn. Dafür landete er zwischen splitterndem Glas und stöhnte so laut, daß Noel und Henry gleich wußten, daß noch ein Unglück geschehen war.

»Du meine Güte, was hast du denn jetzt angestellt?« fragte Henry.

»Verdammter Mist«, wütete John, »ich bin auf so einem doofen Frühbeet gelandet und habe es kurz und klein zerdeppert.«

»Was ein Glück, es war nicht das Gewächshaus«, seufzte Henry erleichtert. »Wo ist dieser dusselige Vogel denn jetzt hin?«

»Ich hab hier sein halbes Gefieder«, sagte John.

»Das wird Tante Carol bestimmt unheimlich gut gefallen.«

»Da drüben ist er!« Noel zeigte zum Garten. »Schaut mal da, in dem Apfelbaum!«

Sie rannten hin, doch als sie am Baum ankamen, war Archie auf einen höheren Ast geflogen, und keiner von ihnen konnte ihn erreichen.

»Ich klettere hoch«, sagte Henry. Aber jedesmal, wenn er den Ast mit Archie erreicht hatte, flog der einen Ast höher. Zuerst lockte Henry ihn noch mit süßer Stimme und versprach ihm Kekse, aber schon bald nannte er ihn ein blödes Miststück und drohte ihm die schrecklichsten Todesarten an.

An der Spitze des Baumes angekommen, bat Henry um einen Rechen oder eine Hacke aus dem Geräteschuppen. Archie befand sich nämlich immer noch außerhalb seiner Reichweite, auf einem dünnen Ästchen, das niemals Henrys Gewicht ausgehalten hätte.

Aber als Archie sah, wie John den Rechen hochreichte, stieß er einen lauten Krächzer aus, flog quer durch den Garten und hüpfte durch die Rosenhecke auf die Auffahrt.

»Los«, brüllte Henry Noel und John zu, »lauft hinterher, er darf auf keinen Fall auf die Straße!«

Noel und John flitzten durch die Reihen der Gemüsebeete, wichen den Bohnenstangen aus, sprangen über die Buchsbaumhecke und durch das weiße Tor zur Auffahrt. Aber Archie blieb vor ihnen. Jedesmal, wenn sie ihm zu nahe kamen, hüpfte oder flog er näher in Richtung Straße. Sie kletterten über den hohen Zaun, und John gelang es, Archie zu überholen. Er drehte sich um und versuchte, den Vogel zurückzuscheuchen, doch wieder wich Archie ihm aus und bewegte sich jetzt noch schneller auf die Straße zu. Noel raste weiter, doch als sie zur Straße kam, war weit und breit kein Archie zu sehen.

Ojemine, dachte sie, was machen wir jetzt bloß? »Nichts von ihm zu sehen«, sagte sie zu John, als der aufgeholt hatte.

John knurrte: »Was für ein beschissener Tag! Heute geht aber auch alles schief!«

»Es war meine Schuld«, sagte Noel unglücklich.

Als sie Henry erzählten, daß Archie ihnen entwischt war, überfiel den die nackte Verzweiflung. Es hatte schon zum Abendbrot gegongt. Sicherlich waren sein Onkel und seine Tante längst zu Hause, und bestimmt hatte niemand im Haus eine Ahnung, wo die drei sich jetzt gerade rumdrückten. Der Himmel mochte wissen, was man ihnen über Christopher erzählt hatte.

John räusperte sich: »Wir sollten besser noch mal nachschauen, bevor wir zurückgehen und beichten, was wir angestellt haben.«

Noel kniff die Augen zusammen: »Schaut mal, da kommt eine Frau die Straße entlang. Vielleicht hat die ihn gesehen.«

Als die Spaziergängerin näher kam, konnten sie sehen, daß es niemand aus dem Dorf war. Sie trug hochhackige Schuhe und einen schicken Hut und war schon etwas älter. »Frag du sie, Henry«, sagte John.

Plötzlich ertönte eine bekannte Stimme aus dem Gebüsch am Straßenrand: »Küßchen?« Die Spaziergängerin blieb stehen und sah sich mißtrauisch um. Henry, John und Noel schauten sich gegenseitig an und kicherten los. Wie auf Kommando versteckten sie sich hinter der Hecke.

»Küßchen?« wiederholte Archie in seinem verführerischsten Ton. »Ach, jaaaa!«

Die Frau bekam einen roten Kopf und ging rasch weiter.

»Nee, nee, nee«, kreischte Archie aus dem tiefen Gebüsch. Fast schon rennend verschwand die Frau hinter der nächsten Kurve.

»Er ist wirklich unglaublich«, sagte Henry. »Jetzt hat er die arme Frau in Angst und Schrecken versetzt!«

»Sie ist gerannt, als wäre der Teufel hinter ihr her.« John lachte von neuem los.

»Wie sollen wir ihn bloß einfangen?« fragte Noel. Mittlerweile hatten sie einen Riesenhunger.

»Am besten gehen wir auf die Straße und treiben ihn zurück«, schlug Henry vor. »Nun komm schon, du blöder Vogel, oder Onkel George schickt eine Suchmannschaft nach uns aus.«

Doch Archie flog fast von allein zurück. Sobald er seine drei Verfolger auf der Straße sah, stieß er ein lautes Krächzen aus und flog die Auffahrt zum Haus hinauf. Er hatte einen großen Abstand zu John, Henry und Noel, die erst noch durch das Tor laufen mußten, aber sie rannten ihm nach, so schnell sie konnten. Henry mit Abstand als erster und Noel keuchend hinterher. Henry sah gerade noch, wie Archies verbliebene Schwanzfedern durch das Eßzimmerfenster verschwanden, da hielt er an, bis die anderen ihn eingeholt hatten. Als sie über den Rasen aufs Haus zugingen, konnten sie sehen, daß die Holbrookes und Christopher bereits beim Abendbrot saßen. Archie saß auf Mrs. Holbrookes Schulter und warf seinen Verfolgern einen verächtlichen Blick zu. Dann drehte er sich zu seinem Frauchen um, fragte liebevoll »Küßchen?« und gab sich selbst geziert die Antwort: »Ach, ja!«

## Sechstes Kapitel, in dem es um ein zertrampeltes Feld geht und die Hinterhandwendung geübt wird

Da sich Christopher wieder ganz gut erholt hatte, blieb es Noel, Henry und John erspart, den Holbrookes seinen Unfall zu beichten. Christopher hatte ihnen bereits vor dem Essen alles erzählt. Der Major hatte daraufhin nur bemerkt, daß jetzt hoffentlich alle soviel Angst und Schrecken eingejagt bekommen hätten, daß sie sich in Zukunft vernünftiger aufführen würden. Mrs. Holbrooke hatte hinzugefügt, daß ja nun wohl ein für alle Mal geklärt sei, warum man eine Reitkappe tragen sollte.

Archies Ausbüchsen wurde allgemein belacht, Mrs. Holbrooke fand, daß Noel, John und Henry sich reichlich dusselig aufgeführt hätten, aber es sei weiter kein größeres Drama. Wäre sie zu Hause gewesen, dann hätte sie ihn sofort wieder eingefangen.

Am Mittwoch morgen striegelten die Ponyclubmitglieder nach dem Frühstück ihre Ponys und waren sich darin einig, daß es ohne Merry viel friedlicher war. Der Major unterhielt sich mit Mr. Crandall, seinem Verwalter. Als er den Reitern auf den Reitplatz folgte, bemerkten alle sein grimmiges Gesicht. Den Grund dafür sollten sie bald erfahren, denn der Major fragte sie, ob sie nicht gemerkt hätten, daß sie gestern bei ihren unerlaubten Reiterspielen das ganze junge Gras niedergetrampelt hätten.

»Elender Mist«, knurrte John, denn als Sohn eines Landwirts wußte er genau, was für einen Riesenblödsinn sie damit angestellt hatten.

»Junges Gras«, führte der Major aus, »ist eine sehr empfindliche Pflanze und sollte im ersten Jahr nur leicht abgeweidet werden. Auf gar keinen Fall sollte ein Rudel von Idioten darüber galoppieren und es kurz und klein hacken. Vor allen Dingen Idioten, die es eigentlich besser wissen müßten.«

»Oh, nein«, flüsterte Noel, und Susan meinte: »Herrje, aber ich wußte gar nicht, daß man bei Gras vorsichtig sein muß!«

»Ich hätte nie gedacht, daß Leute, die Fuchsjagden reiten, so wenig Ahnung vom Gelände haben«, sagte der Major mit schneidender Stimme. »Aber – jetzt ist es passiert, und mein Verwalter hat mir eben mitgeteilt, daß wir von den Erntehelfern einen Mann und einen Traktor abziehen müssen. Der soll versuchen, ob er den Schaden auf dem Feld wieder beheben kann.«

»Es tut mir schrecklich leid, Sir«, platzte Dick heraus. »Wir hatten nicht die leiseste Ahnung –«

»Überhaupt keine«, ergänzte Henry. »Irgendwer hat mich sogar noch gefragt, ob wir hier reiten dürften, und mir sind nicht eine Sekunde lang Zweifel gekommen, daß das hier ganz gewöhnliches Gras ist.«

»Tja, vielleicht kommen dir jetzt in Zukunft solche Zweifel«, sagte der Major. »So, nun steigt ab und tauscht eure Pferde. Die erste Hälfte vom heutigen Morgen werdet ihr auf einem fremden Pferd reiten. Hilary, du gibst Noel Northwind und holst dir Merry Widow aus dem Stall. Roger und Henry tauschen miteinander. Susan nimmt Sonnet und gibt Dick Golden Wonder. John, du bringst Crispin und Turpin zurück in den Stall und holst Fireworks für June, du selbst reitest dann Golden Glory.«

»Uijuijui«, sagten alle erstaunt. Pferdetausch war etwas Neues. Diejenigen, die sich über ihr neues Tier freuten – wie John, Roger, Hilary und Dick – sagten noch »klasse«, während die anderen stöhnten, seufzten oder irgendwas Unzufriedenes in ihren Bart murmelten.

»Man kann sich sehr leicht täuschen, was die Reitkünste vieler Leute angeht, wenn man sie immer auf dem gleichen Pferd sieht«, erklärte der Major, als alle bei ihrem zugewiesenen Pferd standen und eifrig die Steigbügel auf die richtige Länge schnallten. »Ich mach nicht gern Fehler in meiner Beurteilung, und deshalb verschaffe ich mir heute morgen die Gelegenheit, meine bisherige Meinung zu überprüfen. Hilary, an die Tête, bitte.«

Alle waren äußerst konzentriert, als sie die Reaktionen der neuen Pferde testeten. Einige hofften, daß sie jetzt ein besseres Bild als sonst abgaben, und Hilary fühlte sich auf Merry Widow wie eine Königin. Aber Noel war Northwinds eher stöckeriger Schritt gar

nicht angenehm. Schon bald war sie verschwitzt und müde und wütend auf den Major, denn jedesmal, wenn er zu ihr herüberschaute, kritisierte er das gleiche: »Mach schon, Noel, Schenkel, Schenkel.«

John schwitzte ebenfalls und machte sich Sorgen, weil Golden Glory wie üblich überzäumt war. Jedes Mal, wenn er auf mehr Abstand zu den anderen Pferden ging, klebte sie und bockte. Er konnte sie zwar daran hindern, sich an die anderen Pferde anzuhängen, doch er konnte nicht verhindern, daß sie es ständig wieder versuchte. Der Major behauptete, ein guter Reiter wüßte im voraus, was sein Pferd beabsichtigte und würde sich darauf einstellen und es rechtzeitig unter Kontrolle bekommen. Aber John setzte die Schenkelhilfen immer zu spät ein.

Susan schaffte es nicht, auch nur ein Fünkchen Temperament aus Sonnet herauszukitzeln. Der Major machte ironische Bemerkungen über Reiter, die ein hübsches Pony wie einen Karrengaul aussehen ließen.

Susan stöhnte und schwor, sie könnte nicht noch stärker mit den Schenkeln treiben.

Henry und Dick hatten keine Probleme, ihre Pferde gingen gut. Sky Pilots Hinterhand trat zur Abwechslung mal richtig unter, und Wonder ging unter Dick lebhafter als unter Susan, aber längst nicht so nervös wie zu der Zeit, als sie noch June gehörte.

June mußte sich schrecklich Mühe geben, denn Fireworks war sehr anstrengend. Doch sie hatte ihn eher unter Kontrolle als Christopher und kam viel besser mit ihm zurecht, als die anderen Teilnehmer vermutet hätten.

Christopher, dem ausnahmsweise das Frühstück ans Bett gebracht worden war und der heute nur Zuschauer sein durfte, staunte nicht schlecht, als Fireworks trotz aller Aufregung am gestrigen Tag einwandfrei parierte.

Gerade als Noel dachte, nun fielen ihr die Beine ab, gab der Major den Befehl, wieder auf die eigenen

Pferde zurückzuwechseln. Total naßgeschwitzt und mit rabenschwarzer Laune fragte sie sich, wie in aller Welt sie jemals hatte denken können, aus ihr würde mal eine gute Reiterin. Offensichtlich war sie ein hoffnungsloser Fall, sie konnte Northwind nicht antreiben wie Hilary, und Sonnet ging unter Susan auch nicht schlechter als unter ihr.

John beschloß bei sich, daß er June nie mehr wegen ihres Pferdes oder ihrer Preise beneiden würde. Da machte das Reiten auf Turpin doch viel mehr Spaß!

June dachte: Meine Arme! Oh, meine Arme! Zum Glück zerrt Glory nicht so an den Zügeln, aber ich gebe natürlich auch bessere Zügelhilfen. Ich wette, John hat mir Glory verdorben.

Roger kämpfte mit Anwandlungen von Neid, als er sah, daß Sky Pilot unter Henry besser ging als unter ihm, aber der hatte ja auch verdammtes Glück mit so einem Onkel wie dem Major.

Christopher fragte: »Kann ich jetzt nicht auch wieder reiten? Ich bin o. k., ehrlich, mir geht's wieder gut, und Fireworks möchte bestimmt auch.«

Der Major überlegte kurz. Der anstrengendere Teil des Vormittags war nun vorüber. Deshalb entschied er, daß Christopher seine Kappe holen und Northwind nehmen sollte, während Hilary Fireworks bekam, vorausgesetzt natürlich, daß sie nichts dagegen hatte.

Hilary erklärte, es wäre ihr ein Vergnügen, und kurz darauf ritten alle auf den entsprechenden Pferden um die Bahn. Dann ließ der Major die ersten vier Reiter auf drei Pferdelängen Abstand voneinander gehen und die Diagonale als Traversale reiten. Erstaunt stellte Noel fest, daß Sonnet jetzt viel leichter zu reiten war als vorher. Es ging mit ihr hundertmal besser als mit Northwind, sie schien auf die Hilfen viel besser zu reagieren. Richtig schwungvoll, dachte Noel. Oh, was für ein wundervolles Gefühl!

»Sehr gut«, kommentierte der Major, »aber du schaust immer noch zur Erde.«

Alle ritten die Traversale jetzt so viel besser als vorher, daß der Major vorschlug, jetzt auch die Traversalverschiebung zu versuchen. Das wäre ganz einfach. Es ginge nur darum, daß sie nicht im Halbtravers durch die ganze Bahn wechseln sollten, sondern nur bis zur Mitte und dann immer weiter geradeaus, aber in die entgegengesetzte Richtung. Für Noel, die als erste dran kam, klang das unheimlich kompliziert, und sie brachte mal wieder rechts und links durcheinander, als der Major ihr Anweisungen zubrüllte.

Der resignierte schließlich und entschied, daß Christopher es vormachen sollte, da er aus Erfahrung wußte, daß Noel mit den Hufschlagfiguren zu Anfang immer große Schwierigkeiten hatte. Als alle die Aufgabe zu seiner Zufriedenheit ausgeführt hatten und sogar Fireworks gehorcht hatte, kündigte der Major an, daß sie nun die Kehrtwendung auf der Hinterhand versuchen sollten.

»Bei dieser Wendung muß man sehr vorsichtig mit seinem Pferd umgehen«, sagte er. »Ich fand es immer leichter, damit etwas zu warten, bis Reiter und Pferd besser aufeinander eingespielt sind. Wahrscheinlich wissen die meisten von euch bereits, daß sich ein Pferd um die Hinterhand dreht, indem es um den inneren Hinterfuß auf einem möglichst kleinen Kreisbogen herumtritt. Dabei ist besonders wichtig, daß es ruhige, gleichmäßige Schritte macht und daß man es nicht mit Karacho herumreißt und dabei halb steigen läßt. – Komm mal her, Henry. Dein Pferd kennt sich damit schon aus. Die Hilfen, die du ja kennst, sind für die Wendung nach links: Der Reiter führt die Vorhand herum, indem er das Pferd mit dem linken Zügel nach links führt. Der rechte Schenkel liegt hinter dem Gurt und verhindert, daß die Hinterhand nach rechts ausweicht. Der linke Schenkel am Gurt verstärkt den Schwung und verhindert, daß das Pferd rückwärts geht.«

Black Magic machte eine wunderschöne Wendung nach beiden Seiten. Henry saß oben und sah sehr zufrieden mit sich aus.

Der Major fragte: »Hat das jemand von euch schon mal gemacht?«

»Ich hab das früher auf Romany hingekriegt«, sagte Noel. »Dann wollte ich es Sonnet beibringen, aber da hat es nicht geklappt, und so habe ich es wieder gelassen.«

»Typisch für dich«, schnaubte der Major. »Her mit dir, du bist als nächste dran.«

»Ach, du liebes bißchen.« Noel seufzte. »Ich hab alle Hilfen vergessen.«

»Hast du gar nicht«, widersprach Susan. »Das sagst du zwar immer, aber das stimmt überhaupt nicht.«

»Doch, doch, bestimmt hab ich alles wieder vergessen«, entgegnete Noel.

»Quatsch!« sagte Susan.

»Hör auf zu zetern und bring dein Pony her«, befahl der Major, und Noel gehorchte zögernd. »Eben habt ihr ein ausgebildetes Pferd bei der Hinterhandwendung gesehen, jetzt seht ihr, wie man es einem Pony beibringt, das das noch nie gemacht hat.«

Er wies auf Noel: »Sonnet kann wegen der Hecke nicht nach rechts ausweichen. Führe sie mit der Hand nach links, Noel, und halte genug Kontakt zu ihrem Maul, so daß sie nicht vorwärts geht. Jetzt treibe mit deinem rechten Schenkel. Nichts passiert – und das ist anfangs immer so. Jetzt berühre ihre rechte Schulter mit deiner Gerte, laß sie weder nach vorn noch zurück gehen, sondern treibe sie mit beiden Schenkeln an. Sie wird versuchen, in alle Richtungen zu gehen, nur nicht in die richtige, weil sie überhaupt noch keine Ahnung hat, was diese neuen Hilfen ihr sagen sollen. Wir brauchen viel Geduld, bis sie das kapiert hat. Jetzt laß den linken Zügel etwas nach. – Gut, das war nur ein kleiner Schritt, aber es war schon die richtige

Richtung. Nun klopf sie ordentlich und lobe sie. Wer kommt als nächster?«

June hob ihr Kinn: »Glory kann das.«

»Ach, ja? So so, sie kann das. Na, dann komm her und zeig es.« Der Major rieb sich die Nase. »Nein, nein, nein.« Seine Stimme wurde bei jedem Nein lauter, als June Glory an den Zügeln herumzog. »Das ist nicht im entferntesten das, was ich euch gezeigt habe. Stell dein Pferd vor die Hecke und bring es dazu, einen richtigen Schritt zu machen.«

Northwind führte die Hinterhandwendung ohne Probleme vor, was alle überraschte. Christopher war äußerst zufrieden mit ihm und gab ihm ein Leckerli.

Den Rest des Vormittags ritten sie abwechselnd in versammeltem und in starkem Trab um die Reitbahn, und dazwischen übten sie immer wieder die Wendung auf der Hinterhand.

Schließlich schafften alle mindestens drei Schritte der Wendung. Der Major erklärte, dies sei in etwa das, was man von Pferden erwarten dürfte, die das noch nie vorher gemacht hätten.

Dann blieb noch Zeit für ein paar Sprünge. Alle Teilnehmer fanden, daß sie noch nie so gut gesprungen waren. Sogar Fireworks mit Hilary schaffte drei niedrige Hürden, wobei der Major darauf hinwies, daß Hilary einen besseren Sitz hatte als Christopher und ihn deshalb besser bändigen konnte. Sie konnte ihn durchparieren und rückwärts richten.

»Aber wenn du ihn so richtig anheizt und im gestreckten Galopp reitest, kannst du ihn nicht mehr stoppen.« Der Major warf Christopher einen bösen Blick zu. »Er ist noch nicht geschult genug, um immer auf seinen Reiter zu hören, ganz egal, was um ihn herum auch geschieht.«

## Siebtes Kapitel, in dem eine Wasserschlacht stattfindet und eine Mauer zusammenbricht

Als sie an diesem Nachmittag das Zaumzeug und die Sättel putzten, gab es ein hektisches Durcheinander. Henry und Christopher, der sich eigentlich immer noch schonen sollte, gerieten in Streit und warfen sich gegenseitig Schwämme und Lappen an den Kopf. Es dauerte nicht lange, bis zwischen Christopher, John und den Radcliffes auf der einen und dem Rest der Ponyclubmitglieder auf der anderen Seite eine regelrechte Wasserschlacht tobte.

June hatte sich herausgehalten, bis Christopher ihr einen nassen und seifigen Schwamm mitten ins Gesicht geballert hatte – jetzt griff sie energisch ein, um sich zu rächen.

Der Lärm wuchs, und alle wurden ziemlich durchgeweicht, besonders als Henry sich aus dem Geräteschuppen den Wasserschlauch geholt hatte. Sie benahmen sich wie die Verrückten: Christopher goß einen halben Eimer Wasser über June aus, Henry schmiß die Fensterscheibe in der Sattelkammer ein, Dick zerriß Hilarys T-Shirt, und schließlich ging der obere Teil des Wasserhahns in der Scheune ab, als Noel ihn aufdrehen wollte. Das Ergebnis war eine Wasserflut.

Als Noel verzweifelt versuchte, das Oberteil wieder draufzuschrauben, spritzte der Strahl in alle Richtungen und durchnäßte sie bis auf die Haut. Dick eilte ihr zu

Hilfe und brüllte, er wollte es versuchen, aber alles, was er erreichte, war, daß er ebenfalls klatschnaß wurde. Nun wollte Christopher helfen. John schrie, er sollte im Uhrzeigersinn schrauben, Hilary kreischte, gegen die Uhrzeigerrichtung wäre richtig, und Roger stöhnte nur, daß es doch einen Weg geben müßte, das blöde Ding wieder zusammen zu kriegen.

Alle versuchten ihr Glück und waren bald tropfnaß, bis Henry schließlich Blake holte, damit er den Haupthahn zudrehte. Blake war über den Anblick des triefenden Ponyclubs entsetzt, und noch mehr entsetzte ihn der Anblick seines sonst so blitzsauber aufgeräumten Hofs. »So eine Schweinerei«, knurrte er. »Was in aller Welt habt ihr hier denn bloß angestellt?«

»Och, Blakie, nicht sauer sein! Wir bringen gleich wieder alles in den üblichen tadellosen Zustand, bevor Onkel George das sieht«, versprach Henry und hob mit gerümpfter Nase einen nassen Polierlappen auf.

»Ich muß los.« June zerrte an ihrem T-Shirt. »Da kommt Mama, und ich bin pitschnaß; du bist echt ein Ekel, Christopher.«

»Ja, weiß ich schon lange, manchmal bin ich ziemlich daneben.« Christopher klimperte reumütig mit den Augenlidern. »Kannst du deiner Mutter nicht sagen, du wärst gestolpert und in einen Eimer gefallen?«

»Dann krieg ich Krach, weil ich mich so ungeschickt anstelle.« June klang verdrossen.

Blake brauchte einige Zeit, bis er das Wasser abgestellt hatte. Als das geschafft war, schraubte Henry den Hahn ohne große Mühe wieder zusammen. Dann hatten sie eine unangenehme Viertelstunde damit zu tun, alle Dosen, Eimer, Lappen und Schwämme aufzuräumen, die Wasserlachen aufzuwischen, die Glasscherben aufzukehren und in die Mülltonne zu bringen.

»So, und dann wäre da leider immer noch diese schreckliche Wiese«, sagte John, als der Hof wieder in gewohnter Sauberkeit glänzte. »Da müssen wir uns auch etwas einfallen lassen.«

»Ach ja, das junge Gras.« Henry stöhnte. »Das hab ich ganz vergessen. Da haben wir wirklich Mist gebaut.«

»Was hat denn der Major für Traktoren?« wollte John wissen.

»Frag mich doch so was nicht.« Henry zuckte die Achseln. »Für mich sehen alle Traktoren gleich aus.«

»Bei unseren zu Hause kenne ich mich aus«, sagte John. »Ich fahr die ziemlich oft, obwohl ich natürlich noch keinen Führerschein habe.«

»Wir sollten uns jetzt besser umziehen«, warf Noel ein. »Wir können so nicht zum Tee erscheinen.«

»Nee, momentan sehen wir noch etwas zerrupft aus.« Henry sah an sich runter.

Während sie im Garten Tee tranken, erzählte Henry dem Major von seinem dummen Unfall mit der Fensterscheibe in der Sattelkammer, und Noel beichtete ihr Abenteuer mit dem Wasserhahn. Christopher faßte allen Mut zusammen und berichtete von den gemäßigteren Phasen der Wasserschlacht, was John ganz schön gewagt fand; aber glücklicherweise fanden die Holbrookes das eher witzig.

»Aber du bist ja völlig durchweicht, mein Schätzchen!« Mrs. Cresswell war empört, als sie June nach Hause fuhr. »Deine Kleider sind ganz naß, da ist ja kein einziger Faden mehr trocken! Das ist doch kein Spiel mehr, da hört der Spaß auf, wenn man jemanden mit Wasser übergießt! Ganz sicher hat es eins dieser schrecklichen Gören aus Absicht getan. Die sind alle neidisch auf dich, weil du schickere Reitkleidung hast als die. Du kannst mir ruhig sagen, wer das war, meine Süße, ich werde mich bei Major Holbrooke beschweren. Der kann doch nicht einfach tatenlos zusehen, wenn sich solche Dinge direkt unter seiner Nase abspielen!«

»Nun hör schon auf, Mama!« June schmollte. »Ich hab dir doch gesagt, wir haben bloß Spaß gemacht.«

Ihre Mutter war anderer Ansicht: »Das ist aber kein Spaß mehr, June. Das ist einfach pure Gemeinheit.«

»Du bist doof, Mama.«

»Also wirklich, June, wie oft habe ich dir schon gesagt, daß du nicht so frech zu mir sein sollst!« Mrs. Cresswell keifte. »Ich weiß gar nicht, du warst doch früher so ein wohlerzogenes Kind! Wahrscheinlich liegt das an deinen unfähigen Lehrern. Wenn du dich weiter so benimmst, muß ich dich in deiner Schule abmelden und woanders hinschicken.«

»Mir doch wurscht.« June sah ihre Mutter von der Seite an. »Du weißt ja noch gar nicht, was heute noch alles passiert ist«, fuhr sie eilig fort, bevor ihre Mutter wieder über ihre Wortwahl meckern konnte. »Wir haben alle die Pferde getauscht, und John Manners hat Glory geritten.«

Mit selbstgefälligem Gesichtsausdruck wartete June auf den Ausbruch, der mit Sicherheit auf diese Nachricht folgen würde.

Mrs. Cresswell schnappte nach Luft. »Dieser Bauerntölpel? Mit seinen gefühllosen Pranken? Auf Glory?« Sie war hell entsetzt. »War Major Holbrooke dabei? Hat er das erlaubt?«

»Er hat das sogar verlangt. Ich mußte auf Fireworks reiten. Das ist vielleicht ein ekelhaftes Vieh, hat von nichts eine Ahnung.«

»Major Holbrooke wollte, daß ihr die Pferde wechselt?« Mrs. Cresswell konnte es einfach nicht glauben. »Ist das wirklich wahr, June?«

»Aber klar doch. Stell dich doch nicht so an, Mama. John hat ihr vielleicht nicht gutgetan, aber du mußt dich doch nicht gleich aufführen, als wäre das das Ende der Welt.«

»Das kannst du nur sagen, weil du gar keine Ahnung hast, was für ein wertvolles Tier Glory ist! Wenn ich an all die Zeit und die Mühe denke, die ich in deine

Reitstunden investiert habe! Es ist eine Schande! Wie leicht hätte dabei ein Unfall passieren können, dieser Manners-Junge kann doch überhaupt nicht reiten. Ich kann ja verstehen, daß der Major dich auf einem der anderen Ponys reiten lassen wollte, damit ihnen endlich mal jemand zeigt, wie man das richtig macht. Das haben die schon lange mal gebraucht. Aber daß dieser große Lümmel, John Manners, auf Glory geritten ist – das ist, das ist – eine Schande! Jawohl, eine Schande! Besonders nachdem ich dem Major wiederholt klargemacht habe, daß Glory eine äußerst wertvolle Stute ist. Ich werde ihn sofort anrufen und mich beschweren, das ist eine Schande, wirklich und wahrhaftig!«

Am Donnerstag durften die Pferde ausruhen. Noch bevor Noel, Henry, John und Christopher frühstükken gingen, brachten sie die Ponys in den Stall und gaben ihnen Futter. Alle waren froh über den Ruhetag, mit Ausnahme von Christopher, der vor Energie schier platzte. Nach dem Mittagessen saßen sie auf dem Rasen und bewarfen sich mit Gänseblümchen, bis Christopher die anderen zu einem Spaziergang nach Folly Farm überredete, es wäre doch eine gute Idee, die Zuchtstuten und ihre Fohlen anzuschauen. Mit den Hunden der Holbrookes im Schlepptau zogen sie los.

Dort standen drei Vollblutstuten mit ihren Fohlen in ihren Boxen, außerdem noch Harmony, die Anglo-

Araberstute des Majors. Auf ihr hatte er im letzten Jahr die meisten Preise gewonnen, sowohl bei Springturnieren als auch bei Dressurprüfungen. Jetzt hieß es, sie sei tragend. Außerdem stand dort Southwind, ein reinrassiger Araber, neben ihm ein hübsches kleines Fohlen mit riesengroßen Augen und sehr breiter Stirn. Die Fohlen waren ganz neugierig, aber gleichzeitig auch unruhig wegen der fremden Besucher. Die Ponyclubmitglieder redeten einige Zeit besänftigend auf sie ein und stritten, welches Fohlen das hübscheste war.

Dann spazierten sie hinunter zu der großen Wiese mit dem Offenstall, wo die jungen Pferde standen:

drei Jährlinge, zwei Zweijährige und ein Dreijähriger. Die waren noch neugieriger als die Fohlen und hatten überhaupt keine Angst vor den fremden Besuchern. Sie suchten in den Jackentaschen nach etwas Eßbarem und zwickten von Noels Kleid einen grünen Knopf ab. Dann versuchten sie, Henrys Haar zu fressen, von dem Christopher behauptete, es sähe ja auch aus wie altes Heu.

»Auf dem Rückweg können wir doch mal bei den Hundezwingern vorbeigehen«, schlug Christopher vor. »Der Major hat erzählt, einige der Hündinnen hätten geworfen und es gäbe jetzt jede Menge Welpen. Außerdem kenne ich die neuen Zwinger noch gar nicht, nur den alten in Gunston.«

»Die sind stinkvornehm«, bemerkte Henry. »Aber das sind doch Kilometer bis dahin, oder?«

»Es ist gleich hinter Swincombe Bottom«, sagte John. »Ihr könnt über die Felder abkürzen. Aber ich komm nicht mit, ich muß da alle Nase lang hinreiten wegen toten Kühen oder den nächsten Heulieferungen. Ich werde mir statt dessen mal die Traktoren vom Major ansehen.«

»Oh, John, wie kannst du nur?« Noel verdrehte die Augen. »Solche gräßlichen leblosen Dinger!«

»Also, ich muß sagen, ich ziehe die Zwinger den Traktoren vor«, sagte Henry. »Wir sehen dich dann beim Tee, John. Wir gehen zu den Hunden.«

Sie ließen sich für den Spaziergang nach Swincombe Bottom viel Zeit. Henry und Noel stritten sich über Bücher und über ihre Lieblingsautorinnen und -autoren. Christopher gab irgendwelche seltsamen Jagdgeräusche von sich und schlich mit den Hunden durch jedes Dickicht am Wegrand.

»Heute nichts erlegt, überhaupt keine heiße Spur«, beklagte er sich, als er die anderen am Zwinger wieder eingeholt hatte.

Dem Hundemeister Mr. Barnes machte es offensichtlich Spaß, sie herumzuführen. Er zeigte ihnen die fünf jüngsten Welpen der Hündin Priceless: Puzzle, Playmate, Promise, Postboy und Porter, und die vier Töchter von Rutland: Rosa, Ready, Reckless und Rival. Außerdem hatte die Hündin Tiger sechs zitronengelb und weiß gefleckte Welpen.

Dann führte er sie zu den zweiundzwanzig Jagdhunden, die bequem auf ihren Lumpenkissen herumlümmelten und auf ihr Futter warteten.

Alle bewunderten das gepflegte Aussehen der Hunde und die Sauberkeit der Ställe und Zwinger. Dann bedankten sie sich bei Mr. Barnes und sagten, sie müßten nun gehen, sonst kämen sie zu spät zum Tee. Mr. Barnes äußerte beim Abschied die Hoffnung, daß er sie im nächsten Winter alle während der Jagdsaison wiedersehen würde.

John machte während der Teestunde einen sehr niedergeschlagenen Eindruck. Die anderen dagegen schwatzten fröhlich von den verschiedenen Mastern bei den Fuchsjagden und überlegten sich, welcher von ihnen am meisten fluchte und wer die ausgefallensten Ausdrücke kannte: der Major, Sir Charles Dent – der Vorgänger des Majors – oder Sir William Blount, der Master von East Barsetshire. Der Major behauptete, er würde am meisten fluchen, aber Henry behauptete, Sir Charles hätte einen größeren Wortschatz. Und Christopher erzählte von seinen Erlebnissen während der Jagd am letzten Weihnachtstag.

Schließlich erhob sich John und erklärte, sie müßten jetzt die Pferde auf die Weide bringen. Sobald sie außer Hörweite der Holbrookes waren, holte er tief Luft und gestand: »Jetzt ist es passiert. Jetzt habe ich alles total vermasselt.«

»Was ist denn los?« fragte Henry.

»Nun komm schon, John, spuck's aus«, forderte ihn Christopher auf und sah ihn ängstlich an.

»Na ja, ihr wißt doch, daß ich zu den Traktoren wollte.« John sah genauso elend aus wie er sich fühlte. »Also, der Major hat einen Traktor, der genauso ist wie der, den ich zu Hause immer fahre. Außerdem hab ich bei den Geräten eine Walze gesehen und gedacht, es wäre vielleicht ganz gut, die zertrampelte Wiese glatt zu walzen, dann braucht der Major das morgen nicht mehr machen zu lassen. Ich hab also den Traktor rausgefahren und die Walze angekuppelt. Dann bin ich damit aus der Scheune rausgefahren. Ich dachte, auf der Straße käme ich am besten zu dem Feld, aber ich hab das Tor nicht richtig eingeschätzt, die Walze war breiter als unsere zu Hause, und ich hab einen Torpfosten umgehauen und auch noch gut zwei Meter Mauer eingerissen. Und jetzt kann ich den Traktor nicht umdrehen und die Walze nicht abkuppeln.«

»Scheiße!« Christopher schlug mit der Faust auf seine flache Hand.

»Oh, nein!« Noel starrte John an.

»Du bist und bleibst ein Trottel!« sagte Henry.

»Aber was soll ich bloß machen?« John war viel zu unglücklich, um sich wegen der Beleidigung mit Henry zu streiten.

»Warum hast du diese blöde Maschine überhaupt angefaßt?« fragte Henry.

»Ich wünschte, ich hätte es gelassen.« Johns Stimme klang verzweifelt. »Meint ihr, ich soll hingehen und es ihm sagen? Ich weiß gar nicht, wie ich anfangen soll.«

Henry dachte kurz nach und holte dann tief Luft. »Wenn du willst, sag ich's ihm.«

John sah erleichtert aus. »Würdest du das wirklich? Das wäre unheimlich nett.«

»Klar, weiß ich selbst. Hör mal, ihr bringt jetzt die Pferde auf die Weide, und ich wage die Konfrontation mit dem gräßlichen Ungeheuer in seinem Wohnzimmer. Aber bist du dir sicher, daß wir den Schaden nicht reparieren können, zum Beispiel die Mauer wieder zusammenbauen, den Traktor zurückbringen und den Pfosten wieder aufstellen?«

»Nein, wir schaffen es nicht allein. Ich hab's ja versucht, aber die Mauer ist insgesamt viel zu wacklig, der Pfosten ist echt plattgemacht, und die blöde Kupplung klemmt wie verrückt – da muß einer ran, der was davon versteht.«

»Armer John!« sagte Noel.

»Armer Onkel George«, sagte Henry. »Wir sind für ihn langsam ein ziemlich teures Vergnügen.«

»Er wird den Ponyclub bestimmt nie wieder einladen.« Noels Stimme klang bedauernd.

»Du solltest dann nachher kommen und dein Sprüchlein aufsagen, wenn ihr mit den Pferden fertig seid.« Mit diesen Worten an John drehte sich Henry um und ging wieder zum Haus zurück.

»O. k.« John sah aus wie ein Häufchen Elend. »Warum bin ich bloß solch ein Versager?« stöhnte er.

»Das war halt Pech«, tröstete Christopher. »Du hattest ja gute Absichten.«

»Das war eben sehr anständig von Henry«, murmelte John, als sie bei den Ställen ankamen.

»Och, der ist eigentlich sehr nett, weißt du.« Noel öffnete die Tür. »Wenn er nicht gerade wieder angibt wie eine Tüte Mücken.«

»Ach, Onkel George, eine schreckliche Tragödie hat uns heimgesucht«, eröffnete Henry das Gespräch. Er hatte sich gesagt, daß ein kühner Vorstoß die beste Art wäre, sich seines Auftrags zu entledigen.

»Red nicht so geschwollen«, konterte der Major. »Sag mir lieber gleich, was du wieder angestellt hast.«

»Also, genauer gesagt, war ich es diesmal gar nicht. Aber soviel ich weiß, ist der Torpfosten vom großen Tor in der Mauer plattgemacht worden, und auch die Mauer ist nicht mehr, was sie einst war. John hat sie mit der Walze angestupst.«

»Mit der Walze? Was? Was zum Teufel wollte er denn mit der Walze?« Der Major ließ die Zeitung sinken. »Wie hat er die überhaupt dort hingekriegt?«

»Mit einem Traktor«, antwortete Henry.

»Was hatte der denn am Traktor zu schaffen? Was hat sich denn dieser Bengel eigentlich dabei gedacht? Also, das ist ja wohl die Höhe!«

»Die Sage vermeldet, daß er das zertrampelte Feld in Ordnung bringen wollte. Ihn plagten nämlich Reue und Scham wegen der armen jungen Gräserlein. Der Ärmste wollte einfach nur eine gute Tat vollbringen.«

»Ich pfeif auf den Jungen und seine guten Taten«, bellte der Major. »Wo ist er jetzt? Ich werde ihm schon meine Meinung geigen!«

»Tja, also, Onkel George, du solltest dich besser nicht so aufregen. Es geht ihm momentan miserabel, er sieht aus, als wäre das Ende der Welt gekommen, und wenn du ihn so anbrüllst, kriegt er bloß Minderwertigkeitskomplexe. Ehrlich, der ist völlig zerschmettert wegen der ganzen Angelegenheit. Er fühlte sich wegen der Sache mit der Wiese eben viel schuldiger als wir anderen.«

»Ich dachte, du könntest ihn nicht ausstehen.« Der Major kniff die Augen zusammen und schaute Henry scharf an. »Immerhin habt ihr in letzter Zeit fast nichts anderes gemacht, als euch zu zanken und zu prügeln.«

»Ähem, ja, also, erst konnte ich ihn auch nicht ausstehen«, sagte Henry langsam, »aber jetzt habe ich mich ein bißchen an ihn gewöhnt, und ich finde, er ist ganz in Ordnung, ehrlich. Das ist bloß sein Minderwertigkeitskomplex, der macht ihn so empfindlich, aber eigentlich ist er ein ganz netter Kerl. Du weißt, daß er dir nie einen üblen Streich spielen würde.«

»Aha«, knurrte der Major. »Also hast du ihm angeboten, mir die Neuigkeiten mitzuteilen, he?«

»Na ja, er war ziemlich neben der Kappe. Hast du beim Tee nicht gemerkt, daß er in einem ziemlich jämmerlichen Zustand war?«

»Hm. Und wo ist dieser Unglücksrabe?« fragte der Major. »Geh und bring ihn her. Wir werden zu der Mauer hingehen und uns den Schaden mal ansehen.«

Henry fand John auf der Treppe. Er sah niedergeschlagen vor sich hin.

»Hallo«, sagte Henry und machte dann mit theatralischem Flüstern weiter: »Er hat das Stadium der Brüllerei schon hinter sich. Komm, wir wollen uns den Schaden ansehen.«

»Ist er sehr sauer?«

»Ja«, antwortete der Major, der ebenfalls auf der Treppe erschienen war.

»Es, also, na ja, also, es tut mir wahnsinnig leid«, stammelte John, und es war schwer zu sagen, was darin mehr mitschwang: seine Niedergeschlagenheit oder die Tatsache, daß ihm das alles äußerst peinlich war.

»Ihr seid schwieriger zu beaufsichtigen als eine Meute junger Hunde«, sagte Major Holbrooke. »Aber meine Frau war ja der Ansicht, wir könnten es mit euch aufnehmen. Henry, laß dir das als Warnung dienen: Falls du jemals heiratest, laß dich von deiner Frau nie zu irgendwas überreden.«

John befürchtete, daß Henry dem Major das volle Ausmaß der Katastrophe verschwiegen hatte, sonst hätte er doch viel wütender sein müssen. Als sie losmarschierten, sank ihm das Herz immer tiefer. Der Major hielt einen Vortrag über die Drei-Felder-Wirtschaft, aber John hörte gar nicht zu. Der Schaden an der Mauer sah für John noch schlimmer aus, als er ihn in Erinnerung hatte. Tausende von Steinen schienen auf der Erde zu liegen.

Henry blieb stehen: »Das hat aber gerumst!«

Der Major besah sich das Ganze eine Zeitlang und sagte dann: »Sieht so aus, als müßte ich dem Ponyclub das Mauern beibringen statt Springreiten. Kommt her, wir legen diese Steine mal besser auf einen Haufen, dann können wir den Traktor vielleicht wenden. Henry, lauf mal rüber zu Mr. Jeffrey und frage, ob er rüberkommen und uns helfen kann. Er müßte eigentlich jetzt zu Hause sein.«

Als Henry verschwunden war, wandte sich der Major an John: »Ich zweifle nicht daran, daß du aus den besten Absichten heraus gehandelt hast, aber du solltest dir nicht, ohne zu fragen, die Sachen anderer Leute ausleihen. Das hat immer böse Folgen. Stell dir mal vor, du hättest nicht ein paar Meter Mauer zerdeppert, sondern einen teuren Traktor, was meinst du, wie du dich dann erst fühlen würdest? Du mußt immer vorher fragen, damit das mal klar ist.«

Dann kamen Henry und Mr. Jeffrey, und zu viert machten sie sich an die Arbeit.

Es war schon fast Abendbrotzeit, als die Ziegelsteine wieder ordentlich aufgetürmt hinter der Mauer lagen. Mit einiger Mühe wurde dann die Walze vom Traktor abgekuppelt, herumgedreht und zurück in den Schuppen gebracht.

Mrs. Holbrooke, Noel und Christopher waren in der Bibliothek, als der Major, Henry und John von ihrer Arbeit zurückkamen. Mrs. Holbrooke war sehr taktvoll. Sie reichte ihrem Mann erst mal ein Glas Sherry, bevor sie sich erkundigte, ob sie alles wieder in Ordnung gebracht hätten. Dann erzählte sie ihm, daß Mrs. Cresswell schon zweimal angerufen und darum gebeten habe, er möge sofort zurückrufen, wenn er wiederkäme.

»Was in aller Welt will die denn schon wieder?« fragte der Major gereizt. »Egal, ich kann sie jetzt nicht anrufen, jetzt wird Abendbrot gegessen, und ich muß mich waschen. Da muß sie eben noch ein Weilchen warten.« Damit verschwand er nach oben.

Nach dem Essen kam der Major in die Bibliothek, wo Mrs. Holbrooke mit den Ponyclubmitgliedern beim Kaffee saß. Er sah sehr zufrieden mit sich aus. »Diesmal hab ich's ihr aber gegeben«, sagte er. »Mrs. Cresswell tobt vor Wut. Anscheinend habe ich aller Welt erlaubt, auf ihrem einzigartigen Pferd zu reiten, das nun für alle Zeiten verdorben ist.«

»Was hast du denn gesagt?« fragte Mrs. Holbrooke.

»Ich habe ihr mal ein paar unangenehme Wahrheiten gesteckt, aber die wollte sie natürlich nicht hören. Dann hat sie vorgeschlagen, daß June mit dem Springreiten lieber aufhören sollte – sie würde das sowieso schon alles aus dem Effeff beherrschen und würde so schrecklich darunter leiden, daß sie immer nicht weiterkäme, weil die anderen Kinderchen noch sooo weit zurück wären. Ich hab ihr erklärt, ich sei damit voll und ganz einverstanden und hätte bereits festgestellt, daß June sich sowieso keine Mühe gäbe. Das war's im großen und ganzen. – Ach nein, da war noch eine Beschwerde. Allem Anschein nach hat ein ungezogenes, neidisches Ponyclubmitglied gestern nachmittag einen Eimer Wasser über June gekippt und sie bis auf die Knochen durchnäßt.«

»Das ist gelogen!« sagte Christopher wütend. »Es war nur ein halber Eimer, das schwör ich!«

Da mußten alle lachen.

## Achtes Kapitel, in dem für das Springturnier geübt wird und ein Sattel zu rutschen beginnt

Am Morgen des Übungsspringens war es grau und feucht. Ein leichter Nieselregen fiel, als die Ponyclubmitglieder ihre Pferde striegelten.

»Hoffentlich fängt es nicht an zu gießen!« Christopher blickte zum Himmel auf. »Es wäre zu doof, wenn wir nicht springen könnten.«

»Bei Springturnieren wird immer gesprungen – egal, welches Wetter ist, es sei denn, sie werden gleich ganz abgesagt«, verkündete Henry. »Es gibt also keinen Grund, weshalb wir nicht springen sollten, auch wenn der Boden rutschig ist.«

»Außerdem glaube ich nicht, daß es in Strömen regnen wird«, sagte Hilary entschlossen.

Der Parcours, den der Major hatte aufbauen lassen, war ziemlich weitläufig. Henry behauptete, er wäre mindestens einen Kilometer lang, aber der Major fand das weit übertrieben.

Es gab vier Hürden ohne Gräben und zwei mit dem Graben davor und eine mit dem Graben dahinter; außerdem zwei ziemlich robuste Ricks, einen sehr engen Sprung über einen Zauntritt hinten am Feld und je zwei Doppelsprünge, einen zu Beginn und einen am Ende des Parcours.

Sie gingen den Platz ab und sahen sich alle Sprünge genau an. Dann bestimmte der Major, daß zuerst die

Ponys springen sollten und daß er anschließend für die restlichen Pferde die Stangen höherstellen wollte.

John sollte als erster starten. Der Major wies ihn an, immer zwischen den Fähnchen zu bleiben und schön langsam zu galoppieren. John absolvierte den Parcours ohne Fehler. Fireworks als nächster galoppierte zwar rasend schnell über alle Hindernisse, riß aber die obere Stange vom Rick. Wonder blieb ebenfalls fehlerfrei, aber nach Meinung des Majors war sie zu langsam gegangen, Susan hatte zwischen den Sprüngen ihr Pferd zu sehr versammelt.

Dick und Crispin machten ihre Sache sehr gut, Noel dagegen wurde getadelt, weil Sonnet am ersten Hindernis verweigerte. Danach trieb sie ihr Pony mit aller Macht an, aber sie spürte deutlich Sonnets Unsicherheit und ihre Angst vor den Fähnchen und teilte das dem Major mit.

»Sie wird das schon schaffen«, sagte der. »Sie braucht nur mehr Erfahrung, und du mußt deine Beine mehr gebrauchen.«

Northwind blieb ebenfalls fehlerfrei, aber er beeilte sich nicht sonderlich, weil er wußte, daß dies hier keine Fuchsjagd war, denn er lief nur schneller, wenn Hunde in der Nähe waren. Der Major bot an, er wollte sein Jagdhorn holen, um ihn richtig aufzuwecken, aber da stieß Christopher einen Schrei des Entsetzens aus: Hörnerklang würde Fireworks verrückt machen.

John ritt zu den Hindernissen und stellte die Stangen höher. Dann ließ der Major Henry starten. Black Magic machte beim ersten Hindernis einen Riesensatz, weil sie den Graben dahinter erst im letzten Augenblick bemerkte hatte, und Henry fiel hinunter. Mitleidlos bekam er von seinem Onkel vorgehalten, das wäre sein Fehler gewesen, weil er die Knie nach außen gedreht hatte. Henry hatte sich aber nicht wehgetan, er grinste, fing Black Magic wieder ein und ritt den Parcours ohne weiteren Fehler zu Ende.

Roger und Sky Pilot ritten das Gatter um. Nach Meinung des Majors einzig Rogers Fehler, weil er seinen Verstand nicht gebraucht hätte. Er hätte sein Pferd vor diesem schwierigen Sprung versammeln müssen und nicht einfach lospreschen dürfen.

Sky Pilot und Fireworks mußten noch einmal das Rick springen. Als Roger und Christopher zurückkamen, fragte der Major, ob alle Lust hätten, jetzt mal als Paare zu reiten. »Dazu gehört natürlich, daß die Pferde zusammenpassen und sich miteinander verstehen, aber da alle Ponys ungefähr gleich groß sind, habt ihr die freie Wahl.«

»Willst du mit mir zusammen reiten, Dick?« fragte John.

»Mit mir will bestimmt keiner reiten«, sagte Christopher bedrückt. »Bei mir geht immer alles schief.«

»Ich reite mir dir, vorausgesetzt, es macht dir nichts aus, wenn's bei mir schiefgeht«, sagte Noel.

»Mit wem soll ich reiten?« fragte Susan und sah Hilary an.

»Ich fang schon mal mit den großen Pferden an, solange ihr das noch bekakelt.« Major Holbrooke wandte sich Roger und Henry zu: »Springt nicht über den Zauntritt, der ist für zwei zu schmal. Nehmt lieber das hübsche Stück Hecke dort links, dahinter ist aber ein schmaler Graben, also paßt auf, daß ihr nicht runterfallt.«

»O. k.« Henry schnallte seine Steigbügel um ein Loch kürzer und drehte seine Knie energisch nach innen. »Wir werden uns Mühe geben. Welche Seite willst du, Roger?«

»Geh du lieber außen, du bist schneller. Wer bestimmt, wie schnell geritten werden soll?«

»Du«, sagte Henry.

Roger und Henry blieben sehr gut nebeneinander, nachdem Henry begriffen hatte, daß Sky Pilot nicht so beschleunigen konnte wie Black Magic und daß er ihr deshalb die Zügel nicht gleich geben durfte, wenn Roger: »Jetzt!« sagte.

Hilary und Susan waren sich immer noch nicht einig, ob sie ein Paar bilden wollten, als Roger und Henry zurückkamen. Der Major brummte, er hätte noch nie so unentschlossene Leute gesehen, und natürlich sollten die beiden langsamen Pferde ein Paar bilden. Das Zusammengehen von Fireworks und Sonnet sei eben eine bislang unbekannte Größe, die müßten sehen, wie sie zurechtkämen.

John und Dick waren ein hervorragendes Paar. Ihre Ponys schienen begriffen zu haben, was sie tun sollten, und ihre Reiter brauchten sich deshalb überhaupt nicht anzustrengen, um sie zusammenzuhalten.

Northwind und Golden Wonder waren kein solch harmonisches Paar. Susan schaffte es nicht, mit Wonder ein gleichmäßiges Tempo zu halten. Entweder ritt sie versammelten Galopp oder sie galoppierte – jedesmal wenn Hilary »schneller!« schrie – in gestrecktem Galopp, und dann ließ sie Northwind hinter sich zurück.

Der Major ließ sie zum Üben noch ein paarmal im Arbeitsgalopp rund ums Feld reiten und holte dann Noel und Christopher an den Start. »Bleibt ganz ruhig und werdet nicht zu schnell«, rief er ihnen zu. Noel wollte auf keinen Fall, daß Sonnet beim ersten Hindernis wieder verweigerte, und trieb sie deshalb hart an. Sie sprang sauber darüber. Christopher preschte voran, Noel drängte Sonnet vorwärts, und sie galoppierten quer übers Feld.

»Ist das so o. k. für dich?« schrie Christopher.

»O. k.«, schrie Noel zurück. Sonnet war viel schneller, als Noel bisher angenommen hatte. Erst als sie zurück zum Start kamen, ging alles schief. Sie ritten sehr schnell, beide Ponys sprangen gut, hoben früh ab und landeten wieder richtig auf dem Boden. Beim Sprung über den Zauntritt hob Fireworks noch höher ab, denn er konnte den Graben auf der anderen Seite sehen. Als er aufkam, verrutschte jedoch der Sattelgurt, und Fireworks buckelte, zuerst mehr aus Unsicherheit. Doch dann rutschte der Sattel immer weiter nach hinten, der Sattelgurt flatterte gegen die Hinterknie, und Fireworks keilte aus reinem Entsetzen aus. Christopher wußte sich nicht zu helfen, er konnte weder seine Schenkel benutzen noch die Zügel anziehen. »Runter!« schrie Noel, die Sonnet nicht näher an das erschreckte Pony heranbringen wollte. Der Major kam über das Feld auf sie zugelaufen und wiederholte ihren Schrei.

Halb sprang, halb fiel Christopher von Fireworks und rollte sich dann zur Seite. Der Sattel rutschte nun vollends herum, hing unter Fireworks Bauch und störte ihn zwischen den Hinterbeinen. Das versetzte ihn noch mehr in Angst und Schrecken: Er schoß quer über das Feld und bockte wild. Dann ritt er wieder die Hecke an, doch er stürzte und lag für einen Augenblick auf dem Rücken im Graben. Die Steigbügel baumelten nach unten.

Noel kam auf ihn zugeritten, aber da war er schon wieder auf den Beinen und schlug wie wahnsinnig mit den Hinterbeinen aus.

»Bleib weg!« brüllte der Major, aber Sonnet hatte ohnehin nicht die Absicht, sich diesen fliegenden Hufen auszusetzen. Sie weigerte sich weiterzugehen.

Plötzlich merkte Fireworks, daß er sich trotz all seiner verzweifelten Anstrengungen dieser lästigen

Ledersachen nicht entledigen konnte, und galoppierte zielsicher los. Er setzte über die Hecke und dann quer über die Felder zurück zur Farm.

Noel folgte ihm mit Abstand, und auch die anderen Ponyclubmitglieder machten sich an die Verfolgung. Sonnet galoppierte mit höchstem Tempo, aber Fireworks setzte mir nichts, dir nichts über das hohe Gattertor hinweg. Noel mußte dagegen den Umweg über zwei Hecken nehmen, um es zu umgehen. Fireworks sprang auch über das eiserne Tor in den Hof, Noel mußte anhalten und es aufmachen. Drei Landarbeiter standen dahinter, blaß und mit offenem Mund.

»Welche Richtung?« fragte Noel.

»Runter zur Hogshill-Straße«, war die Antwort.

Noel wandte sich nach links und kam auf die Hogshill-Straße. Im Arbeitsgalopp ritt sie auf dem Rasenstreifen am Straßenrand entlang. Sie war sich darüber im klaren, daß Fireworks Abstand zu ihr immer größer wurde, sagte sich aber, daß es dumm wäre, schneller zu reiten. Zwei Pferde mit gebrochenen Knochen waren schlimmer als eins. Schon der Gedanke an mögliche Autounfälle veranlaßte sie, so schnell zu reiten, wie es vernünftig war. Armer Christopher, dachte sie, was, wenn Fireworks dabei umkäme?

Verrückter Fireworks! Sie galoppierte am Eingang zum Kirchhof vorbei. Wenn er sich doch nur da reingewagt hätte! Aber die Spuren auf dem Asphalt

vor ihr ließen keinen Zweifel aufkommen: lange helle Schleifspuren, wie sie beschlagene Hufe hinterlassen.

Sie erreichte den berüchtigten Hogshill, einen Hügel, der so steil war, daß viele Reiter ihr Pferd zu Fuß dort hinunterführten. Wenn es nur irgendwie ging, nahmen alle eine andere Straße nach Gunston.

War Fireworks etwa hier hinuntergaloppiert? Das schaffte doch kein Pferd, auf diesem rutschigen Gelände!

Aber die Spuren führten ohne Veränderung weiter.

Noel ritt Sonnet jetzt in starkem Trab den engen Fußweg hinunter, der etwa zwei Meter über der Straße auf dem Rand der Böschung langführte.

Ich hoffe nur, es kommt mir niemand entgegen, dachte sie. Sie bog um die letzte Kurve und fürchtete schon, am Fuß des Hügels läge Fireworks als unordentliches Bündel aus Leib und Beinen und Kopf. Doch die Spuren führten immer noch weiter.

Das kleine Dorf Hogshill befand sich inzwischen in großer Aufregung.

»Dort lang! Dort lang!« riefen die Einwohner hinter ihren Gartentüren, als Noel vorbeitrabte.

»Er galoppiert nach Gunston!« kreischten sie von den Fenstern im ersten Stock. Mit weit aufgerissenen Augen starrten die Kinder, Hunde kläfften wie verrückt. Noel kam jetzt nach Matchetts, einem Vorort von Gunston. Ordentliche Einfamilienhäuser im Stil der Gründerzeit säumten die Straßen.

»Der's übere Brücke!« brüllte ein kleiner Junge auf einem Fahrrad mit sich überschlagender Stimme.

Noel dachte an den Fluß mit der Mautbrücke, wo wie in alten Zeiten am Tor immer noch Brückenzoll bezahlt werden mußte. Wenn die Tore doch bloß geschlossen wären! Aber als sie um die Ecke kam, sah sie sie offenstehen, und der Mann, der den Brückenzoll kassierte, starrte in Richtung Gunston.

»Ist hier vielleicht ein reiterloses Pony vorbeigekommen?« schrie Noel ihm entgegen.

»Jau«, antwortete er. »Geradewegs nach Gunston.«

Sonnet war die Brücke unheimlich, ängstlich schaute sie auf das Wasser darunter, aber Noel trieb sie an. Sie trabten weiter bis zu einer Eisenbahnbrücke, die hoch wie ein Tunnel die Straße überquerte.

Das fand Sonnet noch schlimmer als den Fluß, sie scheute und wollte nicht weiter. Noel hörte einen näherkommenden Zug und trieb sie verzweifelt an, und endlich schossen sie vorwärts, begleitet von dem hallenden Geklapper von Sonnets Hufen. Hinter ihnen überquerte der Zug die Brücke und wirkte auf Sonnet wie eine zusätzliche treibende Hilfe: Sie schoß vorwärts wie ein Pfeil. Vor ihnen lag jetzt die West Street, eine der Hauptgeschäftsstraßen von Gunston. Autos und Busse, Fahrradfahrer und Fußgänger bildeten ein dichtes Verkehrsgewühl.

Wo war Fireworks? Bestimmt hat er einen Unfall gehabt, dachte Noel.

»Haben Sie ein reiterloses Pony gesehen?« fragte sie eine Gruppe von Leuten an einer Straßenecke.

»Das ist da rüber, geradeaus«, kam die Antwort, ausgestreckte Arme wiesen in eine Nebenstraße.

Noel stieß einen Seufzer der Erleichterung aus. Wenigstens war er nicht in die Innenstadt galoppiert. Sie überquerte die Straße und verursachte dabei einen kleinen Verkehrsstau, dann bog sie in die Nebenstraße ein. Jetzt konnte sie die Spuren von Fireworks Hufen wieder erkennen.

Die Straße führte zum Verladeplatz am Güterbahnhof, und nun endlich hatte sie Glück: Das hohe, eiserne Tor zum Bahnhof war geschlossen. Als sie um die Ecke bog, stand da Fireworks, eine schweißbedeckte, traurige Gestalt mit hängendem Kopf, und keuchte.

»Armer, alter Junge.« Noel stieg ab und ging vorsichtig auf ihn zu.

Der Sattel hing ihm immer noch unter dem Bauch,

aber das Pony war zu erschöpft, um sich zu sträuben. Es war ihm alles gleichgültig. Noel hob die Zügel über seinen Kopf und schaute sich seine Beine an: Sie waren blutig, aber sie konnte nicht sagen, ob er schwer verletzt war. Doch eine richtig ernsthafte Verletzung ließ sich nirgendwo erkennen, auch seine Knie waren anscheinend völlig heil. Sie band beide Ponys am Zaun an, dann setzte sie Fireworks seinen Sattel wieder richtig auf. Der war mit Blut bespritzt, und die Steigbügelriemen hatten sehr gelitten.

»Jetzt hoff ich nur, daß du nicht lahmst«, murmelte Noel, aber als sie beide Ponys die Straße hinunterführte, schien mit Fireworks Beinen soweit alles in Ordnung. Also stieg sie wieder auf Sonnet.

»Christopher wird sich riesig freuen«, erzählte sie den Ponys. Sonnet war zwar erschöpft, aber sie wollte auch gern zurück nach Hause, deshalb zockelten sie los. Die Fußgänger in der West Street glotzten, als Noel mit zwei Ponys zurückkam, aber niemand sprach sie an.

Der Mann an der Mautbrücke nickte ihr zu. »Da hast du ihn ja.« Er wollte kein Geld haben, was sehr praktisch war, weil Noel gar keins dabeihatte. Der kleine Junge fuhr mit seinem Fahrrad immer noch die Straße rauf und runter. Er hielt an, um das Schauspiel zu genießen. »Sie hat ihn«, sagte er zu niemand Bestimmtem, und: »Mann, das ganze Blut am Sattel, da war bestimmt ein Unfall.«

Die Ponys marschierten tapfer den steilen Hogshill

wieder hinauf, aber als sie oben waren und sich der Auffahrt von Folly Court näherten, ließ Sonnet den Kopf hängen. Fireworks dagegen benahm sich überhaupt nicht wie ein Verletzter, sondern zerrte und zog am Zügel, als sie zu den Ställen kamen.

Dort gab es ein Riesengeschrei: »Sie ist wieder da! Sie hat ihn!«, und Susan, Dick und die Radcliffes kamen aus der Sattelkammer angerannt.

»Ist er verletzt? Hat er sich was getan?« Der Pferdepfleger Blake kam ebenfalls herbeigeeilt, als Noel abstieg.

»Er sieht zwar schlimm aus«, Noel lockerte den Sattelgurt, »aber ich glaub nicht, daß er sich ernsthaft was getan hat.«

»Er hat ganz schön Schwein gehabt.« Blake beugte sich hinunter, um sich nacheinander alle Beine anzuschauen. »Großes Schwein. Bringst du ihn bitte in die Box neben Black Magic?« wandte er sich an Hilary. »Ich hole nur eben warmes Wasser und etwas, um die Wunden zu sterilisieren.«

Noel klopfte Sonnet den Hals: »Na, geht es dir schon wieder etwas besser? Heute kriegst du aber eine Extra-Portion Futter.« Sie sah sich um. »Wo ist Christopher?« erkundigte sie sich bei Susan, als sie Sonnet zum Heuschober brachte.

»Er fährt mit John, Henry und dem Major im Auto herum. Ich versteh gar nicht, warum du sie nicht getroffen hast, wahrscheinlich haben sie die andere Straße genommen. Der Major wollte nicht, daß noch jemand hinter dir herreitet. Also mußten wir hierher zurück und haben von dem ganzen Spaß nichts mitgekriegt.«

»Spaß!« Noel funkelte Susan an. »Was war denn so spaßig daran? Auf rutschigen Straßen reiten wie der Teufel? Jeden Augenblick denkst du, du stürzst oder du findest hinter der nächsten Ecke eine Pferdeleiche!«

»Na ja, aber hierbleiben müssen war ganz schön doof.«

»Hoffentlich kommt Christopher bald zurück. Alle, die entlang der Hogshill-Straße wohnen, haben mich gesehen, also wird ihm doch bestimmt jemand sagen, daß Fireworks in Sicherheit ist.«

»Ich möchte nur wissen, ob er übermorgen beim Jagdspringen mitmachen kann.« Susan runzelte die Stirn.

»Ach, das hoffe ich doch! Und ich hoffe auch, daß Sonnet mitmachen kann. Dieser rasende Galopp auf der Straße hat ihr bestimmt nicht gutgetan. Meinst du, sie kriegt ein Überbein? Sie ist doch erst fünf!«

»Ach Quatsch, ganz bestimmt nicht, nun red dir bloß nichts ein.« Susan klopfte ihr beruhigend auf die Schulter.

Als der Major mit seinen Beifahrern wieder zurückkam, sah er sich als erstes Fireworks an und hielt sich mit Kommentaren zunächst zurück. Doch als klar war, daß das Pony heilgeblieben war, donnerte er los, Christopher solle in Zukunft gefälligst seinen Sattelgurt richtig festziehen.

Auf ängstliche Nachfragen, ob die beiden Ponys morgen wieder geritten werden dürften, erwiderte er, daß man das erst morgen sagen könnte. Fireworks sollte die Nacht über im Stall bleiben, damit die Fliegen sich nicht in seine zahlreichen Schürfwunden setzen konnten.

Nach einem späten Mittagessen dauerte die Lederpflege diesmal länger als sonst, weil jeder unbedingt seine Version von Fireworks' Mißgeschick zum besten geben wollte und was er oder sie dabei gedacht und gefühlt hatte, während das verschreckte Pony bis nach Gunston gejagt war.

## Neuntes Kapitel, in dem alle zu Colonel Shellbourne fahren und ein ordentliches Gewitter runtergeht

Am Freitag morgen war Fireworks wieder wohlauf. Christopher war darüber sehr froh, denn nun würde er am Samstag mit seinem Pferd bei dem Jagdspringen starten können, zu dem Colonel Shellbourne alle Kursteilnehmer eingeladen hatte. Da die Pferdeanhänger erst am Nachmittag eintreffen sollten, machte der Major den Vorschlag, daß die Ponyclubmitglieder noch das Paarreiten üben sollten. Alle hielten das für einen sehr guten Einfall, und Henry und Roger stellten einige niedrige, breite Hindernisse auf.

Turpin und Crispin bildeten wieder ein vollkommenes Paar. Christopher zog alle fünf Minuten seinen Sattelgurt nach, und Noel murrte wegen ihres Lampenfiebers, bis Dick ihr an den Kopf warf, daß sie damit die anderen nerven würde. Hilarys Kommentar dazu war: »Haltet doch endlich die Klappe!«

Nachdem sie ihr Zaumzeug und ihre Sättel poliert und die Pferde gestriegelt hatten, um damit bei Colonel Shellbourne ordentlich Eindruck zu schinden, ließen sie sich auf dem Rasenfleck in der Mitte des Hofes nieder und genossen vor dem Mittagessen noch eine halbe Stunde den warmen Sonnenschein.

Gerade als alle so richtig schön entspannt waren, erschien der Major mit einer langen Liste von Dingen, die unbedingt noch erledigt werden mußten, da er am nächsten Tag vor dem Turnier kein Gejammer und kein Zähneknirschen hören wollte.

Er erkundigte sich, ob alle schon gepackt hätten. »Habt ihr alles, was ihr am Samstag anziehen wollt? Dann braucht ihr noch was anderes als Jeans für das Festessen heute abend, euren Waschbeutel und euren Schlafanzug.«

»Kann es nicht auch ein Nachthemd sein?« quietschte Christopher in gespieltem Entsetzen.

»Hrrrm. Also, bringt euer Gepäck hierher«, fuhr der Major fort, als hätte er Christophers Bemerkung gar nicht gehört. »Daneben sauber aufgestapelt eure Sättel, Zaumzeug, Putzzeug, Kämme, Reitgerten und Kappen.«

Henry stöhnte. »Wir sind doch nicht bei der Armee!« knurrte er und reichte Christopher die Hände, damit der ihn hochzog.

»Die Pferde reisen mit Stallhalfter und Bein- und Schweifbandagen«, verkündete der Major außerdem.

Die Ponyclubmitglieder, die täglich von zu Hause nach Folly Court kamen, hatten ihre Koffer schon in der Sattelkammer abgestellt. Die anderen mußten zurück ins Haus und ihre Sachen holen, wozu sie nicht die geringste Lust hatten.

Murrend stiegen sie die Treppenstufen hoch, weil die so steil waren und weil die Sonne so heiß brannte, und zogen sich an den Sprossen des Geländers hoch, als wären sie uralt.

Bis zum Mittagessen war alles zur Zufriedenheit des Majors vorbereitet. Und gerade als alle Ausschau nach den Pferdehängern hielten, bekam Noel Nasenbluten.

Blake sagte: »Das liegt bestimmt am heißen Wetter. Wir werden heute abend noch ein Gewitter kriegen.«

Glücklicherweise verspäteten sich die Hänger ein bißchen. So hatte Christopher noch genügend Zeit, um seine Zahnbürste zu holen, die er vergessen hatte, und Noels Nase hatte inzwischen aufgehört zu bluten.

Schließlich waren alle Pferde verladen, und die Reisenden stiegen verschwitzt und schlecht gelaunt in die Fahrzeuge ein. Sky Pilot, Golden Wonder und Black Magic fuhren in dem richtigen Pferdehänger, die anderen Ponys in einem Viehtransporter.

Sie erreichten Dalston Manor, das Haus von Colonel Shellbourne, gerade rechtzeitig zum Nachmittagstee. Als die Fahrzeuge in die Auffahrt einbogen, wurden alle wieder etwas lebendiger.

»Endlich!« John öffnete aufatmend die Tür des Viehtransporters. Noel strich sich die Haare aus den Augen und seufzte: »Dem Himmel sei Dank!«

»Dein Gesicht ist ganz schmutzig«, sagte Hilary zu ihr.

»Wo?« Hastig rieb Noel sich mit einem Taschentuch über das Gesicht.

Dalston Manor war ein Gutshaus von mittlerer Größe mit hellem Putz und grünen Türen und Fensterläden. Es war offensichtlich frisch gestrichen, auf den Gartenwegen war kein Unkraut zu sehen, und akkurat angeordnete Blumenbeete verschönten einen frischgemähten Rasen. Die Fahrzeuge waren vor den Ställen vorgefahren, einer geraden Reihe von stabilen Ziegelgebäuden, in deren ersten Stock die Quartiere der Pferdepfleger lagen.

Colonel Shellbournes vier kräftige Jagdpferde waren gerade erst von der Weide geholt worden. Sie schauten jetzt aus ihren Boxen auf das geschäftige Treiben rings umher und wieherten.

Colonel Shellbourne begrüßte den Major, während die Ponyclubmitglieder ihr Gepäck und ihre Sättel ausluden.

»Tja.« Er räusperte sich und wartete, bis der Major den Fahrern seine Anweisungen für das Abholen am nächsten Tag gegeben hatte. »Jetzt bringen wir wohl mal am besten diese Pferde weg, und dann, denke ich, könnt ihr Kinder alle eine Tasse Tee vertragen.«

»Mir ist so, als sollte ich mal bocken und ein

bißchen auskeilen«, sagte Henry leise. »Kinder! Hat man so was schon gehört!«

»Pssst!« machte Noel, Susan kicherte.

Colonel Shellbourne teilte dem Major mit, es gäbe zwei Koppeln für die Pferde. Der Major entschied, daß die drei Stuten auf den kleinen Auslauf neben den Stall sollten und die Wallache auf den großen Auslauf dahinter. »Die Stuten kennen sich«, sagte er, »und ich hoffe, daß die Wallache sich nichts tun werden, so lange sie niemand aufregt.«

Als die Pferde untergebracht waren, führte der Colonel seine Gäste ins Haus. Alle schleppten ihre Koffer und hatten auch vorschriftsmäßig die Reitkappen dabei.

Das Innere des Hauses war längst nicht so makellos, wie man nach dem Äußeren hätte vermuten können. Alles war ein wenig verblichen, und den Sofas sah man an, daß die Hunde immer darauf sitzen durften. Und genau da saßen sie auch.

»Ich fürchte, die Unterkünfte sind ein bißchen primitiv«, entschuldigte sich der Colonel. »Aber wir hatten auch noch nie neun Schlafgäste unterzubringen. Ah, da bist du ja, Hazel«, sagte er zu seiner Frau, einer leicht gebückt gehenden grauhaarigen Frau mit einer langen Adlernase und wachen grauen Augen.

Der Major stellte die Ponyclubmitglieder nacheinander vor, und das Gepäck wurde abgestellt, damit sie die Gastgeberin begrüßen konnten.

»Laßt euren Kram erst mal in der Diele«, schlug Mrs. Shellbourne vor. An den Wänden hingen alte Stiche, alte Waffen, Geweihe und Jagdhörner. Von dort gingen sie in das Eßzimmer und ließen sich erleichtert auf die Stühle sinken, denn hier war es angenehm kühl.

Nach dem Tee fütterten sie die Pferde – der Major hatte auch reichlich Hafer mitgebracht –, und dann wurden den Ponyclubmitgliedern ihre Zimmer gezeigt. Susan und Noel und John und Henry teilten sich jeweils ein Gästezimmer, Hilary hatte ein Stübchen für sich allein. Roger, Dick und Christopher schliefen auf Luftmatratzen in einem Kinderzimmer, obwohl Roger und Dick steif und fest behaupteten, für Christopher würde das Kinderbett dicke ausreichen.

Dann wollten sich alle erfrischen, doch es gab nur zwei Badezimmer, von denen eins zum Zimmer des Majors gehörte. Nachdem die Ponyclubmitglieder alle Zimmer inspiziert hatten, bestimmten sie mit viel Geschrei und Geschimpfe die Reihenfolge für das Badezimmer. Keiner durfte länger als fünf Minuten drinbleiben.

Während des Abendessens brach dann das lang erwartete Gewitter los. Blitz und Donner schienen zwar weit entfernt zu sein, doch der Regen strömte unablässig nieder, und auf dem ausgetrockneten Erdboden bildeten sich große Pfützen.

Henry behauptete, daß die das Springen am nächsten Tag erschweren würden. Susan fürchtete sich ein bißchen vor Gewittern und hoffte, daß Wonder sich bei dem Donner nicht erschrecken oder unter einen Baum stellen und vom Blitz getroffen würde. Noel erzählte Colonel Shellbourne von Sonnet und wieviel Spaß das Reiten auf ihr machte. Der freute sich sichtlich darüber, denn schließlich war es der Colonel gewesen, der Noel seinerzeit Sonnet geschenkt hatte. Der Major unterhielt sich mit Mrs. Shellbourne, die sich nicht viel aus Pferden machte, über ein Theaterstück, das weder er noch sie gesehen hatte.

Als die Ponyclubmitglieder schließlich ins Bett geschickt wurden – ihrer Meinung nach viel zu früh –, war das Gewitter vorübergezogen. Die Pferde grasten friedlich auf den Koppeln, ein paar Vögel zwitscherten schon wieder, und die Luft war frisch und kühl.

»Ich bin schrecklich aufgeregt wegen morgen.« Susan lag bereits im Bett, während Noel noch am Fenster stand und raussah.

»Ich auch.« Noel zog die verblichenen Chintzvorhänge zu und tapste zu ihrem Bett. »Aber ich bin auch traurig, weil damit der Kurs zu Ende ist.«

»Stimmt.«

Noel seufzte leise. »Es hat mir so einen Riesenspaß gemacht. Ich hätte das nie erwartet.«

»Och, wir müssen den Major einfach überreden, daß er nächsten Sommer wieder Kurse gibt.« Susan hatte keine Lust zum Trübsalblasen. »Am liebsten noch mal einen im Springreiten.«

»Das glaubst du doch selbst nicht!« Noel schnaubte. »Der hat von uns doch die Nase gestrichen voll und will nur noch den Sonntag hinter sich bringen.«

»Ach, nun hör schon auf zu jammern. Warte erst mal ab, wie es morgen wird! Du sollst nicht immer so schwarzsehen.«

Früh um halb sieben schlichen sich die Ponyclubmitglieder unter viel Getuschel und Geflüster nach unten in den Garten. Der Tag war kühl, und graue Wolken wanderten über den Himmel.

»Hoffentlich wird es nicht regnen«, sagte John laut, während er vor der Haustür in seine Schuhe schlüpfte.

»Psst, du Trottel!« gab Henry genau so laut zurück. »Oder willst du das ganze Haus aufwecken?«

»Nun macht endlich und kommt!« brüllte Hilary von der Gartenpforte. »Warum brauchen Jungen nur so lange zum Schuheanziehen?«

»Brauchen sie gar nicht!« brüllte Christopher zurück. »Wir konnten ja erst nach euch ins Bad!«

»Nun haltet endlich alle die Klappe!« Henry verdrehte die Augen himmelwärts. »Merkt ihr denn gar nicht, daß ihr genau unter Onkel Georges Fenster rumschreit?«

»Jemine!« sagte Christopher entgeistert.

Schließlich waren alle Pferde eingefangen und in die Boxen gebracht oder an den Ringen in den Stallwänden angebunden worden. Mittlerweile war es sieben Uhr, und Gaunt, der lange Pferdepfleger von Colonel Shellbourne, erschien und beaufsichtigte das Füttern. Er erklärte Noel, wo sie warmes Wasser holen könnte, um Sonnet zu waschen, denn die war außer dem üblichen Dreck auch noch überall mit Schlamm- und Grasflecken bedeckt. Als Gaunt vom Frühstück zurückkam, gab er Noel eine Tüte mit blauem Pulver, das sie in Sonnets Waschwasser streuen sollte. Außerdem blaffte er Christopher an, daß Fireworks nicht den schönsten Kirschbaum vom Colonel anknabbern sollte.

Um acht erschien Major Holbrooke, um die Ponyclubmitglieder zum Frühstück zu holen. Gerade wurde Noel von einem Heulkrampf geschüttelt, weil sie zuviel von dem Pulver genommen hatte und Sonnet nun von Kopf bis Huf in Hellblau erstrahlte.

Der Major fand, sie sähe ziemlich elegant aus, und schließlich gäbe es ja auch Punks, die sich die Haare blau färbten, warum also nicht auch Sonnet?

Gaunts Hilfe war um einiges effektiver: Noel sollte ihr Pferd noch einmal mit klarem Wasser abduschen, und das getrocknete Fell sähe dann auch längst nicht mehr so blau aus wie das nasse.

Nach einem eiligen Frühstück machten sich alle diejenigen ans Kämmen und Flechten, deren Pferde eine Mähne hatten. Henry hatte das noch nie in seinem Leben gemacht und schaffte es zur Verwunderung aller, Black Magics Mähne ziemlich ordentlich herzurichten, jedenfalls besser als Wonders schludrige Strähnen oder Fireworks zerzauste Zotteln.

John brauchte nicht zu flechten und auch keine weißen Fesseln zu waschen. Er nutzte die Zeit und verpaßte dem gesamten Zaumzeug den letzten Schliff. Um halb zehn waren alle fertig mit ihrer Arbeit, und kurz danach machten sie sich auf den Weg, allen voran Gaunt auf einem Pferd des Colonels.

Der Weg führte eine kurvenreiche Landstraße entlang, zwischen kleinen Äckern und Feldern hindurch. Die Bäume erschienen hier höher als zu Hause.

Der Colonel, Mrs. Shellbourne und der Major überholten sie mit dem Auto, sie wollten die Anmeldungen erledigen und die Startnummern besorgen.

Als die Ponyclubmitglieder beim Turnierplatz ankamen, eilte der Major auf sie zu. »Hier sind eure Startnummern.« Er reichte sie herum. »Es ist ein hübscher, kleiner Parcours. Christopher, du startest in Klasse Eins – vergiß nicht, den Sattelgurt stramm zu ziehen. John, Susan, Noel, Hilary und Dick starten in Klasse Zwei, Henry und Roger in Klasse Drei, und Klasse Vier ist dann das Paarreiten.«

»Seht euch den Parcours lieber mal vorher an.« Colonel Shellbourne zeigte nach vorn. »Ihr müßt eine Vorstellung davon kriegen, wie ihr die Hindernisse am besten anreitet. Der Major, Gaunt und ich halten solange eure Pferde.«

Die Ponyclubmitglieder befolgten den Rat und wanderten über den Parcours. Susan und Noel entsetzten sich bei jedem Hindernis: »Nein, wie schrecklich! Schau mal, wie hoch!«, worauf die Radcliffes ihnen jedesmal verächtlich widersprachen.

Henry knurrte, bei ihm wäre nachher sowieso alles höher gestellt – obwohl nur zwei Hindernisse verstellbar waren. Christopher stöhnte, denn ein Gatter mußte geöffnet werden, und er war davon überzeugt, daß Fireworks einfach drübersetzen würde.

»Na?« erkundigte sich der Major, als sie zum Sattelplatz zurückkehrten.

»Schrecklich«, stöhnte Susan. »Hinter der zweiten Hecke geht es ganz tief runter.«

»Quatsch, Susan«, widersprach Hilary. »Das ist doch nur eine winzige Stufe.«

»Hier ist es nicht ganz so schwierig wie auf unserem Übungs-Parcours«, stellte Dick fest.

»Ich finde die Schafhürde gut«, sagte Roger. »Die sieht ganz einfach aus.«

»Tja, aber nur so lange, wie du dein Pferd geradeaus richtest.« Der Major sah ihn streng an. »Das Hindernis, bei dem ihr wahrscheinlich die größten Schwierigkeiten haben werdet, ist der Zaun in der Mitte des Feldes. Wenn ihr eure Pferde davor nicht ordentlich versammelt, werden sie entweder verweigern oder einfach durchbrettern. Wie sieht es mit deinem Sattelgurt aus?« wandte er sich an Christopher, als der Ordner die Klasse Eins zum Sattelplatz rief. Der erste Teilnehmer wurde zum Start geschickt, und das Jagdspringen begann.

»Christopher startet als sechster«, sagte Colonel Shellbourne, dem das alles offensichtlich einen Mordsspaß machte. »Hals- und Beinbruch, mein Junge, alles Gute!«

Es gab eine ganze Menge Teilnehmerinnen und Teilnehmer, denn außer dem örtlichen Ponyclub, der das Jagdturnier organisiert hatte, nahmen noch eine

Reihe anderer Clubs teil. Um Zeit zu sparen, wurde der nächste Teilnehmer immer schon dann an den Start geschickt, wenn der vorherige die Mitte der Parcoursstrecke erreicht hatte. Deshalb kam Christopher ziemlich rasch dran. Er sah der ersten Reiterin zu, einem großen, dunkelhaarigen Mädchen, dessen Pony gleich bei dem ersten Hindernis, einer Hecke, dreimal verweigerte.

Die nächsten drei beendeten den Parcours, aber einer riß eine Stange, ein anderer kriegte das Tor nicht auf, und der dritte war schrecklich langsam.

Das Mädchen, das direkt vor Christopher startete, ritt einen bildschönen Fuchs mit einer komplizierten Zäumung – gebrochener Pelham und Jagdmartingal. Der Fuchs sah aus, als könnte er galoppieren, aber sie hatte anscheinend Angst, ihm etwas mehr Zügel zu geben. Bei jedem Hindernis riß und zerrte sie ihm am Maul herum und wollte ihn wieder an die Hand bringen. Als sie bis zur Hälfte des Parcours gekommen war, senkte der Starter die Flagge, und Fireworks zischte los, offensichtlich wollte er den Fuchs einholen.

»Mal langsam, Alter«, rief Christopher, als er das erste Hindernis anritt. Aber Fireworks legte noch einen Zahn zu, verlängerte seine Galoppsprünge und setzte leicht darüber hinweg. Jetzt ging es den Hügel hinunter, dort war eine scharfe Kurve und die Hecke mit dem starken Gefälle dahinter. Dann kam ein Stoppelfeld mit dem Rick und in der Mitte darauf die

Scharfhürde. Christopher war im leichten Sitz geritten und hatte sich leicht nach vorn gebeugt, mit dem Gewicht in den Steigbügeln. Nun erinnerte er sich an den Ratschlag des Majors und setzte sich wieder tiefer in den Sattel, um Fireworks für den Sprung über das Rick zu versammeln und für die Schafhürde zu konzentrieren. Er sprang beide fehlerfrei, dann kamen noch eine Hecke, diesmal mit einem Graben beim Absprung, und das Tor. »Haaalt, Fireworks, Haaalt.« Christopher verkürzte die Zügel. Er fühlte, wie gern das Pony auch hier springen wollte, aber er bekam es dazu, sich zur Seite zu wenden und anzuhalten. Das Tor ließ sich leicht öffnen und schließen, es dauerte nur einen Augenblick, und schon galoppierten sie weiter. Fireworks wurde immer schneller, und plötzlich sah Christopher das Mädchen auf dem Fuchs, wie es gerade über eine Hecke in der Mitte des Feldes setzte, über das er galoppierte.

»Huch!« sagte er laut. »Na, wahrscheinlich heißt das, daß ich sie überholen muß.« Er ritt an die Hecke heran, sprang darüber, und mit jedem Galoppsprung verringerte sich der Abstand zu dem Fuchs. Vor ihm war eine scharfe Kurve durch ein halb geöffnetes Tor neben einem Strohwall. Er würde warten und das erst mal passieren, bevor er das Mädchen vor dem nächsten Hindernis überholte.

»Na los!« sagte er zu Fireworks. Er hatte es eingeholt, einen Moment lang ritten sie Seite an Seite, er hörte das Trommeln der Hufe ihres Ponys, dann zog Fireworks vorbei. Jetzt galoppierten sie den Hügel hoch, der nächste Sprung war ein Ständer mit Stangen in einer Hecke. Nun kam das letzte Hindernis, eine Hecke mit einem Graben, und dann waren sie vorbei an der weißen Flagge, die das Ende anzeigte.

Christopher sprang vom Sattel und führte Fireworks zum Sattelplatz, klopfte ihm den Hals und fütterte ihn mit Möhren aus seiner Hosentasche.

»Gut gemacht.« Major Holbrooke klopfte ihm anerkennend auf die Schulter.

»Ein toller Ritt! Gratuliere, mein Junge, gratuliere!« dröhnte Colonel Shellbourne begeistert.

»Super, Christopher!« sagten die anderen Ponyclubmitglieder.

»Er hat gewonnen!« behauptete der Colonel, »ganz klarer Fall.«

»Es kommen noch eine ganze Reihe an den Start«, erinnerte ihn Major Holbrooke.

»Kann schon sein, aber die schaffen es bestimmt nicht schneller.«

Colonel Shellbourne hatte recht. Zwei andere Teilnehmer blieben fehlerlos, aber ihre Zeiten waren nicht so gut wie die von Christopher, und als die Sieger bekannt gegeben wurden, war er Erster.

»Hurra!« schrien die Ponyclubmitglieder.

»Gut gemacht, gut gemacht!« meinte Colonel Shellbourne.

Christopher ritt zur Tribüne, um von den Richtern seine Schleife zu erhalten.

»Das war ja schon mal ein guter Anfang«, sagte Hilary.

»Ja, ich denke auch, das ist ein gutes Omen«, stimmte Noel ihr zu.

»Jetzt schaut euch das an!« John zeigte auf Christopher, der mit einem großen Pokal im Arm zurückgeritten kam.

»Hach, Christopher!« rief Susan begeistert. »Wer hätte das noch vor einer Woche gedacht?«

## Zehntes Kapitel, in dem wieder mal vieles anders verläuft, als so manche sich das vorgestellt haben

»Klasse II zum Sattelplatz«, kündigte der Ordner an. »Nummer 14 bitte an den Start.« Als niemand nach vorn ritt, rief er noch einmal: »Nummer 14 bitte, wo ist Nummer 14?«

»Noel, du hast Nummer 14«, schrie Susan auf einmal auf.

»Mach schon, Noel!« rief Henry aufgeregt.

»Kein Grund zum Hetzen«, sagte der Major, als Noel im Galopp vorwärts schoß. »Immer die Ruhe, du hast viel Zeit!«

»Nummer 15, bitte fertig machen!« rief der Ordner.

Der Mann am Start ließ die Flagge sinken, und Noel ritt los. Sonnet sprang leicht über die erste Hecke und galoppierte den Hügel hinunter. Sie zögerte etwas vor der Hecke mit der Vertiefung, doch Noel trieb sie an, und sie sprang. Jetzt waren die Stangen etwas höher gestellt, aber Sonnet setzte sauber darüber, wie auch über die Schafhürde. Am Tor stand sie geduldig, und dann, offensichtlich noch kein bißchen müde, galoppierte sie weiter. Der Absprung für die Hecke in der Mitte des Feldes erfolgte zwar ein wenig zu früh, aber sie riß nichts. Noel verkürzte den Zügel etwas, als sie an das halb geöffnete Tor kamen, und ritt auf der rechten Hand. Aber sie nahm die nächste Kurve etwas zu nachlässig, und so kamen sie im falschen Winkel auf das nächste Feld. Noel verpaßte das Gatter und sprang statt dessen über die Hecke.

Sobald sie darüber war, wurde ihr klar, was passiert war. Sie sah zurück, ja, tatsächlich, sie hatte die Sprungfolge nicht eingehalten.

»Oh, Sonnet, das tut mir so leid!« sagte sie, sprang über das letzte Hindernis und ritt niedergeschlagen zum Sattelplatz zurück.

»Du bist disqualifiziert«, sagte Roger bedauernd.

»Du warst total bescheuert!« Hilary war zornig. »Warum hast du nicht besser auf die Fähnchen geachtet?«

»Eigentlich hattest du eine gute Chance«, bemerkte Christopher.

»Dick hat die Stange gerissen.« Der Major lenkte die Aufmerksamkeit ab. Glücklicherweise, denn Noel war kurz vorm Losheulen. Wie schrecklich, sie hatte Sonnet im Stich gelassen, wo die doch so brav gesprungen war! Noel tätschelte sie und gab ihr einen Apfel.

»Wahrscheinlich war das Omen doch nichts wert«, sagte Roger.

»Hals- und Beinbruch!« brüllte er im nächsten Moment, weil Hilary startete.

»Pech«, begrüßten alle Dick, als er zurückgeritten kam.

»Wie läuft's bei Hilary?« fragte Dick.

»Bis jetzt ganz gut«, erwiderte Roger. »Aber sie ist ein bißchen langsam.«

Dann wurde Johns Nummer aufgerufen, und er ritt an den Start. Turpin platzte fast vor Energie, stand aber ruhig da, als sie auf die Startflagge warteten. Hilary war gerade über die Schafhürde gesprungen, als John das Startzeichen erhielt. Er drückte die Kappe fest auf den Kopf, sah die aufmerksam gespitzten Ohren vor sich und ritt das erste Hindernis genau in der Mitte an. Turpin setzte leicht hinüber. Jetzt rasch den Hügel hinunter, aber dann etwas langsamer für die Kurve unten, dachte John. Nun dieses eklige Rick. »Ruhig Blut, Turpin, ganz ruhig!«

»Ein guter Sprung«, sagte der Major auf dem Sattelplatz.

»Erste Klasse, wirklich erste Klasse«, stimmte sein Vetter ihm zu.

»Mach schon, Turpin«, murmelte John, als sie hinter der Schafhürde aufkamen. Turpin half brav beim Öffnen des Gatters: Nachdem John den Riegel aufgemacht hatte, stieß er es mit seiner Nase auf, und beim Schließen half er mit der Brust.

Hilary war jetzt nicht mehr weit von ihnen entfernt, John achtete auf den leichten Sitz und galoppierte hinter ihr her. Sie holten immer weiter auf, und zum Schluß war nur noch ein kleines Feld zwischen ihnen.

»Das waren zwei Superdurchgänge«, bemerkte Christopher, »und Susan hat sich auch gut gehalten. Sie war hier viel schneller als zu Hause.«

Susan kam atemlos und mit geröteten Wangen angeritten. »Wonder war toll!« Sie schnappte nach Luft. »Obwohl sie abzischte wie eine Rakete, blieb sie beim Gatter ganz ruhig stehen. Hat sie das Rick nicht wundervoll genommen?«

»Sie hat sich bestens gehalten«, sagte der Major. »Alle drei wart ihr gut, aber ich glaube, John war am schnellsten.«

»Dann gehen in dieser Klasse ja alle Preise an uns!« Christopher strahlte. »Wer ist denn das jetzt am Start? Das arme Pferd sieht doch aus, als hätte es Angst vor jedem Schritt! Was für ein Trauerspiel!«

Ein hochgewachsenes Mädchen auf einem kleinen, stämmigen Braunen mit langem Schweif folgte einem

Jungen, der sein Pony nicht richtig galoppieren ließ. Sie ritt fehlerfrei, bis sie das halb offene Tor erreichte: Dort kam sie auf der falschen Hand um die Ecke, und ihr Pferd stürzte auf die Seite. Das Mädchen war nicht verletzt, stieg rasch wieder auf und nahm die letzten beiden Hindernisse, aber sie war nun natürlich aus dem Rennen.

Ein Junge auf einem Rassepony galoppierte in unglaublicher Schnelligkeit an, aber er riß bei fast jedem Hindernis. Ein anderer Junge auf einem robusten Pony mit Stummelschweif blieb zwar fehlerfrei, hatte aber eine schlechte Zeit. Ein sehr hübsches Pony verweigerte beim ersten Hindernis gleich dreimal, und ein sehr verwahrlostes mit ungepflegtem Lederzeug und wirrer Mähne schaffte einen sehr guten Durchgang und versetzte damit den Ponyclub von West Barsetshire in tiefste Verzweiflung. Ein winziges Mädchen auf einem hochbeinigen, dürren Pony trabte feierlich über den Parcours, und ein Mädchen, das ihren Schecken ständig anbrüllte, statt Schenkelhilfen zu geben, mußte nach dreimaligem Verweigern an der Schafhürde aufgeben.

Dann verkündete der Platzordner, daß damit alle Teilnehmer der Klasse II gestartet wären und daß nun Klasse III zum Sattelplatz kommen sollte.

Bis die Preisrichter ihre Notizen verglichen und die Punkte zusammengerechnet hatten, gab es langes, nervenzermürbendes Warten. John war sich trotz der Bemerkungen des Majors sicher, daß er langsamer als

Susan, Hilary und das verstrubbelte Pony gewesen war. Aber auch eine Schleife für den vierten Platz hätte sein Selbstvertrauen wieder hergestellt, das durch die letzte Dressurprüfung so gelitten hatte.

Susan hätte Wonder so gern eine neue Schleife gegönnt, aber sie fand, daß sie wohl kaum mit einer neuen rechnen konnte. Hilary überlegte, daß sie zwar fehlerfrei geritten war, aber John und Susan hatten das ebenfalls geschafft, und außerdem waren da auch noch das graue Pony und das mit der wirren Mähne – und schließlich konnten nicht alle fünf eine Schleife kriegen.

Endlich hatten sich die Preisrichter entschieden: John hatte den ersten Sieg, Zweiter wurde das Strubbelpony, Dritte Susan und Vierte Hilary.

»Juhuuu! Juhuuu!« schrie Christopher, warf seine Reitkappe in die Luft und konnte sie nicht wieder auffangen. Mit lautem Gepolter knallte sie auf den Boden.

»Das ist ja langsam beängstigend«, flüsterte Henry Roger zu. »Jetzt müssen wir uns aber ranhalten und auch was gewinnen, wo uns diese Dreikäsehochs solch ein beeindruckendes Beispiel gegeben haben. Schau dir nur Johns Pokal an, der ist ja noch größer und häßlicher als Christophers.«

»Beides sind Super-Pokale.« Christopher war entrüstet.

»Bist du Nummer 31?« erkundigte sich der Platzordner bei Roger, und als der das bestätigte, fügte er hinzu: »Dann los, du bist der nächste. Und du«, er wandte sich an Henry, »kommst danach dran.«

Roger ritt an den Start. Als er seinen Blick noch einmal über den Parcours schweifen ließ, schien ihm das Rick auf einmal viel höher als vorhin. Er verkürzte seine Steigbügel um ein Loch und hampelte mit den Zügeln herum. Die meisten Pferde sahen aus, als ob sie viel schneller als Sky Pilot wären, aber immerhin war er gut im Springen.

»Bist du bereit?« fragte der Starter. Er ließ die Flagge sinken, und Roger ritt los.

Er und Henry ritten beide fehlerfrei. Henry war schneller, bis er zu dem Tor kam. Dort verschwendete Black Magic einige kostbare Sekunden, weil sie nicht ruhig stehenblieb, während er es wieder schloß.

Außerdem gab es noch einen hervorragenden Ritt eines Mädchens auf einem grauen Vollblut, und die vertrödelte keine Zeit am Gatter. Am Ende dieses Springens waren die Preisrichter mit ihren Gedanken offensichtlich schon beim Mittagessen, denn der Platzordner verkündete grausamerweise, daß die Ergebnisse erst nach der Mittagspause bekanntgegeben würden.

»Fiese Möpse«, sagte Christopher laut.

»Egal, ich hab sowieso nichts gewonnen.« Henry zuckte die Achseln. »Also können sie mich nicht auf die Folter spannen und mir auch nicht den Appetit verderben.«

»Besser, wir binden die Pferde irgendwo an«, entschied der Major. »John, würdest du bitte die Stallhalfter aus dem Auto holen?«

Colonel Shellbourne empfahl Dutzende von verschiedenen Stellen für die Pferde, doch dem Major waren alle zu gefährlich. Aber dann fanden sie einen Zaun, wo sie angebunden werden konnten, mit genug Abstand, um sich nicht gegenseitig zu treten. Als alle ihrem Pferd das Futter gebracht hatten, gingen sie zu den Erwachsenen, die am Auto der Shellbournes Picknick machten. Jeder bekam zwei hartgekochte Eier, einen Berg belegter Brote, ein Stück Kuchen und Äpfel, soviel er wollte.

Für einen kurzen Augenblick schien die Sonne, gerade als die Ponyclubmitglieder ihre Pferde für das Paarspringen aufzäumten. Aber sie verschwand wieder, als sie zum Sattelplatz kamen. Sie ritten paarweise herum, trainierten ein letztes Mal und stritten darüber, wer wen im Stich lassen würde.

Das erste Paar war ein Reinfall: zwei Schwestern, die ihre Reitkappen auf ihre Lockenköpfe gestülpt hatten und auf nudeldicken Apfelschimmeln saßen. Der eine sprang über das erste Hindernis, der andere verweigerte. Dessen Reiterin ritt wieder an und strampelte wild mit den Beinen. »Hau ihn, hau ihn«, kreischte die Schwester von der anderen Seite, und sofort klatschte die Gerte auf die Schulter des Ponys. Die Schwester kreischte noch lauter: »Hau ihn!«, aber es war alles umsonst. Das Pony verweigerte abermals, und der Preisrichter blies ins Horn – das hieß Disqualifizierung. »Du hättest ihn doller hauen müssen«, warf die eine Schwester der anderen vor, als sie zurück zum Sattelplatz ritten.

Das nächste Paar schaffte den ganzen Parcours, aber sie waren ziemlich langsam, und einer riß eine Stange.

Ihnen folgte der Junge, der Angst vor schnellem Galopp hatte, und das Mädchen auf dem kleinen, stämmigen Pony, das gestürzt war. Sie waren sehr schnell, doch es gelang ihnen nicht zusammenzubleiben. Das Pony des Jungen ließ sich nicht mehr bändigen, und der kleine Wallach gab sich zwar alle Mühe, konnte dann aber nicht länger Schritt mit ihm halten.

Das Mädchen auf dem grauen Pferd hatte in Klasse III einen guten Ritt gezeigt, doch jetzt hatte sie einen äußerst schwachen Partner, der bei der Schafhürde runterfiel. Auch die nächsten drei Paare machten Fehler. Dann kamen zwei Reiter, die zusammenblieben und fehlerfrei die Hindernisse nahmen, allerdings galoppierten sie erst im Finish. Auch ein anderes Paar zeigte eine gute Leistung, bis der eine Partner an der Schafhürde ein Stück zurückblieb.

Turpin und Crispin bildeten ein schönes Paar, als sie zum Start ritten. Die beiden Ponys waren gleich groß und von ähnlichem Körperbau – Turpin vielleicht etwas schwerer als Crispin –, und auch die beiden Jungen paßten gut zusammen mit ihren braunen Reitjacketts.

Sie starteten ganz gemächlich, aber dann beschleunigten sie das Tempo bis zum Galopp. Sie sprangen gleichzeitig über das erste Hindernis, John öffnete das Tor, Dick sagte nur: »Danke«, als er hindurchritt. Während sie weitergaloppierten, sprachen sie kaum ein Wort außer Dicks »o. k.«, wenn er Crispin vor einem Sprung antrieb. Sie beendeten ihren Ritt ohne merkbare Zeichen von Anstrengung und ritten zurück zum Sattelplatz.

»Habt ihr gut gemacht«, sagte der Major. »Das war ein schöner Anblick.«

Colonel Shellbourne war sprachlos vor Begeisterung, stammelte nur etwas Unverständliches und klopfte den Jungen mit einer Wucht auf die Rücken, daß sie schier zusammenbrachen.

Susan und Hilary hatten schon die Hälfte des Parcours geschafft. Sie blieben nicht so gut zusammen, und der Major hatte sehen können, wie Northwind eine Stange riß. Als sie ins Finish kamen, starteten Roger und Henry. Zu Anfang klappte alles gut, und sie bildeten ebenfalls ein schönes Paar, obwohl Black Magic bei den Hindernissen immer schneller war, weil sie rascher sprang als Sky Pilot. Doch bei dem halboffenen Tor nahm Roger die Kurve zu weit und ließ keinen Platz für Henry, der mit einem entsetzten Aufschrei, »Idiot, so warte doch«, durchparierte.

Danach hatte Roger die Zuversicht verloren und machte einen Fehler nach dem anderen.

Noel und Christopher waren das lauteste Paar von allen. Bei jedem Hindernis schrie Christopher: »Komm schon, ich kann nicht langsamer. Mach schneller!«, und er kreischte, wenn Sonnet auch nur einen halben Meter zurückfiel. Deshalb trieb Noel die kleine Stute stark an, damit sie auf einer Höhe mit ihm blieb. Als sie beim Gatter ankamen, öffnete sie es. »Schneller«, quietschte Christopher ungeduldig, als sie es schloß. »Mach schon!« brüllte er, als sie zur Hecke kamen. Fireworks ließ sich für das halbgeöffnete Gatter kaum zügeln, aber als sie erst einmal dort waren, kamen sie besser durch als Roger und Henry. »Los, Galopp!« rief Christopher, bevor sie das letzte Feld überquerten.

»Es war traumhaft«, sagte Noel hinter dem Ziel.

»Total toll«, stimmte Christopher ihr zu.

»Ich hatte Riesenschiß, daß dein Sattel wieder rutschen würde oder daß ich zurückbleiben würde«, gestand Noel.

»Beides nicht passiert.« Christopher zeigte ein breites Grinsen. »Ich glaube, wir waren gar nicht schlecht – wenn man bedenkt, daß wir es waren.«

»Tolle Leistung«, gratulierte Henry, als sie zum Sattelplatz kamen. »Ihr wart viel besser als wir.«

»Habt ihr nicht schlecht hingekriegt«, fand auch der Major.

»Nicht schlecht! Du lieber Himmel, das ist aber ein schwaches Lob!« widersprach Colonel Shellbourne. »Ganz im Gegenteil, ich würde sagen, ihr habt gesiegt –«

Seine Stimme ging in den Rufen des Platzordners unter, der ankündigte: »Hier sind die Ergebnisse von Klasse III. Erste: Claire Dinyard, Zweiter –« Alle Mitglieder des Ponyclubs hielten den Atem an. »– Roger Radcliffe, Dritter: Henry Thornton und Vierte: Annette March.«

Nun befanden sich die Schützlinge des Majors in einem wahren Taumel. Sie hüpften herum, schrien: »Super!« und »Spitze!« und klatschten laut, als die Sieger ihre Schleifen bekamen.

»In wenigen Augenblicken können wir das Ergebnis von Klasse IV bekannt geben«, sagte der Platzordner.

Henry und Roger banden die Schleifen am Zaun ihrer Pferde fest und lobten sie, wie toll sie das gemacht hätten.

»Danke, daß du mich Black Magic hast reiten lassen, Onkel George«, sagte Henry.

»Bitte, bitte, es war mir ein Vergnügen«, erwiderte der Major. »So ein kleiner Parcours wie dieser hier ist genau das, was sie braucht, um ihr Selbstvertrauen zu stärken.«

»Ach, wie schade, die Springen sind vorbei.« Noel zog eine Schnute.

»Alle guten Sachen sind einmal zu Ende.« Susan strahlte.

»Hier sind die Ergebnisse von Klasse IV«, kündigte der Platzordner an. »Erste: John Manners und Richard Hayward, Zweite: Alice und Stephen Kale, Dritte: Noel Kettering und Christopher Minton, vierter Platz: Celia und Catherine Maleworth-Jones.«

Alle applaudierten, als die Sieger zur Tribüne ritten. Am lautesten war Colonel Shellbourne.

»Das ist ja der reine Wahnsinn.« Christopher lachte.

»Ja«, gab Noel zurück, »wo ich damit doch nie gerechnet hatte!« Sie tätschelte Sonnet.

»Tja, ihr wart gar nicht so schlecht.« Der Major konnte sich ein Lächeln nicht verkneifen. »Gib den Pokal dem Colonel, Dick, er hat schon den reinsten Juwelierladen hinten in seinem Auto. Hat irgend jemand ein Stallhalfter gesehen? Ich hab hier nur sieben. Einer soll die Schweifbandagen einsammeln.«

»Gratuliere, ich gratuliere euch allen!« tönte Colonel Shellbourne. »Junge, Junge, das war was. Noch nie so was erlebt, noch nie. Ihr habt hier aber alles leergeputzt, das habt ihr, jawohl. Also hast du ihnen doch Springen beigebracht, was, George?«

»Ja, daran gibt's jetzt wohl keinen Zweifel mehr«, sagte der Major. »Ich muß sagen, alle sind in diesem Sommer zu ganz passablen Reitern geworden. Was nicht bedeutet«, setzte er eilig hinzu, »daß sie nichts mehr lernen könnten. Ganz im Gegenteil!«

»So, und jetzt ab nach Hause, Tee trinken.« Mrs. Shellbourne stieg schon in das Auto, das vollgepackt war mit Stallhalftern, Schweifbandagen, Pokalen und Hunden.

»Ihr braucht euch für den Rückweg nicht so schrecklich zu beeilen«, sagte der Major zu den Ponyclubmitgliedern. »Die Pferdeanhänger kommen erst um halb sechs, also habt ihr noch reichlich Zeit, die Pferde zu füttern und selbst was zu futtern.«

»O. k.«, war die fröhliche Antwort, und Christopher fügte hinzu: »Wir müßten eigentlich was singen.«

»Na, welch ein Glück, daß ich nicht mit euch zusammen zurückkehre«, sagte der Major unhöflich, und das Auto fuhr los.

Alle Ponyclubmitglieder stiegen auf ihre Pferde, verabschiedeten sich von dem Platzordner und ein paar anderen Leuten, mit denen sie sich unterhalten hatten, und machten sich auf den Weg zu den Shellbournes.

»Was für ein Tag!« Roger holte tief Luft.

»Tja, er war ziemlich erfreulich, oder?« sagte John.

»Absolut spitze«, brüllte Christopher, der am Ende der Gruppe ritt.

»Ich war saublöd.« Noel seufzte.

»Psst, keine Selbstvorwürfe!« sagte Henry. »Es hat Spaß gemacht, die Pferde sind toll gesprungen, und wir haben jede Menge Preise eingeheimst.«

»Ich würde eher sagen, der Major hat sie gewonnen.« Dick drehte sich zu Henry um, der hinter ihm ritt. »Schließlich hat er uns alles beigebracht.«

»Stimmt.« Henry war ganz Dicks Meinung. »Wir sollten ihm ein silbernes Zigarettenetui mit einer passenden Gravur schenken, aber er hat schon sechs, also würde es ihm nicht viel nützen.«

»Wir müssen ihn noch mal ordentlich hochleben lassen, bevor wir heute abend zurückfahren«, schlug Roger vor.

Henry schüttelte sich. »Ohne mich, bitte.«

»Und warum nicht?« wollte John wissen.

»Ich glaube, dem Major wäre es angenehmer, wenn wir uns alle einzeln bei ihm bedanken würden«, sagte Noel nachdenklich.

»Wir können ihm aber auf jeden Fall einen Dankesbrief schreiben«, sagte Susan.

»Ach, ich wünschte mir so sehr, daß noch nicht alles vorbei wäre!« jammerte Noel.

»Ich auch«, gestand John. »Das war doch eine tolle

Zeit miteinander, viel besser, als ich erwartet hatte.«

»Evelyn hat damals gesagt, diese Reitkurse beim Major wären eine stinklangweilige Angelegenheit«, sagte Roger. »Da hat sie sich aber ganz schön geirrt, was, Hil?«

»Ja, aber verschiedene Leute mögen eben verschiedene Sachen.«

»Egal!« sagte Dick heftig. »Wenn jemand gern reitet und seine Sache gut machen will, dann sollte er auf jeden Fall alles von der Pike auf lernen.«

Der graue Himmel sah verdächtig nach Regen aus, er wurde immer dunkler, und die Luft war erfüllt mit einer ersten Ahnung vom kommenden Herbst. Eine stille Melancholie lag über dem Land und reichte bis in die Gedanken und Gefühle der Reiter und Reiterinnen. Der Sommer war nun vorbei, die schönen goldenen Tage waren vorüber, aber sie hatten Erinnerungen daran, die bis zum nächsten Sommer reichen würden.

»Na, kommt schon, laßt uns doch was singen«, drängelte Christopher. »Wir sind ja schon bald zu Hause.«

»Old MacDonald had a farm«, sangen alle, nicht gerade schön, dafür aber um so lauter.

# Ein Reitclub sorgt für Wirbel

# Ein Reitclub sorgt für Wirbel

## Die Mitglieder des Radney-Reitclubs in der Reihenfolge ihres Auftretens

Henry Thornton wohnt mit seinen Eltern und seiner Schwester Elizabeth in dem alten Herrenhaus Radney Manor. Er hat auf seinem Pony *Trappist* schon viele Turniere gewonnen. Sein neues Pferd *Echo* ist sehr eigensinnig, deshalb möchte Henry seine Reitkünste unbedingt verbessern.

David Rice-Greene interessiert sich eigentlich für Schmetterlinge, aber seiner energischen Mutter zuliebe setzt er sich auch dann und wann auf sein Pony *Tanzy*. Er wohnt in Barnside, einem langgestreckten weißen Haus, das er besonders schön findet, wenn die Kletterrosen blühen.

Christo Carstairs wohnt mit ihrer Familie im Hill House. Sie liebt ihre Rappstute *Dragonfly* über alles, aber sie würde gern besser reiten können.

Alex Turner wohnt in The Poplars bei seinem Onkel und seiner Tante, denn sein Vater ist als Kapitän ständig auf See. Alex wird mit seinem Pony *Oscar*, einem braunen Wallach von selten bösartigem Charakter, überhaupt nicht fertig.

Juliet und Roly Naughton haben eine Mutter, die am liebsten Kuchen backt. Sie wohnen mit ihren Eltern in Greengates, und sind über ihre Ponys *Romeo* und *Tomahawk* sehr glücklich, auch wenn sie vom Reiten wenig Ahnung haben.

Paulina Swindon ist ein verwöhnter Nachkömmling, ihre älteren Geschwister sind schon alle ausgezogen. Sie hört gern Musik, liebt Blumen und ist stolz auf ihre hübsche Fuchsstute *Starshine*. Reiten soll nur ein Vergnügen, auf keinen Fall anstrengend sein.

Eric Lawson bekommt von seinen ehrgeizigen Eltern teure Pferde wie *Choc-Bloc* und *Princess* gekauft, auf denen er viele Turniere gewinnt. Er wohnt in The Paddocks, einem soliden Neubau mit viel Platz im Stall für seine vielen Schleifen.

Die Schwestern Helen und Jannice Barbersley wohnen in Byways. Sie tragen schicke Reitkleidung und machen sich eigentlich nicht besonders viel aus ihren Ponys *Swift* und *Swansdown*. Jannice leidet unter ihrer dominanten Schwester und hat Angst beim Reiten.

Fanny, Deborah und Graham Marlowe leben mit ihren vielbeschäftigten Eltern auf der Vicarage Farm. Sie reiten leidenschaftlich gern auf ihrem Pony *Golly*, auf dem sie sich leider immer abwechseln müssen. Deshalb sind zwei ständig unzufrieden, doch das ändert sich, als sie noch ein Pony bekommen.

Noel Kettering wohnt eigentlich in West Barsetshire und ist eine alte Bekannte von Henry Thornton. Im letzten Jahr hat sie dort mit Henry bei seinem Onkel, Major Holbrooke, an einem Reitkurs teilgenommen. Sie reitet die Ponystute *Sonnet*.

## Erstes Kapitel, in dem Henry eine Freundin einlädt und zukünftige Reitclubmitglieder vorgestellt werden

Henry Thornton ritt seinen braunen Vollblüter Evening Echo die Auffahrt zu den Ställen hoch. Er führte Echo in seine Box und wollte ihn absatteln, aber in dem Moment kam Finch, der Pferdepfleger auf dem Hof seines Vaters, zu ihm herübergelaufen.

»Hehe, laß das mal besser mich machen«, sagte er, »oder du kommst schon wieder zu spät zum Essen.«

»Deswegen wird heute ja wohl niemand meckern, schließlich ist es mein letzter Ferientag«, antwortete Henry. »Aber vielleicht sollte ich mich doch besser beeilen. Vielen Dank schon mal.«

Mr. und Mrs. Thornton und Henrys ältere Schwester Elizabeth aßen bereits ihre Fleischpastete, als er in das Eßzimmer kam.

»'Tschuldigung.« Henry schmiß sich auf seinen Stuhl und fing sofort an zu essen. »Echo war dickköpfig und verweigerte die Vorhandwende. Ich mußte ewig mit ihm üben, bis er schließlich nachgab.«

»Ich weiß zwar, daß es völlig sinnlos ist, wenn man dir was verklickern will.« Elizabeth legte ihr Besteck neben den Teller. »Aber trotzdem: du bist echt total durchgeknallt. Daddy hat Echo für die Fuchsjagd gekauft, und dafür taugt er doch prima, wenn man bedenkt, wie jung er noch ist. Es ist mir absolut schleierhaft, warum du dich mit diesem ganzen Dressurquatsch abgibst.«

»Jeder Trottel kann hinter Hunden herheizen, solange er sich nicht in die Hosen macht!« Henry funkelte sie streitlustig an. »Ich will ein Reiter werden.«

»Wenn es um Polo ginge, könnte ich dich ja noch verstehen.« Elizabeth folgte ihrem eigenen Gedankengang. »Aber Finch hat gesagt, daß du Echo mit diesem ganzen Dressurkram verdirbst.«

»Ich wünschte nur, daß Onkel George nicht so weit weg wohnen würde.« Henry seufzte. »Ich könnte seinen Rat brauchen. Ist ja klar, daß dich das nicht interessiert. Du bist eine alte Unke, und du hast überhaupt keinen Ehrgeiz, aus dir eine bessere Reiterin zu machen.«

»Dein Onkel George verreist leider diesen Sommer. Sonst hättest du Echo zu ihm nach Folly Court bringen können«, warf Mrs. Thornton ein. »Aber auch bei uns in der Gegend gibt es ein paar erfahrene Reiter.«

»Es wäre dreist, jemanden zu belästigen, wenn es nur einen einzigen Interessenten gibt«, entgegnete Henry. »Aber vielleicht gründe ich in den nächsten Ferien einen Reitclub. Schließlich gibt es hier bei uns nicht mal einen Ponyclub.«

»In den nächsten Ferien hast du bestimmt irgendeinen ganz neuen Tick«, sagte Elizabeth.

»Übrigens«, Henry tat so, als hätte er das eben gar nicht gehört, »würde ich für die nächsten Ferien gern Noel Kettering einladen. Könnt ihr euch erinnern? Ich hab euch von ihr erzählt. Sie war eine aus Onkel Georges Truppe. Ihr Vater ist so ein Archäologe. Er und seine Frau buddeln den ganzen Sommer irgendwelche alten Scherben aus, und Noel soll solange bei einer Tante in London bleiben.«

»Aber natürlich kann ich mich an Professor Ketterings Tochter erinnern«, sagte Mrs. Thornton. »Doch, ich denke, das wird gehen. Aber nur unter der Bedingung, Henry, daß du dich um sie kümmerst. Auf keinen Fall verschwindest du dann wieder klammheimlich und überläßt sie Elizabeth und mir, wie du das letztes Mal gemacht hast, als du deinen Klassenkameraden hierher eingeladen hast.«

»Och, der.« Henry runzelte die Stirn. »Zuerst machte der ja einen ganz vernünftigen Eindruck, aber er quatschte immer nur von der Schule und von der Schule und von der Schule. Nach drei Tagen in seiner Gesellschaft ist jeder reif für die Klapsmühle. Nee, nee, so ist Noel nicht.«

Statt seine Sachen für die Schule zu packen, blätterte David Rice-Greene in seinen Büchern über Schmetterlinge, weil er das Exemplar von gestern noch zu gern identifiziert hätte. Doch keine der Beschreibungen traf zu – vielleicht hatte er da was ganz Seltenes gesehen!

»Also ehrlich, David!« Seine Mutter klang ziemlich genervt, als sie mit seinem Tennisschläger und einer Kleiderliste in der Hand sein Zimmer betrat. »Ich hab dir schon x-mal gesagt, daß du endlich packen sollst. Auf diese Weise kriegst du den Zug um zehn nach zwei garantiert nicht mehr. Du denkst dauernd bloß an diese dämlichen Schmetterlinge, was für ein dusseliges Hobby für einen so großen Jungen wie dich. Wenn du dich bloß mal für Fußball oder Reiten interessieren würdest – aber nein, nur für Schmetterlinge! Besser, du erzählst in der neuen Schule niemandem was davon, sonst machen sich am Ende noch alle über dich lustig. Nun aber los, hopp, hopp, wo sind deine Turnschuhe? Zwei Paar Schnürschuhe, Hausschuhe, und dann noch dein Regenmantel. Schade, daß es an der Schule keinen Reitunterricht gibt. Ich weiß überhaupt nicht, für welche Sparte ich dich beim Waylebury-Turnier anmelden soll. Willst du beim Springen mitmachen? Oder lieber beim Rennen? David, warum antwortest du mir nicht? O nein, es ist aber auch wirklich anstrengend mit dir! Bestimmt denkst du schon wieder an deine Schmetterlinge!«

Christo Carstairs gab ihrer Rappstute Dragonfly zum Abschied einen letzten liebevollen Klaps und eine Möhre. Dann kletterte sie langsam über das hohe Tor in der Umzäunung. Sie warf einen kurzen Blick zurück und versuchte sich das Bild einzuprägen, damit sie es die nächsten Monate in der Schule immer parat hatte: das Bild einer kohlschwarzen Stute mit einem intelligenten Kopf, die ihr mit großen, braunen Augen nachschaute.

Sie rannte um die Kurve und ließ damit das offene Gelände und die Koppeln hinter sich. Hill House, in dem die Carstairs wohnten, war ganz am Ende der Radney-Allee, einer Straße am Stadtrand von Trawley. Mrs. Carstairs wartete schon in ihrem Auto vor dem großen cfcubewachsenen Ziegelsteinhaus. Bill und Gerry – Christos jüngere Brüder – saßen auf dem Tor zur Auffahrt und schaukelten damit hin und her.

»Alles ist schon drinnen«, schrien sie, »bloß du nicht. Mammi wär fast ohne dich losgefahren.«

»Tschüs. Überarbeitet euch nicht«, rief Christo und ließ sich auf den Beifahrersitz plumpsen.

»Nur keine Sorge«, gab Gerry zurück. Bill hielt den Spaniel Sambo auf dem Schoß und ließ ihn mit der Pfote winken.

»Und du schickst mir ganz bestimmt das Programm vom Waylebury-Turnier, ja, Mammi?« fragte Christo, als sie losfuhren.

»Ach, Oscar, nun sei doch mal nett an meinem letzten Tag«, sagte Alex Turner zu seinem braunen Wallach. Aber Oscar schaute ihn nur böse an und drehte ihm sein Hinterteil zu. »Ich will ja gar nicht reiten, ich will mich nur von dir verabschieden.«

Alex holte eine Tüte aus seiner Anoraktasche. »Schau mal, ich hab dir ein paar Möhren mitgebracht.«

Oscar drehte sich zu ihm um und stellte kurz die Ohren auf. Dann sah er wieder drohend drein. »Gib sie mir, oder du kriegst 'nen Tritt« schien dieser Ausdruck in seinem Gesicht zu sagen, als er nach der Tüte schnappte.

Tante Esmé rief vom Garten herüber. Das bedeutete, daß sie bald zum Bahnhof mußten.

Alex versuchte es noch einmal: »Tschüs, Oscar. Alles Gute.«, aber Oscar drehte ihm wieder den Hintern zu.

»Ich muß jetzt los.« Alex rannte zum Haus.

»Du kümmerst dich darum, daß er genug Wasser kriegt, ja?« erinnerte er seine Tante, als sie losfuhren.

Juliet Naughton freute sich aufs Internat. Zu Hause war es oft langweilig, weil es da niemanden in ihrem Alter gab. Ihr Bruder Roly war erst neun. Der Abschied von Romeo, ihrem hellbraunen Wallach mit den vier weißen Füßen und der Blesse, fiel ihr leicht. Zusammen mit Rolys Stichelhaar Tomahawk war er schließlich nicht einsam auf der Weide, und Daddy würde sich schon um die beiden kümmern. Daddy wollte auch ihr Zaumzeug putzen und ihren Steigbügelriemen dem Sattler zum Nähen bringen – dazu hatte sie keine Zeit mehr gehabt. Außerdem mußte er sie auch noch beim Waylebury-Turnier anmelden. Er war wirklich ein lieber Daddy. Eigentlich hatte sie in jeder Beziehung Riesenglück gehabt, fand Juliet. Sie bekam alle ihre Wünsche erfüllt, vom Pony bis zur piekfeinen Schuluniform.

Daddy wartete im Auto beim Tor. Er hatte sich extra freigenommen, um sie selbst zur Schule zu fahren. Mamma war auch schon da und trug einen Korb mit Äpfeln, die Juliet morgen an ihre Klassenkameradinnen austeilen sollte. Juliet holte noch schnell ihren Tennisschläger und rief Roly, der auch mitkommen wollte.

Paulina Swindon hatte ihren großen Koffer mit der gewohnten Tüchtigkeit gepackt. Sie hatte ihre Mutter und Mr. Garland, den Gärtner, daran erinnert, daß sie Starshine während der größten Mittagshitze immer in den Stall bringen sollten. Außerdem sollten sie sich darum kümmern, daß Starshine immer frisches Wasser hatte und vor den Ferien frisch beschlagen wurde.

Paulina wußte, daß sie das wohl kaum vergessen würden. Aber wenn sie schon das Glück hatte, daß ihr so eine bildhübsche Fuchsstute mit einem diamantförmigen Stern auf der Stirn wie ihr Pony Starshine gehörte, dann hatte man sich besonders sorgfältig darum zu kümmern, daß gut für sie gesorgt wurde.

Als das Taxi kam, war alles fertig. Paulina warf einen letzten Blick auf den Garten voller leuchtender bunter Frühlingsblumen und tätschelte Starshine ein letztes Mal. »Tschüs, Mutti«, sagte sie dann. »Laßt es euch gutgehen und macht euch wegen mir mal keine Gedanken.«

»Mach's gut, alter Knabe!« rief Mrs. Lawson, eine stämmige Gestalt in Tweedrock und Reitjackett. »Ich wünsche dir eine schöne Zeit in der Schule. Viel Glück bei den Wettkämpfen, und sieh zu, daß du ein paar Preise gewinnst.«

»Auf Wiedersehen«, antwortete Eric Lawson, der im Zug am offenen Gangfenster stand. »Vielen Dank für alles, ich werd mir ordentlich Mühe geben. Bitte vergiß nicht den Hafer für Choc-Bloc.«

»Mach dir da mal keine Sorgen«, brüllte Mrs. Lawson, als sich der Zug in Bewegung setzte. »Die krieg ich topfit!« Sie winkte.

Als Eric dann nicht mehr zu sehen war, wandte sie sich um und ging zu ihrem Ford-Kombi, der vor dem Bahnhof geparkt war. Bei dem Ponyturnier sollte er auf Princess eigentlich gewinnen, überlegte sie. Und mit etwas Glück das Springen auf Choc-Bloc.

Sie wünschte Eric noch mal eine richtig gute Saison mit seinen Pferden, denn dies war der letzte Sommer bei den Jugendwettbewerben. Im Herbst würden sie beide Ponys mit gutem Gewinn verkaufen und für ihn was Größeres anschaffen.

Helen und Jannice Barbersley verbrachten den letzten Ferientag nicht mit einem Ritt auf ihren Ponys Swift und Swansdown. Obwohl sie beide nicht im Internat der St.-Hilda-Schule in Waylebury wohnten, sondern Fahrschülerinnen waren, hatten sie sich den ganzen Tag lang auf die Schule vorbereitet: Am Vormittag hatten sie ihre Mappen und Sporttaschen gepackt, am Nachmittag hatten sie sich die Haare gewaschen und am Abend ihre Schuluniform zum Anziehen am nächsten Morgen bereitgelegt.

Helen saß jetzt auf der Bettkante, kämmte ihr lockiges Haar und bemerkte zu Jannice, daß sie nun auf jeden Fall rechtzeitig den Bus kriegen würden, sie müßten sich nicht hetzen und kämen ordentlich in der Schule an. Jannice murmelte irgendwas Zustimmendes und wünschte sich inständig, sie hätte auch so Haare wie Helen und nicht diese mausbraunen Schnittlauchfransen, die immer ungekämmt aussahen. Genauso inständig wünschte sie sich, daß die anderen in der Klasse diesmal netter zu ihr wären als im letzten Halbjahr.

Die Marlowe-Geschwister von der Vicarage Farm waren auch nicht in einem Internat. Fanny und Deborah gingen auf das St.-Hilda-Gymnasium, Fan in die Mittel- und Deb in die Unterstufe. Ihr Bruder Graham, der altersmäßig zwischen den beiden lag, besuchte das Grantley Park-Gymnasium.

Beim Frühstück erwähnte Mrs. Marlowe, daß sie ihren Kram für die Schule vorbereiten sollten, aber alle kreischten sofort los, daß sie erst noch einmal reiten wollten. Und Mrs. Marlowe war viel zu beschäftigt mit der Buchhaltung des landwirtschaftlichen Betriebs und ihrer Dackelzucht, um sich groß um Schulmappen oder Schuhe kümmern zu können.

Während Graham und Deb ihr gemeinsames Pony Golly sattelten – eine dicke, schwarze Stute mit einer borstigen Mähne und einem dichten Schweif – suchte Fanny in der Speisekammer Brot, Käse und Kekse zusammen. Als sie der Mutter dann mitteilten, sie würden mittags draußen irgendwo ein Picknick machen, sagte die nur: »Amüsiert euch gut und seid rechtzeitig zum Abendbrot wieder da.«

## Zweites Kapitel, in dem ein Turnier stattfindet und Henry Mitglieder für einen Club wirbt

Das Waylebury-Turnier fand immer in Stanton Park statt. An Zuschauern herrschte nie Mangel, aber es meldeten sich selten viele Teilnehmer an, denn am gleichen Tag fanden in der Nähe noch andere Turniere statt. In den letzten Jahren war Waylebury eins von Henrys liebsten Turnieren gewesen, und auf dem Heimweg hatten an Trappists Zaumzeug stets mehrere Schleifen gesteckt. Doch dieses Jahr war er für das Kinderturnier zu alt, und Echo starten zu lassen hätte wenig Sinn gehabt: Der war seit Ostern auf der Weide gewesen und hatte noch nie bei einem Turnier mitgemacht. Außer schlechtem Benehmen wäre da nichts zu erwarten gewesen. Henry machte auf Trappist, für den er eigentlich längst zu groß war, bei einigen Wettbewerben mit, aber irgendwie fand er alles schrecklich langweilig.

Unzufrieden lehnte er an der Umzäunung vom Sattelplatz und sah zu, wie Eric Lawson auf Princess einen Wettbewerb gewann. Stella Ridgeway, die Tochter eines Pferdehändlers aus einem anderen Stadtteil von Waylebury, wurde Zweite, Paulina Swindon auf Starshine Dritte, und Juliet Naughton machte auf Romeo den vierten Platz. Deb Marlowe fiel von Golly runter, Tanzy galoppierte mit David Rice-Greene vom Turnierplatz, und fast alle ritten auf der falschen Hand.

Das Springreiten für Jugendliche kam als nächstes. Eric und Frank Ridgeway gelang als einzigen eine fehlerlose Runde. Paulina brüllte »Hopp!« bei jedem Hindernis und schaffte den Parcours nur mit zwei Verweigerungen und einem gerissenen Zaun. Juliet ließ aus Versehen die Mauer aus und mußte ausscheiden. Jannice Barbersley riß im letzten Moment. Bei David, Alex Turner und Fanny Marlowe verweigerten die Pferde schon beim ersten Hindernis dreimal, bis das Zeitlimit überschritten war. Dann ritt Eric noch einmal auf Princess über den Parcours und machte vier Fehler.

Schrecklich, dachte Henry. Nur vier Leute hatten den Parcours überhaupt beendet, und das in einem Reitstil, der seinem Onkel George bestimmt einige seiner sarkastischsten Bemerkungen entlockt hätte.

Henry tastete nach dem Paket Postkarten in seiner Hosentasche, die er gestern mit großer Sorgfalt getippt hatte. Darauf stand:

**Radney-Reitclub**
Bist du an der Gründung eines Reitclubs interessiert, in dem Reiterinnen und Reiter an Schulungen teilnehmen können, um ihren Reitstil zu verbessern? Dann komm bitte am 5. August um 14.30 Uhr nach Radney Manor. Bring auch dein Pferd mit.

Er glaubte zwar nicht recht daran, daß sich irgend jemand dafür interessieren würde, aber er wollte im Laufe des Nachmittags alle Karten verteilen. Höchste Zeit, daß sich hier mal was tut, dachte er, als er sah, wie Eric – angeblich der beste Reiter weit und breit – in einem katastrophalen Reitstil über ein Hindernis sprang.

Eric wurde auf Choc-Bloc, dem kleinen, stämmigen Schecken, Erster und auf Princess Dritter, während Frank Ridgeway den zweiten und Paulina den vierten Platz belegten.

»Hallo, wo hast du denn dein neues Pferd gelassen?« fragte jemand hinter ihm, und als er sich umdrehte, stand da Dragonfly, und darauf saß Christo Carstairs.

»Ach, hallo!« erwiderte er. »Echo ist zu Hause, ich hab ihn in diesen Ferien erst zweimal geritten, und dabei hat er sich ziemlich blöd angestellt. Deshalb dachte ich, daß ich ihn lieber nicht hier reite.«

»Schade«, sagte Christo. »Hier hättest du bestimmt gewonnen. Naja, jetzt werde ich einen Versuch wagen, das heißt, wenn dieses verrückte Biest es mal schafft, sich zu benehmen.«

»Wenn man sich so ansieht, wie auf diesem Turnier geritten wird, kann man sich nur schütteln! Nicht gerade hohe Schule, oder? Meinst du nicht, wir könnten hier einen Reitclub gebrauchen? Ich finde, es müßte mal was in dieser Richtung passieren. Also, hier hast du eine Karte – 'tschuldigung, daß sie so mies getippt ist.«

Henry steckte die Karte in Christos Hand und flüchtete. Am Abend zuvor hatte er im Bett noch lauter kleine Reden geübt. Klar und präzise hatte er darin den Zweck dieses Clubs dargelegt, und zwar genau zugeschnitten auf sein jeweiliges Gegenüber. Doch jedesmal, wenn es heute so weit war, hatte er ganz schön konfus herumgesabbelt.

Ziemlich geknickt und wortlos gab er noch Fanny Marlowe und Jannice Barbersley eine Karte und wanderte dann zum Sattelplatz, um Trappist für das Jagdspringen zu satteln.

Ein Durchschnittspferd mit dem Namen Susan gewann das L-Springen. Dragonfly war unter Christo leicht wie eine Feder gesprungen, doch vor dem Preisrichter hatte sie gezockelt. Sie wurde Dritte und den vierten Platz belegte Helen Barbersleys Swift, weil er wenigstens nicht ganz so ein hoffnungsloser Fall war wie die Pferde der anderen Teilnehmer.

Die Hindernisse beim Geschicklichkeitsspringen hatten die gleiche Höhe wie beim L-Springen. Trappist hatte damit überhaupt keine Schwierigkeiten. Er und Henry absolvierten den Parcours fehlerfrei in einer Minute und dreißig Sekunden.

Dann gab es langes, nervenaufreibendes Warten. Henry befürchtete, daß ein anderer Teilnehmer sie übertrumpfen würde. Eric und Christo blieben ebenfalls ohne Fehler, aber Eric war einige Sekunden langsamer als Henry, und Christo hatte beim Wegübergang sehr viel länger gebraucht. David, den seine Mutter noch in letzter Sekunde angemeldet hatte, brachte sein Pferd nach zwei Verweigerungen doch noch dazu, über die Hecke zu springen, aber am zweiten Gatter wurde er disqualifiziert. Juliet überschritt das Zeitlimit, als sie das Tor zu schließen versuchte. Helen und Swift mußten nach drei Verweigerungen an der Mauer vom Platz. Obwohl Paulina »Hopp!« und »Los!« und »Mach schon, Olle!« brüllte, verweigerte Starshine den Sprung über die niedrige Stange, als sie am Zügel geführt wurde.

Die Ridgeway-Geschwister hatten gar nicht erst teilgenommen: Ihr Vater hatte gemeint, wenn es sie schon beim L-Springen alle Kraft gekostet hätte, die Ponys zum Halten zu bringen, dann könnten sie sie beim Geschicklichkeitsspringen erst recht nicht mehr stoppen. Alex hatte nicht mitgemacht, weil er nur Geld für vier Meldungen hatte, und er wollte lieber beim Rennen mitmachen.

So gewann Henry. Als er vor Eric und Christo rund um den Parcours galoppierte, tätschelte er Trappist und wunderte sich, warum ihm das Siegen im Gegensatz zu früher gar keinen richtigen Spaß mehr machte.

Nachmittags wurde es sehr heiß. Die Sonne brannte auf das Gelände nieder, und es gab längst nicht genug Bäume, um sich im Schatten aufzuhalten. Henry hatte Kopfschmerzen. Als seine Mutter ihn fragte, warum er nicht beim folgenden Springen mitmachen würde, gab er ihr eine ruppige Antwort.

Christo war beim Springen als Erste dran. Dragonfly war nach dem Geschicklichkeitsspringen ziemlich aufgeregt und raste los, dabei riß sie mit den Vorderbeinen jedes Hindernis. Die Platzordner fluchten, als sie auf den Platz rannten, um den Schaden wieder zu beheben.

Helens Pferd verweigerte zweimal beim Zaun und wurde dann am Tor disqualifiziert. Die anderen Teilnehmer machten es kaum besser. Joan Summer, ein etwa zwanzigjähriges Mädchen, hatte wenigstens nur acht Fehlerpunkte und gewann damit.

»Siehst du, ich hab dir doch gesagt, du hättest hier mitmachen sollen«, sagte Mrs. Thornton zu Henry.

David Rice-Greene wartete auf dem Sattelplatz auf das Tonnenrennen. Er starrte in die Luft und hörte seiner Mutter nicht zu, als sie ihm noch letzte Anweisungen gab.

»Und achte ja darauf, daß du Tanzy bei der letzten Tonne ordentlich herumlenkst. Ich hab die Ridgeways bei dem Turnier in den Osterferien beobachtet, und beide haben ihr Pony fest am Zügel gezogen. Ganz egal, was die Leute über sie reden: Jedenfalls gewinnen sie.«

»Okay, Mama«, antwortete David, obwohl er ihren Ermahnungen gar nicht zugehört hatte. Doch Henry hatte zufällig alles mitgekriegt, und ihn schauderte vor Entsetzen. Sobald Mrs. Rice-Greene gegangen war, gab er David rasch eine Karte. »Komm, wenn du es einrichten kannst.« Henry lächelte David an.

»Ah.« David sammelte seine Gedanken. »Vielen Dank.«

Zu Henrys Befriedigung las er die Karte, bevor er sie einsteckte.

Alex Turner stand nicht im, sondern vor dem Sattelplatz, weil Oscar wie immer mies gelaunt war und jedes Pferd oder Pony in seiner Nähe mit Tritten bedrohte.

Alex versuchte sich dunkel daran zu erinnern, warum er überhaupt bei solchen Veranstaltungen mitmachte. Nie schaffte er einen Sprung über ein Hindernis, immer war er der Letzte. Wahrscheinlich machte er das alles nur, um seinem Onkel und seiner Tante einen Gefallen zu tun, die sich wegen seines Einzelgängertums Sorgen machten.

Doch auch hier redete niemand mit ihm, und auch er sprach niemanden an, aber da Tante Esmé und Onkel Geoff nie mitkamen, war das egal. Er merkte sich die Namen der anderen Teilnehmer und erzählte dann beim Essen von ihnen.

Alex war völlig überrascht, als Henry zu ihm kam, ihm eine Karte gab und fragte: »Sag mal, hättest du Lust, bei einem Reitclub mitzumachen?«

»Danke schön«, sagte Alex, nachdem er die Karte gelesen hatte.

Henry erkundigte sich: »Meinst du, daß du kommen kannst?«

»Naja.« Alex überlegte. »Das Blöde ist, daß mein Pony Oscar so ein Stinkstiefel ist. Außerdem kann ich nicht springen oder irgendwas anderes.«

»Also, der Hauptzweck des Clubs ist ja gerade die Verbesserung der Reitfähigkeit. Das macht gar nichts, wenn du nicht springen kannst.«

»Na, dann komm ich sehr gern«, erklärte Alex.

»In Ordnung. Dann bis Donnerstag.«

»Eine klasse Idee«, sagte Christo, als sie und Henry zum Sattelplatz ritten, weil jetzt die »Reise nach Jerusalem« starten sollte. »Ich mach auf jeden Fall mit, und Donnerstag paßt mir gut.«

»Super. Ich hab gehofft, daß du begeistert sein würdest, denn du kannst prima organisieren, und die meisten Mitglieder werden jünger sein als wir.«

»Och, das ist doch wurscht. Macht Elizabeth auch mit?«

»Ncc, das ist nicht so ihr Bier. Sie denkt nämlich, wer oben bleibt, kann auch reiten. Darüber streiten wir uns andauernd.«

»Und was ist mit Eric?«

»Ich will ihn gleich fragen und da wären auch noch die Naughtons und Paulina Swindon. Meinst du, es hat Zweck, die Ridgeways zu fragen? Ich denke nein. Die stehen so unter der Knute von ihrem Vater, und außerdem wohnen sie so weit außerhalb.«

»Nö, ich glaub auch nicht, daß es mit denen klappen würde.«

Zu Henrys Erstaunen gewann Roly Naughton die Zwischenrunde beim Tonnenrennen. Roly kam mit einem zufriedenen Grinsen in seinem runden sommersprossigen Gesicht auf den Platz getrabt. Er stieg ab und klopfte begeistert Tomahawks dicken Hals.

»Na, toll, Roly!« schrie Juliet. »Jetzt kommst du ins Finale.«

Am Ende gewann Eric auf Choc-Bloc, Juliet wurde Zweite und Roly Dritter.

Während alle auf den nächsten Wettbewerb warteten, erkundigte sich Henry bei Eric, ob er Lust hätte, bei einem Reitclub mitzumachen.

»Tja, eigentlich eine gute Idee«, antwortete Eric. »Aber es ist natürlich mit viel Drumherum verbunden. Du brauchst eine gute Schriftführerin, und dann sind da ja auch noch die Anmeldungen und Beiträge einzusammeln und der ganze andere Kram.«

»Hm. Also, ich dachte, Christo Carstairs könnte das vielleicht machen. Aber natürlich müssen wir über diese ganzen Sachen beim ersten Treffen diskutieren.«

»Am Donnerstag, ja? Doch, ich denke, daß ich das hinkriegen werde. Samstags kann ich nie, da bin ich immer auf Turnieren, und oft auch am Mittwoch.«

Juliet Naughton verlor eine ihrer Kartoffeln beim Kartoffelrennen und damit den Durchgang an Eric. Als sie vom Platz ritt, reichte Henry ihr eine Karte.

Sie las rasch den Text und erklärte dann, ohne eine Sekunde zu zögern: »Na klar, da mach ich gern mit, und Roly bestimmt auch. Wir haben uns hier schon immer einen Ponyclub gewünscht.«

Nun blieb nur noch Paulina übrig. Sie war immer noch beim Kartoffelrennen und verlor gerade die Zwischenrunde an Frank Ridgeway. Als sie vom Platz ritt, hielt Henry sie an.

»Ein Reitclub? Na, super! Klar mach ich da mit. Das wird ein Spaß! Für Starshine bestimmt auch. Also, am Donnerstag um halb drei. Du kannst auf mich zählen.«

Henry seufzte erleichtert auf. Jetzt wußten alle außer Noel Bescheid. Sie sollte morgen ankommen.

»Na, los, Trappist.« Er ritt auf den Platz, nachdem Frank, Eric und Helen Barbersley mit ihren Siegerschleifen herausgetrabt kamen. Die Teilnehmer für den letzten Wettbewerb »Reise nach Jerusalem« drängten auf den Platz. Da nahezu alle dabei mitmachen wollten, dauerte es endlos, und die Pferde, die bis zuletzt übrig blieben, waren schweißnaß. Mr. Ridgeway gewann, Christo wurde Zweite und Henry Dritter.

Dann war das Turnier vorbei, die Schatten der Bäume und Zelte wuchsen über die Rasenflächen, und der Abend war angenehm kühl. Henry stieg auf und suchte sich einen Weg durch die Menge der Zuschauer, die sich nun auf den Heimweg machten.

»Also, dann bis Donnerstag«, rief er den anderen zu.

Helen und Jannice Barbersley hatten es nicht weit bis nach Hause, denn sie wohnten in Trawley Heights, ganz am Stadtrand von Waylebury.

»Wahrscheinlich war ich ziemlich blöd, daß ich vor dem Springen gekniffen hab«, sagte Jannice, als sie von der Hauptstraße in eine ruhigere Seitenstraße abbogen und nebeneinander reiten konnten. »Aber ehrlich, ich kriegte wieder den alten Schiß.«

»Eine furchtbare Geldverschwendung, wenn man erst die Startgebühr bezahlt und dann nicht antritt«, sagte Helen. »Wir sollten wohl doch bei diesem Reitclub mitmachen. Ich kann Henry Thornton, den alten Angeber, zwar nicht leiden, aber wenn alle anderen dabei sind, sollten wir besser auch.«

»Ich weiß noch nicht, ob ich mitkomme. Die werden dauernd springen wollen.«

»Och, Alex Turner und David Rice-Greene können doch auch nicht springen, und die machen trotzdem mit. Dieses grausliche Vieh Oscar reicht doch schon, um einem so einen Club zu vermiesen. Alex kann ihn überhaupt nicht kontrollieren, der ist schlicht eine Gefahr für die Menschheit. Ich frag mich, wie hoch der Mitgliedsbeitrag sein wird. Ich bezahle nur, wenn es die Sache auch wert ist.«

Die Barbersley-Schwestern brauchten nicht lange, um die Mähnen ihrer Ponys zu kämmen und das Sattelzeug in die kleine Hütte zu räumen, die ihr Vater an die Boxen anbauen ließ. Der Braune Swift und die graue Swansdown tranken aus ihrem Wassertrog, ließen gemächlich die Schweife hin- und herwedeln und wanderten dann weiter fort, um zu weiden. Helen und Jannice verließen die Koppel und eilten nach Byways, ihrem Zuhause, das im Tudor-Stil von Elisabeth I. gebaut war.

Mrs. Barbersley hielt schon ängstlich aus einem der oberen Fenster Ausschau. Sie seufzte erleichtert auf, als ihre Töchter – immer noch adrett in weißen Blusen, blauen Krawatten, Reitkappen, maßgeschneiderten Reithosen und Jacketts – in ihr Blickfeld kamen. Den ganzen Tag hatte sie sich um sie gesorgt. Jetzt eilte sie so rasch die Treppe hinunter, wie es ihre hohen Absätze zuließen. Sie öffnete die Tür und rief strahlend: »Hallo, meine Schätzchen! Schon zurück?«

»Mammi, schau mal, was Helen gewonnen hat!« Jannice zeigte auf die Schleifen, die den zweiten und den vierten Platz verrieten.

»Oh, wie wunderhübsch! Das habt ihr toll gemacht, Helen – und Swift.«

»Unsere Anmeldegebühren haben wir aber nicht wieder rausgekriegt«, meldete Helen verdrossen.

Auf Golly ritt Deborah Marlowe nach Hause, denn heute war sie dran. Graham und Fanny fuhren auf den Fahrrädern neben ihr her.

»Wieder keine einzige Schleife!« Graham klang angewidert. »Ich weiß nicht, was mit uns los ist.«

»Och, du hast doch bei der ›Reise‹ fast was gewonnen«, tröstete Deb ihn. »Wenn du noch fünfmal länger ausgehalten hättest, wärst du Dritter geworden, ich hab es genau ausgerechnet.«

»Wenn Golly doch nur mal springen würde!« Fanny seufzte. »Ich weiß, es ist auch mein Fehler, aber sie könnte doch zur Abwechslung einfach mal über das erste Hindernis springen.«

»Meint ihr, wir können bei diesem Reitclub mitmachen?« fragte Graham.

»Mama erlaubt uns das doch bestimmt, oder?«

»Klar erlaubt sie das«, antwortete Deb.

»Ich hab nicht mit dir geredet. Ich hab Fanny gefragt.«

»Woher soll ich das wissen? He? Wenn du nicht Fanny anredest, kann ich doch genauso gemeint sein.«

»Ach, halt die Klappe, Deb. Was meinst du denn, Fanny?«

»Mama erlaubt es bestimmt. Aber die anderen reiten alle tausendmal besser als wir, und ihre Ponys springen viel besser als Golly. Außerdem müssen wir uns immer abwechseln, das ist ganz schön umständlich.«

»Schon, aber die anderen zwei könnten ja immer zuschauen. Vielleicht können die anderen Reiter und Reiterinnen uns dann einen Tip geben, wie man springen sollte, und das könnte uns weiterhelfen.«

»Ich würde gern mitmachen, auch wenn ihr keine Lust dazu habt.« sagte Deb. »Ich will endlich über Hindernisse springen. Ich wette, ich schaff das.«

»Die sagen bestimmt, daß du noch zu jung bist, um Mitglied zu werden.« Graham fuhr dicht neben Deb her. »Du paßt doch gar nicht mit Henry Thornton in den gleichen Club, der ist ja schon fast erwachsen.«

»Dann seid ihr auch noch zu jung«, entgegnete Deb.

»Nö.« Graham war anderer Meinung. »Zehn ist schon ziemlich alt, aber acht ist noch Kindergarten.«

»Gar nicht«, kreischte Deb und schlug mit der Reitgerte nach ihm.

»Ist es wohl!« Graham griff nach der Gerte und fuhr beinahe mit dem Rad in Golly hinein.

»Ist es nicht!« kreischte Deb wütend und versetzte ihrem Bruder einen klatschenden Hieb.

»Hört schon auf!« jaulte Fanny los. Aber Graham hatte jetzt die Reitgerte erwischt und warf sie in den Teich, an dem sie gerade vorbeikamen.

»Graham, das war blöd.« Fanny schaute traurig in den Teich.

Doch glücklicherweise nahm bei den Marlowes niemand etwas längere Zeit übel, deshalb hatten sie sich längst wieder vertragen, als sie die Vicarage Farm erreichten.

»Sieht Tomahawk mit der Schleife nicht wunderschön aus?« fragte Juliet Naughton jetzt schon zum vierten Mal. »Superspitze von dir, daß du gewonnen hast, Roly, und noch dazu bei den noch nicht Sechzehnjährigen!«

»Romeo sieht aber auch klasse aus«, sagte Roly höflich.

»Wenn wir doch nur auch mal eine goldene hätten! Naja, aber immerhin haben wir jetzt sieben.«

»Eric Lawson hat bestimmt hunderte«, sagte Juliet. »Ach, wie peinlich! Ich wünschte mir, ich hätte mich beim Springen nicht so blöd angestellt. – Ich freu mich übrigens auf diesen Reitclub«, fügte sie hinzu. »Das macht bestimmt einen Riesenspaß, mit anderen zu reiten. Außerdem können wir unter uns kleine Turniere machen. Ich frag mich nur, wer da alles mitmachen wird. Alex bestimmt nicht, der auf keinen Fall – Oscar ist so ein Teufel. Aber die Marlowes sind sicher dabei, die wohnen ja ganz in der Nähe.«

»Graham finde ich ganz nett«, meinte Roly.

»Schau nur!« Juliet war gerade in die letzte Kurve eingebogen. »Da am Tor steht Mamma – und Daddy.«

Mr. und Mrs. Naughton waren auch beim Turnier gewesen, also konnten ihre Kinder ihnen nichts Neues mehr berichten. Als Juliet vor dem kleinen Stall aus Feldsteinen abstieg, begann Mrs. Naughton mit dem Striegeln von Romeos Mähne. Mr. Naughton hob den Sattel von Tomahawk.

»Laßt sie erst mal trinken«, sagte er. »Außerdem habe ich ihnen hinten am Feld was Schönes zum Fressen hingeschüttet.«

»Ihr seid bestimmt auch hungrig.« Mrs. Naughton wandte sich dem Haus zu. »Drinnen wartet ein köstliches Abendbrot auf euch.«

Paulina Swindon ritt auf Starshine im Schritt die Straße nach Little Stanton entlang und wünschte sich, daß noch jemand den gleichen Weg hätte, damit sie nicht so allein wäre. Keins von diesen pferdeverrückten Kindern schien besonders nett zu sein, dachte sie, aber vielleicht würde sich ihre Meinung ja durch den Reitclub ändern. Henry Thornton war sofort nach dem Ende des Turniers verschwunden. Die Marlowes waren noch sehr klein und kreischten dauernd rum, deshalb war sie an ihnen vorbeigetrabt.

Alex war vor ihr. Das ist ein komischer kleiner Kerl, dachte sie. Er war tatsächlich nur achtzehn Monate jünger als sie selbst. Aber Alex hatte sehr entschieden »Auf Wiedersehen« gesagt, als sie ihn eingeholt hatte, und Oscar hatte wieder seine bedrohlichen Grimassen gezogen. Deshalb trabte sie vorbei, denn sie wollte nicht, daß Starshine sich auch noch einen Tritt einfing. Eric Lawsons Pferdehänger sauste vorbei, und gerade, als sie Juliet und Roly überholen wollte, bogen die bei der Landstraße nach Radney ab, weil das für sie eine Abkürzung war.

Also ritt Paulina ganz allein nach Stanton weiter und wünschte sich, daß ihr Bruder und ihre Schwester bei ihr wären. Aber die waren schon erwachsen: Aurelia war verheiratet, und Julian wohnte und arbeitete in London.

»Ich hab nur dich, Starshine.« Sie tat sich ordentlich leid und tätschelte Starshines Hals. Wenn sie doch nur besser springen würde! Aber Mama sagte immer, verlieren können wäre genau so wichtig wie gewinnen und daß sie nicht wollte, daß Paulina turniersüchtig würde. Und immerhin hatte sie ja zwei Schleifen gewonnen, und fast wären es drei gewesen.

Alex ritt nach Hause, in der Geschwindigkeit, die Oscar wollte, und die war äußerst langsam. Er dachte nicht mehr viel an das Turnier, denn er hatte sich da nicht besonders wohl gefühlt. Er erfand eine lange Geschichte, in der Henry Thorntons Reitclub aus Oscar ein gutartiges Pferd werden ließ und außerdem auch noch ein hervorragendes Springpferd.

In seiner Phantasie schaffte er sogar noch den Sieg im Springturnier nächstes Jahr, bevor sie an dem weißen Tor vor The Poplars ankamen. Dort sattelte er Oscar rasch ab und ließ ihn auf die Weide. Er hatte keinen Hafer dabei, also gab er ihm drei Möhren. Da er immer noch träumte, wurde er fast umgerannt, als Oscar sich gleich danach sofort mit Schmackes umdrehte. Als er ins Haus kam, war Alex immer noch am Träumen, und als seine Tante und sein Onkel – er war der Bruder von Alex' Vater – ihn fragten, ob ihm das Turnier Spaß gemacht hätte, glaubte er für einen Augenblick, sie redeten von seinem Phantasieturnier. Es hatte ihn eben sein ganzes Unglück wegen des echten Turniers vergessen lassen.

»Och, doch«, antwortete er schließlich. »Hat großen Spaß gemacht. Eric Lawson hat fast alles gewonnen, was es zu gewinnen gab, und Henry Thornton hat mich gefragt, ob ich bei seinem Reitclub mitmachen will.«

»Das ist aber fein«, sagte Tante Esmé. »Dann lernst du jetzt all die netten jungen Leute hier kennen.«

David Rice-Greene ritt mit Christo von Waylebury bis nach Trawley. Tanzy mußte sich ganz schön sputen, um mit Dragonflys raschem Schritt mitzuhalten. David hoppelte im Sattel auf und nieder und hörte Christos Reden nur mit halber Aufmerksamkeit zu. Mit der anderen Hälfte beobachtete er die Schatten der Bäume auf der anderen Straßenseite und die Gesichter der Leute in den Warteschlangen an den Bushaltestellen.

»Ich finde, daß Henry absolut recht hat, was unsere Reitkünste angeht«, sagte Christo gerade. »Es kommt mir so vor, als ob es jedes Jahr schlimmer wird. Aber ich hab nicht die geringste Ahnung, wie dieser Club funktionieren soll. So was müßte eigentlich ein Erwachsener organisieren. Mit Leuten, die alle ungefähr gleich alt sind, gibt es bestimmt jede Menge Streiterei.«

»Ich kann Streiten nicht ausstehen«, sagte David.

»Ich auch nicht. Aber manchmal muß es sein, man kann schließlich nicht zu allem ja und amen sagen.«

Sie ritten schweigend weiter, bis Christo wieder anfing: »Du solltest bei deinem Pony mal die Mähne ordentlich kämmen. Es sieht bestimmt hübscher aus, wenn du dir damit mehr Mühe gibst. Vielleicht gewinnt ihr dann sogar mal einen Preis in einem Schönheitswettbewerb.«

»Glaubst du wirklich? Dann wäre meine Mutter furchtbar glücklich. Aber ich fall wahrscheinlich genau dann runter, wenn der Preisrichter uns ansieht.«

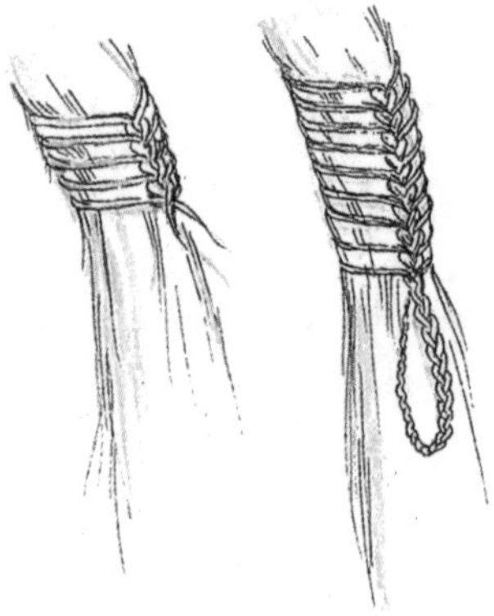

»Stürzt du denn so oft?«

Als David das zugab, meinte Christo: »Och, das machen doch alle am Anfang, auch die besten Reiter. Vielleicht kann dir der Reitclub da weiterhelfen.«

Sie erreichten die Straßengabelung. Christo wandte sich nach rechts, und David ritt geradeaus nach Trawley Heights. Tanzy wurde immer schneller, weil sie sich dem Stall näherten. David sah sich die Vorgärten an, und als er am Ende der Straße angelangt war, wußte er, welchen er am schönsten fand. Das war eine seiner Lieblingsbeschäftigungen. Später glitt er ziemlich steif aus dem Sattel und führte Tanzy den letzten Hügel hoch. Barnside, das langgestreckte, weiße Haus der Rice-Greenes, lag schon fast außerhalb des Ortes. Es ist kein schlechtes Zuhause, dachte David. Am allerschönsten sah es im Sommer aus, wenn die Kletterrosen blühten.

Er führte Tanzy auf die Weide hinterm Haus und brachte ihr Zaumzeug und den Sattel in den Werkzeugschuppen. Nächstes Mal, so beschloß er, würde er ihre Mähne flechten.

Eric Lawson war einer der letzten Teilnehmer, die das Turniergelände verließen, denn er mußte seine Ponys absatteln und in den Hänger bringen. Ihr Heimweg dauerte aber nur wenige Minuten. Er saß bei seinen Ponys auf einem kleinen Holzschemel und hielt ihre Stallhalfter hinter der Querstange. Es war ein ziemlich luxuriöser Hänger, aber auf längeren Fahrten war es darin schrecklich langweilig, weil man nur durch ein winziges Fenster in der Rückwand nach draußen schauen konnte. Er sah zum Zaumzeug, das an den Haken sanft hin- und herschwang: sechs Schleifen, das war doch ganz ordentlich. Er tätschelte beide Ponys und überlegte, daß sie am Ende des Sommers wohl eine Menge Geld wert wären.

The Paddocks war ein solides modernes Wohnhaus mit ebensolchen Ställen aus roten Ziegeln und grüngestrichenen Balken. Die Boxen waren schon für die Ponys bereit, und während Mrs. Lawson Princess' geflochtene Mähne löste und Eric mit Choc-Bloc beschäftigt war, brachte Mr. Lawson das Auto und den Hänger in die Garage. Als die Ponys gefüttert und getränkt waren, nagelte Eric die neuen Schleifen neben die anderen in der Sattelkammer an die Wand.

»Der zweite Platz beim Geschicklichkeitsspringen hätte eigentlich der erste sein müssen«, sagte Mrs. Lawson vom Eingang her. »Du warst ganz bestimmt schneller als Henry Thornton. Ich wünschte nur, ich wäre bei euch nicht Zeitnehmerin gewesen, dann hätte ich Einspruch einlegen können.«

»Naja, ich weiß nicht«, sagte Eric. »Groß war der Unterschied zwischen uns jedenfalls nicht.«

»Wir müssen uns bald mal nach einem neuen Tier umsehen«, sagte Mrs. Lawson zu ihrem Mann. »Schließlich soll unser Eric nicht so aussehen wie Henry Thornton auf diesem alten Grauen.«

## Drittes Kapitel, in dem Noel angereist kommt und ein Reitclub gegründet wird

Henry hatte unbedingt mit Evening Echo zum Bahnhof reiten wollen, um Noel abzuholen. Er war rechtzeitig losgeritten, doch dann hatte er unter der Eisenbahnbrücke Echo zum Weiterreiten überreden müssen, was ziemlich lange gedauert hatte.

Als Henry Echo zum Bahnhof führte, sah er Noel geduldig nach ihm Ausschau halten. Sie hielt Sonnet mit einer Hand am Zügel und unterschrieb mit der anderen irgendwelche Formulare. Um sie herum auf dem Boden lagen Koffer, Regenmantel, Decken, Sattel- und Zaumzeug und die ganzen Putzgeräte.

»Hallo, da wär ich«, keuchte Henry.

»Oh, hallo.« Noel klang erleichtert. »Ich dachte schon, ich wäre vielleicht am falschen Bahnhof ausgestiegen. Ist das Echo? Der ist aber groß! Und unheimlich hübsch!«

»Sonnet sieht auch gut aus.«

»Meinen Kuli, bitte, Miss.« Der Bahnbeamte hatte mitgekriegt, daß Noel ihn geistesabwesend eingesteckt hatte.

»Ich dachte, wir könnten nach Hause reiten«, sagte Henry.

»Meine Mutter kommt später und holt dein Gepäck ab. Du hast ja Zeug mitgebracht, als würdest du bei einer Expedition in die Antarktis mitmachen.«

»Naja, fünf Wochen sind ganz schön lang. Wahrscheinlich hast du schon nach einer Woche von mir die Nase voll. Dann sag mir Bescheid, und ich fahr zu meiner Tante Irene.«

»Hrremmm.« Der Bahnbeamte räusperte sich. »Sie sollten jetzt mal besser mit den Pferden hier weg. Sonst gibt es noch Beschwerden.«

»Okay.« Noel griff nach ihrem Sattel und verhedderte sich mit den Beinen im Zaumzeug.

»Ich halte sie solange, während du sie sattelst«, sagte Henry.

Schließlich war alles fertig. Noel und Henry stiegen auf und ritten hintereinander die Straße entlang. Sonnet war sehr aufgeregt, sie tänzelte mit aufgerichteten Ohren den Weg entlang, während Echo ruhiger ging, weil er nun eine Gefährtin hatte.

Als sie auf der Landstraße waren, konnten sie nebeneinander reiten. Zuerst fiel Noel nichts ein, was sie Henry hätte erzählen können. Sie hatte ihn seit dem letzten Sommer nicht mehr gesehen. Damals hatten sie auf Folly Court bei den Holbrookes gewohnt. In der Zwischenzeit hatten sie mehrere Briefe gewechselt, und Henry hatte allen Mitgliedern des West Barsetshire Ponyclubs – zu dem Noel gehörte – Weihnachtskarten geschickt. Jetzt auf Echo sah er auf einmal viel älter, größer und hochnäsiger aus, als sie ihn in Erinnerung hatte. Sie war überzeugt, daß er die Einladung an sie bereits bereute. Doch Henry fing an zu erzählen:

vom Waylebury-Turnier und wie schlecht alle geritten waren, vom Reitclub und wie sie bei der Gründung mithelfen sollte, von Echo und wie er durch das Schulen immer schlechter wurde statt besser.

Als sie sich Radney näherten, erzählte Noel vom Brampton-Turnier und den neuesten Klatsch aus West Barsetshire.

»Da wären wir.« Henry bog in die Auffahrt ein, Noel folgte. In einem warmen Grau vor einem leuchtend grünen Hügel erhob sich das Haus vor ihnen: Es war zur Hälfte ein altes Kloster, zur anderen stammte es aus dem Elisabethanischen Zeitalter.

»Was für ein wunderschönes Haus!« Noel war beeindruckt.

»Im Winter ist es ganz schön zugig.« Henry grinste.

Sie ritten an den Blumenrabatten vorbei zu den Stallgebäuden, wo Finch schon auf sie wartete. Offenbar freute er sich über den Ankömmling Sonnet.

»Noch 'ne graue. 'N hübsches kleines Mädchen.« Er ließ Henry Echo versorgen und half Noel. »Wahrscheinlich möchtest du gern, daß sie in den Stall kommt, wo ihr jetzt mit dem Reitclub loslegen wollt und dem Dressurkram. Da müssen sie fit sein. Echo wird 'n bißchen Arbeit nur guttun.«

Noel mochte Finch gleich gut leiden. Sie unterhielt sich noch mit ihm, als Henry kam, um sie zum Tee zu holen. Sie hatten schon eine halbe Stunde Verspätung.

Das Wohnzimmer in Radney Manor war lang und hatte eine niedrige Decke. Durch die Spitzengardinen vor den Fensterscheiben hatte man eine eindrucksvolle Aussicht auf die berühmten Radney-Eichen. Mrs. Thornton goß aus einer silbernen Teekanne den Tee in winzige Tassen und unterhielt sich mit einer Besucherin. Als sie aufstand, um denn Henrys Gast zu begrüßen, sah Noel, daß Mrs. Thornton ziemlich groß und stämmig war. Ihre grauen Haare waren zu einem dikken Knoten frisiert. Eigentlich sah sie ganz gut aus, nur ihr Mund war etwas klein und ihr Kinn etwas zu spitz.

»Bist du gut angekommen?« Sie schüttelte Noel die Hand. »Wir freuen uns über deinen Besuch, Henry hat schon viel von dir erzählt. Wie war denn die Reise in diesem schrecklichen Viehwagen? Du hättest doch wirklich nicht mit deinem Pferd mitfahren müssen. Hast du schon etwas gegessen heute mittag?«

»Danke, mir geht's gut«, sagte Noel, als Mrs. Thornton mal kurz Luft holen mußte. »Die Fahrt war eigentlich sehr nett, und ich hatte auch genug zu essen.«

Mrs. Thornton unterzog Noel nun für die nächsten Minuten einem Kreuzverhör, wobei sie Noels Antworten gar nicht zur Kenntnis zu nehmen schien. Dann erzählte sie Mrs. Phipps – ihrem Besuch – von ihren Plänen, was die Pflege alten englischen Kunsthandwerks im Dorf betraf. In den Pausen, meistens dann, wenn Mrs. Phipps ihr antwortete, drehte sie sich zu Henry um und sagte: »Zappel nicht so herum,

Henry!«, oder: »Nun gib der armen Noel endlich was zu essen.«

Als sie den lauwarmen Tee ausgetrunken und die labberigen Sandwiches und den angetrockneten Kuchen aufgegessen hatten, zeigte Henry Noel alle Sehenswürdigkeiten, die im Zimmer ausgestellt waren. Kostbare Drucke, Miniaturen aus dem 17. Jahrhundert und ein von Königin Elizabeth getragener und in Radney vergessener Schuh.

Dann kündigte er an, daß sie noch einen Spaziergang mit den Hunden machen wollten. Die gerade noch schlafenden Hunde – Roger, der Labrador, Rufus, der Cockerspaniel, und Ruddy, der junge Bullterrier – wachten sofort auf und tobten aufgeregt herum.

»Sollen wir zuerst zu den Ställen gehen und nachschauen, wie es Sonnet geht?« Henry mußte brüllen, um sich bei dem lauten Gebell bemerkbar zu machen.

Am Mittwoch waren Noel und Henry fast den gesamten Vormittag mit dem Schulen ihrer Pferde beschäftigt. Sonnet ging makellos, und Noel war mit ihr sehr zufrieden. Finch gab ihr reichlich Hafer, und so war sie nach der Sommerpause wieder richtig fit. Nächste Woche wollte Noel ihr die Traversale im Galopp beibringen.

Echo hatte keine große Lust zum Lernen und machte das, was Henry »Herumzicken« nannte: Fünf Minuten lang bockte und stieg er und sprang zwi-

schendurch mit allen Vieren in die Höhe. Noel fand sich auf einmal in der Situation wieder, daß sie mit Fragen nach den richtigen Anweisungen gelöchert wurde.

»Da siehst du.« Nach einem besonders scheußlichen Bocken und Steigen schob Henry sich das Haar aus den Augen. »Ich hab ihm noch nie nachgegeben, und trotzdem macht er immer so weiter. Elizabeth sagt, ich hätte ihn mit dem vielen Schulen verdorben, aber wenn ich dann mal eine Woche lang mit ihm durch die Gegend heize, ändert das überhaupt nichts an seinem Benehmen, genau so wenig wie sechs Wochen totaler Urlaub. Außerdem hat er das schon immer gemacht, und sein voriger Besitzer hat sich keinen Pups um irgendwelches Schulen gekümmert.«

»Tja.« Noel wiegte skeptisch den Kopf. »Also, wenn er mir gehörte, wüßte ich, was ich mit ihm machen würde. Aber vielleicht irre ich mich auch, und du bist ganz anderer Ansicht. Ich würde ihn wieder richtig auftrensen.«

»Wieso denn eine olle Trense? Ich will doch, daß er gut untertritt«, widersprach Henry.

»Aber er ist doch noch gar nicht bereit dazu. Er geht doch noch gar nicht ordentlich am Zügel«, entgegnete Noel. »Oder würdest du behaupten, daß er sich locker vorwärts bewegt, seinen Kopf richtig hält und die Hinterhand ordentlich rannimmt?«

»Nö, eher nicht.« Henry seufzte. »Na gut, fangen wir noch mal von vorne an. Vielleicht können wir ja heute nachmittag ein bißchen ausreiten. Echo braucht viel, viel Bewegung, und falls Sonnet schon müde ist, kannst du ja Trappist nehmen.«

Noel ritt Trappist sehr gern, denn er war gut ausgebildet und sehr feinfühlig. Echos Benehmen fand sie gräßlich: Er keilte bei Autos aus, wurde durch den Anblick eines Traktors zu einem wahren Anfall an Buckeln und Steigen provoziert, und beim kleinsten Rascheln in einer Hecke drohte er durchzugehen.

»So war er schon immer«, erklärte Henry ziemlich atemlos nach einem weiteren heftigen Buckelanfall. »Und mit der Trense kann er eigentlich auch nicht wilder sein.«

Auf einmal verloren sie Ruddy und mußten den Hügel zu einem Karnickelbau zurückreiten, wo er wie wild buddelte.

»Alle Tiere benehmen sich heute abscheulich.« Henry klang deprimiert. »Wahrscheinlich bereust du schon bitterlich, daß du nicht zu Tante Irene gefahren bist.«

Noel widersprach ihm energisch. Als sie wieder zurückkamen, war Mrs. Thornton am Toben, weil sie fast eine Stunde zu spät zum Tee kamen. Da dachte Noel zum ersten Mal, daß Henry mit seinem Verdacht nicht so ganz unrecht hatte. Doch Henrys Vater, ein kleiner, grauhaariger, friedlicher Mann, der gerade von einer Geschäftsreise zurückgekommen war, beruhigte die aufgeregten Gemüter. Er zeigte Noel alle interessanten Gegenstände im Haus, auch die, die Henry ihr bereits gestern gezeigt hatte.

Am Donnerstag morgen stritt sich Henry wieder mit seiner Mutter, dieses Mal wegen der Limonade und dem Kuchen für die zukünftigen Mitglieder des Reitclubs. Der Streit wurde durch Elizabeth beigelegt, die Henry und Noel nach Waylebury fahren wollte, damit sie dort Kuchen kaufen konnten. Sobald sie zurückkamen, rannten sie zum Feld, um Hindernisse für ein Springen aufzustellen. Als krönenden Abschluß des Treffens hatten sie nämlich ein Mini-Springturnier geplant.

Als Henry auf die Wiese kam, stieß er einen Entsetzensschrei aus. »Oh nein! Das schaffen wir niemals rechtzeitig. Die Hürden sehen furchtbar aus, ich hätte sie weiß anstreichen müssen. Naja, wahrscheinlich kommt sowieso niemand, und das Ganze wird ein totaler Reinfall!«

»Hö, du klingst aber ganz schön nach Trauerkloß!« Noel hob eine Stange auf, die auf dem Boden lag. »Du machst mir noch Lampenfieber.«

»Die Hecke sieht aus, als hätten die Ratten dran rumgeknabbert.« Henry klang immer noch unzufrieden.

Glücklicherweise erschien in diesem Augenblick Finch und sah sofort, was getan werden mußte. Er holte den Holzhammer und ließ Henry die Pfosten einschlagen, sagte Noel, wo der Hammer und die Nägel waren, damit die Mauer repariert werden konnte, und dann rannte er weg, um frische Zweige für die Hecke zu holen. Er brachte die Schubkarre mit der Heckenschere mit. Zehn Minuten später sah die Hecke wie eine Hecke aus, Noel hatte die Mauer repariert und Henry die Pfosten wieder eingeschlagen und das Gatter aufgerichtet. Finch schlug die Pfosten für die Trippelbarre selbst ein, weil Henry seiner Meinung nach zu langsam arbeitete und sich dauernd zwischendurch ausruhte. Noel wickelte aus den restlichen Zweigen Hürden für diejenigen, deren Pferde nicht die Hecke springen wollten. Sie holte eine Stange und zwei

Benzinkanister und machte noch ein Hindernis als niedrigere Alternative zur Mauer. Finch und Henry stellten den Zaun auf, errichteten eine niedrigere Stange für die kleineren Ponys und brachten die restlichen Hürden in Ordnung. Schon war der Parcours fertig. Henry sah sich um. »Ich wünschte, wir hätten noch mehr, aber jetzt sieht es schon sehr viel besser aus. Vielen Dank!« Er wandte sich an Finch. »Ohne Sie wäre das alles gar nicht möglich gewesen, und die zukünftigen Mitglieder des Reitclubs hätten sich mit Schaudern von Radney Manor abgewandt.«

»Ist schon gut«, erwiderte Finch. »Nächstes Mal sagst du uns aber ein bißchen früher Bescheid, dann können wir das ordentlich angehen. Nur Idioten warten bis zur letzten Sekunde.«

»Hm, äh, ich bin doch erst seit ein paar Tagen wieder zu Hause«, protestierte Henry. »Und Sie wissen doch, was ich in den paar Tagen schon alles um die Ohren hatte: Das Turnier und Noels Besuch und die ganze blöde Tipperei. Ich bin eben nicht besonders begabt fürs Praktische.«

»Nee, das biste nicht, das ist mal sicher.« Finch zwinkerte Noel zu.

Um Viertel nach Zwei versammelten sich die zukünftigen Mitglieder des Reitclubs vor Radney Manor. Eric war auf Princess herübergeritten und hatte unterwegs Paulina getroffen. Er erzählte ihr von dem Turnier, bei dem er gestern mitgemacht hatte. Er verschwieg seine Erfolge nicht, gestand aber gleichzeitig, daß er nicht viel Konkurrenz gehabt und sein Vater zweimal Einspruch eingelegt hatte.

Paulina war eine gute Zuhörerin. Sie sah ihrem Gegenüber ins Gesicht, widmete ihm all ihre Aufmerksamkeit und machte stets die richtigen Geräusche – je nachdem äußerte sie Freude, Ablehnung oder Enttäuschung, immer im richtigen Augenblick.

»Was für ein Pech«, murmelte sie, als Eric fertig war. Als sie in die Auffahrt bei Radney einbogen, erzählte sie von einer eigenen ähnlichen Erfahrung.

Christo Carstairs hatte den längsten Weg, aber Dragonflys rascher Schritt trug sie im Nu von den langweiligen Straßen von Trawley in eine sommerliche Landschaft. Das war schon der dritte schöne Tag in Folge. Das letzte Heu wurde gerade eingebracht, das Getreide färbte sich gelb. Christo gefiel der Sommer von allen Jahreszeiten am besten. Dann konnte sie reiten, Tennis spielen und schwimmen – ihre Lieblingsbeschäftigungen.

Als sie beim Teich um die Kurve bog, sah sie vor sich David Rice-Greene, der Tanzy dahinbummeln ließ. Ein höchst merkwürdiger Typ, dachte Christo, man kann ihn mit Gerry und Bill nicht vergleichen: Das sind richtige Jungen, dauernd mit etwas beschäftigt. Schade, daß sie nicht gern reiten. Aber dieser lange, dünne, blasse David sieht so aus, als würde er sich vor seinem eigenen Schatten erschrecken.

»Hallo«, sagte sie, als sie ihn einholte. »Ist das nicht ein himmlisches Wetter? Du mußt dich jetzt aber ein bißchen beeilen, oder du kommst zu spät.«

David war nicht sehr begeistert, als er in seinen Gedanken plötzlich gestört wurde.

»Ich werde nicht später ankommen als du«, erwiderte er. »Und überhaupt, selbst wenn, würde es sowieso niemand merken.«

Fanny Marlowe war als erste mit Reiten dran, und darüber war sie überhaupt nicht erfreut. Die Vicarage Farm war nur etwa zwei Kilometer von Radney Manor entfernt, und da der Weg um diese Jahreszeit sehr trocken war, durfte man nicht galoppieren. Graham und Deb fanden die Entfernung zu kurz, um mit dem Rad zu fahren, sie gingen oder rannten neben Golly her.

»So eine kurze Strecke, und ich bin dran – das ist gemein!« knurrte Fanny alle paar Minuten, bis Graham sagte: »Naja, aber ich bin beim Rückreiten dran, deshalb kann sich nur Deb heute richtig austoben, weil sie als Zweite drankommt, und dann ist es bestimmt am Spannendsten! Dabei ist sie noch zu jung für die Fuchsjagd.«

»Aber nächste Weihnachten darf ich bei der Jagd mitreiten«, sagte Deb.

»Ich wüßte gern, ob heute gesprungen wird«, sagte Fanny. »Bitte, bitte, Golly, gib dir Mühe.«

»Oh, ich hoffe doch, daß wir springen werden, das muß einfach sein«, kreischte Deb, »ich bin ganz sicher, daß ich Golly über das Hindernis bringe.«

Helen und Jannice waren völlig verschwitzt und ziemlich verärgert. Sie trugen sogar im Sommer Westen, langärmelige Blusen und Reitjacketts, deshalb waren die heißen Tage für sie überhaupt nicht angenehm.

»Ich bin ganz sicher, daß ich springen muß«, jammerte Jannice, die immer ängstlicher wurde, je näher sie Radney Manor kamen, »Oh, wäre ich doch zu Hause geblieben.«

»Na, dann geh doch nach Hause«, knurrte Helen, »mir doch egal. Wenn du trotzdem mitmachst, verschwendest du ja eh nur deinen Mitgliedsbeitrag.«

»Na gut.« Jannice war kurz vorm Losweinen. »Das werde ich auch.« Sie zerrte Swansdown herum und versuchte, nach Hause zu reiten. Doch Swansdown weigerte sich, drehte sich einfach um und fiel neben Swift in Trab.

»Oh, nein, wie blöd«, jammerte Jannice und wurde schreckensbleich, während sie sich am Sattelknopf festhielt. »Sie will einfach nicht.«

»Tritt sie doch«, riet Helen genervt. »Na, dann komm mal besser mit, du fällst bestimmt runter, und ich hab dann wieder die Schuld.«

Zu Alex' Ärger hatte er die Naughtons direkt vor seinem Tor getroffen und mußte deshalb den Kilometer bis Radney Manor mit ihnen reiten. Juliet erzählte ihm alles über das letzte Schulfest, über die Party, auf der sie gestern gewesen war, und über die Schwierigkeiten, die Tomahawk heute morgen beim Einfangen gemacht hatte.

Zwischendurch drehte sie sich im Sattel um, um Roly drohende Blicke zuzuwerfen, denn er neigte dazu, zu dicht auf Oscars Hacken zu reiten.

»Du scheinst ja ganz schön beschäftigt zu sein«, sagte Alex, als sie mal kurz schwieg.

»Oh, Roly und ich sind echte Glückspilze«, erwiderte Juliet, und dann beschloß sie, Alex zu ihrer nächsten Party einzuladen. Er hatte offensichtlich wenig Spaß in seinem Leben.

Henry empfing die zukünftigen Mitglieder oben an der Auffahrt und schickte sie zu dem Feld hinterm Haus. Noel saß auf dem Gattertor und hörte ihre Bemerkungen, als sie an ihr vorbeiritten.

Eric borgte sich eine Box für Princess, da sie sich nicht anbinden ließ. Sofort wollten Helen und Paulina auch welche für ihre Ponys, doch Henry wehrte ab. Er sagte, falls er zu viele Boxen dreckig machte, hätte er Finch im Genick. Die Pferde sollten am Zaun angebunden werden, im Schatten der Tannenanpflanzung. Er versorgte all die Leute mit Stallhalftern, die vergessen hatten, welche mitzubringen. Alex band Oscar weiter weg von den andern an, so daß der niemanden treten konnte.

Alle waren der Meinung, daß die Tannenanpflanzung der beste Platz für eine Versammlung wäre. Deshalb kletterten sie über den Zaun und zwängten sich bis zu einer kleinen Lichtung durch. Die jüngeren Kinder wie Roly und die Marlowes krabbelten unter die Bäume, während die älteren sich auf die Lichtung setzten oder legten. Sie freuten sich nach dem grellen Sonnenschein über das dämmrige Licht.

»Ich liebe den Geruch von Fichtennadeln«, sagte Noel und schnüffelte laut.

»Haben Tannen Fichtennadeln?« fragte Eric in besserwisserischem Ton.

David, der auf dem Bauch lag, antwortete: »Warum denn nicht, schließlich haben ja auch Fichten Tannenzapfen.«

»Vielleicht sollten sie besser Fichtenzapfen genannt werden«, schlug Christo vor.

»Zapfenstreich!« sagte Roly.

»Oh ja, das klingt gut, kann man das aufs Brot streichen?« Graham lachte.

»Nun halt schon die Klappe.« Deb verdrehte die Augen, »da läuft mir ja das Wasser im Mund zusammen.«

»Meine Damen und Herren«, verkündete Henry laut, »wir sind hier nicht zusammengekommen, um uns über die Wunder der Natur zu unterhalten, sondern wegen einem Reitclub. Als erstes müssen wir entscheiden, ob wir überhaupt einen Reitclub wollen. Alle, die dafür sind, rufen bitte ja.«

Es gab einen lauten Ja-Chor, und Deb und Roly ergriffen die Gelegenheit, um so viel Lärm wie nur möglich zu machen. Niemand sagte nein.

»Das dürfte damit dann geklärt sein«, bemerkte Henry. »Jetzt müssen wir beschließen, welche Aufgaben unser Club haben soll. Ich meine, das erste Ziel oder der wichtigste Zweck dieses Clubs sollte die Verbesserung der Reitkünste seiner Mitglieder sein. Seid ihr damit einverstanden?«

»Dazu würde ich gern etwas sagen.« Eric sah die anderen Mitglieder der Reihe nach an, dann sah er zu Boden. »Weißt du, ich finde zwar auch, daß wir beim Reiten dazulernen sollten, aber ich weiß nicht, warum man deshalb einen Club gründen muß. Das macht nur Sinn, wenn wir damit auch Spaß haben. Auch Leute, die lernen, brauchen Spaß, oder sie haben bald vom Lernen die Nase voll. Außerdem gibt es Leute, die sowieso nie richtig gut sein werden, auch wenn es nicht ihre Schuld ist. Denen kann man einfach nicht viel beibringen, denn es ist nun mal eine Tatsache, daß wahre Reiter geboren und nicht gemacht werden.«

»Hört, hört, das finde ich auch!« rief Paulina. Noel setzte sich aufrecht hin und wollte offensichtlich etwas sagen. Henry grinste sie an und begann eilig: »Ich glaube, Eric geht ein bißchen zu schnell voran. Er redet schon über das Ziel Nummer Zwei. Deshalb denke ich, er ist mit dem ersten einverstanden. Seid ihr anderen das auch?«

Es gab ein zustimmendes Gemurmel, und dann sagte Henry energisch: »Gut. Damit zu Ziel Nummer Zwei. Eric hat vorgeschlagen, daß wir Unterhaltung und Spaß für die Mitglieder organisieren, wahrscheinlich in Form von Spielen, Schnitzeljagden, Räuber und Gendarm und so weiter. Will dazu irgend jemand etwas sagen?«

»Laßt uns ein Turnier veranstalten«, meinte Juliet, ohne zu zögern.

»Ja!« kreischte Deb Marlowe. »Ein Turnier mit einem Springen nur für Kinder bis zehn.«

»Ach, sei still, Deb«, sagte Fanny.

»Bitte keine Ermahnungen«, kam es von Henry, »die Redefreiheit muß erhalten bleiben.«

»Tut mir leid«, erwiderte Fanny kleinlaut.

»Massenhaft Wettbewerbe und bloß keine langweiligen, alten Dressursachen«, krähte Roly.

»Springen muß dabei sein«, unterbrach Deb.

»Es kann nicht allen recht gemacht werden«, widersprach Eric.

»Wie hoch soll denn das Startgeld sein?« fragte Helen.

»Ruhe, Ruhe!« rief Henry. »Über dieses Turnier können wir heute noch nicht sprechen. Wenn wir jedes Jahr ein Turnier veranstalten sollen, muß ein Ausschuß dafür gewählt werden, der sich um die Einzelheiten kümmert. Die Frage für heute ist, soll dieses Turnier unser drittes Ziel sein?«

»Ja«, sagten alle, wobei die Marlowes und Naughtons mal wieder den meisten Krach machten.

»Will irgend jemand noch eine vierte Aufgabe vorschlagen?« fragte Henry.

Es gab eine Pause, dann sagte Paulina: »Ich meine, wir sollten unsere Ziele noch weiterfassen. Irgend etwas weniger Egoistisches und dafür Lohnenswertes. Wie wäre es zum Beispiel mit der Bekämpfung von Tierquälerei oder irgend etwas in der Art?«

Henry runzelte die Stirn. »Ich glaube, der Tierschutzverein kümmert sich schon sehr gut um solche Sachen.«

Noel meldete sich jetzt ziemlich ungehalten zu Wort: »Ich denke doch, daß das Verbessern unseres Reitstils ein sehr lohnenswertes Ziel ist.«

»Noch irgendwelche anderen Meinungen?« fragte Henry. »Paulina, würdest du noch ein etwas konkreteres Ziel vorschlagen wollen?«

»Nein«, erwiderte sie mit Duldermiene. »Ich dachte eben nur – aber ihr seid ja alle anderer Meinung – naja, es ist ja wohl egal.«

»Gut, falls niemand hier sonst einen anderen Zweck nennen will, müssen wir jetzt über den Namen sprechen. Ich hab den Club erstmal Radney-Reitclub genannt, weil ich dachte, daß dieses Feld hier wahrscheinlich der Mittelpunkt unserer Clubaktivitäten sein würde. Und außerdem klang er gut. Was sagt ihr dazu?«

»Ein sehr guter Name.« Christo nickte.

»Gefällt mir«, antwortete Noel.

»Okay«, sagte David.

»Find ich auch«, fügte Alex hinzu.

»Ich bin der Meinung, daß Radney uns auf einen sehr engen Radius beschränkt«, widersprach Eric.

»Ich finde den Namen langweilig«, sagte Paulina, »könnten wir nicht irgendeinen haben, der unsere Ziele besser ausdrückt?«

»Also, wie soll der Reitclub denn nun heißen?« Henry war langsam genervt.

»Hoppe-Hoppe-Reiter!«

»Die Sturz-Kanaillen!«

»Die fantastischen 14!«

Alle brüllten wild durcheinander.

»UCRK«, sagte Eric bestimmt.

»He? Was soll denn das heißen?« Verständnislos runzelten die anderen die Stirn.

»Na, ganz einfach, die Ultra-Coolen Reiter-Kids, was sonst?« Selbstgefällig blickte Eric in die Runde.

Henry tippte sich an die Stirn. Damit war Erics Vorschlag eindeutig abgelehnt.

»Der rollende Reitclub«, sagte Roly und warf sich kichernd auf Graham. Die beiden begannen eine Balgerei, und sofort machte Deb mit.

»Deb, Graham!« rief Fanny jammernd. »Hört auf!«

Juliet lächelte nachsichtig. Eric sah verärgert und beleidigt aus, und Henry brüllte: »Ruhe! Ruhe!«

Die Raufbolde setzten sich wieder hin, und Henry fügte hinzu: »Obwohl wir von den jüngeren Clubmitgliedern kaum erwarten können, daß sie sich mit Würde benehmen und Haltung bewahren wie wir älteren, so glauben wir doch, daß sie sich etwas mehr anstrengen könnten, ihre wilden Triebe zu beherrschen.«

»Hört, hört«, sagte Christo.

»Buh!« sagte Roly.

»Halt's Maul, Roly!« sagte Juliet.

»Tja, also, falls sonst niemand einen anderen halbwegs vernünftigen Namen vorschlägt, dann möchte ich jetzt darüber abstimmen lassen. Wer ist dafür, daß wir ihn Radney-Reitclub nennen?« fragte Henry.

Alle außer Eric und Paulina waren dafür, und so stand der Clubname fest. Henry beeilte sich jetzt mit der Wahl der Vorstandsmitglieder. Er wurde zum Vorsitzenden gewählt, Christo zur Schriftführerin und Eric zum Schatzmeister. Dann besprachen sie die Mitgliedsbeiträge für die verschiedenen Altersstufen.

Helen wollte sie so niedrig und Eric so hoch wie möglich ansetzen.

Am Ende schlug Christo einen Kompromiß vor: »15 Pfund vom heutigen Tag bis Weihnachten, und danach sollte auf einer anderen Versammlung neu darüber diskutiert werden, wie hoch sie im folgenden Jahr sein werden.«

Damit waren alle einverstanden. Dann sprachen sie über ihr erstes Club-Treffen, bei dem Reitunterricht gegeben werden sollte. Die Frage war: Wen sollten sie als Reitlehrer holen?

Henry und Noel murrten, daß es von Major Holbrooke ganz schön gemein war, einfach nach Frankreich zu verreisen und sie hier im Stich zu lassen.

Paulina schlug vor, daß sie den örtlichen Tierarzt zu einem Vortrag einladen sollten.

Eric erklärte sich bereit, seinen Vater zu bitten, an

Colonel Sanderson zu schreiben: Der leitete die Jagd in Fording und Benlake Harriers, fungierte oft als Preisrichter und kannte sich in Reitfragen sehr gut aus.

Henry und Noel hatten noch niemals von ihm gehört, aber Paulina sagte, daß sie sich an ihn erinnern könnte. Einen anderen geeigneten Reitlehrer konnte niemand vorschlagen. So wurde beschlossen, daß Eric seinen Vater um den Brief bitten sollte, wenn möglich noch an diesem Abend.

»Hurra!« rief Henry, »das ist das Ende der Versammlung. Aufs Pferd!«

## Viertes Kapitel, in dem ein neugegründeter Club sein erstes Treffen abhält und alle Mitglieder merken, daß sie Reitunterricht nötig haben

Sofort gab es ein wildes Gerenne zum Zaun und zu den Ställen. Sie hatten große Lust, die Hindernisse auszuprobieren. Henry verkündete: »Wir könnten ein Handicap-Springen machen. Die Hindernisse sind unter 50 Zentimeter für die Ponys, die noch nie bei einem Springen gewonnen haben, und dann 60 Zentimeter für die Pferde und Ponys, die schon einmal Preise geholt haben. Jetzt sind sie 60 Zentimeter. Wer würde gern als Erster springen?«

»Wenn niemand anders will, mach ich das.« Eric blickte in die Runde. »Aber sollten die Hindernisse nicht ein bißchen höher sein? Wir wollen doch nicht zu viele Durchgänge beim Stechen haben.«

»Ach, ich werde sowieso nicht fehlerfrei bleiben, darauf kannst du dich verlassen«, sagte Paulina.

»Ich auch nicht«, kam es von Juliet.

»Es werden wohl kaum sehr viele sein«, sagte Henry, »es sei denn, daß alle viel besser springen als beim Waylebury-Turnier neulich.«

»Na gut, dann fang ich an.« Eric galoppierte einen Zirkel und ritt das erste Hindernis an. Als Princess darüberflog, meinte Henry: »Er bleibt bestimmt fehlerfrei.«, und so war es auch.

Keiner wollte als nächster springen. Also erklärte Henry sich bereit und forderte sie auf, schon mal eine Krankentrage bereitzuhalten. Aber Echo sprang gern. Er verweigerte an der Hecke, weil er sie vor lauter Übermut nicht rechtzeitig bemerkt hatte. Aber danach sprang er – abgesehen vom Tor – alle Hindernisse, obwohl er sich sehr wild benahm und bockte, wann immer er glaubte, daß er besonders gut gesprungen war.

»Jemine«, sagte Roly, »ich wünschte, Tomahawk könnte das.«

»Dann würdest du nicht oben bleiben!« Juliet lachte. »Ich weiß gar nicht, wie Henry das schafft.«

»Ach, das ist wirklich nix besonderes«, sagte Eric. »Es sind die Pferde mit den kurzen Rücken wie Choc-Bloc, die einen so richtig toll abwerfen können.«

»Komm schon, Noel.« Henry kam zu den anderen zurückgeritten. »Jetzt bist du dran.«

»Du liebes bißchen, ich hab wieder schrecklich Lampenfieber.«

»Quatsch!« Henry blieb energisch.

Noel und Sonnet sprangen fehlerfrei. Sie waren ruhig, aber sehr schnell. Eric sah ziemlich überrascht drein. »Sonnet ist ja ein richtig tolles Pony. Wo hat Noel die denn her?« erkundigte er sich bei Henry.

»Sie hat sie als Preis gewonnen. Damals war Sonnet mager und völlig verludert. Noel hat sie geschult.«

»Naja, das hat sie gar nicht so schlecht hingekriegt«,

sagte Eric. »Ich bin sehr dafür, daß man sein eigenes Pferd schult. Natürlich war Choc-Bloc überhaupt nicht zu reiten, als mein Vater ihn damals kaufte. Er hat mich immer abgeworfen, das könnt ihr mir glauben. Und Princess war am Anfang auch sehr wild und aufgeregt.«

»Christo, willst du als nächste springen?« fragte Henry.

Dragonfly machte ihre übliche Zerstörerrunde. Sie geriet völlig außer Kontrolle und krachte mit den Vorderbeinen in fast jedes Hindernis, sehr zum Ärger von David, Alex und Deb, die als Platzwarte fungierten.

»Ich bin diejenige, die Reitunterricht braucht.« Christo kam zurückgeritten. »Ehrlich, ich hab nicht das kleinste bißchen Kontrolle über dieses Biest. Sie ist völlig durchgedreht.«

»Du solltest sie mehr zurückhalten«, riet Eric.

»Warum schnallst du das Martingal nicht enger?« schlug Paulina vor.

»Du bist jetzt dran, Paulina«, sagte Henry.

Paulina ritt Starshine zur Hecke. Als sie kurz davor war, gebrauchte sie ihre Beine nicht mehr, sondern schrie nur noch »Hopp!«.

Starshine verweigerte zweimal, dann sprang sie. Sie warf das Gatter um und wurde disqualifiziert, als sie danach an der Mauer vorbeirannte.

»Böses, altes Mädchen.« Paulina klopfte ihren Hals

und kam mit einem versöhnlichen Lächeln auf den Lippen zurückgeritten. »Sie ist heute nicht so ganz beieinander«, erklärte sie.

Juliet und Romeo wurden ebenfalls disqualifiziert. Sie ritten am Tor, an der Mauer und an der Trippelbarre vorbei. »Wir sollten dort eigentlich Fänge haben«, beklagte sich Paulina bei Juliet, »man kann von Jagdpferden nicht erwarten, daß sie diese schmalen Hindernisse in aller Ruhe springen.«

»Naja, die andern haben's aber hingekriegt«, entgegnete Juliet.

»Ja, aber es sind Henrys Hindernisse. Außerdem hat Noel hier wahrscheinlich geübt, und Erics Ponys sind ausgebildete Turnierpferde. Meine Starshine ist vor allem ein Jagdpferd. Sie kennt sich mit so engen Hindernissen nicht aus.«

»Jetzt kommen die kleinen Ponys dran.« Henry fing an, die Hindernisse niedriger zu stellen.

»Vielen Dank«, sagte Helen beleidigt. »Ich möchte darauf hinweisen, daß Swift das drittgrößte Pferd hier ist, und außerdem hat er schon mal gewonnen.«

»Oh, hallo, bist du noch nicht gesprungen? Das tut mir schrecklich leid. Ich hab dich ganz vergessen«, sagte Henry.

»Das kann man sehen«, tönte Helen äußerst kühl.

Henry stellte eilig die Hindernisse wieder auf die alte Höhe. »Okay, alles fertig. Du kannst jetzt anfangen.«

»Sehr gut«, erwiderte Helen und ritt das erste Hindernis an. Aber Swift hatte keine Lust zu gehorchen. Er bockte ein bißchen, dann stieg er etwas, drehte sich um und trug Helen zurück zu den anderen Pferden. Sie versuchte es noch einmal. »Nun mach schon!« Sie trat ihn in die Seiten und riß ihn am Maul, aber sobald er mitspielte, blieben ihre Hände auf seinem Hals liegen und ihre Beine hingen bewegungslos herunter. Sie bekam ein knallrotes Gesicht und wurde gleichzeitig wütend und aufgeregt.

Schließlich bot Henry an, Swift zu reiten. »Wahrscheinlich kriege ich ihn auch nicht zum Springen. Aber ich kann's ja mal versuchen, wenn du willst.«

»Oh, bitte schön, wenn du möchtest«, antwortete Helen ungnädig. »Aber er will mir nur einen Streich spielen, das ist alles. Normalerweise springt er wunderbar.«

Henry stieg auf. Er kreuzte die Steigbügel vor dem Sattel, weil er sie nicht verstellen wollte, und gab Swift die Hilfe zum Vorwärtsgehen. Swift bewegte sich nach vorn und versuchte dann, wieder umzudrehen, aber darauf warteten Henrys Beine nur. Er trieb ihn vorwärts, und nach einem kurzen trotzigen Bocken gab das kleine Pferd nach und sprang rund um den Parcours. Nur beim Tor riß er eine Latte.

Graham und Deb klatschten Beifall.

»Prima!« schrie Paulina.

»Wie hat er das nur geschafft?« fragte Juliet.

»Schenkel, meine Damen und Herren, Schenkel«,

murmelte Noel, und Eric meinte: »Och, ein Pferd merkt immer, wenn sein Reiter es ernst meint.«

Noel, Christo und Juliet verstellten nun die Hindernisse. »Ich werde Henry bitten, nachher mal Dragonfly zu reiten«, sagte Christo zu Noel. »Vielleicht kann er sie auch günstig beeinflussen, obwohl ich glaube, daß sie einfach nur ein bißchen verrückt ist. Es ist aber auf jeden Fall einen Versuch wert.«

Noel wünschte sich insgeheim, sie wäre eine berühmte Reitexpertin, die ihre Meinung äußern könnte, statt immer nur schweigend den blöden Bemerkungen anderer zuhören zu müssen. Du wirst ganz schön eingebildet, ermahnte sie sich dann selbst.

Die kleinen Ponys sprangen noch schlechter als die größeren. Tanzy galoppierte mit David dreimal am ersten Hindernis vorbei. Oscar dachte nicht im Traum daran zu springen, obwohl Alex mit den Beinen ruderte und sich von Eric die Gerte geliehen hatte. Jannice hielt Swansdown am ganz kurzen Zügel und verhinderte dadurch, daß sie sprang. Dann, beim dritten Versuch, brüllten alle, sie sollte die Zügel nachgeben. Das tat sie. Swansdown sprang, Jannice fiel runter und brach in Tränen aus. Paulina und Juliet kamen ihr zu Hilfe.

Helen meinte wenig mitfühlend: »Nun quäk nicht so rum, du Dämel!«

Alle andern schauten peinlich berührt weg.

Fanny Marlowe sprang zuerst mit Golly und brachte sie dazu, über die Hecke zu springen. Doch beim nächsten Hindernis wurde sie nach zwei Verweigerungen disqualifiziert.

Graham sprang als nächster, schaffte zwei Hindernisse und schied beim dritten aus. Deb, die als letzte Golly ritt, sprang drei Hindernisse.

Zur Überraschung von allen schaffte Roly den ganzen Parcours, aber er fiel zweimal runter, rannte zweimal am Hindernis vorbei, ritt den Zaun um und riß bei fast jedem Hindernis in Tomahawks Maul. Alle sagten Juliet, daß Tomahawk einen Halsriemen brauchte, denn seine Mähne war geschoren, und Roly konnte sich deshalb nur an den Zügeln festhalten. Schließlich verkündete Henry die Ergebnisse: »Noel und Eric sind im Stechen. Wir andern waren zu schlecht, um da mithalten zu können.«

Nachdem die Hindernisse höher gestellt worden waren, blieben Noel und Eric beide fehlerfrei. Dann sprangen sie eine weitere Runde mit noch höheren Hindernissen, und jeder von ihnen hatte beim Zaun vier Fehler.

Christo schlug vor, daß sie es beim Zaun nochmal versuchen sollten, und diesmal sprangen sie beide darüber, ohne zu reißen.

»Tja, was wollt ihr jetzt machen?« fragte Henry.

»Mir ist es gleich«, sagte Eric. »Also, wenn Noel weitermachen will, mach ich mit. Aber ich finde den

Boden nicht so gut, und da ich am Samstag zu einem Turnier gehen werde, möchte ich nicht, daß Princess sich hier zu sehr verausgabt.«

»In Ordnung«, sagte Noel. »Hören wir auf. Sonnet ist auch ziemlich fertig, und ich will sie nicht überanstrengen.«

»Och.« Roly zog unzufrieden die Mundwinkel runter. »Ich wollte sie doch noch über 1,20 Meter springen sehen.«

»Ich frag mich, ob Golly diese Hindernisse hier schaffen würde«, überlegte Deb.

»Natürlich nicht, du Gänschen«, antwortete Paulina.

»Hört mal her!« rief Henry. »Falls alle noch Zeit haben, können die Sieger ihre Pferde zum Stall bringen, und dann werden wir versuchen, die Verlierer ein bißchen aufzumöbeln. Hat jemand was dagegen?«

»Gute Idee!« Christo sprach für alle.

Also brachten Noel und Eric ihre Pferde weg, und als sie zu Fuß zurückkamen, sahen sie, daß die Hindernisse wieder auf die vorige Höhe zurückgestellt worden waren.

»Ihr beide sollt in der Mitte stehen und hilfreiche Ratschläge geben«, erklärte Henry. »Ich bin das erste Opfer.«

Diesmal sprang Echo die Hecke, ohne zu zögern, aber dann ritt er wieder den Zaun um.

»Er springt zu spät ab«, sagte Noel.

»Treib ihn ein bißchen härter an«, riet Eric.

Henry versuchte es wieder. Aber das Antreiben veranlaßte Echo dazu, kürzere Galoppsprünge zu machen, und er sprang noch schlechter als vorher. »Dein Timing stimmt nicht ganz«, sagte Eric. »Ich werde nächstes Mal brüllen, wenn du abspringen sollst.«

Aber auch dieses Mal klappte es nicht besser. »Was denkst du, Noel?« fragte Henry.

»Naja, ich würde eine Stange vor dem Hindernis auf den Boden legen, um ihm zu zeigen, wann er abspringen soll«, sagte Noel zurückhaltend. »Jedenfalls macht es so der Major.«

»Okay.« Henry war einverstanden. Sie legten eine Stange etwa 60 Zentimeter vor das Gatter, und als Henry wieder anritt, sprang Echo bei der Stange ab und setzte fehlerfrei über das Gatter.

»Super!« Henry stieg ab und klopfte ihm den Hals.

»Ich bring ihn jetzt zurück. Warte auf mich, bevor du anfängst, Christo. Es dauert nicht lange.«

Er rannte mit einem bockenden und springenden Echo hinter sich los. Finch sah vom Tor aus zu. Er übernahm Echo, und so war Henry sofort wieder zurück.

»Ihr Platzwarte, paßt gut auf!« rief Christo, als sie das erste Hindernis anritt.

»Halte sie mehr zurück!« rief Eric, als Dragonfly sich über das Hindernis warf und die Hecke fast streifte. Aber je mehr Christo versuchte, sie zurückzuhalten, desto aufgeregter wurde Dragonfly. Sie galoppierte los – Christo verlor dabei die Zügel – und warf sich gegen den Zaun, den sie dann mit den Vorderbeinen umriß.

»Du mußt sie irgendwie zurückhalten!« Eric wakkelte mißmutig mit dem Kopf. »Diese Stute braucht unbedingt ein Stangengebiß.«

Noel fühlte sich jetzt veranlaßt, sich einzumischen: »Damit machst du sie nur noch aufgeregter.«

»Hier, Henry, sieh mal, was du machen kannst.« Christo stieg ab.

Henry saß auf und erklärte, er hätte nicht die leiseste Idee, was er tun sollte, und wahrscheinlich würde er sowieso gleich runterfallen.

»Naja, wenigstens sehe ich dann, wie sie sich benimmt«, sagte Christo. »Ich kann mich ja selbst nicht sehen, wenn sie ihre Kapriolen macht.«

Zuerst versuchte Henry, Dragonfly langsamer an die

Hindernisse heranzureiten, aber er hatte genauso wenig Erfolg damit wie Christo. Dann versuchte er, sie vor dem Hindernis im Zirkel zu reiten, aber das regte sie nur noch mehr auf, und sie warf ihren Kopf hoch. Nachdem Dragonfly sechsmal in das Hindernis reingedonnert war, parierte er sie durch und fragte: »Hat jemand einen Vorschlag?«

»Ich hab's doch schon gesagt« , erklärte Eric gelangweilt, »ein Stangengebiß, und dann könntest du noch einen kombinierten Martingal probieren.«

Christo war von dieser Idee wenig begeistert.

»Ich würde mit ihr einfach nicht mehr springen. Offensichtlich liegt es ihr nicht«, riet Paulina.

»Ich würde sie mehr arbeiten lassen und warten, daß sie müde wird, dann wird sie etwas ruhiger gehen«, sagte Helen.

»So'n Quatsch!« Henry drehte sich zu Helen um. »Ein gutes Pferd wird durch Arbeit nicht ruhiger, außer du gibst ihm nicht genug zu essen. Du kannst nur Übereifer abtrainieren, aber nicht Temperament. Erinnere dich doch nur mal, wie unternehmungslustig manche Pferde nach Hause kommen, die den ganzen Tag auf der Jagd waren.«

»Ich finde, sie ist noch nicht so weit, daß sie springen sollte«, sagte Noel. »Sie hat ihre Trense noch nicht akzeptiert. Du kannst sie nicht kontrollieren, weil sie im einen Moment schwer auf der Hand liegt und im andern Moment hinter der Hand geht.«

»Schulen mit der Trense und einem Ausbinder.« Henry grinste Noel an. »Das ist die Heilung für alle Übel.«

»Ich bin mir nicht sicher, ob du sie dann beim Ausreiten kontrollieren kannst«, fuhr Noel fort. »Aber um sie im Schritt und Trab zu schulen –«

»Aber ich will sie in diesen Ferien in Turnieren reiten!« protestierte Christo.

»Versuch es doch mit einer Steigtrense«, wiederholte Eric.

»Christo, du hattest jetzt zwei verschiedene Sorten von Ratschlägen. Nun mach, was du willst. Das wird doch bestimmt ein interessantes Experiment.« Henry wandte sich Paulina zu: »Komm jetzt, du bist das nächste Opfer.«

Bei Paulina gab es keine Streiterei. Es war allen klar, daß sie ihre Beine nur solange gebrauchte, wie sie das Hindernis anritt, und genau in dem Moment, wenn sie ihr Pony hätte antreiben sollen, damit aufhörte. Sie ließ dann die Beine einfach hängen und schrie nur erwartungsvoll: »Hopp!«

Alle Ratschläge blieben ohne Erfolg, und schließlich ritt Eric Starshine, die prompt über jedes Hindernis mit Leichtigkeit hinwegsetzte.

Als Helen dran war, erklärte sie, daß Swift bereits genug gesprungen sei. Christo wollte sie trotzdem zu einem Versuch überreden, doch sie erwiderte steif, sie wolle lieber nicht.

Juliet versuchte angestrengt, all die Ratschläge zu befolgen, die sie bekommen hatte. Eric erklärte, sie verhielte sich wie Paulina und würde ihre Beine nicht genug benutzen. Henry wies darauf hin, daß außer den Beinen auch noch die Zügel notwendig waren, um Romeo geradeaus zu reiten. Noel fand, daß sie sich zu weit nach vorn beugte und Romeo zu früh den Kopf frei gab, nämlich schon ein paar Schritte vor dem Absprung statt genau beim Absprung. Auf diese Art und Weise schaffte Romeo es dann immer wieder, vorbeizurennen. Christo erklärte Juliet, daß ihre Zügel viel zu lang seien.

Schließlich sprang Juliet den Parcours, und Romeo rannte nur einmal an der Mauer vorbei. Dafür bekam er den Hals geklopft und durfte ausruhen.

Das Schulen der kleinen Ponys und ihrer Reiter war viel weniger erfolgreich. Golly hatte jetzt einen Halsriemen und war das einzige Pferd, das überhaupt irgendeine Verbesserung zeigte.

Schließlich war der Anblick der schlechten Reiter und der ewig verweigernden Ponys nicht mehr länger zu ertragen, und die Besitzer mußten absteigen. Eric bestieg Oscar, Noel Golly. Alex, der seine Schenkel zumindest ein bißchen gebraucht hatte, wurde Tanzy gegeben, und Fanny Marlowe sollte Swansdown ausprobieren.

Noel konnte Golly überreden, alle Hindernisse zu

springen, und übernahm dann Swansdown, während Henry Graham eine Lektion auf Golly gab. Eric sah sehr verschwitzt aus und sagte, daß er alles probiert hätte, um Oscar zum Springen zu bringen, und sich ab jetzt nicht mehr wundern würde, daß Alex es noch nie geschafft hätte. Noch nie in seinem Leben hätte er ein Pony geritten, das so wenig Ahnung vom Springen hatte. Er fragte Alex, ob er sich ganz sicher wäre, daß es sich bei Oscar nicht um ein Maultier handeln würde, denn er sah so aus und benahm sich auch wie eins.

Alex antwortete nur: »Armer Oscar.«

Er hatte es geschafft, mit Tanzy alle Hindernisse zu springen, und war mit sich ganz zufrieden: Henry hatte ihm nur gesagt, er müsse die Absätze tiefer halten und die Knie mehr nach innen drehen.

Wenn Oscar nur etwas freundlicher wäre, überlegte er, dann würde es mir gar nichts ausmachen, daß er nicht springen kann. Er tätschelte Oscars Hals, aber wie gewöhnlich wurde er dafür mit einer gräßlichen Grimasse und einem Schnappen nach der Hand belohnt.

»Ich hätte nie gedacht, daß Tanzy so springen kann«, sagte David begeistert und tätschelte ihr den Hals.

»Das war toll. Sie ist eine gute, kleine Springerin.« Damit gab Noel Swansdown an Jannice zurück. »Und sie läßt sich sehr gut reiten. Steig auf und versuch's nochmal.«

»Oh nein, danke schön, lieber nicht«, antwortete

Jannice rasch, »weißt du, ich bin so aufgeregt. Das bin ich immer, obwohl es jetzt nicht mehr ganz so schlimm ist wie früher.«

»Naja, es gibt überhaupt keinen Zwang zum Springen«, erklärte Noel. »Ich würde es dann lassen und andere Sachen versuchen wie Rückwärtsrichten oder die Vorhandwende oder Reiten ohne Steigbügel, bis du nicht mehr aufgeregt bist. Kein Mensch verlangt von dir, daß du unbedingt springen mußt. Du solltest Swansdown auch gar nicht an ein Hindernis reiten, wenn du nicht total sicher bist, daß du auch drüber willst.«

»Aber ich kann springen«, sagte Jannice. »Ich bin schon 60 Zentimeter gesprungen.«

»Das hättest du lieber nicht tun sollen«, sagte Noel ziemlich schroff. »Wahrscheinlich hast du dein Pony nur im Maul gerissen. Du solltest nicht höher springen als vielleicht 20 Zentimeter, bis es besser geht.«

Nachdem Henry gehört hatte, daß Jannice nicht mehr springen wollte, erklärte er erleichtert: »Das wär's, Leute. Was für ein Nachmittag!«

»Das ist nicht fair!« Debs Stimme erhob sich über das allgemeine Gemurmel und wurde schließlich zum Jaulen. »Das ist nicht fair! Fanny ist elfmal gesprungen und Graham neunmal und ich nur siebenmal.«

»Ach, sei ruhig, Deb«, sagte Fanny schnell. »Mach nicht so'n Krach. Du kannst doch nächstes Mal öfter springen.«

»Ich will das nicht nächstes Mal!« kreischte Deb noch lauter als vorher. »Es ist ungerecht, ich will es jetzt.«

»Verwöhntes Gör!« zischte Eric.

»Armes, kleines Wesen!« sagte Paulina. »Laß sie doch noch ein- oder zweimal.«

»Auf keinen Fall!« erklärte Christo. »Das würde sie nur in diesem Benehmen bestärken.«

»Ruhe, Ruhe!« Henry beendete die Diskussion. »Das heutige Treffen ist vorbei, wie bereits verkündet. Die Ponys haben für heute reichlich genug, und falls es der Dame Marlowe nicht gefällt, wie der Club geführt wird, dann kann sie ja austreten. Alle, die wie ich jetzt eine Limonade wollen, folgen mir.«

Als in der Abendkühle die Limonade und die Kekse verschlungen worden waren und die untergehende Sonne die grauen Steine von Radney Manor in warmes Gold tauchte, stiegen die Reitclubmitglieder auf ihre Ponys und ritten nach Hause. Die Hufe knirschten auf dem Kies der Auffahrt und klapperten auf der Asphaltstraße, und schließlich verklang das Geräusch in der Entfernung.

Die Radney-Eichen auf der Hügelkuppe waren eine Insel von Gold und Grün in den Strahlen der Abendsonne, und in dem Tal zwischen dem Haus und den Eichen lagen die Felder schon in dunklem Schatten. Aus dem Gehölz auf der anderen Seite der Straße kam das zufriedene Gemurmel der Waldtauben.

Henry und Noel lehnten an den Stalltüren und sprachen zu ihren fressenden Pferden, dann wanderten sie langsam zum Haus zurück.

## Fünftes Kapitel, in dem ein Colonel eingeladen wird und die Clubmitglieder sich mehr oder weniger auf ihre erste Reitstunde bei einem Experten vorbereiten

Am Abend hatten Henry und Noel noch stundenlang über die Vorzüge und Macken der anderen Mitglieder des Radney-Reitclubs gesprochen. Nach dem Abendessen sahen sie sich im Wohnzimmer gerade einen Krimi im Fernsehen an, als das Telefon klingelte. Henry rannte hinunter in die Diele, Noel blieb bei seinen Eltern sitzen. Mrs. Thornton blätterte am anderen Ende des Wohnzimmers in einer Illustrierten, und alle paar Minuten störte sie die anderen mit ihren Ausrufen: »Oh, da ist ein Foto von der Prinzessin. Wie sieht sie nur aus! Wie kann sie nur so rumlaufen! Schaut doch mal dieses schreckliche Kleid!« Mr. Thornton knurrte dann nur etwas oder murmelte: »Ja, meine Liebe, sieht schrecklich aus.«, ohne die Augen von seinem Buch zu nehmen.

Weil sie Gast war, fühlte sich Noel zuerst verpflichtet, Interesse zu heucheln. Doch bald fand sie es langweilig, dauernd nur: »Ja, wie schrecklich! Nein, wie furchtbar! Was für ein gräßlicher Hut!« zu flöten, und außerdem verpaßte sie dabei dauernd die spannendsten Dialoge im Krimi.

Schließlich kam Henry zurück. »Es war Eric. Hat mehr drauf, als ich dachte. Er hat seinen Vater dazu gebracht, Sanderson anzurufen, und der wird am Montag kommen. Es war ziemlich dreist, ihn so kurzfristig um den Gefallen zu bitten, sagte Eric, aber Colonel Sanderson war trotzdem sofort bereit, uns eine Stunde zu geben. Er wird bei den Lawsons zu Mittag essen und dann um Viertel nach zwei hierherkommen.«

»Dann müssen wir jetzt wohl den anderen Mitgliedern Bescheid sagen.« Noel wollte gleich aufstehen.

»Aber nicht doch«, antwortete Henry. »Das ist Christos Job. Ich hab sie schon angerufen und ihr den Auftrag gegeben.«

Am Freitag schüttete es.

Trotz Mrs. Thorntons Vorhaltungen, daß es völliger Blödsinn wäre, ritten Noel und Henry auf Sonnet und Echo aus. Echo benahm sich noch verrückter als sonst. Er keilte bei Autos aus, scheute vor Eichhörnchen und weigerte sich, durch Pfützen zu gehen. Außerdem rannte er bei jeder möglichen Gelegenheit in Sonnet.

Der Regen sickerte schon durch Henrys Regenmantel und in Noels Kragen, lange bevor sie sich wieder nach Hause wandten. Die Zügel waren naß und glitschig und ihre Handschuhe durchgeweicht.

Als sie in die Landstraße von Little Stanton einbogen, peitschten der Regen und der Wind ihnen so heftig ins Gesicht, daß die Pferde ihre Köpfe zwischen die Vorderbeine senkten. Trotz der Böen und Nässe fand Noel das Wetter herrlich. Sie liebte das Zerplatzen der Regentropfen auf ihrem Gesicht und wäre am liebsten mit Sonnet gegen den Sturm angaloppiert. Denn das war genau einer von den Tagen, an denen man sich nichts Schöneres vorstellen konnte, als stundenlang dahinzugaloppieren.

Am Samstagmorgen war es dagegen hell und trocken. Kleine, weiße Wolken jagten fröhlich über einen blauen Himmel, und eine frische Brise trocknete die Pfützen. Die meisten Mitglieder des Radney-Reitclubs ergriffen die Gelegenheit, um ihre Ponys zu schulen.

David Rice-Greene erzählte seiner Mutter von den Hindernissen, die er und Tanzy am Donnerstag gesprungen waren, bis sie schließlich nicht mehr glauben wollte, daß er überhaupt gesprungen war. Deshalb lud er sie ein, ihm beim Schulen auf der Wiese hinterm Haus zuzuschauen. Seine Hindernisse bestanden aus Bohnenstangen und Rechen, die auf Eimer gelegt waren und entsprechend wackelten. Tanzy weigerte sich, sie ernstzunehmen. Sie stolperte einfach darüber weg, ohne einen Sprung auch nur zu versuchen. Mrs. Rice-Greene lachte jedesmal verächtlich auf. David wurde immer röter im Gesicht und immer wütender, und schlug Tanzy schließlich so hart, wie er nur konnte. Sofort schoß sie im Galopp davon, den Kopf in die Luft gereckt und das Maul weit offen, und raste zweimal um die Wiese, bevor sie David an den niedrigen Zweigen eines Apfelbaums abstreifte.

»Ach, David, du bist unmöglich!« schimpfte Mrs. Rice-Greene. »Warum hast du sie nicht angehalten? Jetzt hast du dir dein Gesicht verkratzt und das Hemd zerrissen. Nun geh endlich und fang das Pony wieder ein und steh da nicht so komisch rum.«

»Ich weiß überhaupt nicht, worüber du dich so aufregst.« David schmollte. »Christo Carstairs sagt, auch die besten Reiter fallen am Anfang immer runter, und Noel Kettering hat Fanny Marlowe erzählt, daß das Nichtrunterfallen überhaupt kein Beweis dafür ist, daß man ein guter Reiter ist. Das ist höchstens ein Zeichen, daß man vorsichtig ist und ein ruhiges Pony hat!«

»Und wer ist Noel Kettering?« fragte Mrs. Rice-Greene.

»Och, eine Freundin von Henry. Sie ist eine ziemlich gute Reiterin, das kannst du mir glauben.«

Das Schulen der Marlowes war nicht sehr erfolgreich. Ihre Hindernisse bestanden aus Strohballen und Kisten mit Brettern darüber und standen auf einem kleinen, holprigen Feld in der Nähe des Hofs. Drei Jersey-Kälber sahen Golly aus großen, sanften Augen zu, und die Enten hielten auf ihrem Weg zum Teich an, um zu sehen, was sich da tat.

Fanny hatte den ersten Versuch. Nachdem Golly ungefähr zwanzig Mal bei einem Strohballen verweigert hatte, versuchte sie, Golly rückwärts zu richten, war damit aber nicht sehr erfolgreich. Nach viel Zerren schaffte sie es gerade eben, daß Golly einen kleinen, zögernden Schritt zurücktrat.

Graham wollte eine Acht galoppieren. Da er keine Gewalt über Golly hatte, verbrachte er seine Zeit fast nur mit Hin- und Rückreiten zum und vom Tor.

Dann stieg Deb auf. Sie trabte zum Ende des Feldes und kam im Galopp zurück. Golly war schnell, und Debs Beine wedelten wie eine Windmühle im Sturm. Vor dem Tor blieb Golly stocksteif stehen.

»Oh, das war toll!« kreischte Deb und rieb sich die Augen, weil die in heftige Berührung mit der stacheligen Mähne gekommen waren. »So schnell bin ich noch nie gewesen. Jetzt will ich springen!«

Golly versuchte ihr Bestes und sprang wunderschön über alle drei Kisten.

»Höher, höher!« schrie Deb triumphierend. »Ich bin fehlerfrei gesprungen!« gab sie an und hüpfte im Sattel auf und ab.

»Das kann man nicht höher stellen, du weißt doch selbst, daß es nicht geht«, sagte Graham.

»Na klar geht das. Mit Ziegelsteinen.« Deb sprang ab und ließ Golly laufen, während sie von der Scheune Ziegel holte. Wenig später waren die Kisten zehn Zentimeter höher. Aber gerade, als Deb anreiten wollte, erschien Hubert, der Gänserich, in Begleitung von zwei seiner Frauen, Hulda und Herta. Sie inspizierten den Parcours.

»Ach, scheucht ihn weg!« kreischte Deb. »Nun mach schon, Graham.«

Graham hatte nicht gerade viel für Hubert übrig. »Scheuch ihn doch selber weg«, sagte er.

»Na gut«, antwortete Deb. »Aber du bist echt 'n hoffnungsloser Fall. Man stelle sich bloß vor: Er hat Schiß vor einem alten Gänserich.«

»Ich hab keinen Schiß«, antwortete Graham. »Aber ich hab nur Shorts an, und das tut ganz schön weh, wenn er einen in die Beine zwickt.«

Alle drei Kinder scheuchten Hubert nun von der Wiese, der ärgerlich quakte und schließlich seine Frauen fortführte.

Deb und Golly sprangen nochmal fehlerfrei über alle Hindernisse.

»Superspitze!« schrie Deb und tätschelte Gollys dikken, schwarzen Hals begeistert. »Ich wußte doch, daß du springen kannst. Schnell noch mehr Ziegelsteine. Ich will's nochmal höher versuchen.«

Fanny und Graham waren durch diese plötzliche Veränderung von Gollys Springkünsten fast genauso aufgeregt wie Deb und rannten los, um mehr Ziegelsteine zu holen. Wieder sprang Golly einwandfrei. Diesmal tätschelten sie alle.

»Komm, jetzt ist aber Schluß, Deb«, sagte Fanny. »Wir wollen sie zum Stall bringen und ihr was zu fressen geben, bevor sie wieder auf die Weide kommt.«

»Nein, ich muß unbedingt noch einmal springen.«

Sie stritten ein bißchen, aber dann gab Fanny nach. »Na, gut. Aber nur einmal. Denk dran. Und das ist außer der Reihe, weil deine Zeit eigentlich um ist.«

Sie stellten eins der Hindernisse noch etwas höher, aber dieses Mal verweigerte Golly.

»Ich wußte, daß das passieren würde«, jammerte Fanny. »Benutz deine Beine«, sagte Graham und versuchte, Henry Thorntons Stimme nachzuäffen.

»Du schreckliches, faules Pony!« schimpfte Deb. Dann tätschelte sie Golly und sagte: »Na, komm schon, versuch's!«

Aber Golly hatte genug. Deb brauchte Ewigkeiten, um sie noch zu einem einzigen Sprung zu überreden, und der war nur über eine Stange auf zwei Ziegelsteinen, die so niedrig war, daß sie kaum als Hindernis zählte.

»Alles nur dein Fehler, Deb«, schimpfte Fanny, als sie zum Mittagessen rannten. »Jetzt wurde Golly für ihr gutes Benehmen überhaupt nicht belohnt, und nächstes Mal benimmt sie sich wahrscheinlich genau so schlecht wie sonst auch.«

»Wer wird sie denn am Montag reiten? Das möcht ich gern wissen«, sagte Graham. »Wir können uns nicht dauernd abwechseln. Dieser Colonel, wie heißt er doch, wird das bestimmt verbieten. Wir sollten vielleicht knobeln.«

Die Barbersleys schulten ihre Ponys niemals. Am Samstag beschlossen sie, auszureiten. Swift und Swansdown hatten sich am Tag vorher ausgeruht und waren jetzt übermütig. Das gefiel Helen und Jannice überhaupt nicht. Kaum waren sie aus dem Tor heraus, als Swift vor einem Papierfetzen scheute, herumsprang und mit Swansdown zusammenstieß.

»Hau schon ab, mach!« kreischte Helen wütend und erschrocken zugleich.

»Oh.« Jannice hielt sich an Swansdowns Mähne fest. »Hör auf, Helen. Du wirfst mich runter.«

»Sei doch nicht so 'ne dumme kleine Ziege.« Helen hatte es jetzt geschafft, Swift wieder herumzudrehen. »Warum mußt du mir auch immer in den Weg kommen?«

»Bin ich doch gar nicht.« Jannice war kurz vorm Losweinen.

»Bist du wohl«, widersprach Helen. »Immer machst du irgendwas Blödes.«

»Du lügst, und ich hasse dich!« schrie Jannice.

Helen schnüffelte verächtlich. »Da mach ich mir aber was draus.«

Dann begegnete ihnen ein Bus, und obwohl ihre Ponys sich im Straßenverkehr immer sehr gut benahmen, verkürzten beide vorsichtshalber ihre Zügel.

»Brr, brr«, sagte Helen und zerrte Swift im Maul. »Bleib von mir weg, Jannice.«

»Oh, bitte halte den Bus an, oh, mach, daß er hält«,

jammerte Jannice, die sich mit beiden Händen an der Mähne festhielt. »Ich weiß, daß Swansdown durchgehen wird.«

Die Ponys zockelten ein bißchen, aber das war's auch schon. Bald bogen sie auf einen sandigen Feldweg ein, der zu ein paar trostlosen Feldern führte, die mit Draht eingezäunt waren.

»Bloß nicht galoppieren!« jaulte Jannice. »Bitte Helen, nicht galoppieren!«

Helen klammerte sich selber an Swifts Zügel fest. »Ruhig, Junge, ruhig«, sagte sie in einer Stimme, die alles andere als beruhigend war. Sie schaffte es nicht, die Geschwindigkeit zu drosseln. Die Ponys, immer noch übermütig, übernahmen die Regie und galoppierten quer über die Felder. Sie bockten nicht und scheuten nicht, und weder Jannice noch Helen wurde abgeworfen. Doch Jannice war fest davon überzeugt, daß Swansdown durchgegangen war, und Helen behauptete, dieses Biest Swift wäre nicht aufzuhalten gewesen.

Auf dem Heimweg waren die Ponys ruhiger. Helen und Jannice hörten auf zu streiten und unterhielten sich statt dessen über den Reitclub. Sie waren sich einig, daß das Treffen gräßlich gewesen war, daß Henry Thornton jetzt noch eingebildeter war als jemals zuvor und daß Noel Kettering sich wohl für den einzigen Menschen, der springen konnte, hielt. Es wäre ganz schön dreist von ihnen, Eric und Christo zu glauben, daß sie andern Leuten das Reiten beibringen könnten.

»Na ja, Colonel Sanderson wird ja am Montag hier sein«, sagte Helen. »Er wird ihnen sicherlich so den Marsch blasen, daß sie nicht mehr so angeben.«

»Ich möchte da nicht hingehen.« Jannice verzog das Gesicht. »Ich muß dann bestimmt springen. Ich bleib lieber zu Hause. Überhaupt will ich gar kein Mitglied mehr sein.«

»Aber du hast deinen Beitrag bezahlt«, entgegnete Helen vorwurfsvoll.

Christo Carstairs schulte auf dem großen Feld am Ende der Radney Avenue und wünschte, daß ihre Brüder etwas Besseres zu tun hätten, als auf dem Tor zu sitzen und dämliche Bemerkungen von sich zu geben.

Sie wußte, daß die Jungen nur Spaß machen wollten, aber sie fand es doch reichlich störend, wenn sie brüllten: »Kann die alte Mähre nicht 'n bißchen schneller?«, wenn sie gerade gestreckten Trab ritt, oder: »Warum nicht mal 'n Galopp?«, als sie das Rückwärtsrichten versuchte. »Da können wir ja schneller rennen!« kreischten sie, als sie galoppierte, und: »Gut getroffen!« schrien sie und klatschten laut Beifall, als Dragonfly die Hindernisse umrannte.

Schließlich hatte Christo einen genialen Einfall und ritt hinüber zu ihnen. »He, denkt dran, daß wir zu der Party von Forders heute nachmittag gehen wollten. Ich hab so ein dumpfes Gefühl, daß ihr vorher noch euer

Zimmer aufräumen solltet, oder? Solltet ihr euch nicht mal besser darum kümmern?«

Der Gedanke, daß sie durch ein mütterliches Machtwort vielleicht nicht zur Party der Forders durften, gefiel den Jungen nicht so gut. Sie rannten zum Haus.

Christo seufzte erleichtert. Sie versuchte wieder zu springen, aber ohne Erfolg. Sie konnte Dragonfly nicht vom Vorbeireiten der Hindernisse abhalten, und wenn sie sie nicht umritt, dann schaffte sie es nur um Haaresbreite, darüber zu kommen.

So taugt das alles nichts, überlegte Christo. Sie würde entweder Noels oder Erics Ratschlag befolgen müssen. Aber welchen? Sie würde bis Montag warten. Vielleicht konnte Colonel Sanderson ihr Problem lösen.

Paulina Swindon ritt am Samstag nicht, denn sie wollte auch zu der Party von Forders gehen. Auf den Rat ihrer Mutter hin machte sie sich einen faulen Morgen. Sie setzte die Sonnenbrille auf und trug ihren Liegestuhl in eine Ecke hinten im Garten. Und während sie zwischen Lilienteich und Steingarten in einer Illustrierten blätterte und der Musik aus ihrem Walkman lauschte, versuchte sie, eine gleichmäßige Sonnenbräune zu bekommen.

Juliet Naughton hatte Alex eingeladen, am Samstag zu ihnen herüberzureiten und dort ihre Hindernisse zu springen. Das hatte sie einige Überwindung gekostet, denn sie hatte Angst, daß Oscar Romeo oder Tomahawk treten würde, und sie war sich ziemlich sicher, daß er die Hindernisse kaputt machen würde.

Als Alex die kurze Entfernung von The Poplars bis Greengates, dem Haus der Naughtons, ritt, überlegte er, warum in aller Welt er die Einladung angenommen hatte. Wahrscheinlich, um Tante Esmé einen Gefallen zu tun und weil Juliet so hartnäckig geblieben war. Aber wenigstens war das besser, als auf dem Golfplatz rumzuspazieren und seiner Tante und seinem Onkel beim Spielen zuzusehen. Nicht, daß er was dagegen hätte, sie zu begleiten, aber sie ließen ihn nie in Ruhe, sondern erklärten ihm ununterbrochen die Unterschiede zwischen einem Putter und einem Eisen, damit er sich auf keinen Fall ausgeschlossen fühlte.

Juliet wartete schon bei dem grünen Tor auf ihn. »Hallo«, sagte sie, »dann kann's ja losgehen. Roly hält die Ponys.« Sie wies den Weg zum Feld hinter dem großen Haus, das aus verwaschenen roten Ziegelsteinen gebaut war und direkt neben dem Land der Vicarage-Farm lag.

»Was für tolle Hindernisse!« rief Alex aus.

Natürlich zerschmetterte Oscar einen Pfosten der Naughtons, und Alex weigerte sich, weiter zu springen, bis Juliet darauf bestand, daß er mal Romeo ausprobieren sollte.

Alex fand ihn nach Oscar sehr leicht und bequem zu

reiten. Er sprang über alle Hindernisse und rannte nur an einem vorbei. Dann galoppierte er einmal rund um das Feld.

»Toll!« Alex parierte Romeo neben Juliet durch. »Wie toll der gehen kann. Das war das Schnellste, was ich je geritten bin.« Er sprang ab und klopfte ihm den Hals.

»Ich bin froh, daß du ihn magst.« Juliet lächelte. Sie freute sich, wenn Romeo gelobt wurde.

»Ich nehm an, daß keiner von euch mal Oscar ausprobieren will?« fragte Alex. Er behielt recht: Juliet und Roly lehnten dankend ab.

Auf den Nachmittag folgte eine gemütliche Teestunde. Mrs. Naughton war eine der Mütter, die gern backen und Stunden mit Teigkneten zubringen. Und es machte ihr nichts aus, wenn die Familie die Früchte stundenlanger Arbeit in zwei Minuten verdrückte.

Juliet und Roly sprachen meistens beide gleichzeitig, nur ab und zu äußerten sich auch Mr. und Mrs. Naughton, wenn sie mal Gelegenheit dazu bekamen. Alex fand alles sehr fröhlich und angenehm. Er bedauerte, als es Zeit für ihn war, sich zu verabschieden.

»Auf Wiedersehen«, sagte er und ritt auf Oscar davon. »Vielen Dank, daß ihr mich eingeladen habt. Es hat mir sehr gut gefallen.«

Am Samstagmorgen schulten Noel und Henry Sonnet und Echo eine Dreiviertelstunde. Das Schulen war erfolgreich, nur daß Echo immer noch nicht gut am Zügel ging, vor allem beim Trab, und daß er bockte und schwer auf der Hand lag beim Galopp.

»Also, ich finde nicht, daß er schon auf dem Hufschlag galoppieren sollte«, sagte Noel. Obwohl Henry fand, daß sie übertrieb und sich noch mehr anstellte als sein Onkel George, befolgte er ihren Ratschlag und benutzte das ganze Feld für den Galopp.

Dann stieg Noel auf Trappist, und sie machten mit ihm und Echo einen kurzen Ausritt.

Henry erzählte, daß er Echo zum Turnier anmelden wollte. »Finch sagt, er wird das L-Springen gewinnen, falls er sich benehmen kann. Aber das scheint mir ziemlich ausgeschlossen.«

Nach dem Ritt blieben sie noch ein bißchen bei den Ställen, lehnten an den Türen und unterhielten sich mit Finch, als Henry plötzlich einfiel, daß sie eigentlich heute nachmittag auf der Tennisparty der Forders erscheinen sollten. »Du liebes bißchen, das hab ich ja völlig vergessen. Spielst du eigentlich auch Tennis, Noel? Ich kann dir einen Schläger borgen. Warum hab ich nur diese blöde Einladung angenommen? Ich habe gar keine Lust zu spielen. Am besten, ich ruf an und sag, wir sind krank.«

»Ich hab bisher nur selten Tennis gespielt.« Noel war sich unsicher. »Außerdem bin ich überhaupt nicht gut. Wie sind denn die Forders? Sind das solche Tennisfanatiker?«

»Nee, keine Angst, und eigentlich sind sie ganz nett. Aber trotzdem, ich finde, wir sollten besser krank sein.«

Doch Mrs. Thornton weigerte sich, Henrys Scharade mitzuspielen. Sie behauptete, es sei seine Pflicht, der Einladung zu folgen. Außerdem sollte er mal wieder sein Tennis üben, und Noel würde ja wohl kaum einen Nachmittag mit Nichtstun im Haus verbringen wollen.

## Sechstes Kapitel, in dem Colonel Sanderson sich unbeliebt und Mr. Lawson eine Bauchlandung macht

An dem Tag des Treffens mit Colonel Sanderson war der Himmel grau und bedeckt. Es hatte die ganze Nacht geregnet, deshalb waren die Hindernisse, die Noel und Henry am Vortag sorgfältig weiß angepinselt hatten, wieder häßlich, und der Boden war glitschig und aufgeweicht.

Christo erschien als erste. Sie war sehr früh aufgebrochen, denn sie wäre ein schlechtes Vorbild, wenn sie als Schriftführerin zu spät kommen würde und der Radney-Reitclub dadurch für immer bei Colonel Sanderson unten durch wäre. Sie sah sich auf dem Feld um und fand, daß alles sehr schön aussah. Henry und Noel hatten sich viel Mühe gegeben.

Als nächste kamen die Marlowes. Graham hatte beim Knobeln gewonnen und saß auf Golly, die anderen fuhren auf ihren Fahrrädern.

Die Naughtons und Paulina kamen zusammen angeritten, gefolgt von Alex. Nach ihm kam David, der etwas aufgeregt war, weil er fürchtete, zu spät zu sein. Um zwanzig nach zwei, gerade als Henry über Erics Unpünktlichkeit schimpfen wollte und Noel sich überlegte, ob es überhaupt das richtige Datum war, kamen das Auto und der Pferdehänger der Lawsons mit Eric, seinen Eltern, Princess und dem Colonel.

Juliet sah sich um. »Die Barbersleys sind noch nicht da.«

»Och, die kommen bestimmt gleich«, antwortete Christo.

»Verwünscht sollen die Leute sein, die andauernd zu spät kommen«, knurrte Henry und ritt vorwärts, um zusammen mit Eric Colonel Sanderson im Namen des Clubs zu begrüßen. Doch Eric machte sich nicht viel aus den Benimmregeln. Er ließ den Colonel im Gespräch bei seinen Eltern stehen, holte Princess aus dem Hänger, stieg auf und ritt zu den anderen Mitgliedern am Rand des Feldes.

Der Colonel und die Eltern Lawson blieben beim Auto stehen und unterhielten sich lang und breit über irgendeinen Reiter.

Schließlich wollte Henry nicht mehr länger warten und ritt näher heran. »Guten Tag, Colonel Sanderson. Wir haben eine Reitbahn abgesteckt, hier auf dem Feld, Sir.«

»Zu klein, zu klein«, sagte der Colonel, als er die Reitbahn sah. »Die ist ja nicht mal groß genug, um Kanarienvögel drin zu halten, und für so eine Tierherde ist sie natürlich erst recht zu klein. Reitet in einem großen Zirkel um das ganze Feld und all die Hindernisse herum.«

Er setzte sich auf seinen Stocksitz in die Mitte des Zirkels. Erics Eltern gesellten sich zu ihm. Sie begannen nun eine Unterhaltung darüber, ob neulich beim

Clarshire-Turnier nicht doch Schiebung im Spiel gewesen wäre. Wie sonst hätte der Favorit so haushoch verlieren können? Und außerdem sei es doch sehr seltsam, daß das Pferd des Siegers mal einem der Preisrichter gehört hatte.

Die Mitglieder des Radney-Reitclubs ritten eine Runde nach der andern. Henry tobte innerlich vor Wut und fluchte leise vor sich hin. Alex träumte von einem Turnier, bei dem Oscar sich wunderbar benahm und 1,20 hochsprang. David sah einem Schmetterling nach, Paulina summte ein Lied. Noel überlegte sich, ob der Colonel genau so ein leeres Hirn hatte, wie sie es immer in entscheidenden Situationen bekam, und ob er vielleicht deshalb nicht mehr wußte, wie man eine Reitstunde anfing.

Aber der große, stämmige Mann mit der langen Nase, dem gestutzten Schnurrbart und dem braunen Tweedanzug schaute nicht aus wie jemand, der ab und zu mal ein leeres Hirn hatte. Er sah aus wie ein militärischer Dickkopf, der immer alles bestimmen wollte, fand Noel.

Christo dachte gerade: Na, ich hoffe, er wird irgendwann mal loslegen, und zwar bald, als Roly sich in seinem Sattel umdrehte und Graham zurief: »Hört der denn nie mit dem Gequatsche auf?«

»Roly!« Juliet war schockiert.

»Och, ich hab's jetzt satt, dauernd hier im Kreis zu reiten. Und Tomahawk findet das auch nicht gut.«

Da endlich gab der Colonel die Anweisung zum Trab. Eric ritt an der Tete und trabte rasch an. Er saß hinten im Sattel mit ziemlich langen Zügeln und schaute immer auf die Erde.

Christo, die hinter ihm ritt, hatte Ärger mit Dragonfly, aber sie regte sich deshalb nicht auf. Wenn er jetzt sieht, wie bescheuert sie sich benimmt, gibt er mir vielleicht einen guten Tip, hoffte sie.

Henry kriegte Echo nicht zu einem ordentlichen Trab. Echo weigerte sich, in einem gleichmäßigen Tempo zu gehen, und ab und zu bockte er oder sprang in die Luft.

Sonnet benahm sich gut, aber Noel litt mal wieder schrecklich unter Lampenfieber, schaute auf den Boden und dachte, daß ihre Beine sich wie durchgekaute Stricke anfühlten.

Paulina summte immer noch und ritt zu dicht zu Sonnet auf.

Juliet, David, Roly und Graham ritten in einem Knäuel. Alex hing kilometerweit zurück und trat Oscar wie verrückt in die Seiten, um ihn im Trab zu halten.

Dann gab Colonel Sanderson Anweisung zum Galopp.

Eric ritt im Arbeitsgalopp an, aber Princess streckte die Nase hoch in die Luft, kaute an ihrem Gebiß herum und ging nicht richtig geradeaus.

Echo bockte dreimal und galoppierte auf der falschen Hand an.

Dragonfly konnte nicht so beherrscht wie Princess galoppieren, sie flog davon und riß am Zügel, bis Christo an Eric vorbeiritt und die Tete übernahm.

Paulina saß ganz hinten in ihrem Sattel und gab Starshine gelegentlich einen leichten Tritt. Daß Starshine auf der falschen Hand galoppierte, war ihr überhaupt noch nicht aufgefallen.

Juliet beugte sich über Romeos Schulter und versuchte herauszufinden, auf welcher Hand er ritt.

Tanzy galoppierte mit offenem Maul und dem Kopf hoch in der Luft über das Feld, gefolgt von Tomahawk. Roly hielt sich an seinem Hals und machte ein Geräusch, das wie ein Hubschrauber klingen sollte. Golly und Oscar trabten immer noch.

Colonel Sanderson schien alles Interesse an ihnen verloren zu haben. Noel nahm an, daß ihm die miserable Reiterei der Clubmitglieder die Sprache verschlagen hatte.

»Halt!« brüllte der Colonel endlich, als fast alle galoppierten und Tanzy ganz knapp einem Tritt von Oscar ausgewichen war. »Reitet alle in die Mitte.«

»Was soll das?« fragte Roly laut, als er Tomahawk angehalten hatte, indem er einfach mit ihm in Romeo reingeritten war. »Das sieht ja aus wie eine Figur im Zirkus!« Und sofort begann er, wie ein Löwe zu brüllen.

»Was für ein Geräusch machen denn Elefanten?« fragte er Graham.

»Die trompeten doch!« kreischte Graham als Antwort.

»Könnt ihr Gören nicht mal Ruhe halten?« fragte Eric unfreundlich, als sie sich in einer Reihe aufstellten.

»Gören, Möhren, Gören, Möhren«, sagte Roly. »Ich bin lieber 'n Bär.«

»Pst«, zischte Christo.

»So!« Colonel Sanderson räusperte sich. »Jetzt zeige ich euch einen guten Sitz.« Er winkte Paulina heran. Eric stieß einen leisen Pfiff aus. Paulina lächelte strahlend und ritt vor die Abteilung. »Da haben wir einen guten Sitz«, erklärte der Colonel. »Sie sitzt schön weit hinten, hat den Oberkörper leicht nach hinten gekippt, die Beine gut nach vorn gestreckt. Da kann man nicht mehr viel verbessern. So möchte ich euch alle sitzen sehen«, fuhr er fort, »und nicht vorn auf dem Sattelknopf wie die Klammeraffen.«

Eric lachte höflich. Henry zog eine Grimasse, und Noel überlegte, was passieren würde, wenn Colonel Sanderson jemals zu ihnen nach West Barsetshire käme. Da hatte Major Holbrooke den Mitgliedern des dortigen Ponyclubs genau das Gegenteil gepredigt. Wenn die zwei jemals aufeinander träfen, würden garantiert die Fetzen fliegen!

»Einen vernünftigen Sitz für alle Gelegenheiten«, sagte der Colonel gerade, »das ist es, was wir brauchen, nicht jede Menge wilder Theorien.«

Paulina versuchte, nicht allzu erfreut auszusehen, aber natürlich war es für sie eine tolle Sache, so vor Eric und Henry und allen anderen gelobt zu werden.

»An die Tete, linker Zügel«, forderte der Colonel Eric auf. »Jetzt setz dich tief in den Sattel zurück, Beine nach vorn.«

Henry ritt einen kurzen Augenblick neben Noel her. »Der Mann ist völlig bekloppt«, murmelte er. »Ich könnte ihm das Genick umdrehen, und Eric auch, und der doofen Paulina schon lange.«

Als Colonel Sanderson es geschafft hatte, daß alle irgendwie im Stuhlsitz im Sattel hingen, beschloß er, jetzt noch ein paar Übungen anzuhängen. Mit großem Getue wurden sie in zwei Abteilungen auseinanderdividiert, und dann versuchte der Colonel, ihnen bestimmte Sachen einzupauken.

Leider waren seine Anweisungen sehr verschwommen, und keiner, höchstens vielleicht Eric und Christo, konnte sie verstehen. Noel vergaß dauernd ihre Nummer und wo rechts und links war, aber das war schon immer ihr Problem gewesen. Graham schaffte es nicht, daß Golly Schritt hielt, und David konnte Tanzy überhaupt nicht kontrollieren. Sie galoppierte immer wieder an den Pferden vor ihr vorbei und bretterte über das Feld, wenn sie eigentlich auf dem Zirkel reiten sollte. Oscar keilte nach jedem aus, der in seine Nähe kam, und Alex schaffte es nicht, auf einer Höhe mit Juliet zu reiten.

Gerade als der Colonel seine Geduld verlieren wollte, ritten die Barbersleys aufs Feld.

»Was soll das?« fragte Colonel Sanderson. »Seid ihr nicht ein bißchen spät?«

»Sieht so aus, Sir«, sagte Eric, als die Barbersleys stumm blieben.

»Das mindeste, was ihr tun könnt, ist, euch zu entschuldigen«, wütete der Colonel. »Das ist ja eine Schande! Könnt ihr euren Mitgliedern keine Manieren beibringen? Kommen zu spät und kein Wort der Entschuldigung!« Sein aufgeschwemmtes Gesicht färbte sich langsam blaurot, und allen Mitgliedern war die Szene furchtbar peinlich.

»Sagt schon, daß es euch leid tut, ihr Deppen!« zischte Christo.

»Geht und entschuldigt euch«, knurrte Henry und wünschte flehentlich, daß er niemals die Idee mit diesem Reitclub gehabt hätte.

Helen kniff trotzig die Lippen zusammen.

Jannice flüsterte: »Ich kann das nicht, sag du was, Helen.«

Es gab eine Pause, dann stammelte Helen: »Ich kann nichts dafür. Swift verlor ein Eisen. Wir sind schon spät losgekommen, und Jannice hat es nicht geschafft, daß Swansdown schneller ging. Ich hab ein für allemal die Nase voll, daß ich sie immer mitzerren muß.«

»Ich konnte doch nichts dafür«, flüsterte Jannice Noel zu. »Ich war wieder so schrecklich nervös, und

Swansdown wollte durchgehen, und Helen will immer so schnell reiten.«

Colonel Sanderson hielt Helen in aller Schärfe einen Vortrag über den verwerflichen Leichtsinn, daß sie nicht rechtzeitig die Hufe des Ponys kontrolliert hätte.

Helen sah äußerst beleidigt aus.

Anschließend verkündete der Colonel, daß er springen lassen wollte. Fast alle seufzten erleichtert auf. Aber als er ihnen befahl, die Steigbügel vor dem Sattel zu kreuzen und ihre Zügel zu verknoten, verwandelte sich die Erleichterung in Furcht, außer bei Noel und Eric.

Der Colonel hatte eine Stange auf zwei Benzinkanister gelegt und den Oxer und die Hecke im rechten Winkel zum Zaun aufgestellt. Die Stangen der Trippelbarre wurden als Fang für die heckenlose Seite genommen.

»Nun kommt schon, kommt schon!« brüllte der Colonel die aufgeregten Kinder an, die noch überlegten, ob der Befehl, die Steigbügel vor den Sattel zu legen, sie auch wirklich betraf.

Eric sprang als erster. Für ihn und Princess war das ein Kinderspiel. Er kreuzte die Arme und trieb sein Pferd mit den Beinen vor jedem Hindernis an, genau so wie es der Colonel ihm sagte. Für Christo, die ihm folgte, war es dagegen nicht so leicht. Dragonfly ergriff die Gelegenheit und sprang aus vollem Galopp heraus.

Sie krachte durch die Hindernisse und stürzte fast bei der Hecke.

Echo war durch die zwei Pferde, die vor ihm gesprungen waren, ganz aufgeregt. Er sprang viel zu früh ab, und nach dem letzten Hindernis bockte er dreimal. Henry wurde fast abgeworfen, aber er griff nach den Zügeln und zog Echos Kopf hoch.

»Hahaha!« Colonel Sanderson lachte. »Das wird dich lehren, daß du dich ordentlich zurücklehnst, mein Junge.«

Noel und Sonnet wußten, was sie taten, denn sie hatten so etwas schon oft gemacht. Doch Paulina war nervös und ließ Starshine trotz der Fänge vorbeirennen. Beim nächsten Versuch wedelte der Colonel mit seinem Sitzstock und Starshine sprang.

Juliet, die beim dritten Hindernis herunterfiel, regte sich darüber nicht sehr auf. Helen, die schon beim ersten runterflog, behauptete, sie hätte sich ihren Arm verletzt, und fragte, ob sie sich nicht ein bißchen hinsetzen könnte. Der Colonel hielt beiden einen kurzen Vortrag darüber, daß sie ihre Beine weiter nach vorne halten müßten, und rief dann David als nächsten auf. Tanzy fand alles überhaupt nicht gut und preschte mit offenem Maul quer über das Feld. David lehnte sich weit zurück, mit den Beinen ganz nach vorn, und konnte Tanzy so vor dem ersten Absprung überhaupt nicht kontrollieren und schon gar nicht die Zügel fallenlassen oder seine Arme verschränken.

Schließlich schaffte es Colonel Sanderson, Tanzy einzufangen. Er führte sie zu dem ersten Hindernis und befahl David: »Sitz ordentlich!« Dann ließ er sie los und schlug ihr mit seinem Stocksitz über die Kruppe. Sie machte einen Satz vorwärts hoch in die Luft. David hing an den Zügeln, riß sie im Maul und fiel runter, als sie vor dem zweiten Hindernis zur Seite abbog und quer über das Feld galoppierte. Während Henry, Noel, Eric, Christo und David Tanzy einfingen, fiel Roly dreimal von Tomahawk, und sowohl er als auch Graham wurden als hoffnungslose Fälle abgestempelt und brauchten die Hecke überhaupt nicht mehr zu springen.

Oscar war Colonel Sandersons Stockwedeln so egal, daß Mister Lawson zum Auto geschickt wurde, um eine Jagdpeitsche zu holen. Während er weg war, wurde Tanzy über ein anderes Hindernis gejagt. David stürzte wieder, und Jannice, die mittlerweile ganz blaß vor Entsetzen war, hielt sich an ihrem Sattelknauf fest, lehnte sich zurück und wurde von dem erschreckten Swansdown über alle drei Hindernisse getragen. Jannice fiel zwar nicht runter, aber sie war kurz davor loszuheulen.

Dann war Oscar wieder dran, und dieses Mal halfen die Lawsons dem Colonel.

»Schu, schu, jagt ihn hierher!« brüllte Mrs. Lawson und wedelte mit ihrem Regenmantel.

»Nun mach schon, du Mistvieh, grr!«, brüllte Colonel Sanderson und fuchtelte auf seinem Stocksitz wie ein Verrückter mit den Armen herum. Mister Lawson knallte mit der Peitsche.

Aber alles war umsonst, Oscar ließ das völlig kalt. Er trabte zu dem Hindernis und verweigerte wieder und wieder. Schließlich hatte Mister Lawson das Peitschenknallen satt und schlug Oscar mit dem Peitschenstiel über das Hinterteil. Oscar antwortete mit einem Tritt, der Mister Lawson an der Hüfte erwischte und ihn quer über das Feld segeln ließ.

Henry und Noel, die das Tohuwabohu mit schwerem Herzen beobachtet hatten, tauschten einen schadenfrohen Blick aus und konnten gerade eben noch ihr Lachen zurückhalten. Eric ritt verwirrt nach vorn, Mrs. Lawson rannte ihrem Ehemann zur Hilfe. Alex entschuldigte sich. Mister Lawson sagte einige Wörter, die Eric ihn noch nie hatte äußern hören, setzte sich hin und versuchte dann wackelig, wieder auf die Füße zu kommen.

»In Ordnung«, sagte er schließlich. »Es ist nichts gebrochen.«

»Tja, aber dafür kannst du dich wahrlich nicht bei diesem Pony bedanken«, sagte Mrs. Lawson ärgerlich. »Das hat es mit voller Absicht getan, das kleine Miststück. Ich hab es genau gesehen!«

»Ja, das stimmt. Es sollte ordentlich dafür bestraft werden!« stimmte Colonel Sanderson ihr zu.

»Das ist mit aller Sicherheit kein Pony für ein Kind.« Mister Lawson lachte gezwungen.

»Nein, nein, auf keinen Fall«, sagte der Colonel und wandte sich an Alex: »Dein Pony ist ein ganz gefährliches Vieh. Sag deinen Eltern, daß sie es verkaufen sollen. Jawohl, das sollten sie, es verkaufen, bevor es noch irgendwelche schlimmen Schäden anrichtet.«

»Ja, Sir«, antwortete Alex mit ausdruckslosem Gesicht.

»Tja, dann.« Colonel Sanderson sah sich um. »Wo waren wir gerade stehengeblieben?«

Alle Mitglieder, sogar Eric, hatten gehofft, daß das Treffen vorbei war. Jetzt sank ihre Hoffnung, und die Mienen wurden länger. Die meisten sahen Henry bittend an: Er mußte doch was tun können!

»Sir«, sagte Henry nach einem Moment des Zögerns, »jetzt ist es schon nach halb fünf. Sie haben uns schon so viel von Ihrer Zeit gewidmet, da können wir nicht noch mehr fordern! Ich bedanke mich für die Mühe, daß Sie sich die Zeit genommen haben und heute zu uns hergekommen sind, auch im Namen all der anderen Mitglieder unseres Vereins.«

»Hört, hört«, sagte Eric.

Christo fing an, Beifall zu klatschen, und alle klatschten fröhlich mit, weil sie jetzt wußten, daß das Treffen wirklich vorbei war.

Roly und Graham sangen »Hört, hört« in allen möglichen Tonlagen, vom brummigen Baß bis zu höchsten Quietschtönen.

»Ich habe euch gerne geholfen«, sagte der Colonel. »Denkt immer an das, was ihr heute gelernt habt, übt es, und eines schönen Morgens werdet ihr aufwachen und wirkliche, echte Reiter sein. Glaubt bloß nicht diesen Leuten, die euch zum Reitunterricht schicken wollen, wo ihr dann die besten Jahres eures Lebens verbummelt. Alles, was ein Reiter braucht, ist Mut, viel Erfahrung und ein paar gute Ratschläge wie die, die ich euch heute nachmittag gegeben habe.«

»Auf Wiedersehen und nochmals vielen Dank«, sagte Henry, denn jetzt schien wirklich Schluß zu sein.

»Auf Wiedersehen«, echoten die anderen Mitglieder, und die meisten ritten die Auffahrt hinunter zum Haus, einige allein, andere in schwatzenden Gruppen.

Als Henry zum Stall ritt, wuchs seine Verzweiflung bei der Vorstellung, was sie wohl sagen würden.

Eric stellte Princess in die Box ein, Christo folgte Henry und Noel auf die andere Seite des Stalls.

Henry stieg stöhnend ab. »Meine Güte, was für ein Tag.« Er setzte sich auf einen Holzblock und stützte seinen Kopf in beide Hände: »Was für ein gräßlicher Tag. Ich werde nie wieder in Radney jemandem in die Augen gucken können.«

»Na, komm schon, Henry. Jetzt mal im Ernst: Was hältst du von ihm?« fragte Christo.

»Was ich von ihm halte?« Henry explodierte. »Das ist es ja genau. Ich wage gar nicht, an ihn zu denken, sonst platz' ich vor lauter Wut. Es ist mein eigener Fehler, ich weiß. Ich hätte wissen sollen, daß Eric so einen schrecklichen Sturkopf hier anschleppen würde. Naja, damit ist der Reitclub wohl endgültig den Bach runter. Am besten, du schickst allen ihre Beitrittserklärung zurück. Das ist würdevoller, als darauf zu warten, daß sie sie selbst zurückfordern.«

»So ein Quatsch«, widersprach Christo. Und Noel, die gerade Sonnet abgesattelt hatte und noch rechtzeitig gekommen war, um Henrys letzte Bemerkung zu hören, tippte sich an die Stirn: »Sei doch nicht so ein Pessimist, Henry. Außerdem müssen wir sowieso noch ein Treffen abhalten, um all das wieder gutzumachen, was heute schiefgelaufen ist.«

»Ja, und am besten, wir machen das ziemlich bald«, sagte Christo, »und zwar mit einem richtig guten Reitlehrer.«

»Aber woher wollen wir wissen, ob er gut ist?« fragte Henry. »Falls du mit gut jemanden meinst, der wirklich

was vom Reiten versteht und nicht irgend so'n draufgängerischen Jagddeppen.«

»Ich kann nur hoffen, daß der liebe Colonel schon weg ist.« Noel blickte sich um. »Du brüllst nämlich ziemlich. Meinst Du nicht, ich soll mal besser gehen und nachschauen?«

»Ist mir völlig wurscht, ob er's hört oder nicht.« Henry hob den Kopf. »Ich hab die Nase gestrichen voll. Es ist ja offensichtlich völlig unmöglich, in dieser Gegend richtig reiten zu lernen.« Er führte Echo in seine Box, knallte die Tür zu und sattelte ihn ab.

»Ich geh mal besser«, sagte Christo zu Noel. »Es ist eine Schande, daß das solch ein Reinfall wurde. Meinst du wirklich, daß Henry jetzt alles aufgeben wird?« fragte sie, als sie aufsaß.

»Das weiß der Himmel«, antwortete Noel müde, »aber vielleicht geht es ihm nach dem Tee wieder besser.«

»Ja, so ungefähr denke ich mir das auch.« Christo wendete Dragonfly und ritt an. »Ich ruf morgen früh mal an, um zu hören, was er nun endgültig beschlossen hat.«

Noel sah Dragonflys schwarzes Hinterteil die Auffahrt hinunter verschwinden und wanderte dann langsam zur Futterkammer, um für Echo und Sonnet das Futter zu holen.

## Siebtes Kapitel, in dem Henry einen Brief an Major Holbrooke schreibt und die Zweite Garnitur ihre erste Reitstunde erhält

Noch den ganzen restlichen Montag abend konnten Noel und Henry nicht ruhig und gelassen über den Nachmittag sprechen. Sie schimpften wie die Rohrspatzen über die Macken und Meisen von Colonel Sanderson und der Lawson-Familie. Um alles noch schlimmer zu machen, waren Mr. und Mrs. Thornton zum Abendessen ausgegangen, und so alleingelassen schafften Henry und Noel es nicht, das Gespräch von dem unangenehmen Thema wegzusteuern. Verzweifelt schalteten sie schließlich den Fernseher an und schauten sich einen belanglosen Film an, bis sie zu Bett gingen.

Am Dienstag morgen erzählten sie Finch haarklein alles über das Treffen und wurden damit die letzten Reste ihrer Wut los.

Dann schulten sie eine Stunde lang ihre Pferde. Anschließend ritten sie aus und sprachen dabei über die Zukunft des Reitclubs.

»Eins ist wahr«, sagte Henry, »selbst wenn Sanderson was getaugt hätte, hätte er uns kaum was richtig beibringen können. Wir sind alle auf völlig verschiedenen Lernstufen. Wenn nur die Marlowes, David, Roly, Alex und diese gräßlichen Barbersleys ein bißchen weiter wären oder getrennt unterrichtet werden könnten, dann wär alles nicht so schwierig. Wenigstens könnte der Rest von uns dann mal richtig loslegen.«

»Ich meine, wir sollten jemanden suchen, der die Anfänger rasch unterrichtet.« Noel war erleichtert, daß Henry jetzt doch mit dem Club weitermachen wollte. »Ehrlich, sie reiten so miserabel, daß sie eine Schande für jeden Pony-Club wären.«

»Das stimmt. Ich werde mal besser Christo anrufen, wenn wir nach Hause kommen«, fuhr er nach einer kurzen Pause fort, »und außerdem dachte ich, wir könnten Onkel George schreiben und ihn fragen, ob irgend ein richtig guter Reitexperte hier in der Gegend wohnt. Er ist ja momentan in Frankreich, lange dürfte eine Antwort aber eigentlich nicht dauern.«

Christo war am Telefon sehr hilfsbereit. Sie meinte, sie wüßte einige Leute, die Reitunterricht gaben. Sie würde ihr Hirn noch ein bißchen weiter zermartern und am Nachmittag nach Radney geradelt kommen, um das weitere Clubprogramm zu besprechen.

Als sie gleich nach dem Mittagessen erschien, gingen Henry und Noel mit ihr in den Wintergarten, in dem sie völlig ungestört waren.

»Wir sollten uns eigentlich nicht ohne Eric treffen«, sagte Henry. »Ich glaube, daß das gegen alle Vorstandsregeln ist. Aber wenn ich ihn sehe, bevor die traurigen Erinnerungen an gestern etwas verblaßt sind, werde ich am Ende noch zum rasenden Berserker.«

Christo waren vier Leute eingefallen, die diejenigen unterrichten könnten, die Henry mittlerweile »die Hoffnungslosen« nannte. Christo bezeichnete sie etwas höflicher als die »Zweite Garnitur«.

Als erste war ihr Joan Summer eingefallen, die beim Waylebury-Turnier das L-Springen gewonnen hatte. »Sie ist ungefähr zwanzig und hat drei Pferde, zwei Turnierpferde und ein junges, das sie gerade einreitet. Mammi sagt, daß sie sogar irgendeine Lehrbefähigung hat.«

»Also ehrlich!« Henry gab sich Mühe, nicht zu geringschätzig zu klingen. »Ich glaub nicht, daß es mit ihr klappen würde. Ich weiß, sie springt, und vielleicht hat sie auch ein Diplom. Aber erinnere dich nur mal daran, wie sie die Beine hält!«

»Na gut, dann wär da noch Mister Gunstone«, sagte Christo. »Er jagt, aber wo er seine Beine hat, kann ich nicht sagen.«

Henry zog die Nase kraus. »Gunstone ist der Tierarzt hier«, erklärte er Noel. »Er ist kein schlechter Tierarzt, aber ich hab noch nie gemerkt, daß er mit Reiten besonders was los hat.«

»Und wie wär es dann mit Mrs. Helspeth?« fragte Christo. »Sie hat doch vor ihrer Ehe eine Reitschule geleitet.«

»Das ist eine komische Vogelscheuche«, sagte Henry. »Sie trägt immer diese flatternden Umhänge und dazu die Hüte von ihrem Mann. Aber das Schlimmste ist, man ist ihr auf die Schliche gekommen, daß sie ihre Ponys fast verhungern ließ. Außerdem finden alle Leute, daß sie komplett durchgeknallt ist.«

»Das stimmt nicht. Einige Leute sagen, daß sie unheimlich klug ist und außerdem eine tolle Lehrerin!« entgegnete Christo.

»Naja, aber ich glaube nicht, daß sie die richtige für uns ist. Sie wird Deb und Roly nur Angst und Schrekken einjagen. Die werden denken, sie ist 'ne Hexe.«

»Tja, dann weiß ich auch nicht, was ich noch für dich tun kann«, sagte Christo ziemlich deprimiert. »Keine Ahnung, wie die Zweite Garnitur jemals Unterricht kriegen wird. Denn warum sollte ein erstklassiger Reitlehrer solche Anfänger unterrichten? Das kann man doch nicht erwarten! Da muß man sich eben mit dem zweitbesten zufriedengeben.«

Henry seufzte. »Das Problem ist, daß es in unserer Gegend keine Reitschule gibt und daß wir niemanden kennen, der regelmäßig Unterricht geben könnte. Was uns weiterhelfen würde, wäre ein Spitzen-Supertyp von Reitlehrer, der uns einmal zuschaut, alle Fehler sieht und uns erklären kann, wie wir dann allein weitermachen sollen.«

»Aber bei Anfängern hat das keinen Sinn, da muß ganz regelmäßig unter Anleitung geübt werden«, entgegnete Noel. »Ich meine, ihr solltet sie selber unterrichten. Ihr habt zwar noch nicht so viele Reitstunden gehabt wie ich und deshalb weniger Erfahrung, aber ihr kennt zumindest die richtige Beinhaltung, und das ist mehr, als die meisten Leute hier zu wissen scheinen.«

»Aber ich bin mir bei der Beinhaltung überhaupt nicht sicher«, widersprach Christo.

»Und ich hab keine Geduld«, gestand Henry. »Ich kann reden und Theorien ausspucken, aber was das Beibringen angeht –«

»Tja, dann müßt ihr eben die Zweite Garnitur im Stich lassen.« Noel war jetzt ziemlich sauer.

»Du könntest sie doch unterrichten, Noel!« Henrys Stimme klang wie die von jemandem, der gerade eine tolle Entdeckung gemacht hat. »Du bist darin bestimmt gut. Du weißt viel mehr, als du zugeben willst, oder zumindest solltest du das, nach deinem ständigen Zusammensein mit meinem geschätzten Onkel George.«

»Aber ich bin doch nur diese Ferien da. Ich kann hier nicht auf Dauer Unterricht geben. Außerdem vergeß ich immer alles, wenn ich Lampenfieber hab, und das hab ich bestimmt, wenn ich jemandem was beibringen soll, erst recht bei so vielen. – Und überhaupt bin ich zu jung. Alex ist nicht viel jünger als ich, das weißt du, und Helen Barbersley ist sogar älter. Sie werden bestimmt schrecklich beleidigt sein, wenn sie von einer Person unterrichtet werden sollen, die nicht älter ist als sie.«

»Einwände abgelehnt«, sagte Henry. »Wenn du Christo und mich zu Lehrern machst, dann kannst du uns gefälligst dabei helfen.«

»Hört, hört«, sagte Christo.

»Und wenn irgend jemand von der Zweiten Garnitur zu hochnäsig ist, um sich von dir unterrichten zu lassen, dann kann er oder sie austreten«, fügte Henry hinzu.

Sie beschlossen, am folgenden Tag ein Treffen abzuhalten, wenn genügend Leute von der Zweiten Garnitur kommen konnten. Dann schrieben sie einen Brief an Major Holbrooke und baten ihn, einen geeigneten Reitlehrer vorzuschlagen, der die älteren Clubmitglieder unterrichten sollte. Sie schilderten das Treffen mit Sanderson und beendeten den Brief mit vielen höflichen Wünschen für Gesundheit und Wohlergehen vom Major und Mrs. Holbrooke.

»Bitte schön«, sagte Henry, »geschrieben in meiner besten Handschrift und gepunktet und gekommat nach meinen besten Rechtschreibkenntnissen. So sollte es meinem Onkel doch eigentlich gefallen. Bitte, würdet ihr zwei jetzt gehen und die Zweite Garnitur anrufen?«

Alle außer den Barbersleys wollten kommen, und Juliet, die eigentlich schon zu den älteren gehörte, fragte, ob sie mit Roly mitkommen könnte, denn sie wüßte bestimmt nicht halb so viel wie Henry, Noel und Christo.

Dann zeichnete Henry eine Skizze der korrekten

Beinhaltung für Christo, die mittlerweile wegen des Treffens in Panik geriet, und Noel schrieb die richtigen Hilfen für das Rückwärtsrichten und die Vorhandwende auf. Christo schwor, daß sie die Zeichnungen und Instruktionen bis in die tiefe Nacht studieren wollte und daß sie den Brief an Major Holbrooke in Trawley in den Briefkasten stecken würde. Dann bestieg sie ihr Fahrrad und strampelte trotz der Nachmittagshitze flott davon.

Am nächsten Morgen um zehn Uhr erschien Christo wieder auf Dragonfly, der eine Trense trug und einen brandneuen Ausbinder umhatte.

»Wenn es euch nichts ausmacht«, sagte sie, »dann würde ich gern mit euch schulen. Ich weiß einfach nicht, wie ich dieses verrückte Vieh allein hinkriegen soll. Ich konnte sie auch mit dieser Ausrüstung nicht stoppen, die du empfohlen hast, Noel.«

Henry meinte, es wäre ihm eine Freude, Christo dabei zu haben. Finch brummte, daß Dragonfly eine hübsche kleine Stute sei, und Noel wies darauf hin, daß Ausbinder keine Zauberkunststücke vollbringen könnten und daß ein Pferd sich nur durch geduldiges Schulen bessern würde.

Dann ritten sie zum Feld. Sie bewegten ihre Pferde und ritten einige Zeit rund ums Feld, anschließend fing Noel mit dem ernsthaften Schulen an. Doch bald wurde sie von Henry unterbrochen.

»Komm und hilf uns. Du hast ja keine Ahnung, wie schrecklich selbstgefällig du da aussiehst, wie du dich im Glanze deines Wissens badest, während Christo und ich mit Jammern und Zähneknirschen durch die Finsternis unseres totalen Unwissens wandern. Nun komm schon, Du mußt doch wissen, was mit unseren Pferden nicht stimmt.«

»Ja, komm, sei so nett«, bat Christo.

»Bleib stehen«, sagte Henry, »wir reiten herum.«

»Aber ich weiß doch nicht, was falsch ist«, jammerte Noel. »Wenn ich das wüßte, würde ich euch doch sagen, was man tun kann. Ich sehe zwar, daß sie nicht ordentlich gehen und daß sie kein Tempo haben, aber ich hab keine Idee, was man da machen kann.«

»Sag uns doch einfach, was genau nicht stimmt.« Christo ritt in der Reitbahn entlang.

»Na?« fragte Henry, als Noel ihnen schweigend eine Zeitlang zugeschaut hatte. »Nun komm, spuck's aus. Wir sind nicht perfekt, he?«

»Nein«, sagte Noel. »Echo macht keine richtig langen Schritte. Er müßte anders aussehen, so als ob er irgendwo hingehen will, aber er stöckert einfach nur rum und bummelt.«

»Ich gebe so viele Schenkelhilfen, daß mir meine Beine gleich abfallen werden«, beklagte sich Henry.

»Dragonfly macht kurze, schnelle Schritte«, sagte Noel. »Die müßten länger und langsamer sein. Kannst du ihr nicht ein bißchen mehr Zügel geben, Christo?

Wenn du sie am ganz langen Zügel reitest, dann könnte sie vielleicht ihren Hals strecken und etwas längere Schritte machen.«

»Dann trottet sie nur so dahin«, gab Christo zurück, »oder haut mir ab im Galopp oder sonst irgendwas. Du weißt ja gar nicht, wie verrückt sie ist.«

»Wenn sie trottet, dann nimm sie wieder ran, bis sie im Schritt geht, und dann gib ihr wieder rasch längeren Zügel«, sagte Noel. »Das ist besser.«

»Hey, du sollst dich auch um mich kümmern, Lehrerin!« knurrte Henry. »Ich seh nicht ein, warum Christo alles abkriegt. Geht das jetzt bei mir irgendwie besser?«

»Nein«, antwortete Noel ehrlich. »Deine Beine sehen langsam aus wie die von Deb Marlowe, und sie haben genauso wenig Wirkung.«

»Wenn du wüßtest, wie sie sich anfühlen«, knurrte Henry. »He, Halt!« brüllte er zu Christo hinüber.

»Schrecklich!« sagte Noel, als sie anhielten. »Echo sieht aus wie ein Droschkengaul. Er steht nur auf drei Beinen, und Christo, du hast viel zu plötzlich durchpariert. Ich glaube, du hast überhaupt keine Schenkelhilfen gegeben.«

»Braucht man Schenkelhilfen zum Anhalten?« fragte Christo.

Noel und Henry stöhnten beide vor Entsetzen.

»Gib ein Handzeichen als Ankündigung, daß du anhalten willst. Schließ deine Beine, nimm die Schultern zurück und zieh die Zügel an, bis das Pferd stillhält«, sagte Henry. »Wir gehen weiter im Schritt und versuchen es nochmal.«

Sie schulten endlos, aber keines der Pferde zeigte große Verbesserungen. Beim Trab veränderten sich Dragonflys rasche, kurze Schritte zu völlig unrhythmischen Hopsern. Echos Trab war rasch, aber ohne Schwung. Noel zermarterte ihr Hirn nach einem Ratschlag. Wenn nur der Major hier wäre! Wenn er auf einen Fehler hinwies, dann begriff man sofort, was man falsch gemacht hatte, und wenn er einen Rat gab, dann war der leicht zu befolgen.

»Ich weiß nicht«, sagte sie verzweifelt und strich sich ihr langes, dunkles Haar aus dem Gesicht. »Ich hab nicht genügend Erfahrung. Ich kann euch einfach keinen Rat geben.«

»Und wenn wir mal versuchen, von Mitteltrab in gestreckten Trab überzuwechseln?« fragte Henry. »Echo muß mal aufgeweckt werden, der hat überhaupt keinen Druck drauf.«

»Und wenn wir sie im Galopp schulen würden?« schlug Christo vor, die anfing, sich zu langweilen.

»Du könntest mal im Arbeitsgalopp rund um das Feld reiten«, sagte Noel. »Aber ich weiß nicht, warum ihr auf der Bahn galoppieren wollt, wenn sie noch nicht mal Schritt gehen oder traben können. Sie legen sich dann nur noch mehr auf den Zügel, als sie es jetzt schon tun.«

»Aber sie können doch im Schritt gehen und traben«, widersprach Christo. »Sie machen das nur nicht besonders gut.«

»Also, nach Dressurstandard können sie nicht mal ordentlich anhalten.« Henry lachte, aber es klang verärgert.

»Aber wir können doch nicht ganz normale Pferde nach Dressurstandard beurteilen«, widersprach Christo. »Dressur ist doch nur für Prüfungen, denke ich. Das macht mir nix aus, wenn Dragonfly nicht gut genug für solche Prüfungen ist. Außerdem spring ich sowieso viel lieber.«

Noel verschluckte einige ärgerliche Worte und sagte ganz ruhig: »Dressur ist Schulen, und deshalb sind Dressurstandards die einzigen Standards, die man anlegen kann. Dressurprüfungen sind für die Leute, die unbedingt eine Rückmeldung über ihr Schulen wollen, um zu sehen, ob es richtig funktioniert hat und ob sie Fortschritte gemacht haben, und um zu sehen, wie perfekt man sein Pferd trainieren kann, damit es viele verschiedene Figuren macht.«

»Du klingst schon wie Onkel George«, zog Henry sie auf. »Aber das stimmt trotzdem, Christo. Und solange du dein Pferd nicht ordentlich schulst, und das bedeutet nun mal nach Dressurstandard, wirst du auch nie ein einziges Springen gewinnen.«

»Ich bin offensichtlich schon wieder ins Fettnäpfchen getreten. Aber ich hab euch ja gewarnt, daß ich keine Ahnung habe. – Aber seht doch mal«, fuhr Christo nach einer Pause fort, »Eric hat doch überhaupt keine Ahnung von Dressur, oder? Und trotzdem gewinnt er alle naselang.«

»Nein, Eric hat keine Ahnung davon«, gab Henry zu. »Er findet, daß das Angeberei ist. Aber er würde in West Barsetshire oder irgendwo sonst, wo Ponys ordentlich geschult werden, auch keinen Blumentopf mehr gewinnen. Ein Springpferd braucht nicht mehr als die Grundbegriffe der Dressur zu lernen. Es muß geschmeidig und gut im Gleichgewicht sein, und es muß an die Hand kommen, wenn du willst, und schneller werden, wenn du ihm das sagst, und genau das ist es, was die Grundregeln der Dressur einem beibringen. Du mußt zugeben, daß du Dragonfly doch gern ein bißchen mehr zurückhalten würdest.«

»Wenn du Eric und ein Mitglied vom Olympia-Team auf dem gleichen Hufschlag hättest, dann würdest du den Unterschied sehen«, bemerkte Noel.

»Ich bin sicher, daß ich heute nachmittag irgendeinen schrecklichen Patzer mache.« Christo klang ziemlich entmutigt. »Ihr seid ganz schön dreist, daß ihr mich als Lehrerin einsetzt.«

»Wir werden ihnen doch keinen Sermon über Dressur halten«, sagte Henry beruhigend. »Keine Angst. Nach dem Montag heißt es einfach nur dauernd: Beine zurück.«

Christo blieb zum Mittagessen. Sie aßen Steak und Salat, eingemachte Pflaumen und Vanillesoße. Henry beklagte sich, daß das Steak nicht schmeckte, und ließ es auf dem Teller liegen. Hinterher lagen sie auf dem Rasen und stritten sich über ihre Lieblingsfernsehserien und ob Fernsehen ein Unterrichtsfach in der Schule werden sollte, bis die Avantgarde der Zweiten Garnitur in Form von Deb Marlowe auf dem Fahrrad ankam.

»Ich wette, ihr könnt euch nicht vorstellen, was passiert ist!« Deb rannte auf Henry zu, als er zum Stall kam. »Es ist wahnsinnig aufregend! Aber ich wette, ihr ratet nicht, warum Graham nicht auch auf dem Rad hergekommen ist!«

»Wahrscheinlich hat er sich sein Bein dreimal gebrochen und liegt jetzt im Waylebury-Krankenhaus.«

Henry gab sich alle Mühe, einen Detektiv aus einem amerikanischen Krimi nachzuäffen.

Deb kicherte. »Du bist doof. Das ist es überhaupt nicht. Ich hab dir doch gesagt, es ist was Aufregendes.«

»Aha, dann hat er also ein Vermögen geerbt von einem reichen Onkel.«

»Wir haben doch gar keinen«, kreischte Deb. »Ich meine, keinen reichen. Unserer ist schrecklich arm. Papa muß ihm immer Geld leihen.«

Henry grinste.

»Du solltest keine Einzelheiten aus eurem Familienleben in die Öffentlichkeit schreien«, sagte Christo streng.

»Ich wußte, daß er's nie rauskriegen würde!« Deb achtete gar nicht auf Christo. »Hört mal, da, die Hufschläge. Kommt schnell, dann werdet ihr's sehen!«

Sie rannte die Auffahrt hinunter bis zum Tor, die anderen folgten etwas langsamer. Graham auf Golly und Fanny auf einem grauen Pony kamen die Auffahrt zusammen hochgeritten.

»Das ist Swansdown, nicht wahr?« fragte Christo.

»Ja, wir haben sie für eine Probewoche!« schrie Deb und schlitterte über die Auffahrt. »Daddy will sie kaufen, dann brauchen wir uns nicht mehr so oft abzuwechseln.«

»Ach, sei ruhig, Deb!« Fanny war mittlerweile herangeritten.

»Aber es stimmt doch!« kreischte Deb noch lauter.

»Ja, aber deshalb brauchst du doch nicht so'n Krach zu machen«, sagte Fanny.

»Ach, sei doch nicht immer so'n Spielverderber!« maulte Deb.

»Was ist denn mit Jannice los?« fragte Christo. »Kriegt sie ein neues Pony?«

»Nee, nee!« Deb schüttelte sich. »Hast du noch nicht gehört? Die dumme Nuß hört ganz mit dem Reiten auf. Dieser schreckliche Colonel hat ihr ein für allemal die Lust dran verdorben. Sie sagt, daß sie nie wieder auf ein Pony steigt, solange sie lebt.«

»Nun sei doch endlich still, Deb«, sagte Fanny. Sie sah Henry, Noel und Christo Blicke austauschen und fühlte eine Spannung in der Luft. Daraus schloß sie, daß Deb wieder mal etwas Taktloses gesagt hatte.

»He, rollt den roten Teppich aus!« brüllte Graham Roly zu, als die Naughtons, gefolgt von Alex, angeritten kamen. Henry öffnete das Tor zum Feld. Noel steckte mit den Pfosten eine Reitbahn ab.

Sobald David auch da war, bat Henry Juliet, die Tete zu übernehmen. Alle sollten im Schritt reiten. Die drei Reitlehrer standen zusammen in der Mitte der Bahn, schauten zu und fühlten sich schrecklich unsicher. Sie fanden das Unterrichten sehr schwer.

Zuerst sprach niemand.

Dann brüllten sie im gleichen Moment irgendwelche Anweisungen und brachten damit ihre Reitschüler total in Verwirrung. Alle machten so viele Fehler, daß man kaum sagen konnte, welcher Fehler zuerst korrigiert werden mußte.

Henry konzentrierte sich auf die Beinhaltung, von der er behauptete, daß sie die Voraussetzung für einen guten Sitz darstellte.

Christo korrigierte die Handhaltung. Es wäre für die Ponys sehr schlimm, wenn ihnen immer so im Maul herumgerissen würde.

Noel behauptete steif und fest, daß es sinnlos war, die Beine und die Hände von Leuten zu korrigieren, die auf dem falschen Teil des Sattels saßen, und brachte der Zweiten Garnitur erstmal bei, im tiefsten Punkt des Sattels zu sitzen. Dann wies sie sie an, die Steigbügel auf die richtige Länge einzustellen.

Der Sitz der Schüler besserte sich. Doch unglücklicherweise benahmen sich die Ponys genauso schlimm wie immer. Oscar keilte ständig aus und weigerte sich zu traben. Erst als Alex fürchterlich energisch wurde, ließ er sich dazu bewegen, mal in Trab zu fallen. Tanzy preschte mit offenem Maul rund ums Feld, wann immer sie angaloppieren sollte. Tomahawk war willig, aber Roly konnte ihn nicht kontrollieren. Swansdown und Golly benahmen sich gut, aber Golly war längst immun dem dauernden Getrampel der Marlowe-Kinder gegenüber und ignorierte alle Hilfen, wenn sie keine Lust hatte, sie zu befolgen. Juliet konnte Romeo zwar kontrollieren, aber sie schaffte es nicht, auch nur das kleinste Fünkchen Begeisterung zu zünden, trotz der Beleidigungen ihrer Reitlehrer, daß ihr Pferd aussähe wie ein toter Esel oder ein Droschkengaul.

»Und wenn wir uns jeder erst mal zwei Leute vornehmen? Wie fändet ihr das?« schlug Noel vor, als sie merkte, daß ihre beiden Mitlehrer die Geduld zu verlieren drohten. »So wie jetzt klappt es nicht. Denn Tanzy und Tomahawk müssen beruhigt werden, den Rest müssen wir aber mal aufwecken.«

»Und Oscar müßte zum Pferdemetzger«, sagte Henry.

«Hört, hört«, sagte Christo.

»Bleib von den andern weg, Alex!« brüllte Henry zum x-ten Mal. Aber es war zu spät. Oscar wirbelte herum und schlug aus. Seine Hufe donnerten gegen Tomahawks fettes Hinterteil. »Oh, dieses Mistvieh!« stöhnte Henry.

»Warum kann er ihn nicht auf Abstand halten?« fragte Christo. »Er hält einfach keine Länge Abstand.«

»Ich glaube, es ist nicht nur Alex' Fehler«, sagte Noel, als sie zu Tomahawk rannten. »Bei Oscar scheint Hopfen und Malz verloren. Sogar Eric konnte bei ihm nicht landen.«

Henry hatte Tomahawk inzwischen auf Verletzungen hin untersucht, aber nichts gefunden. »Das war Glück, daß er ihn nur am Hinterteil erwischt hat und nicht am Sprunggelenk oder am Knie. Trab mal an, Roly, und dann gucken wir, ob er lahmt.«

Tomahawk lahmte nicht. Doch die drei Reitlehrer standen besorgt zusammen und fragten sich, was sie mit Oscar anstellen sollten.

»Es dauert nicht lange, und er wird noch jemandem das Bein brechen«, unkte Henry, »und dann ist der Teufel los.«

»Lauter wütende Mütter auf der Türschwelle!« Christo grinste. »Das wär das Ende vom Reitclub.«

»Wir müssen einfach ein anderes Pony für Alex finden«, sagte Noel. »Denn mal ganz abgesehen von dieser Keilerei: Auf Oscar wird er nie was lernen.«

»Können seine Eltern ihm nicht ein anderes Pony kaufen?« fragte Christo.

»Er lebt bei seinem Onkel und seiner Tante, die keine Ahnung von Pferden haben«, erklärte Henry. »Ich weiß nicht, ob er noch Eltern hat.«

»Ich glaube, sein Vater ist bei der Marine«, sagte Christo.

»Da hat der wenig Möglichkeit, seinem Sohn ein anderes Pony zu besorgen.«

»Kann er sich denn keins borgen?« fragte Noel. »Als ich jünger war, mußte ich das auch immer.«

»Aber wo?« Henry runzelte die Stirn.

»Mir fällt kein Pony ein, das nicht dauernd geritten wird«, sagte Christo.

Noel hatte zwar an ein bestimmtes Pony gedacht, aber sie hoffte, daß der Besitzer es selber vorschlagen würde.

Schließlich sagte Henry fast gegen seinen Willen: »Naja, ich werde ihm wohl mal für heute Trappist borgen.«

»Oh, was für eine Superidee!« jubelte Christo.

Noel meinte, Alex sollte ihn besser mit einer ordentlichen Zäumung reiten. »Ich werd ihm Sonnets borgen.«

Noel und Alex brachten Oscar zum Stall und sattelten Trappist, der jeden Tag in der Mittagshitze in den Stall gebracht wurde, um den Fliegen zu entgehen.

»Es tut mir schrecklich leid«, sagte Alex plötzlich, »daß ich euch so viele Umstände mache. Vielleicht wäre es besser, wenn ich aus dem Club austrete.«

»Ich finde überhaupt nicht, daß man mit dem Reiten aufhören sollte, bloß damit andere Leute keinen Ärger mehr haben«, sagte Noel. – »Ich hatte kein eigenes Pony, bis ich Sonnet kriegte«, fuhr sie fort, als sie Trappist auftrenste. »Ich hab mir immer eins geborgt, und die haben mit mir auch immer gemacht, was sie wollten. Es gab mal eine, Topsy, die ist bei jedem Turnier mit mir vom Platz galoppiert, und einmal hat sie bei einem Ponyclubtreffen einen ganzen Rosengarten ruiniert.«

Alex war selig mit Trappist. Aber er erntete eine Menge Kritik von Henry, denn er gab nie Schenkelhilfen, sondern wedelte nur immer mit den Beinen rum und konnte seinen Körper und seine Hände nicht stillhalten.

Tanzy war immer noch ein Schandfleck für die ganze Abteilung. David kriegte sie überhaupt nicht an den Zügel, sie machte mit ihm, was sie wollte. Jedesmal, wenn sie sich wieder schlecht benahm, schossen Davids lange Beine nach vorn, sein blasses Gesicht wurde puterrot. Mit den Händen entweder vor dem Bauch oder auf Tanzys Widerrist galoppierte er quer über das Feld.

Schließlich ließ Noel ihn absteigen und fing an, Tanzy zu schulen. Henry und Christo entschieden, daß die anderen Ponys genug hatten. Sie erklärten das Treffen für beendet und erzählten den Clubmitgliedern, daß sie innerhalb der nächsten zwei Tage wieder eins abhalten wollten. Die Naughtons bedankten sich bei ihren Lehrern sehr höflich. Aber die Marlowes ritten, sehr zu Christos Empörung, einfach lachend und schwatzend davon.

»Mieser Haufen mit schlechten Manieren«, beklagte sie sich. »Das mindeste, was sie tun könnten, wäre ja mal danke sagen.«

## Achtes Kapitel, in dem eine Hühnerjagd stattfindet und ein Turnier geplant wird

Schon am Donnerstag, einen Tag bevor Henry und Noel überhaupt damit gerechnet hatten, kam die Antwort des Majors auf ihren Brief. Er schickte aus Nizza ein Telegramm.

»Eins muß man Onkel George lassen«, Henry öffnete den Telegrammumschlag, »er arbeitet schnell.« Dann las er: »General de Veriac in Flint House, Great Fingest, Longworth. Beruft euch auf mich. Seid höflich. Brief folgt. Holbrooke.«

»Was um alles in der Welt soll das bedeuten?« erkundigte sich Mrs. Thornton. »Ist George jetzt endgültig verrückt geworden?«

»Nein, nein. Das ist unser Super-Spitzenreitlehrer!« Henry tanzte um den Tisch. »Er ist offensichtlich Franzose, und wir sollen ganz höflich sein. Das bedeutet, er ist absolute Spitzenklasse. Oh, toll, Onkel George!«

»Vielleicht kann er aber gar nicht kommen«, sagte Noel düster. »Es kann gut sein, daß er Hunderte von anderen Terminen hat oder eine chronische Bronchitis oder so.«

»Nein, ich bin mir ganz sicher, daß diesmal das Glück auf unserer Seite ist.« Henry ließ sich die gute Laune nicht verderben. »Onkel Georges Tips hauen immer hin, oder? Ich werde jetzt gleich Christo anrufen«, fügte er hinzu, setzte sich hin und aß belegte Brötchen am laufenden Meter.

»Das bedeutet doch hoffentlich nicht ein weiteres Treffen?« erkundigte sich Mrs. Thornton.

»Oh, unser Programm ist höchst abwechslungsreich«, erklärte Henry. »Das umfaßt vier Treffen für die Zweite Garnitur, zwei für die älteren und ein Turnier am Ende der Ferien.«

»Das ist zuviel!« Mrs. Thornton war ärgerlich. »Du verwandelst unser Grundstück in einen Zoo.«

»Also sowas! Früher hast du dich immer beklagt, ich wäre zu egoistisch«, erwiderte Henry. »Und jetzt magst du nicht, wenn ich mal was Gutes tue. Dich kann man aber wirklich nur sehr schwer zufriedenstellen, Mutter. Außerdem sieh dir Onkel George an. Der hat mal den ganzen Ponyclub zu sich eingeladen.«

»George war schon immer gutmütig bis an die Grenze der Dämlichkeit«, antwortete Mrs. Thornton, »und es gibt überhaupt keinen Grund, daß du in seine Fußstapfen trittst.«

»Ich bin fertig.« Henry trank den Rest in seiner Tasse mit einem einzigen großen Schluck. »Wenn keiner was dagegen hat, verschwinde ich mal und telefoniere ein bißchen.«

»Ich weiß nicht, was dein Vater zu der Telefonrechnung sagen wird«, grummelte Mrs. Thornton, aber Henry war schon verschwunden. Noel blieb, wie es die Höflichkeit verlangte, noch fünf Minuten bei Mrs.

Thornton sitzen und hörte ihr zu, bevor sie Henry nach unten folgte. Sie fand ihn auf das Sofa in der Diele gefläzt, die Füße hingen über der Lehne.

»Hallo«, sagte Henry, »alles bewegt sich mit Lichtgeschwindigkeit vorwärts. Christo ist selig wegen de Veriac. Wir haben schon die Termine besprochen. Sie wird für morgen nachmittag eine Versammlung zur Vorbereitung des Turniers einberufen, denn sie sind ja alle so gräßlich scharf auf ein Turnier. Ich habe ihr gesagt, wir bestellen dann die Zweite Garnitur schon um zwei Uhr für eine Stunde Schulung.« Er strahlte. »Nun komm schon, jetzt mußt du mir helfen, einen höflichen Brief an den General zu verfassen.«

Sie brauchten Stunden für den Brief, stritten sich wegen jedem Wort, besonders, was die höflichen Teile anging.

Dann verbrachte Henry den Rest des Abends damit, passende französische Sätze zu lernen.

»Das paßt zu Onkel George, daß er uns einen Reitlehrer schickt, der kein Englisch spricht«, sagte er. »Das ist genau die Sorte schmutziger Trick, die er wahnsinnig komisch findet.«

Die nächste Lektion für die Zweite Garnitur war kein besonderer Erfolg. Zu Henrys Mißvergnügen und Noels Kummer hatten die Jüngeren offensichtlich alles vergessen, was sie in der ersten Stunde gelernt hatten. Sie hielten keinen Abstand, ruderten mit den Beinen herum, schlimmer als je zuvor, und keiner außer Alex und Juliet konnte sich an die Hilfen zur Vorhandwenden erinnern.

»Jetzt hatten sie aber wirklich genug Unterricht«, mahnte Christo schließlich. »Die armen Kinder hatten schon letztes Mal volle eineinhalb Stunden, und heute sind sie auch schon wieder seit 35 Minuten dabei. Können wir sie jetzt nicht noch mal ein bißchen rennen oder springen lassen?«

»O.K.« Henry war müde. »Du und Noel macht weiter. Ich hab mich heiser gebrüllt, und außerdem möchte ich die Tagesordnung für die Versammlung schreiben.«

Noel und Christo teilten die Kinder in zwei Gruppen auf. Christo organisierte eine Schnitzeljagd, und Noel übernahm die, die springen wollten. Sie hatte sich Grahams Gürtel ausgeliehen und machte daraus für Golly einen Halsriemen. Dann schickte sie ihre Schülerinnen und Schüler über ein paar niedrige Hindernisse. Als sie diese Höhe gut gesprungen waren, verstellte sie die Hindernisse in der Breite statt in der Höhe und erklärte, daß auf diese Weise die Ponys leichter lernen würden, höher zu springen, ohne daß sie überfordert würden.

Dann tauschte sie mit Christo die Schüler. Juliet und Alex sprangen schon ganz gut. Und als die beiden mehrere Male gesprungen waren, zunächst mit, dann ohne Steigbügel, stellte sie einen niedrigen Parcours für sie zusammen. Aber Tanzy, die bei Colonel Sanderson überhaupt nichts dazugelernt hatte, regte sich schrecklich auf, sobald sie die Hindernisse sah, und ging fast durch. Als David ungefähr 20 Versuche an einem niedrigen Hindernis gehabt hatte und Tanzy trotzdem nicht rüberbringen konnte, ließ Noel ihn absteigen. Sie brachte Tanzy gleich beim ersten Versuch zum Springen, aber es war auch für sie nicht leicht, Tanzy ruhig und gerade zu halten.

Henry hatte mittlerweile seine Tagesordnung fertig und schaute zu: »Ich glaube, dieses Pony würde mit einem Pelham aus Hartgummi und einem Martingal besser gehen. Das wird aus ihr zwar kein Dressurpferd machen, aber es wird David etwas mehr Kontrolle über sie geben.«

»Vielleicht hast du recht.« Eigentlich war Noel ja gegen Abkürzungen beim Schulen.

Ihre Gruppe sprang gerade zum letzten Mal, als man Hufschläge hörte und Paulina und Eric hinter den Büschen bei der Auffahrt entlangreiten sah.

»Schluß, meine Damen und Herren, wenn ich bitten darf«, sagte Henry. »Das Treffen ist jetzt vorbei, und wir beginnen ohne Verzögerung mit der Versammlung.«

»Schön und gut,« sagte Christo, »aber meine ganze Gruppe ist verschwunden. Sie gingen vor Ewigkeiten zu den Ställen rüber. Denkst du nicht, ich sollte mal besser nachschauen?«

»Ich werd gehen.« Fanny war heute die ponylose Marlowe. Sie saß schon einige Zeit wie auf glühenden Kohlen und fragte sich, was ihr Bruder und ihre Schwester wohl gerade wieder anstellten. Roly hatte ihrer Meinung nach einen schlechten Einfluß auf Graham, und Deb war sowieso hoffnungslos.

»Ihr seid ja alle schon da.« Eric sah sich im Kreis der Clubmitglieder um und zog beim Anblick von Alex auf Trappist eine Augenbraue hoch.

»Ja, wir haben noch einigen Extra-Unterricht gegeben«, erklärte Henry.

»Ich sollte mal besser losgehen und mich um diese verrückten Gören kümmern«, sagte Christo. »Die sind doch jetzt schon seit Ewigkeiten verschwunden. Was machen die bloß?«

»Wir können ja alle mit zum Stall kommen« , schlug Henry vor.

Schon von weitem hörten sie von der Obstwiese neben den Ställen lautes Gekreische und Gezänk. Fanny stand am Tor und rang die Hände.

»Was ist denn los?« fragte Christo.

»Oh, zu dumm, ich glaube, die haben ein paar Hühner rausgelassen«, sagte Fanny zerknirscht.

»Ein paar!« Henry war zunächst fassungslos beim Anblick der weißen Federwolke, die über die Wiese flatterte. »Kommt da raus!« brüllte er wütend Graham, Roly und Deb an, die im Hühnerstall standen und sich wegen einer Feder zankten. Von dem offenen Gatter, den geflüchteten Hühnern und der unbeaufsichtigt herumwandernden Golly hatten sie offensichtlich noch gar nichts gemerkt.

»Seid ihr denn total bekloppt?« Henry schlug sich die Hand vor die Stirn, und Eric fügte hinzu: »Ihr Bälger seid doch bloß ein einziges Ärgernis.«

»Es ist meine Schuld«, mischte sich Christo hastig ein. »Ich hab ihnen gesagt, sie sollten für die Verfolgungsjagd weiße Federn besorgen, aber ich hätte nie geglaubt, daß sie sich so doof anstellen.«

»Tja, dann kommt mal alle mit.« Henry ging durch das Gattertor. »Besser, wir fangen sie schnell ein, sonst ist der gute Ruf unseres Clubs ein für alle Mal ruiniert.«

»Warum fangen diese dummen Bälger sie nicht

wieder ein?« widersprach Eric. »Warum sollen wir unsere Zeit mit Hühnerjagen verschwenden? Schließlich haben sie sich das eingebrockt, und dann sollen sie das auch gefälligst wieder in Ordnung bringen.«

»Aber ich krieg es ab, wenn die Viecher in den Garten abhauen«, stöhnte Henry.

Sie brachten kostbare Zeit damit zu, die Hühner wieder einzufangen. Noel, Christo und Juliet fingen die meisten. Henry war zwar flink und geschickt, aber er behielt mehrmals nur eine Handvoll Schwanzfedern in der Faust, während seine Opfer weiterrannten.

Für Eric war es unter seiner Würde, herumzurennen und zu grabschen, er blieb mit einem verärgerten Ausdruck im Gesicht auf der Wiese vor dem Tor stehen und war allen im Weg. Deb, Roly und Graham kreischten und jagten die Hühner meistens in die falsche Richtung, Fanny sauste jammernd und schimpfend umher. David sah Schmetterlingen nach, und Paulina war beim Stall und striegelte Starshines Mähne.

Die letzte Henne war am schwierigsten zu fangen. Völlig hysterisch rannte sie kopflos in alle Richtungen, nur nicht in die vom Hühnerstall. Henry fluchte, Christo versuchte , einen Schlachtplan zu entwickeln, und Eric sagte, daß es doch auf eine einzige Henne nicht ankäme. Dann erschien Ruddy, der Bullterrier, mit sabbernden Lefzen auf dem Schauplatz.

Sofort hatte er die Situation durchschaut, und trotz Henrys Warnrufen jagte er auf die Henne zu. Er fing sie, hielt sie einen Moment lang fest, dann flatterte die Henne mit nacktem rosa Bürzel weiter, während Ruddy weiße Federn ausspuckte.

»Toll! Meine Mutter wird sich über halbnackte Hennen bestimmt freuen«, sagte Henry grimmig.

David besann sich auf einmal darauf, daß er ja mithelfen sollte, warf sich auf die nichts Böses ahnende Henne, die ihn längst als einen Teil der Landschaft angesehen hatte, und hielt sie fest.

»Hurra!« schrie Deb triumphierend.

»Dem Himmel sei Dank«, stöhnte Christo.

»Weg da, Ruddy!« brüllte Henry, weil der Hund jetzt die Henne auf Davids Arm ansprang.

»Sie sieht doch sehr modisch aus«, sagte Noel, als sie das Huhn in den Auslauf zurücksetzte. »Wie aus einer Frauenzeitschrift: Madame Henne beim Jagdball in Radney Manor in ihrem neuen trägerlosen Abendkleid.«

»Findet ihr nicht, es wär langsam Zeit, mit diesem ganzen Hühnerscheiß aufzuhören und endlich zur Sache zu kommen?« fragte Eric unfreundlich.

»Können wir die Mitgliederversammlung nicht hier abhalten, Henry?« schlug Christo vor.

»Klar, warum nicht. Kommt, wir gehen so weit weg von den blöden Hühnern, wie's geht, und versorgen uns mit ausreichend Apfelproviant.«

»Toll!« Roly rollte mit den Augen. »Ich bin nämlich am Verhungern.«

»Gierschlund!« Deb gab ihm einen Schubs.

»Wenn ihr Bälger nicht Ruhe halten könnt, dann solltet ihr besser nicht bei so einer Versammlung mitmachen!« Eric war wütend. »Wegen euch haben wir schon den halben Nachmittag verplempert, und ich hab von euch die Nase langsam gestrichen voll!«

Die beiden jüngeren Marlowes und Roly sahen etwas bedröppelt aus. Sie sammelten die Äpfel auf, die Henry vom Baum geschüttelt hatte, und boten die schönsten den Älteren an. Trotz der Äpfel blieb die Stimmung frostig. Henry machte die ganze Sache keinen Spaß mehr, und deshalb ließ er alle streiten. Er hinderte die Zweite Garnitur auch nicht daran, blöde Vorschläge zu machen, und Eric ließ ebenso ungehindert seine vernichtenden Bemerkungen fallen.

Mit dieser Zankerei waren schon mehr als zehn Minuten vergangen. Eric forderte dickköpfig ein großes Turnier, sozusagen im internationalen Maßstab, Deb wollte jede Menge Kinderturniere, und Paulina erfand neue Regeln zum Ausschluß von Pokaljägern.

Auf einmal seufzte Henry tief auf und setzte sich aufrecht hin: »Was soll eigentlich der Zweck von diesem Turnier sein?«

»Hä? Wieso muß das denn einen Zweck haben?« fragte Christo müde.

»Vielleicht zur Unterstützung eines guten Werkes?« schlug Paulina vor.

»Ich meine das Ziel oder die Absicht der Veranstalter«, erklärte Henry. »Manche Turniere veranstaltet man, damit Geld reinkommt, andere, um viele Menschen anzulocken, manche, um neue Zuchterfolge zu demonstrieren und ganz selten mal welche zum Vergnügen der Teilnehmerinnen und Teilnehmer. Was wollen wir für eins?«

»Spaß haben!« schrien fast alle Mitglieder des Radney-Reitclubs.

»Genau. Dann soll doch mal jeder hier sagen, was für ein Turnier ihr oder ihm am meisten Spaß machen würde. Was mich betrifft, so stell ich mich als Organisator zur Verfügung, mitmachen möchte ich nicht. Irgendwie hab ich Turniere satt.«

Deb sah ihn entsetzt an. »Aber das geht doch nicht!«

»Wer will was?« Henry hatte seinen Kuli gezückt und hielt ihn schreibbereit über sein Heft. Die Kommentare beachtete er gar nicht.

»Kinderturnier, Springen für Kinder unter zehn!« kreischte Deb sofort.

»Tonnenrennen«, sagte Roly.

Graham dachte lange nach und fand dann auch etwas: »Trabrennen ohne Sattel.«

»Jagdspringen, ohne Zeitlimit, solange, bis man einen Fehler macht« sagte Eric.

»Geschicklichkeitsspringen«, wünschte sich Christo.

»›Reise nach Jerusalem‹, und alle dürfen mitmachen«, schlug Paulina vor.

Juliet wollte ein ganz gewöhnliches Springturnier. David war alles egal, er würde sowieso immer verlieren. Fanny wollte auch eine Reise nach Jerusalem. Noel wünschte sich einen Dressurtest mit Sprüngen. Alex meinte, er hätte keine besonderen Vorlieben.

»Tja, zu meinem Bedauern muß ich feststellen, daß die ›Reise nach Jerusalem‹ die meisten Stimmen gekriegt hat.« Henry kaute an seinem Kugelschreiber. »Wir sollten jetzt lieber erst mal die anderen Vorschläge abstimmen. Das Springturnier ›unter zehn‹ zum Beispiel, wer ist alles dafür? Roly und Deb. Ich fürchte, das sind nicht genug. Springturnier ›bis einschließlich vierzehn Jahre‹ – wer wäre dafür?«

Alex, David, Fanny, und Graham meldeten sich.

»Wenn wir die Hindernisse nicht so hoch machen, könnten Deb und Roly auch mitmachen«, sagte Henry. »Sechs ist doch schon ganz ordentlich. Vielleicht kommen auch noch ein paar von außerhalb dazu.«

»Laßt uns das Geschicklichkeitsspringen doch für Leute bis achtzehn Jahre ausschreiben«, schlug Christo vor. »Dann können wir alle mitmachen.«

»Und dann die ›Reise nach Jerusalem‹«, sagte Paulina.

»Das Tonnenrennen, aber unter vierzehn!«

»Kriegen wir gar nichts für Kinder bis zwölf?«

»Trabrennen ohne Sattel klingt gut, das könnten wir doch bis achtzehn Jahre machen.«

»Wie wär's mit einer Prüfung in klassischer Reitkunst?«

»Warum nicht eine Prüfung, wo nur die Allerbesten starten dürfen?«

Die Versammlung dauerte und dauerte.

Henry verlor wieder das Interesse, er schaute sich in seinem Heft Französischvokabeln an. Noel und Christo linsten über seine Schulter.

»Wie sollen wir ihn eigentlich anreden?« fragte Noel. »*Bonjour Monsieur le Général* ist so ziemlich alles, was ich weiß.«

»*Il fait chaud cet après-midi*«, steuerte Henry bei.

»*Combien de chevaux avez-vous?*« sagte Alex nach einer kurzen Pause.

»Ich kann nur hoffen, daß er bei uns nicht ›*faites attention à ce que je vous dis*‹ brüllen muß.« Henry klappte sein Heft zu und das Französischbuch auf. »›*Prenez garde de tomber*‹ ist eigentlich das, was er immer bei der Zweiten Garnitur sagen müßte.«

»Übersetz das mal bitte«, sagte Alex. »Ich wüßte gern, was man über mich sagt.«

»Paßt auf, daß ihr nicht runterfallt«, übersetzte Henry.

»Und das davor war: Achtet auf das, was ich euch sage.«

»Und was ist, wenn er zum Essen bleibt?« Noel verzog das Gesicht. »Das wird gräßlich. Sprechen deine Eltern Französisch, Henry?«

»Nö. Wenigstens nicht genug, um sich vernünftig zu unterhalten. Und das würden wir ja wollen.«

»Jeder kann doch drei Sätze lernen.« Christo grinste in die Runde. »Wir sind sechs oder sieben Leute, da gibt es dann keine peinlichen Pausen.«

»Aber denk nur mal, wieviel kluge Belehrungen für die Katz wären! Was für ein gräßlicher Gedanke, daß weise Worte auf unfruchtbaren Boden fallen werden und unser Wissensdurst nie gelöscht werden wird. In diesem Buch steht leider nicht viel übers Reiten drin. Naja, vielleicht *regardez droit devant vous*, das wird er immer Noel an den Kopf werfen.«

»Meine Freundin kennt sich mit Pferden gut aus«, las Christo über Henrys Schulter.

»Das klingt eingebildet«, widersprach Noel. »Außerdem tun wir das alle gar nicht.«

»›Was wollen Sie morgen abend machen?‹« las Christo weiter.

»Viel zu neugierig«, mäkelte Noel.

»Je öfter ich in Frankreich war, desto öfter möchte ich wieder hin«, las Henry. »Nun applaudiert mal bei einem meiner Sätze! Der ist doch sehr höflich, oder? Die Franzosen sollen ja angeblich wahnsinnige Patrioten sein, oder heißt das heutzutage Matrioten? *Plus je vais en France*«, murmelte er. »He, Noel, willst du auch mal ein bißchen in das Buch schauen, während ich den Satz auswendig lerne?«

»Danke.« Noel rückte näher an Christo heran, damit sie beide lesen konnten.

»Gehören sie der Sozialistischen oder der Konservativen Partei an?« las sie vor. »Na, das ist aber eine alles entscheidende Frage, besonders was das Reiten angeht!«

»Haben die Franzosen überhaupt Sozialisten und Konservative?« fragte Henry.

Noel seufzte. »Auf jeden Fall wäre das ein Gesprächsthema. Er könnte die Unterschiede zwischen den französischen und den englischen Parteien erklären. Wahrscheinlich bräuchte er dafür Stunden.«

»Und du würdest kein Wort davon kapieren«, sagte Henry. »Nee, vielen Dank. Ich glaube, wir lassen das lieber mit der Politik.«

»Wir bedanken uns für Ihre Freundlichkeit«, las Christo. »Na, damit kannst du dich ja bestens bedanken, Henry.«

»Das ist aber eigentlich die Aufgabe der Schriftführerin.«

»Quatsch, absoluter Quatsch!« Christo kriegte einen Schreck. »Das ist die Aufgabe des Vorsitzenden, aber ja! Außerdem kannst du besser Französisch als ich.«

»Hier gibt es noch sehr hilfreiche Bemerkungen über das Wetter, traurige für Sterbefälle und freche wegen Preisnachlässen.« Noel blätterte weiter im Buch.

»Komm, gib's mir wieder zurück. Ich hab meinen Satz vergessen.«

»Ich war der Meinung, wir hätten hier eine Versammlung, um ein Turnier zu planen.« Erics Stimme zitterte vor Wut. »Ich wäre doch nie den ganzen langen Weg geritten, bloß um Hühner zu scheuchen und deinen hochgestochenen Französischsätzen zuzuhören.«

»Aber wir kommen doch ganz gut voran«, versuchte Christo ihn zu beruhigen. »Sieh mal, ich hab mitgeschrieben. Wir haben ein absolut üppiges Programm für das Alljährliche Turnier des Radney-Reitclubs!«

Alle warfen jetzt einen Blick auf Christos Zettel, auf dem insgesamt acht verschiedene Wettbewerbe aufgelistet waren.

»Alle, die gegen das Programm sind, melden sich bitte unverzüglich«, quäkte Henry.

»Es gibt keine Reitprüfung«, sagte Noel fröhlich. »Jetzt bin ich aber beleidigt.«

»Du weißt doch genau, daß wir niemanden haben, der das beurteilen könnte.« Henry grinste. »Ihr Einspruch, Mrs. Kettering, ist völlig überflüssig.«

»Ich finde das nicht fair, daß kein einziger Start nur für Leute unter zehn ist«, meckerte Deb.

»Was du da sagst, ist ja geradezu abscheulich – um es milde auszudrücken.« Henry sah zu Deb wie ein übellauniger Lehrer. »Du willst ja nur das Turnier so umwandeln, daß du möglichst viele Preise abstaubst. Wenn du deinen unbändigen Ehrgeiz nicht besser unter Kontrolle kriegst, sehe ich mich gezwungen, dir den Austritt nahe zu legen.«

Deb saß sprachlos da. Mit weit aufgerissenen blauen Augen starrte sie Henry an, den Mund sperrangelweit offen.

»Bist du soweit einverstanden, Eric?« Henry wandte sich ihm zu.

»Ja, denke schon.« Doch Eric klang alles andere als zufrieden. Henry war ihm viel zu selbstherrlich. Außerdem klopfte er immer diese schlauen Sprüche, bis man keine Ahnung mehr hatte, was er eigentlich wollte. Aber wenigstens hatte er sich Deb gegenüber jetzt mal knallhart durchgesetzt. »Doch, ich bin einverstanden«, wiederholte Eric.

»Dann brauchen wir ja nur noch eine Sache zu entscheiden.« Henry schielte auf Christos Plan. »Das mit den Preisrichtern. Wie ich sehen kann, haben wir nichts, wo man besondere Erfahrungen oder Spezialwissen braucht – keine Reitkunst, keine Schönheitskonkurrenz, nichts, was nicht die meisten von uns beurteilen könnten. Also können wir ruhig die Preisrichter unter uns bestimmen, und dann würde ich vorschlagen, daß wir noch ein paar Leute aus West Barsetshire einladen. Die kennen sich mit dem Reglement aus und dem ganzen Kram, und es wäre doch superspitze, wenn wir ohne Erwachsene auskämen.«

»Toll!« Christo war begeistert.

Eric zog ein zweifelndes Gesicht. »Naja, du kennst sie zwar, sagst du. Aber ich kenne nicht viele Leute in meinem Alter, von denen ich beurteilt werden möchte.«

»An wen genau hast du denn gedacht, Henry?« wollte Noel wissen.

»Susan, John und Dick.« Henry sah die anderen der Reihe nach an. »Oder kennt ihr jemanden, den ihr als Preisrichter vorschlagen möchtet? Wir haben nicht mehr viel Zeit, bald ist es Abend, und Eric will endlich nach Hause«, fügte er hinzu, als niemand antwortete.

»Na gut, dann sollen eure Freunde eben kommen«, sagte David, und die anderen waren offensichtlich derselben Ansicht.

»In Ordnung. Ich schreibe ihnen, und Christo kann sich um die Beschaffung der Schleifen kümmern. Wir kriegen nur dann ein paar Preise zusammen, wenn wir noch einige Beitritte von außerhalb eintreiben können. Oder ihr überredet eure Verwandtschaft, daß sie was beisteuert. Ich werde meine Mutter dazu bringen, daß sie einen Pokal für das Springen unter vierzehn stiftet.«

»Besser wäre das für unter zehn«, murrte Deb unzufrieden.

»Damit sieht es so aus, als ob die Versammlung zu Ende sei.« Henry stand auf. »Ist ja auch schon spät«, fügte er noch hinzu.

Keiner blieb mehr auf ein Schwätzchen. Die Streiterei während der Versammlung hatte sie alle mehr oder weniger sauer aufeinander gemacht. Noel und Henry wanderten in mutlosem Schweigen zum Haus.

## Neuntes Kapitel, in dem viel telefoniert wird und Christo eine Neuigkeit erzählt

Am nächsten Tag war es Henry, der der Reihe nach alle Clubmitglieder anrief. Diesmal hatte er diese Aufgabe nicht Christo übertragen können, denn diesmal betraf es weniger Clubangelegenheiten als ihn selbst.

Als erstes hatte er David am Apparat.

»Hallo, David. Hast du Lust auf gegrilltes Hühnchen? Morgen gibt es bei uns den Riesen-Hühnergrill.«

»Klar, ja doch, bestimmt«, stammelte David. »Natürlich komme ich gern. Aber warum so plötzlich? Kommen die anderen auch?«

»Hoffentlich!« Henry seufzte tief. »Wir müssen mindestens zehn Piepser essen. Weißt du, wir haben gestern nach unserem Treffen das Tor vom Hühnerstall nicht ordentlich zugemacht, und da sind eine ganze Reihe ausgebüchst und – naja, sie haben sich mit den Hunden eingelassen und den kürzeren gezogen. Deshalb haben wir jetzt massenhaft Braten.«

»Toll! Äh, ich meine: schrecklich.« David mußte lachen. »Nee, eigentlich kann ich mich über die Hühnerschlacht ja freuen. Wann soll's denn losgehen?«

»So um acht. Wenn du willst, bring einen Salat mit oder Limo oder so.«

»Klar, drei Flaschen Limo sind euch sicher. Bis dann!«

»Was?« Christo konnte vor Lachen erstmal nicht weitersprechen. »Die Hunde und die Hühner? Und es gab Schwerverletzte? Doch nicht auf beiden Seiten! Und euer Hund hat was abgekriegt?«

»Ich wünschte, ich könnte auch so darüber lachen.« Henry verzog das Gesicht. »Aber ich mußte heute in aller Herrgottsfrühe mit dem Vieh zum Tierarzt. Nix Schlimmes, dem Himmel sei Dank!«

»Du Ärmster! Also, ich komme gern. Ich bringe eine Riesenschüssel Salat mit, meine Mutter weiß sowieso nicht mehr, wohin mit den vielen Köpfen, die werden auf einmal alle gleichzeitig groß.«

Paulina quietschte entsetzt auf. »Die armen Hühner! Och, die tun mir aber leid! Nein, wie schrecklich! Konnte man ihnen denn gar nicht mehr helfen?«

»Nein«, sagte Henry mit zusammengebissenen Zähnen. »Du warst ja leider nicht greifbar.«

»Ach, wie furchtbar! Die lieben kleinen Tierchen! Sowas Grausames!«

»Na, was ist nun?« Henry hatte jetzt genug von dem Gejammer. »Kommst du oder kommst du nicht?«

»Natürlich komme ich! Hühnerbeine sind mein Leibgericht! Ich mach ein paar leckere Soßen, ja?«

»Ja«, quetschte Henry heraus und verabschiedete sich ganz rasch, bevor er laut herauslachte.

Alex quietschte ebenfalls auf, aber vor purem Vergnügen. »Ohhh, der Hühnermörder war am Werk! Was sagt denn die Hühnerpolizei dazu?«

»Wenn du damit meine Mutter meinst, die hat sich schon wieder eingekriegt. Erst mal stand das Barometer natürlich auf Sturm, aber mittlerweile ist ihr eingefallen, daß wir eh zu viele Hühner hatten und sie den Bestand verringern wollte.«

»Was für ein Glück! Da kann ich ja mit gutem Gewissen spachteln kommen«, frohlockte Alex. »Ich bringe ein paar Baguettes mit, ist das recht?«

Die Marlowes tobten nach dem Telefonat wie die Wilden durch das ganze Haus und sangen: »Der Hahn ist tot, der Hahn ist tot!«

Roly und Deb dichteten noch ein paar neue Strophen dazu, bis ihre Mutter brüllte, daß sie endlich aufhören sollten. Dann stritten sie sich eine halbe Stunde lang darüber, was sie am nächsten Tag mitbringen sollten. Fanny war für Tomatensalat, Deb für Birne Helene und Roly für russische Eier. Als es jedoch darum ging, wer das Essen vorbereiten sollte, einigten sie sich rasch auf den Tomatensalat.

»Wie bitte? Eure Hunde haben mit den Hühnern gekämpft?« Juliet schüttelte sich. »Das klingt ja grauslich. Aber über Grillhühnchen freu ich mich und Roly sowieso. Super! Können wir was mitbringen?«

»Klar.« Henry sah auf die Liste. Nun war er fast durch.

»Hm, aber was?« Juliet dachte kurz nach. »Wir bringen zum Nachtisch Kuchen mit. Mama backt uns bestimmt was Schönes.«

Als sie das Telefon klingeln hörte, rannte Jannice die Treppe runter. Doch als sie unten ankam, war Helen schon drangegangen, und sie hörte nur: »Was? Nein! Wie gräßlich! Naja, ich weiß nicht. Leider nein, wahrscheinlich nicht. Naja, mal sehen. Ich muß aber erst meine Mutter fragen.«

»Was war denn?« wollte Jannice wissen, als Helen aufgelegt hatte.

»Och, der blöde Henry. Er hat uns zu einem Grillfest eingeladen, weil seine Hühner alle tot sind. Geschieht ihm recht, dem eingebildeten Affen!«

»Sei doch nicht immer so biestig! Und?«

»Was und?«

»Was hast du gesagt? Ich konnte aus deinem Reden nicht schlau werden.«

»Da kann man mal wieder sehen, wie dusselig du bist!« Helen warf ihre Haare schwungvoll zurück. »Ich hab gesagt, daß wir wahrscheinlich nicht kommen können.«

»Du bist gemein! Wie kannst du es wagen! Einfach über meinen Kopf weg!«

»Ach, hast du denn einen?«

»Helen, du bist ein Ekelpaket! Du kannst ja bleiben, wo der Pfeffer wächst, aber ich geh hin! So! Und ich werde Mami fragen, ob ich eine Götterspeise machen darf. Bäh!«

Als letzten hatte Henry Eric an der Strippe.

Nachdem er den Grund für seinen Anruf genannt hatte, mußte er sich erst mal anhören, daß Eric von Anfang an gewußt hatte, daß nichts Gutes dabei rauskommt, wenn man sich mit kleinen Kindern abgibt.

Doch schließlich nahm Eric die Einladung gnädig an und erklärte sich sogar bereit, ein paar Flaschen Apfelsaft mitzubringen.

Das Grillfest wurde ein Riesenerfolg.

Schuld daran waren natürlich in der Hauptsache die köstlichen knusprigen Hühner, die in Nullkommanix in den hungrigen Mägen verschwanden. Aber auch die mitgebrachten Leckereien fanden viele Liebhaber.

So kam es, daß alle hinterher pappsatt auf dem Rasen vor Radney Manor saßen oder lagen und zufrieden in den Himmel blinzelten.

Sogar Helen, die schließlich doch noch mitgekommen war, fand keinen Grund zum Nörgeln. Graham pulte mit halbgeschlossenen Augen in seinen Zähnen herum und stieß zufriedene kleine Knurrlaute aus. Roly konnte nicht widerstehen und versuchte ein leises Bellen, was ihm einen strafenden Blick von

Fanny einbrachte, denn schließlich befanden sich in Radney Manor – wenigstens für den Augenblick – Hunde in Ungnade. Deb versuchte, auf einem Grashalm zu blasen, aber sie brachte nur krächzende Töne hervor.

»Wißt ihr was?«, sagte Christo auf einmal in die zufriedene Fast-Stille herein. »Wißt ihr, was mein Pa gestern beim Abendbrot erzählt hat?«

»Nö«, murmelte Noel, während sie ein paar Wölkchen bei ihrem Weg über den blauen Himmel verfolgte. »Was denn?«

»Das glaubt ihr nicht!« Christo grinste.

»Wieso? Was weißt du denn?« Henry stützte sich auf den Ellenbogen auf. »Was ist denn so komisch sein?«

»Also habt ihr nichts gehört?« Christo genoß es ganz offensichtlich, die anderen auf die Folter zu spannen. »Du auch nicht, Eric?«

»Nein, hab ich nicht«, erklärte Eric gereizt. »Wieso? Was sollte ich denn wissen?«

»Naja, also es ist folgendes: Mein Pa hat gestern einen Kollegen aus Fording getroffen, und der hat ihm erzählt –«

Eric unterbrach sie: »Fording? Da kommt doch Colonel –?«

»Ganz recht!« Christo setzte sich aufrecht hin und kicherte. »Da kommt Colonel Sanderson her. Und wißt ihr, was Pas Kollege gesagt hat?«

»Grrr!«

»Huhh!«

»Hach!«

Alle außer Christo knurrten, stöhnten und seufzten vor Ungeduld.

»Was denn? Nun sag doch schon!« Juliet lag auf dem Rücken und zappelte ungeduldig mit den Beinen.

»Ihr laßt mich ja nicht zu Wort kommen!« Christo lachte, dann fuhr sie immer noch kichernd fort: »Also, er hat erzählt, Colonel Sanderson war am letzten Sonntag Preisrichter bei einem Turnier in der Nähe von Fording. Als er nach der Preisverleihung dem Sieger gratulieren wollte, hat –« Christo unterbrach sich, weil sie vor Lachen nicht weiterreden konnte.

»Hat?« wiederholte Noel.

»Hat ihm das Pferd von einem der Sieger so einen Tritt verpaßt, daß er drei Tage lang gehumpelt hat!«

Während des daraufhin einsetzenden allgemeinen Gelächters war Alex' Stimme herauszuhören: »Es gibt«, verkündete er feierlich, »doch noch eine Gerechtigkeit!«

# Turnierfieber im Ponyclub

## Turnierfieber im Ponyclub

## Die Mitglieder des Radney-Reitclubs in der Reihenfolge ihres Auftretens

Noel Kettering wohnt in West Barsethire, besucht zur Zeit aber Henry Thornton in Radney Moor. Obwohl sie sehr ängstlich ist, ist sie eine gute Reiterin, was sie unter anderem ihrem alten Reitlehrer, Major Holbrooke, zu verdanken hat. Ihr gehört die Ponystute *Sonnet.*

Henry Thornton hat auf seinem Pony *Trappist* schon viele Turniere gewonnen. Sein neues Pferd *Echo* ist sehr eigensinnig und Henry kommt mit ihm noch nicht sehr gut zurecht. Deshalb möchte er unbedingt seine Reitkünste verbessern. Er hat schon oft Reitunterricht von seinem Onkel, Major Holbrooke, bekommen.

Christo Carstairs wohnt zusammen mit ihren Eltern und ihren Brüdern in Waylebury. Sie liebt ihre Rappstute *Dragonfly* über alles und würde gern besser reiten können. Die Gründung des Radney-Reitclubs kommt ihr da sehr gelegen.

Eric Lawson hat sehr ehrgeizige Eltern, die ihm teure Pferde wie *Choc-Bloc* und *Princess* gekauft haben. Er hat schon einige Turniere gewonnen und ist stolz auf seine vielen Schleifen.

Juliet und Roly Naughton haben vom Reiten noch nicht so viel Ahnung, lassen sich deshalb aber den Spaß am Reitclub nicht verderben. Über ihre Ponys *Romeo* und *Tomahawk* sind sie sehr glücklich.

Fanny, Deborah und Graham Marlowe reiten leidenschaftlich gern auf ihrem Pony *Golly,* das sie sich lange Zeit teilen mussten. Doch seitdem sie *Swansdown* dazu bekommen haben, muss nur noch einer von ihnen auf dem Rad nebenher fahren.

Paulina Swindon ist ein verwöhnter Nachkömmling. Sie hört gern Musik und liest viel. Reiten sollte ihrer Meinung nach ein Vergnügen und nie anstrengend sein. Sie ist stolz auf ihre hübsche Fuchsstute *Starshine.*

Alex Turner liebt es, sich Geschichten auszudenken, in denen er mit seinem Pony *Oscar* ganz groß raus kommt. In Wirklichkeit wird er mit dem braunen Wallach gar nicht fertig. Deshalb hat Henry ihm *Trappist* zum Reiten gegeben.

David Rice-Greene interessiert sich vor allem für Schmetterlinge. Zunächst nur seiner energischen Mutter zuliebe, setzt er sich inzwischen aber doch recht gern auf sein Pony *Tanzy.*

## Erstes Kapitel, in dem eine Einladung ins Haus flattert und Noel zur Teilnahme am Letchdale-Turnier überredet wird

»Na so was!« Noel hielt ein Briefkuvert hoch und schüttelte verdutzt den Kopf. »Wer schreibt denn da unserem Club?« Sie drehte den Umschlag um und buchstabierte langsam: »Letchdale. Letchdale? Nie gehört! Weißt du vielleicht, was das soll, Henry?«

Henry war hinter Noel die große Treppe von Radney Manor heruntergekommen. Während sie mit dem Aufsammeln der Post beschäftigt war, hatte er erst einmal ausgiebig gegähnt.

»Letchdale? Keine Ahnung. Halt! Zeig mal!« Er streckte die Hand aus und Noel gab ihm den Brief. »Na klar!« Aufgeregt riss er den Umschlag auf. »Das ist doch der Club, bei dem ich wegen des Turniers angefragt habe. Super! Was schreiben sie denn?« Er faltete den Briefbogen auseinander. »Ja, der ist von dem Club.«

Noel stellte sich hinter ihn und las über seine Schulter mit.

*Sehr geehrter Herr Thornton,*
*der oben genannte Reitclub wird am 19. 8. ein Turnier für Anfänger veranstalten. Sie sind herzlich eingeladen, eine Mannschaft aus ihrem Club starten zu lassen. Hiermit senden wir Ihnen die genauen Teilnahmebedingungen –*

»Da müssen wir unbedingt mitmachen!« Henrys Stimme überschlug sich fast vor Begeisterung.

»Lass uns erst mal die Bedingungen genauer ansehen.« Noel war längst nicht so begeistert von der Einladung wie Henry, denn sie war mit den reiterlichen Fähigkeiten des Radney-Reitclubs noch längst nicht zufrieden. Schließlich hatten sie erst vor ein paar Wochen mit den regelmäßigen Reitstunden für die Mitglieder angefangen, und die Jüngsten, die Henry »die Zweite Garnitur« nannte, waren noch längst nicht imstande, an einem richtigen Turnier teilzunehmen.

»Doch, doch, das ist genau richtig für uns! Das ist bestimmt nicht so schwer wie andere Turniere«, erklärte Henry fröhlich. »Sieh doch, hier« – er wies mit der Hand auf das Faltblatt, das dem Brief beigelegt gewesen war, – »eine Jagdprüfung über eine zwei Kilometer lange Strecke, alle Hindernisse unter einem Meter. Ein Parcours mit zehn Sprüngen – und keiner höher als ein Meter. Und dann werden wir ja wohl noch eine Dressurprüfung für Anfänger schaffen, oder?«

»Nee. Ich glaube, die schaffen wir nie und nimmer. Da fallen wir mit Pauken und Trompeten durch und bringen Schmach und Schande über den Radney-Reitclub!« Noel rollte mit den Augen und grinste. »Jedenfalls müssen wir noch mal genau nachdenken, wer da von uns mitmachen soll!«

»Frühstück!«, rief Mrs. Thornton aus dem Esszimmer.

»Boah, hab ich einen Hunger! Komm!« Henry stapfte los. »Über das andere reden wir später weiter, ja? Wenn ich einen vollen Bauch habe, kann ich besser denken!«

»Aber bestimmt nicht reiten!«, brummelte Noel während sie auf die Esszimmertür zusteuerte. Dieser Ferienbesuch bei Henry artete ja richtig in Arbeit aus. Doch dann musste sie wieder grinsen. Schließlich war sie viel lieber mit ihrem Pony Sonnet nach Radney Manor gekommen, als zu ihrer Tante nach London zu fahren, während ihr Vater seine Vortragsreise machte. Er war Ägyptologe und war als Referent sehr gefragt, und Noels Mutter begleitete ihn gern auf solchen Reisen. Doch für ihre pferdebegeisterte Tochter war das keine verlockende Feriengestaltung. Dann lieber Reitstunden für die jüngeren Mitglieder des Radney-Reitclubs, den Henry am Anfang der Sommerferien aus der Taufe gehoben hatte.

Am Nachmittag trafen sich alle Mitglieder des Radney-Reitclubs in der kleinen Tannenschonung neben dem provisorischen Reitplatz.

»Wir haben Post gekriegt!«, verkündete Henry geheimnisvoll.

»Wer? Du oder der Club?« Christo wollte es genau wissen. Schließlich war sie nicht umsonst erste Schriftführerin und Mitglied im Clubvorstand.

»Von eurem General?«, erkundigte sich Eric und kaute gelangweilt auf einem Grashalm rum.

»Leider noch nicht.« Henry hob bedauernd die Achseln. »Da warten wir noch auf eine Antwort.«

Vor ein paar Wochen hatte der Reitclub einen Brief an einen gewissen General de Veriac geschrieben mit der Bitte, den älteren Clubmitgliedern einen Tag lang Reitunterricht zu geben. Der General war ihnen von Henrys Onkel, Major Holbrooke, empfohlen worden. Der Major war ein absoluter Reitexperte und hatte Henry und seinen Freunden schon öfter Reitunterricht gegeben. Doch im Moment hatte er Besseres zu tun, als sich mit seinem Neffen und dessen pferdeverrückten Freunden herumzuschlagen: Er machte Urlaub in Frankreich. So hieß es für den Reitclub einen anderen Reitlehrer zu finden.

»Auf die Antwort könnt ihr lange warten, der General meldet sich bestimmt nicht.« Eric lächelte zufrieden. »Und überhaupt: Wozu wollen wir uns denn noch mal einen Lehrer herholen? Reiten ist eben Naturtalent, ich sag's euch doch immer!«

»Ist es nicht!« Henry sah Eric wütend an. »Auch gute Reiter brauchen noch Lehrer, du wirst es ja sehen. Jedenfalls kann er nur besser sein als dieser blöde Sanderson!«

Da hielt Eric lieber den Mund, denn diesen schrecklichen Nachmittag neulich hatte er dem Club eingebrockt. Auf den Rat seines Vaters hin hatte er Colonel Sanderson eingeladen, doch dessen Reitunterricht war eine ziemliche Katastrophe gewesen. Der Colonel hatte nur herumgebellt und mit der Gerte auf unfolgsame Pferde eingedroschen. Er hatte ihnen nichts beibringen können, weil er offensichtlich selber kaum Ahnung vom Reiten hatte.

»Also«, Henry schwenkte stolz den Briefumschlag, »unser Club beziehungsweise ich haben Post gekriegt –«

»Henry hat 'ne Post gekriegt, Henry hat 'ne Post gekriegt . . .«, krähten Roly und Graham in schrillem Duett.

»Seid schon still!« Juliet funkelte Roly böse an, während Fanny Graham einen Knuff versetzte und »Maul halten!« knurrte.

»Danke!« Henry machte die Andeutung einer Verbeugung vor den beiden leidgeprüften älteren Schwestern und räusperte sich. »Also, zwar hat General de Veriac leider noch nicht geantwortet, aber wir haben als Club eine Einladung zu einem Turnier gekriegt –«

»Wahnsinn!«

»O, hört euch das an!«

Henry wartete, bis sich der Tumult wieder etwas gelegt hatte. »Es handelt sich um eine Einladung zum Letchdale-Turnier –«

»Toll!«

»Super!«

»Klasse!«

Die jüngeren Clubmitglieder taten sich in ihrer Begeisterung keinen Zwang an, und es tat Henry Leid, dass er ihnen einen Dämpfer versetzen musste. »Nee, also das ist nur was für Leute mit geschulten Pferden. Und wer von den hier Versammelten, bitte sehr, hat ein geschultes Pferd, das auf Hilfen reagiert und tut, was sein Reiter oder seine Reiterin von ihm verlangt?«

»Hm.« Die drei Marlowes dachten an ihre beiden Ponys Golly und Swansdown und schwiegen lieber.

»Na ja ...« Paulina fand zwar, dass sie eine gute Reiterin war – schließlich hatte Colonel Sanderson das neulich vor allen anderen laut und deutlich bestätigt, und wenn er sonst auch ziemlich blöde gewesen war, so hatte er sich darin doch bestimmt nicht geirrt. Aber so sehr sie auch Starshine liebte, Schulen fand sie viel zu anstrengend, und schließlich waren ihr Preise und Pokale ohnehin ziemlich egal.

»Tja, das wäre ja wohl was für mich«, sagte Eric und sah selbstbewußt in die Runde. »Soweit ich weiß, bin ich bei allen Turnieren hier von uns der Erfolgreichste. Schließlich haben Princess und Choc-Bloc ja auch eine schöne Stange Geld gekostet.«

»Das stimmt. Die waren bestimmt teuer.« Innerlich knirschte Henry mit den Zähnen. Am liebsten hätte er Eric entgegnet, dass mit so hervorragenden Pferden eigentlich jeder siegen konnte, aber er beherrschte sich.

Da redete Eric auch schon weiter: »Wann soll denn das Turnier stattfinden? Ende August? Nee, dann kann ich nicht. Da fahre ich mit meinen Eltern weg.«

»Das tut uns aber Leid«, flunkerte Henry fröhlich und sah zu David und Alex hinüber, die sich bisher an der Unterhaltung nicht beteiligt hatten.

Alex stöhnte. »Also, man kann ja über Oscar so einiges sagen, aber bestimmt nicht, dass er das tut, was ich will.«

Die anderen lachten.

David sah einem Schmetterling nach. Dann kratzte er sich am Kopf. »Für mich ist das nichts. Vielleicht bin ich nächstes Jahr so weit, aber jetzt – nee, bedaure, auch wenn meine Mutter da bestimmt anderer Meinung ist.«

»Na gut.« Henry strich sich eine Haarsträhne aus der Stirn. »Bleiben also Christo, Noel und ich.«

»Wie bitte?« Noel schreckte hoch. »Ich wollte da nie hin! Ich sterbe sowieso immer vor Lampenfieber und mach euch da bloß Schande!«

»Ach, nun sei doch nicht immer so ein Jammerlappen!« Henry schnaubte wütend durch die Nase. »Natürlich werden wir dich auch anmelden. Das ist doch die Gelegenheit für unseren Club, sich einen Namen zu machen!«

»Meinst du?« Noel sah immer noch zweifelnd drein.

Christo kam jetzt Henry zu Hilfe. »Quatsch nicht dumm rum, Noel! Wie oft sollen wir dir denn noch bestätigen, dass Sonnet das bestgeschulte Pony weit und breit ist? Schau dir doch bloß mal an, wie ich mit

Dragonfly immer noch kämpfe, und trotzdem mach ich mit!«

»Hm. Na, wenn ihr meint.« Noel stand auf und klopfte sich die Tannennadeln von der Hose. »Dann lasst uns aber jetzt was tun. Die Zweite Garnitur braucht schließlich ihre Reitstunde. Immerhin haben wir für nächste Woche unser eigenes Turnier geplant, und auch wenn das hier nur für die Nachbarschaft ist, wollen wir ja die Preise abräumen, oder?«

Die Marlowe-Geschwister sprangen auf, Juliet und Roly folgten. Dann trabte auch Alex hinterher, während David noch darüber nachgrübelte, was für eine Raupe da wohl gerade über seine Hand kroch.

## Zweites Kapitel, in dem ein General eine Zusage macht und die Clubmitglieder in helle Aufregung geraten

Nach dem Eintreffen der Einladung aus Letchdale wurde das Zusammenleben mit Henry von Tag zu Tag schwieriger. Er weigerte sich, von etwas anderem zu reden als von dem Turnier in Letchdale.

Noel fand das gar nicht gut, ihr war im Moment das Turnier des Radney-Reitclubs viel wichtiger. Nach endlosen Diskussionen hatten sie sich wenigstens schon einmal auf die einzelnen Wettbewerbe einigen können. Jetzt mussten die Preise organisiert und die verschiedenen Hindernisse gebaut und aufgestellt werden. Außerdem brauchte die Zweite Garnitur unbedingt mehr Unterricht, sonst würde der Club mit seinen Reitkünsten in der gesamten Nachbarschaft sein Gesicht verlieren.

»Verflucht sei die Zweite Garnitur«, wütete Henry, als Noel ihn darauf ansprach. »Ach, dieses blöde Kinderturnierchen«, antwortete er auf Christos Frage, ob die Urkunden und Schleifen schon da wären.

Jeden Morgen weckte Henry Noel noch etwas früher auf, damit sie die Pferde schulen konnte, bevor es zu heiß und die Fliegen zu lästig wurden. Am Abend bewegten sie ihre Pferde für gewöhnlich eineinhalb Stunden und nutzten den Parcours aus breiten, niedrigen Hindernissen, den sie für das Springtraining zusammengestellt hatten. Bei ihren Ausritten sprangen sie über alle Hecken und Zäune, an denen sie vorbeikamen und wenn sie dabei auf den Äckern dahinter keinen Schaden anrichteten.

Zwischen dem Schulen und Reiten bastelte Henry eifrig an Markierungen aus Holz, die für den Dressurparcours nötig waren. An dem Tag, als General de Veriacs Brief kam, war er gerade dabei, die Reitbahn mit einer weißen Tennisplatz-Randlinie abzustecken.

Der General hatte eine hohe, krakelige Handschrift. Noel, Henry und Christo, die wie jeden Tag zum Trainieren nach Radney Manor gekommen waren, versuchten, den Brief zu entziffern.

»Also, jedenfalls kommt er.« Henry las laut:

*»Sehr geehrter Mr. Thornton,*
*vielen Dank für ihren Brief. Ich fühle mich durch Ihre Einladung, die älteren Mitglieder ihres Reitclubs zu unterrichten, sehr geehrt und komme ihr mit Freuden nach. Sie baten mich um ein Datum. Würde es Ihnen am Freitag, den 25. August passen? Ich kann leider Ihre Einladung zum Mittagessen nicht annehmen, werde jedoch gern mit Ihnen den Nachmittagstee trinken. Ihren Onkel, Major Holbrooke, kenne ich schon sehr lange und hoffe auf ein baldiges Wiedersehen mit ihm.*
*Mit freundlichen Grüßen*
*Ihr ergebener*
*R. F. H. de Veriac.«*

»Er schreibt aber ein Spitzenenglisch!« Noel fiel ein Stein vom Herzen. Aufgrund seines Namens hatten sie nämlich schon befürchtet, dass sie französisch mit ihm reden mußten. »Dann kann ich ja mit dem Französischlernen aufhören. Und was für eine Erleichterung, dass er nicht mit uns zu Mittag isst.«

»Ich muß Paulina, Eric und Juliet anrufen.« Christo erinnerte sich an ihre Pflichten als Schriftführerin und stand auf.

»Und ich knöpf mir Alex heute morgen noch mal vor, ich glaube, der drückt sich gerade in Trappists Box rum. Ich geh mit ihm in die hinterste Ecke – wehe, ihr kommt dazu und gafft, das macht mich nervös!« Sie war stolz auf Alex, denn er hatte sich sehr verbessert. Er ruderte nicht mehr mit den Beinen und konnte vom Galopp in langsamen Trab überwechseln, ohne dass man die Hilfen zu deutlich merkte. Außerdem war sein Sitz besser geworden. Und das alles, nachdem sie zusammen mit Christo und Henry der Zweiten Garnitur ein paar Reitstunden gegeben hatte.

»Phh! Wir haben selbst genug zu tun!« Henry stand ebenfalls auf.

»Wir müssen aber unbedingt mit der Zweiten Garnitur für das Turnier üben!«, sagte Noel. »Wir wollen doch nicht unsere Preisrichter zu Tode erschrecken. Wenn wir schon unsere alten Freunde aus West Barsetshire hier anreisen lassen, müssen wir ihnen auch so was wie Reiter präsentieren.«

Aber Henry knurrte: »Du kannst ihnen so viel beibringen, wie du willst, aber ich schaff das einfach nicht, ehrlich. Ich muss jetzt einen Übungsparcours für die Jagdprüfung aufbauen, und dann muss ich in den nächsten beiden Tagen alle Hecken auf unserem Grundstück trimmen.«

»Ich trimme gern Hecken«, behauptete Noel voreilig und verdammte sich damit selbst zu einem langen, heißen Augustnachmittag Heckenschneiden.

Die Tage bis zur Ankunft des Generals vergingen wie im Fluge. Noel und Christo gaben der Zweiten Garnitur noch zwei Unterrichtsstunden und ließen sie sämtliche Prüfungen des geplanten Turniers üben.

Die Schleifen mit der Aufschrift »Radney Reitclub« in Goldbuchstaben waren inzwischen angekommen und sahen sehr schick aus. Mrs. Thornton fuhr nach Waylebury und kaufte den »Thornton-Pokal«.

Am Donnerstagnachmittag brachten sie zu Ehren der Ankunft des Generals die Reitbahn noch einmal in Ordnung und Henry markierte einen neuen Platz für die Dressurprüfung. Dabei half die Zweite Garnitur zusammen mit Juliet und Christo, und alles verlief ganz fröhlich, bis Roly sich auf die hölzerne Markierung »C« setzte und sie zerbrach. Juliet und Christo wurden nach

Hause geschickt, noch bevor alles fertig war, weil sie noch ihr Sattel- und Zaumzeug putzen mussten.

»Ich nehme mal an«, sagte Christo beim Abschied, »dass Eric und Paulina zu Hause bei sich im Garten rumhängen. Das sind vielleicht Faulpelze, die hätten ruhig kommen und helfen können.«

»Bedank dich lieber bei ihnen, dass sie das nicht gemacht haben.« Henry verzog das Gesicht. »Ein paar Typen von der Zweiten Garnitur sind schon eine ziemliche Zumutung, aber die beiden wären das Letzte gewesen. Eric hätte wegen jedem Hühnerschiss einen Streit angefangen und ich wäre total durchgedreht.«

»Paulina hätte noch tausend edle Aufgaben für uns gefunden und hätte süß dazu gelächelt, keinen Finger krumm gemacht und wäre piekfein sauber geblieben.« Noel schnaubte. »Sie ist schlimmer als Eric.«

»Nein, das stimmt nicht«, widersprach Henry. »Sie nervt zwar, aber Eric ist einfach unerträglich!«

»Also ich finde sie beide ziemlich anstrengend.« Christo grinste. »Übrigens wollte ich euch nur mal sagen, dass ich mich auf morgen freue.«

»Na, dann können wir ja die Fahnen hissen.« Henry lachte.

Als alle Arbeit erledigt war und die müden, verschwitzten Helfer nach Hause zu ihren Duschen und Abendessen verschwunden waren, verlor Henry auf einmal allen Mut.

»Hoffentlich denkt der General nicht, dass wir richtig gut sind und dass hier massenhaft Leute auf ihn warten. Wahrscheinlich wird er schrecklich enttäuscht sein. Bestimmt wird es wieder ein Riesenreinfall wie damals bei diesem grässlichen Sanderson. Ich fühl das in meinen Knochen.«

»Och, nun hör schon auf, du Miesepeter. Meinst du, er erwartet von uns, dass wir uns genau mit der Reihenfolge der Dressuraufgaben auskennen? Du musst ihm unbedingt klarmachen, dass wir erst gerade angefangen haben und dass wir erst sechsmal üben konnten.«

»Wahrscheinlich wird er uns sagen, dass wir absolute Nichtskönner sind und dass wir in Letchdale nicht starten sollen.« Henry ließ die Schultern hängen.

In der Nacht regnete es, aber am Freitagmorgen waren die Luft frisch und der Himmel klar. Es sah nach einem sonnigen Tag aus. Es war nicht mehr so heiß wie an den Tagen zuvor, das Gras sah grüner aus, und überall glänzten Regentropfen in der Morgensonne.

Finch pfiff fröhlich vor sich hin, als Noel und Henry nach dem Frühstück zum Stall gerannt kamen.

»Dieses Wetter ist viel besser für die Pferde«, erklärte er. »Nach der kleinen Dusche werden nicht mehr halb so viel Fliegen herumschwirren, und der Boden ist jetzt weniger hart und damit besser.«

Sonnet machte einen munteren Eindruck, sie wieherte erwartungsvoll und suchte in den Taschen von Noel und Henry nach Leckerli.

»Du hast es gut, du hast kein Lampenfieber.« Noel tätschelte Sonnets Hals.

»Wetten, dass Echo sich wie ein Berserker benehmen wird?« Henry befürchtete das Schlimmste.

Sie schleppten einen Gartenstuhl und einen Tisch zum Reitplatz, für den Fall, dass sich General de Veriac während der Dressur Notizen machen wollte. Danach hatten Noel und Henry nichts mehr zu tun. Sie schauten in der Küche nach, ob die Kekse für den Nachmittagstee bereitstanden, und dann standen sie Finch dauernd bei seiner Arbeit im Weg. Während der ganzen Zeit malten sie sich all die grässlichen Dinge aus, die heute Nachmittag passieren würden.

## Drittes Kapitel, in dem sich der General als hervorragender Reitlehrer erweist und Paulina enttäuscht wird

Um Viertel vor zwei wartete Henry in seinen besten Reitklamotten und spiegelblank geputzten Stiefeln unten an der Auffahrt. Noel hatte noch fix das Tor aufgestellt, das wieder umgestürzt war, und legte gerade Papier und Stifte auf den Gartentisch beim Dressurplatz. Sie hatte sich nicht besonders schick gemacht und ihre einzige Jodhpurhose stand mittlerweile etwas auf Hochwasser. Aber sie war frisch gewaschen und gekämmt, trug ihre Reitkappe und ihre besten Handschuhe.

Als Erste erschien Christo, gleich darauf Juliet, begleitet von Roly auf dem Fahrrad. Danach tauchte die Zweite Garnitur auf, zu Fuß oder mit dem Rad, noch bevor Starshines und Princess' Hufschläge ertönten.

Henry seufzte erleichtert auf. »Ich hatte schon Angst, dass nicht alle kommen würden.«

»Ich wünschte, wir könnten auch mitmachen«, sagte Deb. »Ich finde es ganz schön schofel, dass wir ausgeschlossen sind.«

»Du weißt ganz genau, dass ihr noch nicht genug könnt, um Unterricht von de Veriac zu kriegen!« Henry warf ihr einen drohenden Blick zu. »Und ihr werdet euch heute mal zur Abwechslung gut benehmen, verstanden? Wenn ihr Quatsch macht oder euch zankt, schmeißen wir euch aus dem Club raus, das schwör ich hiermit.«

»Na gut«, antwortete Deb sichtlich beeindruckt.

»He, wozu du die Aufregung?«, erkundigte sich Eric, der gerade angekommen war.

»Wir warten auf den General«, erklärte Christo.

»Na, ihr seht vielleicht komisch aus, kann ich euch sagen. Als ob es einen Unfall gegeben hätte oder so. Aber wie auch immer, ich steh hier jedenfalls nicht rum und warte auf den alten Knacker.«

Er ritt an. Paulina schenkte allen ein entzückendes Lächeln und folgte ihm.

»Ein Auto!«, brüllte David auf einmal, der bislang erfolglos ein paar Schmetterlinge gejagt hatte.

»Uiii! Das ist aber eine Nobelkutsche!« Roly blieb der Mund offenstehen, als der große schwarze Wagen näher kam. »Wetten, das ist er.«

»Ich hab alle Aufgaben vergessen«, jammerte Noel in Panik. »Ich weiß überhaupt nichts mehr, Henry, du musst mir den Anfang sagen!«

»Stell dich nicht so dämlich an!«, entgegnete Henry wütend. »Natürlich hast du nichts vergessen. Los, geh und hol Sonnet, dann könnt Christo und du mit ihm reden, während ich Echo hole.«

Juliet trabte schon von der Auffahrt hinüber zum Feld und die Zweite Garnitur war im Gebüsch verschwunden.

Noel wimmerte: »Oh, mein Lampenfieber!« und »Bestimmt fällt mir nichts ein!« und flüchtete zum Stall. Sie holte Sonnet schnell aus der Box und sattelte sie, als Finch erschien.

»He, warum denn auf einmal so plötzlich?«

»Der General ist da«, keuchte Noel und wollte losreiten.

»Hm. Aber der freut sich bestimmt nicht über den Anblick von einem lockeren Sattelgurt. Da passen ja zwei Pferdebäuche rein. Außerdem warst du wieder zu dicht an den Stangen! Deine Hose ist ganz weiß. Wart mal, ich geb dir eine Bürste.«

Noel zog den Sattelgurt fest, während Finch die Bürste holte. Sie zappelte ungeduldig herum, als er ihre Hose abbürstete.

»Na, bitte!«, sagte er schließlich. »Ich bring Echo gleich rüber.«

Deb traf Noel bei der Auffahrt. »He, beeil dich!«, quietschte Deb. »Er ist uralt und hat ganz weiße Haare!«

»Kreisch nicht so! Sonst hört er dich noch!«

Noel trabte zum Feld, wo die anderen um den General herumstanden. Wie Deb gesagt hatte, war er sehr alt und hatte leuchtend weißes Haar. Er war lang und dünn, ging ein wenig gebeugt und stützte sich auf einen schwarzen Stock mit silbernem Griff. Henry erzählte ihm anscheinend gerade vom Letchdale Jagdturnier. Der General hörte ihm aufmerksam zu.

Na, wenigstens versteht er Englisch, dachte Noel.

»Sehr schön«, sagte General de Veriac, als Henry geendet hatte. »Wir fangen jetzt gemeinsam mit dem Schulen an. Ich sage euch, was ihr verbessern könnt, und später reiten wir dann Dressur. Einverstanden?«

»Super!« Henry zeigte auf Noel. »Das ist die sechste, Noel Kettering, General de Veriac.«

»Guten Tag«, sagte Noel, während Henry fortflitzte, um Echo zu holen.

»Guten Tag«, erwiderte der General. »Da hast du aber ein bildhübsches Pony, junge Dame.« Er tätschelte Sonnet, die die Ohren aufrichtete und zu den anderen schaute. Na, bekommt ihr auch mit, wie sehr ich bewundert werde, schien ihr Blick sagen zu wollen. »Und euer Vorsitzender hat auch ein sehr hübsches Pferd«, fuhr der General beim Anblick von Echo fort. Noel zermarterte ihr Hirn nach einer Antwort, aber ihr fiel nichts ein.

»Fangen wir an?«, fragte der General, als Henry aufgesessen hatte.

»Gern. Wer will an die Tete? Eric? Christo?«

Eric ritt nach vorn, Christo folgte, dann kamen Henry, Paulina und Noel, und Juliet war die Letzte.

»Das Kommando heißt ›Fertigmachen zum Trab‹ und dann ›Terr-rab‹«, sagte der General. »Erst beim zweiten Mal wechselt ihr die Gangart, alles klar?«

»Ja«, antworteten Henry und Noel. Die anderen schwiegen.

Er spricht prima Englisch, dachte Henry. Fast gar kein Akzent. Ich wünschte, mein Französisch wäre genauso gut.

Christo fühlte, wie der General den Blick auf ihr ruhen ließ. Er sah alle nacheinander aufmerksam an. Er hat unglaublich durchdringende Augen, dachte sie. Sie fühlte sich unter seinem Blick ganz merkwürdig und spürte wie ihr die Muffe ging.

Was für ein seltsamer alter Knabe, dachte Eric. In seinem feinen Straßenanzug sieht er kein bisschen nach einem Reiter aus. Außerdem bräuchte er mal einen neuen Haarschnitt.

Juliet versuchte daran zu denken, dass sie die Knie nach innen drehte. Sie wollte Noel und Christo keine Schande machen – schließlich hatten sie sich solche Mühe mit dem Unterricht gegeben.

Paulina dachte: Gleich werde ich ihm auffallen. Schließlich habe ich den besten Sitz, auch wenn ich nicht so pferdeverrückt bin wie manche andere hier. Colonel Sanderson hat das auch gleich gemerkt. Sie gab Starshine einen leichten Kick mit der Ferse, damit er nicht langsamer wurde. Dabei lächelte sie und summte leise vor sich hin.

Noel versuchte, den Blick vom Boden zu lösen. Sie machte sich Sorgen wegen der Dressuraufgaben. Bestimmt hatte sie alles vergessen. Was musste man noch mal tun, wenn man in der Diagonale zum zweiten Mal die Hand wechselte?

Die Zweite Garnitur und Finch hatten sich etwas zurückgezogen und saßen oder lehnten an dem Zaun um die Tannenpflanzung. Sie unterhielten sich flüsternd. Deb meinte, der General sei bestimmt schon neunzig. Roly behauptete, er wäre 74, und Graham war überzeugt davon, dass die weißen Haare bestimmt nicht vom Alter kamen, sondern dass er die in der Gefangenschaft beim Feind geholt hatte. David fand, er sah wie Einstein aus. Fanny hatte noch nie von Einstein gehört und meinte, er sähe wie ein Künstler aus, und Alex verglich ihn mit einem alten Adler. Finch sagte, er hätte sofort sehen können, dass das ein Pferdekenner wäre, schon allein an der Art, wie er Sonnet getätschelt hätte.

Die Abteilung trabte und galoppierte erst auf der rechten, dann auf der linken Hand. Nach etwa zehn Minuten ließ der General sie anhalten und sagte: »Jetzt haben wir die Pferde erst mal bewegt. Das ist wichtig. Die erste Regel beim Schulen: Nichts vom Pferd fordern, wenn es gerade aus dem Stall kommt. Reitet mit ihm herum, es soll sich entspannen und langsam wieder an das Gewicht seines Reiters gewöhnen. Danach können wir mit dem Schulen beginnen.

Ich habe euch sehr aufmerksam beobachtet, und ich muss sagen, ihr seid gar nicht schlecht, wirklich nicht. Ihr macht natürlich noch Fehler, aber ihr reitet alle ganz gut. Jetzt will ich euch der Reihe nach sagen, was ihr besser machen könnt. Zuerst du an der Tete. Mein

Freund, du sitzt zu weit hinten im Sattel. Es ist absolut notwendig, dass man immer am tiefsten Punkt im Sattel sitzt, und zwar so nah wie möglich am Sattelknopf. Komm mal her.« Er ging auf Eric zu. »Gut, so ist es richtig. Jetzt nimm die Beine etwas weiter zurück und verkürze die Zügel. Man soll sein Pferd zwar am lockeren Zügel reiten, aber man muss immer Kontakt mit dem Pferdemaul haben. Der Schwerpunkt des Körpers darf nie vor den Händen liegen. Die Hände müssen vor dem Körper sein und die Schultern leicht zurück. Du auch«, er ging auf Christo zu, »du bist auch ein bisschen zu weit hinten im Sattel und hast es zu eilig. Du gibst deinem Pferd zu schnell einen Befehl und korrigierst es zu schnell, wenn es einen Fehler macht. Du musst das langsamer machen und dein Pferd auf den Befehl vorbereiten, erst dann gibst du sanft die Hilfen. Du kannst die Hilfen dann immer noch verstärken, wenn es nicht gehorcht. Verstehst du?«

»Ich glaube, ja«, antwortete Christo.

»Gut. Wenn es trabt, anstatt im Schritt zu gehen, dann sei mit der Korrektur nicht zu heftig. Sag ihm mit dem Zügel, dass es gehen soll. Und dieser hier«, der General drehte sich zu Henry um, »euer Häuptling hier oder Boss oder wie ihr ihn nennt, er treibt sein Pferd zu hart an. Ist das Pferd noch jung?«

»Ja, etwas über fünf Jahre.«

»Sein Schritt ist nicht schlecht, aber du treibst ihn die ganze Zeit über an, gnadenlos. Du hältst deine

Beine nie still. Dein Unterschenkel ist dauernd in Bewegung. Natürlich sollt ihr eure Beine einsetzen, aber das darf man nicht sehen. Du musst begreifen, dass dein Pferd für einen sehr großen Schritt noch zu jung ist. Lass ihn ungehindert vorwärts gehen, gut an der Hand, aber wenn du ihn zu stark antreibst, dann macht er viele kurze schnelle Schritte anstatt beschwingte lange. Wenn du ihn zu hart antreibst, wird er bald so wie die Rappstute dort.«

Er deutete auf Dragonfly. »Sie geht viel zu schnell. Das gilt auch für den Trab, das Tempo muss langsam sein, gleichmäßig und ruhig. Diese junge Dame«, General de Veriac wandte sich jetzt Paulina zu, »ist der Faulpelz der Abteilung. Sie singt vor sich hin und genießt den Sonnenschein, aber sie gibt sich keine Mühe. Nein, nein, sie sitzt nur auf dem Pferd, aber sie reitet es nicht. Jetzt tu mal was, junge Dame, setz dich gerade hin, nimm die Beine weiter zurück. Gut. Und streng dich etwas an. Dafür hast du deine Beine. Ihr solltet euch angewöhnen, dass ihr euer Pferd immer reitet und es nicht tretet. Das ist nämlich total verboten, glaubt es mir. Was wir wollen ist: Schenkel anlegen und treiben, treiben, treiben. So.«

Er griff nach Paulinas Bein und drückte es in Starshines Seite um zu verdeutlichen, was er meinte. Dann ging er zu Noel. »Diese Reiterin hier ist ein bisschen steif. Sie muss sich im Kreuz mehr entspannen und die Schultern zurücknehmen.«

Er schob Noel in die richtige Haltung. »Jetzt sieh nach vorn. Jawohl. Und folge mit deinen Händen mehr deinem Pferd. Sie sollen zwar Kontakt mit dem Maul halten, aber sie sollen ihm auch folgen. Nimm die Hände ein bisschen weiter nach vorn. Gut.«

Dann ging er zu Juliet. »Unser kleines Schlusslicht ist noch steifer, deshalb kann sie beim Trab und beim Galopp nicht richtig im Sattel sitzen. Ein steifer Reiter fliegt bei jedem Schritt in die Höhe, der biegsame dagegen passt sich der Bewegung des Pferdes an und bleibt immer im Sattel. Entspanne dich, nimm die Schultern zurück, so. Jetzt wollen wir mal die Gesäßknochen richtig im Sattel sehen, bitte.«

Als die Abteilung wieder anritt und alle sich Mühe gaben, ihre Fehler zu korrigieren, rief der General: »Bereitmachen zum Anhalten«, und dann: »Halt!«

»Nun seht euch das an«, sagte er, als sie stillstanden, »was für ein Durcheinander! Ihr habt vielleicht irgendwie gestoppt, aber ihr habt nicht angehalten. Nein, nein. Wenn ihr anhaltet, dann muss euer Pferd genau auf euch reagieren – aber eure Pferde, die hampeln herum, bis sie schließlich stehen. Um anzuhalten muss man die Zügel eine Spur verkürzen, die Beine fest schließen, die Schultern zurücknehmen und dann die Zügel so weit verkürzen, bis das Pferd bereit ist zu gehorchen. Aber man zieht nicht, oh nein. Das Pferd muss gerade stehen, das Gewicht gleichmäßig auf alle vier Beine verteilt. Das, was ihr da macht, ist doch nicht Reiten. So, und nun Sche-ritt, und diesmal wird es besser klappen.«

Noels Anhalten war ›gut‹, Juliets und Henrys ›besser‹, aber Christos Hände waren zu hart gewesen. Eric hatte die Beine nicht geschlossen, und Starshine hätte ausgesehen wie ein Schiff ohne Steuermann. Zwölfmal musste die Abteilung anreiten und halten, bevor es alle so schafften, dass der General zufrieden war.

Dann sollten sie traben. Als sie dreimal um die Bahn getrabt waren, sollten sie wieder anhalten.

»Trab ist die Gangart, in der die meisten Pferde zu Anfang geschult werden«, erklärte der General. »Konzentriert euch darauf, denn wenn der Trab gut klappt, dann seid ihr auch nicht weit entfernt von einem guten Galopp. Ein guter Trab ist locker und ruhig. Das Tempo muß gleichmäßig sein, das Pferd muss gut versammelt sein und ordentlich untertreten. Wer von euch, meine Freunde, kann sich schmeicheln ein Pferd zu haben, das alle diese Anforderungen erfüllt? Die Rappstute? Sie hat kein Tempo, sie geht nicht gut am Zügel, sie streitet sich mit ihrer Reiterin, die Hände der Reiterin müssten viel ruhiger sein. Wenn dieses Pferd nachgibt, dann zappeln die Hände von – wie heißt du?«

Christo sagte es ihm.

»Dann zappeln die Hände von Mademoiselle Christo, und das widerspricht den Gesetzen des Reitens. Wenn das Pferd nachgibt, müssen wir es belohnen, indem wir auch nachgeben. Das bedeutet nicht – und jetzt hört gut zu –, dass wir den Kontakt verlieren, nein, wir verringern ihn nur etwas. Wir halten Kontakt durch das Gewicht der Zügel, aber diese Christo hier, die nimmt sich mehr Zügel, wenn das Pferd nachgibt, und das ist falsch.

Hingegen ist bei der Stute unseres Anführers das Maul nicht in Ordnung. Das ist der Fehler ihres Reiters. Er benutzt zu oft seine Hände und zu selten seine Beine. Das kommt daher, dass er falsch im Sattel sitzt, denn so kann er seine Beine auch nicht gut gebrauchen. Diese Stute hat Angst wegen ihres Mauls. Sie braucht ein sanftes Gebiss und viel geduldige Schulung. Sie muss lernen, ihren Kopf zu senken und beim Schritt ihren Hals zu strecken. Sie muss ihr Gebiss annehmen lernen, die Nase herunternehmen und beim Trab gleichmäßig am Zügel gehen.

Das Pferd unseres großen Häuptlings geht ganz gut, aber Henry verliert manchmal an Tempo und hält immer Kontakt zum Pferdemaul. Du kannst ruhig mit längerem Zügel reiten, Herr Vorsitzender, aber deine Hände sollten dem Pferdemaul folgen und immer, aber auch immer, Kontakt halten. Und unser Faulpelzchen? Sie bewegt ihre Hände und ihre Beine. Die Hände sollen aber niemals hoch und runter hopsen, sie sollen nie aussehen wie ein flatterndes Hemd an der Wäscheleine. Oh nein. Die Beine müssen eng am Pferd anliegen, und wenn wir eine Hilfe geben, dann drücken wir damit dem Pferd in die Seiten. Wir reißen sie nicht kilometerweit zur Seite und donnern sie ihm dann in die Weichen. Das ist doch kein Reiten.

Das graue Pony? Ihr Trab ist eigentlich sehr gut. Und dieser Knabe hier?« Er deutete auf Romeo. »Der ist auch ein fauler Strick. Er bewegt noch nicht genug seine Sprunggelenke. Du musst ihn ein bisschen antreiben«, sagte der General zu Juliet. »Du hast die Kreuz- und die Schenkelhilfe noch nicht gelernt, aber es ist ein nettes Pony, das wird es schon noch lernen.«

Dann trabten sie wieder an. Eric war ziemlich beleidigt. Princess hatte immerhin schon hundertachtzig Schleifen gewonnen und bekam hier gesagt, sie wäre überhaupt noch nicht richtig ausgebildet. Das war ziemlich unverschämt, denn der alte Knacker hatte sie ja noch nie auf einem Parcours gesehen.

Paulina hatte keine Lust, die Worte vom General allzu ernst zu nehmen. Was will man mehr, außer sich mit seinem Pony zu vertragen und nie runterzufallen? dachte sie. Wer achtet schon darauf, wie man sein Pferd zum Stehen bringt, und außerdem will ich beim Reiten nicht arbeiten – ich will meinen Spaß haben!

Noel war mit Sonnet sehr zufrieden. Der Unterricht war ein voller Erfolg. Jeder lernte wahnsinnig viel, und der General war doch unheimlich nett. Die Dressuraufgaben fielen ihr aber immer noch nicht ein.

»Versammelter Trab, aussitzen«, ordnete General de Veriac jetzt an.

Nach einer Runde sollten sie wieder in den Schritt wechseln.

Der General hatte nun auch am Galopp einiges zu kritisieren. Einer nach dem anderen bekam zu hören, was er oder sie falsch gemacht hatte.

»So, und bevor wir jetzt zur Dressur übergehen, sei euch und mir eine kleine Verschnaufpause gegönnt«, schloss er dann. »Doch, halt, einen wichtigen Punkt möchte ich noch erwähnen, und zwar die Sache mit den Ecken. Beim Schulen haben wir andauernd mit Ecken zu tun, und es ist absolut wichtig, dass wir die Ecken gut ausreiten. Also die Pferde auf keinen Fall herumbiegen, wie man das bei manchen Leuten manchmal sieht. Bei der Dressur gibt es viele, viele Ecken, jede davon zählt. Jetzt habe ich aber erst mal genug geredet und brauche unbedingt zehn redefreie Minuten. Hat jemand was dagegen?«

Niemand widersprach – im Gegenteil: Den Reitern schwirrte schon der Kopf von den vielen wichtigen und guten Ratschlägen, die sie eben bekommen hatten. Die Pause kam ihnen gerade recht.

## Viertes Kapitel, in dem sogar Eric noch etwas lernt und Juliet gelobt wird

Zu Beginn der Dressurstunde stürzte sich Henry sofort in Erklärungen, dass sie eigentlich alle erst damit angefangen hätten, einige sogar noch nie Dressuraufgaben geritten wären.

Der General musste ein bisschen grinsen. »Na, dann ist ja gut, dass ihr mich geholt habt. Übrigens meine ich, daß wir auf keinen Fall die Aufgaben der Dressurprüfung in Letchdale reiten sollten. Das Pferd würde so die Reihenfolge der Aufgaben lernen und weiß dann schon im Voraus, welche Hilfe der Reiter geben wird, und wird unzuverlässig. Nein, nein, die Dressuraufgaben sollten wir erst mal aufmerksam analysieren und eine sinnvolle Reihenfolge zum Üben festlegen. Kann ich mal eure Aufgaben bekommen?«

»Aber natürlich.« Henry reichte ihm die Bögen, die er zusammengefaltet in seiner Hemdtasche trug.

Der General studierte die Aufgaben, murmelte dabei vor sich hin und sagte schließlich: »Also gut. Wir werden die Prüfung mal in der Reihenfolge reiten, die es mir ermöglicht, euch in Hinblick auf eure häufigsten Fehler Ratschläge zu geben. Aber hinterher übt bitte den Test nicht zu oft, sonst kennt ihn euer Pferd bald auswendig. Will der Häuptling anfangen?«

»Wenn Sie wünschen, gern, Sir.« Henry ritt auf Echo heran. »Aber ich muss sie warnen, ich beherrsche diese

Dinge noch nicht gut und meine Übergänge sind ein Alptraum.«

»Na, du bist ja ein kluger Mann.« Der General setzte sich auf den Gartenstuhl. »Denn nur die Klugen entschuldigen sich schon im Vorhinein.« Er drehte sich zu den anderen Reitern um. »Die anderen Pferde sollten sich besser hinter dem Richter aufstellen. Ich bin der Richter«, fügte er hinzu, als die Reiter sich verdutzt umschauten.

Finch und die Zweite Garnitur stellten sich dazu, und dann rief der General: »Wir sind soweit.«

Henry sah grimmig und konzentriert vor sich hin, als er mit der Übung begann.

Verschiedene Punkte auf dem Dressurplatz waren wie auf einem offiziellen Platz mit Buchstaben markiert, bei denen die Reiter ganz bestimmte Dinge tun mussten. Henry versuchte sich daran zu erinnern: Bei ›A‹ einreiten, dann auf der Mittellinie bis ›X‹ und dort grüßen, bei ›M‹ traben und bei ›K‹ in starkem Trab in die Diagonale wechseln . . .

Während Henrys Ritt machte sich General de Veriac Notizen.

Noel fühlte sich etwas schummrig – gut möglich, dass sie als Nächste drankam.

Juliet war sich ganz sicher, dass sie niemals auch nur die Hälfte von all dem behalten würde und dass sie alles falsch machen würde. Ich gehöre eigentlich zur Zweiten Garnitur, dachte sie. Ich bin längst nicht so gut wie die anderen Älteren.

Eric gähnte. So ein Kinderspiel, jeder Depp konnte bei den verschiedenen Buchstaben Schritt, Trab und Galopp reiten. Paulina fand das alles äußerst langweilig. Der General war ja ganz niedlich, aber ziemlich stachelig. Sie träumte von anderen Dingen, zum Beispiel von dem weißen Kleid, das sie für die Tanzparty bekommen hatte, die im September in Waylebury stattfinden sollte.

Christo brummelte die Testaufgaben vor sich hin, während sie Henry zusah, sozusagen als letzter Versuch sie auswendig zu lernen. Wie zum Donner konnte sich Henry das alles merken?

»Boah«, sagte Henry, als die Prüfung vorbei war und er am langen Zügel vom Dressurviereck ritt. »Ich fühle mich wie ein ausgewrungener Scheuerlappen.«

»Fandest du es schwierig?«, fragte der General. »Alles in allem war es gar nicht so schlecht. Hier sind deine Fehler.« Er zählte auf, was Henry falsch oder noch nicht gut genug gemacht hatte.

»Schaut mal eben alle her«, sagte er dann und ergriff eines von Henrys Beinen, »es ist gar nicht notwendig, das Bein vom Pferd wegzuhalten, wenn wir eine Hilfe geben wollen. Es ist auch nicht nötig, damit nach vorn oder hinten zu schlenkern. Das Bein sollte immer eng am Pferd anliegen, und wenn wir es benutzen, dann brauchen wir nur zu treiben.« Und er wies Henry noch auf weitere Unsauberkeiten hin.

»Die allgemeine Haltung des Reiters war nicht schlecht«, schloss er dann, »aber das Pferd hat ihm nur zögernd gehorcht, nicht freudig. Außerdem ist die Haltung des Pferdes noch nicht gut. Aber das wird schon werden. Und hier sind meine Ratschläge für dich, du kannst sie dir später noch einmal durchlesen.« Er drückte Henry seine Notizen in die Hand.

»Vielen Dank, Sir, vielen Dank.« Henry klang ziemlich niedergeschlagen.

»So, Christo, möchtest du bitte als Nächste?«

Christo kannte die Aufgaben längst nicht so gut wie Henry. Dragonfly zickte herum und weigerte sich an die Hand zu kommen. Sie konnte sich nicht konzentrieren und geriet völlig durcheinander.

»Es war deutlich zu merken«, sagte der General hinterher, »dass diese Stute noch nicht reif ist für solch eine Dressurprüfung. Sie muss noch mehr im Schritt geschult werden und vor allem noch im Trab. Geh ganz ruhig mit ihr um, und lass sie nicht zu schnell rückwärts gehen. Sie sollte ruhig und weich zurückgehen.«

Dann war Noel dran. Sie dachte an das Jagdspringen. Sicher würde der General hinterher sagen, dass Henry, Christo und sie nicht gut genug waren, um dort zu starten.

»Mach schon, Noel!«, brüllten alle gleichzeitig. Da begriff sie erst, dass der General sie schon aufgefordert hatte loszureiten. Sie ritt an, war in ihrer Aufregung aber viel zu schnell. Sonnet zockelte. Noel versuchte sie verzweifelt auf der Mittellinie zu halten und sah nach unten. Sie merkte, dass sie bei ›X‹ angekommen war, blieb mit einem Ruck stehen, wobei Sonnets Beine ziemlich quer standen. Sie grüßte hastig und ritt an.

»Was ist denn mit dir los, junge Dame?«, fragte General de Veriac. »Hast du solche Eile, nach Hause zum Tee zu kommen?«

»Nein.« Noel wurde rot.

»Tja, also wegen mir brauchst du dich nicht so zu beeilen. Mir fährt kein Zug davon. Gut, geh zurück und fang noch mal an, aber langsam und gleich auf der Mittellinie und nicht links daneben.«

Noel fühlte sich hundeelend, drehte um und ritt vom Platz. Sie taugte eben nichts, das war es. Colonel Sanderson hatte das auch schon gesagt, und der General war offensichtlich derselben Ansicht. Wahrscheinlich sollte sie am besten ganz mit dem Reiten aufhören.

»Zähl langsam bis zehn und fang dann an«, riet der General.

Noel riss sich zusammen und zählte. Diesmal ritt sie langsam an, obwohl sie sich noch kein bisschen ruhig fühlte, und traf die Mittellinie.

»Schau hoch«, hörte sie den General sagen.

»Schau einfach über unsere Köpfe hinweg.«

Diesmal fiel Noel rechtzeitig ein, dass sie langsam anhalten sollte, sie erinnerte sich auch daran, wo rechts und links waren. Ihre Selbstsicherheit wuchs, als sie merkte, dass sie die Reihenfolge der Aufgaben nicht vergessen hatte. Sonnet machte eine gute Vorhandwende und ließ sich ohne Schwierigkeiten rückwärts richten. Noel wusste auch noch, dass sie sie beim Übergang in den Schritt gerade halten sollte. Dann kam der Galopp, Sonnet ritt auf der richtigen Hand an.

»Nicht schlecht«, erklärte der General, als Noel fertig war und zurückkam, um sich die Kritik anzuhören. »Das zweite Mal war nicht schlecht.«

Er nannte Noels Stärken und Schwächen – insgesamt konnte sie mit ihrer Vorstellung wirklich zufrieden sein. Dann bekam auch sie einen Zettel, auf dem die wichtigsten Kritikpunkte aufgeführt waren. Sie bedankte sich und dann war Eric an der Reihe.

Vor allem beim Trab wurde offensichtlich, dass Princess nicht gerade ging und die Ecken nicht ausritt. Das Rückwärtsrichten geschah zu eilig, und Princess hielt ihren Kopf zu hoch. Ihre Übergänge zum Galopp waren nicht fließend, und alle sahen, dass ihre Zirkel nicht rund waren.

Im Anschluss an Erics Vorführung merkte der General an, dass es wenig Sinn machte, die einzelnen Fehler aufzuzählen, da hier die elementarsten Voraussetzungen fehlten: Dieses Pferd wäre nicht geschult.

»Es hat überhaupt keinen Zweck, auf einer schlechten Grundlage etwas aufzubauen«, erklärte er. »Nein, du musst zurück an den Anfang, junger Mann, das ist mein Rat für dich. Fang mit dem Schulen noch einmal ganz von vorn an. Leg dieser kleinen Stute eine Trense an, bring ihr bei den Kopf zu senken und den Hals zu strecken. Sie fürchtet sich vor dem Gebiss, aber das kann man ihr abgewöhnen, und sie ist diese Mühe bestimmt wert. Oh ja, sie ist ein hübsches Pony!«

Juliet war das nächste Opfer. Sie stöhnte, sie wäre ein hoffnungsloser Fall und längst nicht so gut wie die anderen, aber schließlich ritt sie an den Start. Christo und Noel sprachen ihr Mut zu, und Henry versprach, dass er die Aufgaben besonders laut ausrufen würde.

»Man kann zwar deutlich sehen«, sagte der General schon bald darauf, »dass sie noch nicht so lange reitet wie ihr, aber sie macht ihre Sache gar nicht schlecht.«

Romeo war sehr ruhig und gelassen, aber er reagierte auf alle Hilfen ein bisschen zu spät. Außerdem schnitt er die Ecken. Beim Galopp hatte Juliet große Mühe, ihn im Viereck zu halten, ihre Zirkel waren zu schnell und zu krumm.

General de Veriac äußerte nur wenig Kritik, doch was er sagte, war hilfreich. Juliets größter Fehler war, dass sie nicht tief genug im Sattel saß, und solange sie nicht ihre Gesäßknochen richtig benutzte, würde sie ihr Pony nicht ins Gleichgewicht bringen. Sie sollte öfter mal ohne Steigbügel reiten und häufiger aussitzen und darauf achten, dass sich ihr Rücken entspannte und sie ihre Schultern zurücknahm.

Paulina wurde als Letzte aufgerufen. Zur Überraschung der anderen – besonders Juliets – wurde bald offensichtlich, dass sie die Schlechteste von allen war. Henry rief ihr die Anweisungen zu, doch sie war nicht in der Lage, die Figuren im Viereck dort auszuführen, wo sie es eigentlich hätte tun sollen. Sie konnte Starshine nicht im Viereck halten und hatte anscheinend keine Ahnung, was ein Galoppwechsel war. Es sah auch nicht so aus, als ob Starshine schon mal die Vorhandwende oder das Rückwärtsrichten gezeigt bekommen hatte. Und Paulina merkte nicht einmal, wenn sie auf der falschen Hand galoppierte.

»Ich muss wiederholen«, sagte der General anschließend, »was ich eben schon gesagt habe. Du reitest nicht, du sitzt nur zufällig auf einem Pferd. Aber für Dressur muss man reiten können. Du musst Unterricht nehmen und alle Figuren lernen, denn der Sinn dieser Schulung liegt ja darin, dass man ein gehorsames Pferd bekommt, das gut im Gleichgewicht ist und aktiv mitmacht. Galoppieren auf der falschen Hand ist kein schlimmer Fehler, wenn der Reiter weiß, was los ist. Er muss das Pferd sofort anhalten und ohne zu zögern auf der richtigen Hand wieder anreiten.

Sonst ist das keine Dressur. Ganz sicher nicht. So, Herr Vorsitzender«, wandte sich der General an Henry, »sollen wir nun noch mal alles wiederholen? Haben wir noch genug Zeit oder drängt es euch zum Tee?«

»Wenn Sie es noch einmal mit uns aushalten, Sir, dann würde ich es wirklich sehr gern noch einmal probieren.«

»Ich auch«, kam es von Christo und Noel.

»Schön«, sagte General de Veriac. »Dann wieder in der gleichen Reihenfolge.«

Henry hatte aus seinen Fehlern und denen der anderen gelernt, und deshalb fiel sein zweiter Versuch viel besser aus als der erste. Echos schlimmster Fehler blieb aber leider unverändert bestehen. Er verlor immer noch an Tempo, wenn er in die Ecken ging. Beim starken Trab wurden seine Schritte immer noch schneller statt länger, seine Übergänge waren weiterhin nicht fließend, seinem Schritt fehlte der Schwung und sein Galopp war nicht ausbalanciert.

»Siehst du«, sagte der General, nachdem Henry fertig war, »du verbesserst dein Pferd nicht, indem du

immer wieder die Dressur hier wiederholst, sondern indem du die verschiedenen Figuren trainierst und es im Trab schulst. Beim Dressurreiten verbessern wir Einzelheiten und finden heraus, woran wir vor allem arbeiten müssen. Du lernst ja auch nicht in der Schule dadurch, dass du pausenlos Tests schreibst. Nein, du lernst und übst immer wieder die verschiedensten Dinge, aber nur ein paar davon werden in Klassenarbeiten abgetestet. Mit den Pferden sollte es genauso sein. Die Dressurprüfung ist kein Selbstzweck, nein, nein. Sie sagt dir, ob du erfolgreich geschult hast.«

Auch Christos zweiter Versuch war besser, aber sie stöhnte hinterher, dass sich Dressurreiten auf Dragonfly so anfühlte, als ob man auf einem Vulkan säße. Jeden Moment musste man befürchten, dass sie ausbrach. Deshalb traute man sich kaum, sich richtig in den Sattel zu setzen, geschweige denn die Beine zu benutzen.

»Schulen, schulen und nochmals schulen«, bemerkte der General. »Der Rücken deiner Stute ist noch nicht biegsam, sie gibt noch nicht das Maul her, sie steht ihrer Reiterin noch nicht zur Verfügung. Du mußt immer wieder Zirkel reiten, Christo. Reite sie ganz ruhig und achte darauf, dass es auch wirklich Zirkel sind. Die Hinterhand muss genau der Vorhand folgen. Du solltest auch den Übergang vom Schritt in den Trab und wieder in den Schritt üben. Ah, die junge Dame hat es eilig«, unterbrach er sich, als er sah, dass Noel sich auf ihren zweiten Versuch vorbereitete.

»Sehr schön, aber langsam«, rief er und winkte mit der Hand, dass sie anfangen sollte. »Ich werde mich schon nicht davonmachen, keine Angst, mir gefällt es hier im Sonnenschein sehr gut!«

Die Zweite Garnitur fühlte, dass sich die Atmosphäre entspannt hatte und fing an zu kichern. Noel konnte sie hören und wurde puterrot im Gesicht. Doch dann konzentrierte sie sich verbissen auf ihre Aufgabe. »Mach nicht so ein böses Gesicht, wenn du mich grüßt.« Der General grinste sie freundlich an. »Wenn du lächelst, bist du viel hübscher. Außerdem verschlechtert es die Chancen, wenn man die Richter so giftig anstarrt.«

Nun gab es für die Zweite Garnitur kein Halten mehr. Alle grinsten und grüßten sich feierlich, einer alberner als der andere. Sogar David und Alex machten mit, bis sie sich alle vor Lachen hinsetzen mussten.

Henry drehte sich um und warf ihnen einen drohenden Blick zu, und Finch mahnte: »Nu is aber mal gut, Herrschaften.«

Noel genoss die Dressurprüfung jetzt fast. Sie hatte viel mehr Zeit als beim ersten Mal und dachte auch daran, langsamer zu galoppieren. Sie brachte sogar noch ein schwaches Lächeln zustande, als sie sich zum Schluss verabschiedete.

»Gut«, sagte General de Veriac. »Ja, diesmal war es gut. Du musst jetzt noch an der Streckung vom Hals und an den Übergängen arbeiten.«

Alle waren überrascht, als Eric offensichtlich ganz scharf darauf war, es auch noch einmal zu versuchen. Als er fertig war, probierte es auch Juliet noch ein zweites Mal.

Paulina meinte nur, es hätte wohl nicht viel Sinn, wenn sie es auch noch mal angehen würde. »Ich bin ja doch nicht gut genug«, sagte sie voller Selbstmitleid, »ich möchte nicht, dass alle wegen mir warten müssen.«

»Was meint sie?«, erkundigte sich der General bei Henry. »Wenn sie möchte, reicht die Zeit noch, wenn sie keine Lust hat, gehen wir eben jetzt Tee trinken. Mir ist das gleich.«

Henry warf Paulina einen bitterbösen Blick zu. Nun sah sie noch mehr wie eine Märtyrerin aus, fand Henry und sagte deshalb beschwichtigend zum General: »Ich glaube, sie möchte keinen Versuch mehr machen.«

»Tja«, der General stand auf, »vorhin wollte ich mich von der eiligen jungen Dame ja nicht wegschicken lassen.« Er zwinkerte Noel zu. »Aber jetzt bin ich soweit. Beim Tee werden wir uns noch weiter über die Dressur unterhalten – und über das Jagdspringen. Einverstanden? So seid ihr gut für das Turnier in Letchdale vorbereitet.«

»Falls Sie überhaupt der Ansicht sind, dass wir auch nur im Entferntesten gut genug sind, um da mitzumachen.«

Noel und Christo waren den ganzen Nachmittag von der gleichen Angst gepeinigt gewesen und ritten nun näher heran, um zu hören, was der General auf Henrys Worte entgegnete.

»Aber ja doch, natürlich könnt ihr starten. Eure Dressur klappt zwar noch nicht besonders gut, aber ihr werdet auf keinen Fall die Schlechtesten sein. Im Gegenteil – im Vergleich mit einigen anderen Konkurrenten die ich bisher gesehen habe, seid ihr gar nicht mal so übel. Ihr dürft euch durch meine Kritik nicht entmutigen lassen. Es gibt immer irgendwas zu kritisieren, besonders bei Dressurneulingen.«

Henry blieb kurz zurück, um den anderen zu sagen, wo sie ihre Pferde unterstellen und Heu finden könnten und dass Noel auch die anderen mitbringen sollte. Dann begleitete er den General zum Haus.

Graham verschlang die meisten Eierbrötchen, und Alex ließ einen Teller fallen. Abgesehen davon verlief das Teetrinken sehr fröhlich. Mrs. Thornton tauchte kurz auf, wurde dem General vorgestellt und verschwand wieder zu ihrer Bridge-Runde ins Wohnzimmer. Mr. Thornton ließ sich nicht blicken.

Der General war sehr freundlich, unterhielt sich mit allen und gab den älteren Clubmitgliedern noch viele gute Ratschläge. Sie gingen hinterher mit ihm hinaus, verabschiedeten ihn und bedankten sich vielmals für sein Kommen.

Bevor er die Tür seines Autos zuschlug, erinnerte der General sie noch mal an seinen Rat. »Denkt daran, rechtzeitig zum Turnier zu kommen, möglichst eine Stunde vorher, damit die Pferde sich entspannen können. Reitet sie ganz ruhig und lasst sie sich an die neue Umgebung gewöhnen.«

»Vielen Dank noch mal, dass Sie gekommen sind«, sagte Henry. »Der Nachmittag war nicht nur lehrreich, sondern auch sehr unterhaltsam.«

»War doch selbstverständlich! Es hat mir Freude gemacht mit so vielen reitbegeisterten Leuten. Viel Glück und auf Wiedersehen, ich werde hoffentlich in Letchdale sein und euch zuschauen können.«

»Da haben wir aber einen gewaltigen Satz nach vorn gemacht!« David sah dem Auto nach, das gerade um die Kurve bog. »Ich wette, der kann fantastisch reiten.«

»Doch, er war schon ein ganz netter alter Knacker«, bemerkte Eric in herablassendem Ton.

»Schrecklich nett«, fand Christo.

»Außerdem ein toller Lehrer«, meinte Henry.

»Ich hab wahnsinnig viel dazugelernt.« Noel seufzte zufrieden.

»Viel besser als dieser bekloppte, dämliche, aufgeblasene Sanderson«, kreischte Deb.

»Ein Hoch auf Veriac«, krähte Roly.

»Warum kannst du dich nie normal benehmen? Immer bist du so frech und laut! Jetzt reiß dich mal zusammen!«

Deb kicherte, und David murmelte etwas über pingelige, nörgelige Paulinas.

»Ich sollte jetzt wohl besser gehen«, sagte Eric mit einem verächtlichen Blick auf die jüngeren Clubmitglieder von der Zweiten Garnitur.

»Wie spät ist es denn?«, fragte Alex.

»Viertel nach sechs.«

»Herrjemine!« Juliet zog den kleinen Bruder mit sich. »Los, Roly, sonst kommen wir zu spät zum Abendessen.«

Sie gingen zum Stall. Dann ritten die Gäste davon, riefen »Tschüss!« und »Danke für die Einladung!« und verschwanden die Auffahrt hinunter.

»Wir sollten mal besser die Boxen ausmisten«, sagte Henry zu Noel. »Finch ist schließlich kein Stallbursche, sondern ein Pferdepfleger.«

»Okay.« Nach diesem erfolgreichen Tag war Noel alles recht.

## Fünftes Kapitel, in dem ein Turnier vorbereitet wird und Deb Roly weiß anstreicht

»Und jetzt«, erklärte Christo am Samstagmorgen, nachdem sie noch mal ausführlich über den General, das Treffen und das neu Gelernte geredet hatten, »müssen wir mal an unser Turnier hier denken.«

Henry stöhnte. »Denk aber nur nicht, wir würden deshalb weniger schulen – auf gar keinen Fall! Wir müssen eigentlich noch härter arbeiten als bisher, denn jetzt wissen wir, was wir tun müssen. Schließlich steht der Ruf unseres Clubs auf dem Spiel.«

»Dieser Ruf wird ziemlich mies sein, wenn unser Turnier ein totaler Reinfall wird! Wir haben nicht mehr viel Zeit.«

»Ach du liebes bisschen, warum hab ich nur jemals diesem blöden Turnier zugestimmt!«, jammerte Henry.

»Nun hör schon auf!«, Noel war plötzlich aus ihren Träumen aufgewacht. »Henry, es tut mir leid, aber ich hab Alex heute morgen eine Stunde versprochen. Um halb zwölf, ist das in Ordnung?«

Henry stöhnte wieder. »Na gut. Aber dann fangen wir jetzt mal besser mit unserem Schulen an, oder wir kriegen nix mehr geschafft.«

»Du und ich können ja das Turnier planen, während Noel unterrichtet«, schlug Christo vor.

Sie einigten sich darauf, dass jeder erst mal allein schulen sollte. Sie wollten die Fehler korrigieren, auf die der General hingewiesen hatte. Danach wollte jeder den anderen beiden zeigen, woran er gearbeitet hatte und sich der Kritik stellen.

Sie hatten erst eine Viertelstunde geschult, als Henry plötzlich einen lauten Schrei ausstieß. Noel und Christo kamen von ihren Plätzen auf dem Feld zu ihm hinüber geritten.

»Was ist denn los?«

»Das war ein Schreckensschrei. Euer Vorsitzender hat einen unverzeihlichen Irrtum begangen. Er hat den ungeöffneten Briefverkehr des Clubs in die Tasche seines besten Reitjackets gesteckt und dort total vergessen.«

»Was für ein Brief und wann?«, fragte Christo.

»Phh, und so jemand sagt, dass ich immer am Träumen bin!« Noel lachte.

»Gestern morgen. Und die Umschläge sahen verdächtig nach Briefen von den Leuten aus West Barsetshire und von meinem Onkelchen aus. Hier, halte mal eben Echo!«

Noel übernahm Echo und Henry düste davon. Gleich darauf kam er mit drei Briefen zurück. Er gab Noel und Christo je einen.

»Ich mach mal besser den von meinem Onkel auf, für den Fall, dass es zu familiär wird.«

Sie rissen die Kuverts auf und versuchten die Briefe zu entziffern.

»Meiner ist von jemandem, der Dick heißt. Er krickelt so winzige Buchstaben, dass ich fast nichts rauskriege, aber irgendwie klingt es so, als ob er kommt.«

»Meiner ist von John, ich kenne seine Schrift. Er schreibt, dass er und Susan kommen werden.«

»Toll!«, schrie Henry. »Da kriegen wir ja die Bude voll. Was wird mein Mütterchen nur dazu sagen? Onkel Georges Brief ist nicht besonders spannend, außer, dass er was über den General schreibt. Der hat anscheinend dreimal die Europameisterschaft im Dressurreiten gewonnen und überall auf der Welt bei Springturnieren mitgemacht. Bloß gut, dass wir das nicht vorher wußten, sonst hätten wir uns alle in die Hosen gemacht. Hier, Noel, willst du auch mal lesen?« Er reichte ihr den Brief.

»Der hat vielleicht Glück gehabt!« Noel sah sehnsüchtig in die Ferne. »Ich wünschte, ich könnte auch in Frankreich und Belgien auf Turniere!«

»Jetzt komm mal wieder auf den Teppich. Was unser Turnier angeht, so ist mit den Richtern, den Schleifen und dem Programm jetzt alles in Ordnung.« Christo lächelte zufrieden.

»Ich muss jetzt wohl mal ein Geständnis bei meiner Mutter ablegen.« Henry erhob sich. »Über die pferdeverrückte Meute, die bei uns einfällt, wird sie sicher nicht sonderlich begeistert sein.«

Am Ende der Schulungsstunde fanden Christo, Noel und Henry, dass sie sich inzwischen schon sehr verbessert hatten, vor allem beim Reiten auf der Mittellinie und beim richtigen Anhalten. Diese Dinge hatten sie geübt, von der Perfektion waren sie aber noch meilenweit entfernt.

Glücklicherweise war Alex nun auch ganz wild darauf dazuzulernen und hatte überhaupt nichts dagegen, dass Noel mit jetzt neu geschärftem Blick jede Menge Fehler monierte, die sie vorher bei ihm so noch nie bemerkt hatte. Alex bestand sogar darauf, eine Viertelstunde lang das Anhalten aus dem Schritt zu üben, bis Noel sich ziemlich langweilte. Zum Schluss übte Alex noch Springen, und zwar mit so viel Schwung und Entschiedenheit, dass Noel ihn sogar die Mauer springen ließ. Beim ersten Versuch fiel er runter, doch beim zweiten Mal schaffte er es.

»Meinst du, ich könnte beim Jagdspringen auch mitmachen?«, fragte er Noel, als sie einen Wegübergang für ihn aufstellte. »Ich hätte so schrecklich große Lust, und es wäre mir auch ganz egal, wenn ich runterfalle.«

»Und meine Nerven? Ich glaube, das wär zuviel für mich. Außerdem müssen wir erst Henry fragen, ob er dir sein Pony leiht.«

Christo und Henry hatten es sich im Wintergarten bequem gemacht. Christo saß am Tisch, weil sie weiterplanen wollte, und Henry schaukelte am anderen Ende des Raumes auf einem Stuhl.

»Ich habe für Noel und dich ein Programm mitgebracht und jedem Clubmitglied eins geschickt. Übrigens auch noch ein paar anderen Leuten, von denen ich denke, dass es sie interessieren könnte. Hier in der Gegend gibt es eigentlich viele Reiterinnen und Reiter mit eigenen Ponys, aber die meisten sind noch ziemlich jung. Wollt ihr auch noch Programme für die Richter?«

»Na klar, natürlich, die habe ich ganz vergessen. Die brauchen ja auch noch ihre Schilder.« Henry stand auf und kam an den Tisch. »He, ich hatte ja keine Ahnung, dass wir einen solchen Rummel veranstalten.« Er nahm eins der Blätter auf. »Wer hat die Programme denn gedruckt?«

»Ich, mit meinem Grafikprogramm auf dem Computer«, erklärte Christo. »Damit kann man alles Mögliche anstellen. Und so kostet es uns nur das Papier.«

»Toll. Die sehen absolut professionell aus. Also, ich muss schon sagen, du bist eine erstklassige Schriftführerin.«

»Hö hö, immer nur so lange, bis etwas schief läuft. Wie findest du die Nummern? Meinst du, die gehen?«

»Naja, sie sehen schon eher ein bisschen handgestrickt aus«, sagte Henry. »Aber ich hab schon schlimmere gesehen. Wer hat die denn verbrochen?«

»David Rice-Greene«, antwortete Christo. Er malt ein bisschen und hat sich angeboten, so was zu machen. Jetzt schreibt er gerade noch ein paar Schilder mit der Aufschrift ›Zum Turnier‹ und eins mit einem Pfeil und ›Sattelplatz‹.«

»Na, da ist David ja ein echter Gewinn, im Gegensatz zu den anderen von der Zweiten Garnitur.«

Christo warf einen Blick auf die vor ihr liegende Liste. »Also, bis jetzt haben wir erst um die 30 Pfund ausgegeben. Das bedeutet, dass wir die Eintrittsgelder für die Preise auf den Kopf hauen können, es sei denn, wir müssen noch ein Seil für die Absperrung kaufen. Aber mein Daddy wird morgen bei der Gemeinderatssitzung jemanden fragen, der meterweise Seile verleihen könnte.«

»Wir haben auch noch jede Menge Pfosten. Unten beim Gewächshaus liegt ein Riesenstapel. Ein Megafon haben wir auch, aber dann brauchen wir noch jemanden mit einer lauten Stimme als Platzordner.«

»Hm. Da haben wir Glück: Meine Brüder Gerry und Bill haben sich dafür schon angeboten. Die haben doch die Birne voll mit solchem Technokram, ich glaube, die basteln gerade an Mikros rum. Gerry meinte, er macht den Ordner und Billy ist der Elektriker.«

»Super!«

»Wir brauchen außerdem noch Leute zum Aufbau der Hindernisse und eine Sekretärin für den Tag. Schließlich kannst du nicht gleichzeitig Startnummern austeilen, Ergebnisse aufschreiben und dich darum kümmern, dass die Richter die richtigen Schleifen und Preise vergeben, wenn du selbst auch startest.«

»Könnte sich nicht eine von unseren Müttern darum kümmern?«

Henry widersprach. »Nee, lass mal die Erwachsenen außen vor.«

»Naja, dann müssen wir noch mal ein bisschen darüber nachgrübeln. Ich muss jetzt sausen, ich mach heute Nachmittag bei einer Flussexpedition mit.«

»Du Glückliche. Dann denk mal an Noel und mich, wenn wir unter der brütenden Sonne dahinreiten.«

Am Dienstag vor dem Turnier organisierte Noel einen letzten Übungsnachmittag für die Zweite Garnitur. Sie fingen mit Schulen an.

Jeder schien etwas dazugelernt zu haben und Noels Stimmungsbarometer stieg. Doch als sie dann die einzelnen Turnieraufgaben angingen, erschienen die Kinder wie gelähmt, entweder aus Angst oder vor Lampenfieber. Beim Tonnenrennen ließen sie Pfosten aus und schafften es nicht, vom Trab in Galopp zu wechseln oder sie galoppierten völlig außer Kontrolle rund ums Feld.

Die Marlowes machten es sich selbst unnötig schwer, weil sie abwechselnd auf dem Pony saßen, das für die jeweilige Aufgabe besonders ungeeignet war, und wenn sie dann die Ponys tauschten, mussten erst wieder die Steigbügel richtig gestellt werden, was Ewigkeiten dauerte. Juliet vergrößerte das Durcheinander noch durch ihr Angebot, ihnen Romeo zu leihen.

Fanny war selig und behauptete, sie hätte noch nie im Leben so ein biegsames Pony geritten. Deb war furchtbar eifersüchtig und knurrte, dass Fanny für Golly zu gut war, aber sie würde wetten, dass Golly Romeo schlagen könnte.

Christo hatte die Streitereien satt und konnte sich eine bissige Bemerkung nicht verkneifen: »Wenn ihr nicht sehr viel besser reiten werdet als heute, kriegt ihr bestimmt keinen einzigen Preis. Wir haben noch sechs Anmeldungen für die erste Klasse und mindestens drei in der anderen.«

Ihr Worte verursachten große Verwirrung unter der Zweiten Garnitur. Einige hatten im Geiste schon ihre Stallwand mit Schleifen tapeziert gesehen und gaben jetzt laute Entsetzensschreie von sich.

»Warum lässt du sie denn starten?«, fragte Deb.

»Ohne Konkurrenz macht das Ganze doch gar keinen Spaß!«, entgegnete Christo.

»Und verdirbt den Charakter«, fügte Noel hinzu.

Der Rest der Unterrichtsstunde verlief einigermaßen friedlich. Zum Schluss erhielten die Schüler noch einige letzte Anweisungen.

»Denkt dran, dass ihr euer Lederzeug spiegelglatt poliert«, mahnte Christo. »Bei ein paar sieht es aus, als wären die schon seit Monaten nicht mehr mit der Bürste dran gewesen. Das wird dem Ruf unseres Clubs schaden.«

»Und dreht die Knie nach innen, zum Kuckuck.

Wir wollen doch keine Leichen auf dem Platz!«, ergänzte Noel.

»Was wollt ihr Marlowes mit Gollys Mähne machen?«, fragte Christo. »Ihr könnt nicht so mit ihr erscheinen. Soll sie nun wachsen oder doch geschoren werden?«

»Hm, tja, das wissen wir nicht.« Fanny zuckte die Achseln. »Ich möchte sie gern lang, Deb will sie kurz, und Graham kann sich nicht entscheiden.«

»Ich würde sie schneiden«, riet Christo. »Wenn ihr sie wachsen lasst, wird sie schrecklich dicht und struppig.«

»Seht ihr, hab ich's doch gesagt!« Deb grinste triumphierend.

Fanny tat so, als hätte sie die Schwester nicht gehört. »Swansdowns Mähne werden wir flechten.«

»Noel, kannst du mir bitte um alles in der Welt zeigen, wie man einen Zopf flechtet?«, flüsterte David heiser. Noel murrte etwas Unfreundliches über Tanzys dicke Mähne, zeigte es David aber. Christo zeigte es Fanny.

»Was ist mit mir, Noel?«, fragte Alex. »Krieg ich noch eine Stunde vor dem Turnier?«

»Klar. Was haben wir heute? Dienstag, ja? Tja, dann sagen wir mal, morgen. Wir wollen ja nicht, dass Trappist vor dem Turnier fix und fertig ist, weil wir noch am Tag vorher gesprungen sind.«

»Tschüss, alle miteinander«, sagte Christo. »Ich geh jetzt Dragonfly schulen. Dann also bis nächstes Mal.«

Schon zu Anfang der Turniervorbereitungen am Donnerstag wurde klar, dass alles falsch lief, was nur falsch laufen konnte. Gleich beim ersten Schlag zerbrach der Holzhammer der Thorntons und so blieben acht Paar Pfosten für Hindernissse und eine Unzahl von Zaunpfählen liegen, die darauf warteten, in den Boden geschlagen zu werden.

Henry überließ es Noel und Christo, sich um die Zweite Garnitur zu kümmern, und fuhr mit dem nächsten Bus nach Waylebury, um einen neuen Hammer zu kaufen.

Zuerst waren alle sehr beschäftigt. Alex düste nach Hause und holte einen riesigen Vorschlaghammer, und Christo und er schlugen damit dann die ersten Pfosten ein.

David kümmerte sich um die Schilder und Fähnchen, die er in rauen Mengen bei den Tankstellen der Umgebung abgestaubt hatte, und schon veränderte sich der Anblick des Radney'schen Grundstücks total.

Noel, Juliet und Fanny stellten die Hindernisse auf, die nicht im Boden verankert werden mussten, dann sammelten sie die Pfähle für das Slalomrennen ein. Graham radelte nach Hause, um noch Eimer für das Stafettenreiten zu besorgen. Christo ließ Deb und Roly das Gatter weiß tünchen. Eric und Paulina waren bis jetzt noch nicht erschienen.

Eine Zeit lang schien alles zu klappen. Noel widmete sich gerade der unangenehmen Aufgabe, die widerspenstigen Pfähle zu überreden gerade stehen zu bleiben, als sie plötzlich aufsah in dem Bewusstsein, dass der Nachmittag bald um war und sie kaum etwas geschafft hatten.

Juliet und Fanny standen da und unterhielten sich. Deb und Roly kreischten sich die Lunge aus dem Hals – dabei sollten sie eigentlich arbeiten und müde werden. Alex saß im Schatten und meckerte über die Hitze. Graham war immer noch nicht zurück und David war nirgendwo zu sehen. Plötzlich unterbrach sich Fanny mitten im Gespräch und raste quer über das Feld.

»Deb! Roly! Halt, hört auf! Die schöne Farbe!« Doch die Schlacht war bereits in vollem Gange. Mit einem dicken Malerpinsel bewaffnet, schmierte Deb gerade Roly von oben bis unten mit weißer Farbe voll. »Hi, hi, jetzt siehst du aus wie ein Breitmaulzebra!«, kicherte sie.

»Und du wie ein getüpfeltes Hängebauchschwein!«

Genau in diesem Augenblick landete Roly einen heftigen Schlag auf Debs Kopf, und sie heulte los wie eine Sirene.

»Hör schon auf!« Fanny rüttelte sie an der Schulter. »Sei still! Alle können dich hören. Seht nur mal die viele Farbe, die ihr verplempert habt!«

Deb brüllte noch lauter. Noel stand daneben und fühlte sich hilflos, sie kannte sich mit Wutausbrüchen von jüngeren Geschwistern nicht aus. Juliet hielt dem wütenden Brüderchen eine Strafpredigt. Roly sah mit seinem roten Kopf und den weißen Klecksen sehr seltsam aus.

Christo kam dazu. »Ihr widerlichen kleinen Biester! Halt die Klappe, Deb, da platzt einem ja das Trommelfell!«

»Du liebe Güte, sieh dir deine Reithosen an, du blöde Nuss!«, Fanny zeigte auf die vielen Flecken. »Und dabei sollst du morgen darin reiten.«

»Du machst dem Club nur Schande, und außerdem verschwendest du die ganze Farbe!«, Christo war stinkewütend. »Ehrlich, wenn ihr zwei euch nicht gewaltig zusammenreißt, dann sag ich Henry, er soll euch rausschmeißen. Ihr seid eine wahre Pest!«

»Was machen wir jetzt mit der weißen Farbe vor den Hindernissen?«, fragte Noel. »Da erschreckt sich doch jedes Pferd. Ich seh schon, wir werden das niemals rechtzeitig schaffen.« Sie setzte sich deprimiert auf die Wiese. »Alle haben sich dieses Turnier gewünscht, aber keiner will bei der Arbeit helfen.«

»Erde«, warf Alex von hinten ein. Ihm hatte es gerade gedämmert, dass auch er einer von denen war, die nicht halfen. »Wir können ein bisschen Erde drüber streuen, dann sieht man das Weiße nicht mehr so. Wenigstens das könnten Deb und Roly noch tun, die haben die Sauerei schließlich auf dem Kerbholz.«

»Gute Idee.« Christo warf ihm einen dankbaren Blick zu. »Los, ihr zwei, an die Arbeit und ein für alle Mal Schluss mit der Balgerei.«

»Findest du, dass diese Pfosten okay sind?«, fragte Noel sie skeptisch, als sie sich den Platz ansah. »Ich weiß überhaupt nicht, wie wir alle Hindernisse hier unterbringen sollen. Die Ecke da hinten sieht viel zu gefährlich aus.«

»Ach, Quatsch! Da ist noch eine Unmenge Platz. Sei doch nicht immer so eine Schwarzseherin. Außerdem können wir die Pfosten doch jetzt nicht alle wieder rausziehen.«

Sie hörten einen Ruf und als sie sich umdrehten, sahen sie Henry über das Feld kommen. Er trug einen funkelnagelneuen Holzhammer über der Schulter.

»Mannomann, hat das Ding ein Gewicht!« Er ließ ihn runterfallen. »Wie kommt ihr voran?«

»Überhaupt nicht«, sagte Noel, »Okay«.

»Naja, wir haben so viele Pfosten mit Alex' Vorschlaghammer reingedonnert, wie wir konnten«, ergänzte er.

»Wenn du mich fragst, dann werden wir niemals rechtzeitig fertig.« Noel seufzte. »Die Kinder, die anstreichen sollen, haben eine Riesenschweinerei veranstaltet. Die Pfosten für das Slalomrennen wollen einfach nicht in den Boden, und grade stehen bleiben schon gar nicht. Außerdem weiß ich nicht, wie wir auf einem Platz von dieser Größe acht Hindernisse unterbringen sollen.«

»Na, komm schon, lach mal, du alte Pessimistin.« Henry ließ sich seine gute Laune nicht verderben. »Es wird ja erst um zehn dunkel.«

»Hör mal, ich wollte heute früh ins Bett«, widersprach Christo.

»Und wir müssen um sieben nach Hause«, sagte Juliet.

»An die Arbeit!« Henry ergriff den Hammer. »Wie weit bist du gekommen, Christo? Jetzt werde ich mal zuschlagen!«

»Hm. Das da drüben ist der Eingang. Am besten, du fängst an der anderen Seite an und wir treffen uns dann irgendwo.«

»Ich mach mich an die Umzäunung«, sagte Alex.

»Da kommt Graham mit jede Menge Eimern.«

Juliet stieß einen Seufzer der Erleichterung aus. »Und da kommt endlich Eric, gut, der ist stark.«

Als Alex das Seil rundherum an den Pfählen befestigt hatte, merkten alle, daß der Platz zu klein war und eine seltsame Form hatte.

Eric schien sich selbst zum Aufseher über den Parcours ernannt zu haben. »Niemand kann die Mauer aus diesem Winkel springen, und das Tor ist zu dicht dabei. Aber wenn du es verrückst, kommt man dem Parallelsprung zu nahe. Mit anderen Worten: Dieser Platz ist viel zu klein.«

»Und wir müssen ja noch den Wegübergang aufstellen.« Henry überlegte kurz. »Ist doch klar, wir müssen ein paar Pfähle wieder rausziehen, so leid mir das tut, Christo.«

»Oh nein! Wir hätten genauso gut den Nachmittag gemütlich im Schatten sitzen können«, konstatierte sie.

»Christo, kannst du mal kommen und diese blöden Slalompfosten aufstellen helfen?«, rief Noel.

David schwitzte fürchterlich, aber er kam sich ungeheuer tüchtig vor, weil er die Fähnchen und Schilder an allen Ecken und Enden angebracht hatte. Er kam nun zu den anderen auf das Feld und hatte erwartet, dass die meiste Arbeit schon erledigt war. Mit einem Blick erfasste er, dass ziemlich viel schief gelaufen war. Dann sah er Roly, Deb und Graham, wie sie das Stafettenreiten neben dem Wassertrog übten. Sie waren klatschnass und sahen herrlich abgekühlt aus.

»Warum tut ihr nicht auch mal was?«, fragte er zornig. »Das ist doch eine Schande, dass ihr euch hier die ganze Zeit amüsiert, während alle anderen arbeiten.«

»Stimmt genau.« Alex war ganz Davids Meinung. »Kommt schon, ihr faulen Biester.«

»Kümmer dich um deinen eigenen Dreck«, gab Graham zurück.

»Achtung, fertig, los!«, kreischte Deb, und sie fingen ein neues Wettrennen an.

Alex und David warfen sich auf Roly und Graham und rissen sie um. Deb eilte Graham zu Hilfe und griff David von hinten an. Der Lärm zog bald die Aufmerksamkeit der anderen auf sich.

»Hört auf!«, brüllten sie. »Warum kommt ihr nicht endlich und helft uns?«

»Das war das letzte Mal, dass ich für diese undankbare Brut ein Turnier organisiert habe!« Christo war wirklich richtig wütend.

»Ich dachte, du hättest das Turnier auch gewollt?«, Henry grinste. »Du hast gesagt, du magst sie gut leiden.«

»Was ich aber nicht leiden kann, ist am heißesten Tag des Jahres Pfosten in einen betonharten Boden einschlagen!« Christo konnte sich kaum beherrschen.

»Dein Pfosteneinschlagen hat aber nicht viel gebracht«, sagte Eric taktlos. »Wir haben erst die Hälfte geschafft und der Nachmittag ist bald vorbei.«

»Hach, wenn du ein bisschen früher erschienen wärst oder Henry sich nicht nach Waylebury verdrückt hätte, dann wären wir ja vielleicht jetzt auch schon fertig. Es ist ziemlich schofel, wenn man erst in der letzten Sekunde auftaucht und alle kritisiert, dass sie nicht mehr getan haben.«

»Das denkst auch nur du!« Eric war jetzt auch ärgerlich. »Ich kam so früh, wie ich konnte. Ich habe nicht den ganzen Tag Zeit, hier rumzuhängen wie du und Henry.«

»Nur die Ruhe macht's«, zitierte Henry mit nervtötender Gelassenheit und machte sich daran, die Pfosten für die Tripelbarre einzuschlagen.

Als Henry damit fertig war, kündigte er eine kurze Limonadenpause an.

Danach fühlten sich alle wieder erheblich besser. Sie wollten nun mit einer Brechstange die Löcher für die Slalompfosten vorbohren und mit weißer Farbe markieren, damit das Aufstellen der Pfosten während des Turniers schneller ging.

Zehn Minuten vor sieben war der Platz fertig, die Hindernisse waren an ihrem Platz, die Slalompfosten, die Eimer und die Äpfel standen bereit.

»Alle, die um sieben zu Hause sein müssen, sollten jetzt besser gehen«, sagte Christo.

»Na, los, Roly.«, Juliet stupste ihren Bruder in die Seite, und die Naughtons und Marlowes waren blitzschnell verschwunden.

David spazierte hinter ihnen her und auch Eric meinte, er müsste jetzt gehen.

»Was, jetzt schon?«, Noel riss die Augen auf.

»Wir müssen die Regeln für die Geschicklichkeitsprüfung noch festlegen«, erinnerte Henry. »Schließlich brauchen unsere Freunde in der Jury ein paar Leitlinien, sonst können sie ja nicht bewerten. Hat jemand was zum Schreiben?«

Christo zog einen Block und einen Kuli aus ihrer Tasche und reichte es an Henry weiter.

»Also, zuerst mal der Wettbewerb für die unter 14. Soll dabei auch gesprungen werden?«, fragte Henry.

»Klar«, sagte Alex.

»Nee«, meinte Christo. »Mrs. Landon hat mich nämlich angerufen. Ihre Winzlinge machen auch mit, die sind erst sechs, und ich hab ihr gesagt, es würde nicht gesprungen. Aber dass sie sehr wahrscheinlich ihre Ponys über ein niedriges Hindernis, einen Baumstamm oder so, führen müssen.«

»Der sollte aber dann wirklich sehr niedrig sein«. Henry krakelte etwas auf den Block, »sonst stolpern sie und brechen sich den Hals. Mit sechs hat man noch nicht so viel drauf, oder?«

»Wie wär's mit einem Hürdenlauf?«, schlug Noel vor.

»Und zwischen zwei Pfosten Rückwärtsrichten?«, steuerte Christo bei.

Henry schrieb, als diktierte ihm der heilige Geist. »Lieber ohne Pfosten. Ich hab die Herzchen schon mal bei so was beobachtet, und das hat Stunden gedauert und zog sich schrecklich hin. Können wir nicht einfach sagen: Anhalten bei dem roten Fähnchen und vier Schritte zurück?«

»Wir haben keine Fähnchen mehr. David hat sie alle als Schmuck benutzt.«

»Wir können doch eins abmachen. Hier sieht es sowieso schon aus wie bei einer Truppenparade«, meinte Henry.

»Wie machen wir es mit den Dressurmarkierungen?«, wollte Noel wissen.

»Können sie denn schon alle lesen?«

»Hört mal, ich mach da auch mit!«, sagte Alex entrüstet.

»Du Glücklicher! Wahrscheinlich gewinnst du.«

»Ich bin für die Markierungen«, sagte Christo.

»Okay. Damit haben sie dann auch genug zu tun, wir wollen Alex' Verstand ja nicht überfordern. Hier, lest euch das mal durch und sagt mir, ob ihr es in Ordnung findet. Ich stell schon mal ein paar Markierungen auf.«

Als die Geschicklichkeitsprüfung für die Jüngeren geklärt war, besprachen sie den Parcours für die Geschicklichkeitsprüfung der Älteren. Henry beklagte sich darüber, dass sie kein Tor hatten, das geöffnet und geschlossen werden musste. »Wir wollen schließlich nicht in so einen Husch-husch-Test abrutschen. Wir möchten doch die Geschicklichkeit der Reiter testen.«

»Wir könnten sie an der Tripelbarre was machen

lassen«, schlug Christo vor. »Sie müssten dann die oberste Stange abnehmen und ihr Pferd über die beiden tieferen führen.«

»Und außerdem haben wir noch den Wegübergang«, ergänzte Noel.

Henry wollte jedoch was Originelleres und dachte intensiv nach, während die anderen sich wegen der Höhe der Hindernisse stritten.

Der Parcours für die Zweite Garnitur erschien ihnen reichlich kompliziert, denn das Tor, die Mauer und die Hecke mussten durch andere Hindernisse ersetzt werden, weil sie für die kleinen Ponys zu schwierig waren. Christo bot sich als oberste Platzordnerin für den Parcours an, weil sie jetzt alle Hindernisse auswendig kennen würde, doch Alex sollte als ältester der Zweiten Garnitur verantwortlich für das Springen der Größeren sein. Alex bezweifelte, ob er das könnte, aber Christo empfahl ihm, sich zusammenzureißen, und dann würde das auch klappen.

»Ich hab's!«, unterbrach Henry die anderen plötzlich. »Wir wickeln falschen Stacheldraht oben um das Tor. Die Teilnehmer müssen dann anhalten und den Draht abmachen. Dann erst können sie darüber springen. Und wenn das Pferd nicht so lange stehen bleibt, bis man das geschafft hat, dann braucht man eben mehr Zeit.«

»Prima Idee!«

Alex überlegte. »Ich glaub, ich habe zu Hause noch Silberfarbe, ich könnte damit den Draht basteln.«

»Na super!« Henry schlug ihm auf die Schulter und lachte.

Das Slalom- und das Trabrennen waren einfacher zu planen.

»Wir können beim Slalomrennen die Platzordner sein«, meinte Henry. »Aber wer soll eigentlich die Slalomstangen wieder wegschaffen und die drei Eimer als Ziel am anderen Ende aufstellen? Es machen ja fast alle selber mit!«

»Alex nicht«, sagte Christo. »Fanny auch nicht und die dusselige Paulina erst recht nicht.«

»Dann soll Alex sich darum kümmern«, entschied Henry. »Danach bin ich fertig, dann kann ich die letzten beiden Sachen übernehmen. Bei der Reise nach Jerusalem mach ich nicht mit, so was find ich langweilig.«

»Ich mache nur beim Geschicklichkeitsspringen mit.« Noel grinste. »Ich hab viel zu viel Schiss, dass mein Schulen durch so ein Turnier wieder verdorben wird. Vor der Dressur spielt sich nicht mehr viel ab. Und was machst du, Christo?«

»Naja, Dragonfly ist sowieso ein bisschen bescheuert, also hab ich sie für alles angemeldet.«

»Du spinnst!« Henry war entsetzt. »Die ist doch hinterher nur noch durchgedrehter!«

»Du sagst immer, dass Pferde sich durch Dressur verbessern, aber was hab ich vom Verbessern, wenn ich bei nichts mehr mit ihr mitmachen kann? Außerdem find ich Turniere im Gegensatz zu dir überhaupt nicht langweilig.«

»Natürlich kann ein gut trainiertes und geschultes Pferd alles besser!« widersprach Henry. »Aber Dragonfly reagiert doch erst ganz zart auf ihr Training. Sie ist noch nicht ruhig, gehorsam oder gut im Gleichgewicht, und deshalb sollte sie noch nicht bei Rennen eingesetzt und dadurch aufgedreht werden, genausowenig wie Echo.«

»Alter Stänkerer!«

Henry zuckte mit den Achseln. »Sie ist dein Pferd.«

Sie besprachen die Musik für die Reise nach Jerusalem. Sie hatten keine Musikanlage, deren Lautsprecher den ganzen Platz beschallt hätte. Also schlug Christo vor, dass das Startzeichen mit einer Trillerpfeife gegeben werden sollte. Alex war für eine Autohupe, weil die lauter wäre, aber zu guter Letzt wurde Henrys Idee, er könnte auf seinem Jagdhorn ein bißchen rumtröten, am besten gefunden.

»Taja, damit wäre nun alles erledigt«, erklärte er anschließend. »Und falls diese Angela und der oberste Platzordner unsere Klaue lesen können, wäre alles paletti.«

»Angela ist die Tochter von unseren Nachbarn. Ich kenne sie schon seit Urzeiten, sie ist sehr tüchtig«, erklärte Christo, »aber sie hat nicht viel Ahnung von Pferden. Ich glaube, sie ist noch nie in ihrem Leben auf einem Turnier gewesen. Wenn die mit der Schule fertig ist, wird sie irgend so einen Bürojob lernen, deshalb habe ich ihr eingeredet, unsere Sekretärin zu sein, wäre eine gute Übung für sie.«

»Wir haben bestimmt irgendwas wahnsinnig Wichtiges vergessen.« Noel kniff die Augen zusammen. »Und ich hab schon grässliches Lampenfieber.«

»Na, wenigstens reitest du auf deinem eigenen Pferd«, sagte Alex. »So hast du nicht die Verantwortung, dass du vielleicht das Pferd von jemand anderem im Stich lässt. Mir passiert das bestimmt!«

»Wenn man euch reden hört, könnte kein Mensch auf die Idee kommen, dass ihr freiwillig mitmacht.« Christo stand auf und zog ihre Jacke an. »Wenn jetzt also alles geklärt ist, mach ich mich ab nach Hause. Ich will heute früh ins Bett.«

»Tschüss dann«, sagte Henry. »Drückt die Daumen, daß wir morgen schönes Wetter haben.«

»Worauf du dich verlassen kannst!«

## Sechstes Kapitel, in dem sich alle Clubmitglieder auf ihr Turnier vorbereiten und die Preisrichter ankommen

Als die Mitglieder des Radney-Reitclubs am Freitag, dem ersten September, aufwachten, sprangen sie aus ihren Betten und schauten als Erstes mit verschlafenen Augen nach dem Wetter aus. Christo sah um sechs einen silbrigen Nebelstreifen, der den Garten und den Himmel verschwimmen ließ. Das wird bestimmt ein schöner Tag, dachte sie. Aber dann rannte sie fluchend durch den Garten um Dragonfly in den Stall zu holen, weil sie mit feuchtem Fell so schwierig zu striegeln war.

Davids schriller Wecker ertönte um punkt halb sieben. So früh war er in den Ferien noch nie aufgestanden, aber der heutige Tag war für ihn sehr wichtig, und er wollte Tanzys Mähne noch zu Zöpfen flechten. Als er aus dem Fenster schaute, erschien ihm der Garten wie eine Geisterwelt. Die Bäume und Sträucher waren bizarre grüne Formen, die durch den sich auflösenden Nebel schimmerten, und das einzige Geräusch war ein unablässiges Tröpfeln: Die Morgenfeuchtigkeit sammelte sich an Bäumen, Mauern und Dächern und fiel in dicken Tropfen auf die Erde.

David lief nach draußen. Seine Füße hinterließen dunkle Fußstapfen auf dem Gras, und noch bevor er

Tanzy eingefangen hatte, waren seine Turnschuhe durchweicht. Tanzys Fell war noch zu nass zum Striegeln, also fing David mit dem Flechten an.

Henry hatte Alex verboten vor halb neun nach Radney Manor zu kommen. So machte Alex sich nach dem Frühstück um zwanzig nach acht auf den Weg und wanderte fröhlich pfeifend durch das Dorf Radney. Unterwegs stellte er sich vor, wie Trappist bei dem Turnier auf einmal lahmen würde und er nach Hause flitzen müsste, um Oscar zu holen. Dieser störrische Widerling hatte sich wunderbarerweise inzwischen zu seinem Vorteil verändert, setzte elegant über alle Hindernisse und wurde beim Springen Erster. Dann fiel Alex ein, dass es Henry gegenüber nicht sehr nett war, wenn der aufgrund von Trappists Ausfall keine Gewinnchancen mehr hatte, und er erfand als Ursache von Trappists Lahmen ein Steinchen zwischen Eisen und Huf. Das Lahmen trat erst auf, nachdem Henry die Goldene Schleife in der Geschicklichkeitsprüfung überreicht bekommen hatte. Finch hatte das Steinchen in dem Augenblick entdeckt, als Alex gerade auf Oscar den Parcours fehlerfrei geritten war. Dann trat jemand aus der Zuschauermenge auf Alex zu und bot ihm viele tausend Pfund für Oscar. Doch der wies das zurück: Niemals würde er sich von seinem Pony trennen. Dann bemerkte er die enttäuschte Miene des Möchtegern-Käufers und sah sich selbst, wie er sich umdrehte um Oscar zu tätscheln.

Da zerplatzte sein Traum, denn auf einmal fiel ihm auf, dass er an Radney Manor vorbei in die falsche Richtung weitergelaufen war. Er blickte sich schuldbewusst um, machte auf dem Absatz kehrt und rannte eiligst zurück.

Die Marlowes hatten eigentlich ganz, ganz früh aufstehen wollen, aber der Wecker hatte nicht geklingelt. Der Nebel war verschwunden, der Tau trocknete, und die Sonne stand schon am Himmel, als sie von ihrer Mutter geweckt wurden. Dann vertaten sie erst mal kostbare Zeit mit Zanken.

»Du bist schuld, Fanny. Du hast ihn gestellt!«, fauchte Deb.

»Nö, du hast doch hinterher noch dran rumgefummelt, das weißt du ganz genau! Ich hab dir noch gesagt, du sollst damit aufhören. Bestimmt hast du den Zeiger verstellt!«

»Gar nicht, das stimmt überhaupt nicht!«, kreischte Deb. »Du hast ihn falsch gestellt!«

»Quatsch! Hab ich nicht! Du warst es, du musst dich ja auch immer in alles einmischen und dann anderen die Schuld geben, wenn was schief geht.«

»Gar nicht wahr!«

»Doch!«

»Oh, seid doch endlich still!« jaulte Graham. »Es ist schon ewig spät und wir werden fast nicht mehr rechtzeitig fertig. Die Ponys werden sicher scheußlich aussehen und eine Schande für den Club sein und alle werden sauer auf uns sein.«

Als wäre das nicht schon alles schwierig genug, wollte sich Swansdown dann nicht einfangen lassen. Zwanzig Minuten lang jagten sie erfolglos hinter ihm her. Deb und Graham waren kurz davor, in Tränen auszubrechen. Fanny schlug vor, dass die beiden schon mal Golly fertig machen sollten, während sie es weiter mit Swansdown versuchte. Sie rannte hinter Swansdown her und jammerte kläglich: »Oh, Swansdown, bitte, bitte, lass dich fangen!« Gerade als sie die Hoffnung völlig aufgeben wollte, gab Swansdown nach und kam auf sie zu.

Eric hatte keine Lust, früh aufzustehen. Er erklärte seinem Vater beim Frühstück, dass das Ganze eine ziemlich amateurhafte Angelegenheit wäre. Princess' Mähne bräuchten sie nicht zu flechten, denn das Aussehen der Pferde würde ohnehin nicht bewertet.

»Henry ist so was von eingebildet, dass er überhaupt nicht mehr zuhört, wenn andere Leute Vorschläge machen«, beschwerte er sich mit dem Mund voller Bratwürstchen. »Stundenlang tönt er rum, und wenn dann jemand anderes mal was sagt, dann dreht er einem das Wort im Mund herum und kriegt auch noch einen billigen Lacher von diesen Marlowe-Gören. Eins ist mal sicher«, Eric war jetzt zu Toast und Marmelade übergegangen, »sobald er mitkriegt, dass dieses ganze Turnier ein einziger Flop ist und er mit seinem Dressurkram nichts erreicht, lässt er den Club sowieso sausen. Dann werde ich die Sache übernehmen. Du kannst dann Vorsitzender werden, Daddy, und Paulina macht die Schriftführerin, das hat sie mir schon versprochen.«

Paulina stand ein paar Minuten früher auf als sonst, um Starshines Mähe noch zu flechten. Sie fand zwar die lange flatternde Mähne viel hübscher, besonders wenn sie schön im Wind wehte, aber sie wollte sich der herrschenden Mode anpassen. Das Flechten ging rasch, sie band die unregelmäßigen struppigen Haarsträhnen an den Enden mit Schnippgummis zusammen. Nach dem Striegeln konnte sie sich noch in den Garten setzen und in dem Roman von ihrem Lieblingsschriftsteller weiterlesen. Dann war es Zeit, Starshine zu satteln und aufzutrensen und nach Radney zu reiten.

Auf dem Ritt summte sie leise vor sich hin und überlegte, ob die anderen gemerkt hatten, dass sie gestern nicht beim Reitclub erschienen war. Es war ja nicht so ganz in Ordnung, dass sie kein bisschen bei den Vorbereitungen geholfen hatte, aber sie war nun mal nicht besonders stark und ausdauernd wie Christo. Und bestimmt würde sie jedes Gemecker mit ihrem Pokal zum Verstummen bringen: ein wunderschöner silberner Pokal, den ihre Mutter dem Club spendete. Er war für den Sieger der Springprüfung der Älteren bestimmt, und bislang wusste noch niemand von den anderen von seiner Existenz.

Für Juliet bestand der halbe Spaß am Turnier in den Vorbereitungen, im ungewohnt frühen Aufstehen, im Striegeln noch vor dem Frühstück und nicht zuletzt auch noch im Anblick der beiden Ponys: Tomahawk, der dicke Fuchs mit der kurz geschorenen schwarzen Mähne, seinen frisch geschwärzten glänzenden Hufen, dem sorgfältig gebürsteten Schweif und den leuchtenden Augen, denen man die Vorfreude und Frechheit ansehen konnte. Und Romeo, ein glänzender Brauner mit schneeweißen Socken, die dünne schwarze Mähne sorgfältig geflochten. Für Juliet war es völlig gleichgültig, ob die Beine ein bisschen zu lang waren oder der Hals ein bisschen zu sehr durchhing – er war für sie das schönste Pony auf der ganzen Welt. Stundenlang hätte sie stehen bleiben und ihn bewundern können. Doch da rief ihre Mutter vom Flurfenster aus, daß sie zu spät kämen, wenn sie sich nicht endlich fertig machen würde.

Für Henry und Noel begann die Arbeit um halb acht. Sie trugen den Tisch für die Sekretärin und einige Stühle aufs Feld. Dann kontrollierten sie das Absperrseil und füllten die Eimer mit Wasser für das Stafettenreiten. Auf dem Weg zurück zum Frühstück sahen sie kurz bei den Ställen vorbei. Sonnet wieherte erwartungsvoll. Echo trat an seine Tür, als Henry mit Trappist sprach, denn er wollte auch beachtet werden.

Als sie vom Stall zum Haus hinüber gingen, erschien Alex. »Guten Morgen. Ist das nicht ein herrliches Wetter? Es wird bestimmt mordsheiß.«

»Du klingst ja ziemlich fröhlich. Hast du denn gar kein Lampenfieber?«, fragte Henry mit einem Blick auf Noel. »Wir wollten grad frühstücken. Ach, übrigens, hast du an den Stacheldraht gedacht?«

Alex stieß einen Schreckensschrei aus, drehte sich um und raste die Auffahrt zurück.

Nach dem Frühstück machten Henry und Noel das Tor zum Grundstück weit auf, brachten das Schild

›Sattelplatz‹ an und trugen die Schleifen, die Siegespreise und den Thornton-Pokal, den Henrys Mutter gestiftet hatte, zum Tisch.

Mrs. Thornton hatte ihnen erlaubt am Eingang einen Kassentisch aufzustellen, wo die Ankömmlinge die Parkgebühr entrichten mussten. David erklärte sich bereit, der Kassierer zu sein.

Finch war gekommen und hatte protestiert, dass die meisten Pfosten krumm und schief ständen und das Seil nicht straff genug gespannt wäre. Dann hatte er sich drangemacht und alles in Ordnung gebracht. Als es für Noel und Henry Zeit war, sich umzuziehen, kamen die Sekretärinnen. Angela trug ein rosa Kleid mit jeder Menge Rüschen und eine Brille mit rosa Gestell. Sie sah ruhig und kompetent aus, und Noel konnte sich gut vorstellen, wie sie zum Beispiel einen erzürnten Chef beruhigte oder lästige Besucher abfertigte. Sie sah ganz so aus, wie man sich eine perfekte Sekretärin vorstellte.

Während Christo Dragonfly im Stall in eine Box einstellte, gab Henry Angela die Geldpreise, die Gerte – die war der Extrapreis für das Springen unter 14 – und den Thornton-Pokal.

»Mrs. Carstairs hat netterweise für die erste Klasse noch einen Preis gestiftet.« Angela zeigte ihnen eine kleine Schachtel. »Darin ist ein Halstuch. Das soll der beste Teilnehmer unter zehn Jahren kriegen«, las sie von der beigelegten Karte ab. »Aber verratet das den Kindern vorher nicht, es soll eine Überraschung sein.«

»Ui, das ist aber nett!«, sagte Noel.

»Find ich toll von Christos Mutter. Aber wenn du wirklich willst, dass Deb es vorher nicht zu sehen kriegt, musst du es verstecken. Sie hat nämlich Augen wie ein Luchs. Komm, Noel, wir müssen los zum Bahnhof. Wir wollen doch unsere Preisrichter nicht warten lassen.«

»Haben sie sich denn seit letztem Weihnachten sehr verändert?«, fragte Henry, während er sich auf dem Bahnsteig umschaute und niemanden sah, der seinen Freunden aus West Barsetshire ähnlich gesehen hätte.

»Nö, außer dass sie ein bisschen gewachsen sind. Wär das nicht schrecklich, wenn wir hier auf einen völlig unbekannten Richter warten müssten? Denk doch nur mal, alle diese Leute –«

»Da sind sie!«

Den Besuchern aus West Barsetshire konnte man ansehen, dass sie Pferdefreunde waren: Susan und John hatten Reithosen an, Dick trug Jeans, aber dazu ein Reitjackett. Sie hatten natürlich Koffer und Reitkappen dabei und alle trugen sogar eine rote Nelke im Knopfloch.

»Also, ich bin mir ganz sicher, dass sie nicht im Abteil waren. Ich hab unter den Sitzen nachgesehen und auf der Hutablage, aber da war nichts«, erklärte Dick gerade.

»Keine Ahnung, was wir damit gemacht haben. Ich hab schon meine ganzen Taschen durchwühlt«, stöhnte Susan.

»He, was ist denn mit euch los? Habt ihr was verloren, oder was ist passiert?«, erkundigte sich Henry.

»Susans Handschuhe«, knurrte Dick.

»Oh, hier sind sie ja!« Susan seufzte erleichtert auf, während sie ein Paar funkelnagelneuer Handschuhe aus ihrer Reitkappe holte. »Na, dem Himmel sei Dank! Jetzt will ich nur noch wissen, wo ich meine Fahrkarte hingetan hab!« John stöhnte, und Dick sagte: »Versuchs mit deiner Kappe!« »Sehen wir so richtig aus?« fragte Dick auf dem Weg aus dem Bahnhof.

»Müssen wir so was anhaben?«, fragte John und deutete auf seine Krawatte.

»Meine Krawatte drückt mir die Luft ab«, sagte Susan. »John sieht mit Schlips aber toll aus, so richtig komisch!«

»Ich hab mir das gute Stück von meinem Vater gepumpt«, erklärte Dick und zupfte an seiner Krawatte.

»Meine Güte, du siehst ja aus wie ein Bankangestellter!« Henry lachte laut. »Nein, nein, mal im Ernst, ihr seht total okay aus. Wir können uns was auf sie einbilden, stimmt's, Noel?«

»Tja, wahre Schönheit lässt sich eben nicht verbergen.« Noel zwinkerte den Freunden zu. »Ich hoffe nur, dass eure Richterqualitäten dem Aussehen gleichkommen. Ihr wisst schon, ihr dürft nicht dauernd miteinander über die letzten Schulfeten klönen, sonst verpasst ihr den ersten Sprung.«

»Diese Schulfeten sind leider schrecklich lange her, aber dafür rückt die Schule selbst bedrohlich näher«, seufzte Dick.

Nach der Begrüßung von Mr. Thornton auf dem Bahnhofsvorplatz kletterten alle ins Auto, Henry vorn neben seinen Vater und die anderen vier auf den Rücksitz.

»Wie sollen wir eigentlich dic Punkte bei der Geschicklichkeitsprüfung vergeben?«, wollte John unterwegs wissen.

»Wie ihr möchtet.« Henry drehte sich zu ihm um. »Wir haben eine Prüfung für unsere kleinsten Schätzchen arrangiert – von denen die meisten eh noch gar nicht reiten können. Ich denke, ihr vergebt einfach pro Aufgabe Punkte und lasst den Zeitfaktor außer Acht.«

»Sie sollen im Schritt gehen, traben, galoppieren, anhalten, auf dem Gartenweg ihr Pony rückwärts richten und es dann über ein Hindernis führen«, erklärte Noel.

»Klingt okay«, sagte Dick. »Ich hab dir doch gesagt, dass es keine Probleme gibt, John.«

»Ich hab gar keine Probleme befürchtet«, sagte John entrüstet. »Ich will nur informiert werden.« Dann schwiegen sie eine Zeit lang. Alle drei Richter waren aufgeregt, aber keiner wollte es zugeben.

»Ich hab schon wieder so grässliches Lampenfieber«, verkündete Noel plötzlich.

»Ich auch«, sagte Susan.

»Quatsch. Richter können gar kein Lampenfieber kriegen«, erklärte Henry energisch. »Das ist doch unter ihrer Würde.«

»Du bist gut. Ich hab aber welches, und zwar schlimmer als sonst, wenn ich reite.«

»Dunnerlittchen, dann werde ich niemals Richter spielen«, sagte Noel. »Dass es noch schlimmeres Lampenfieber gibt, kann ich mir gar nicht vorstellen.«

»Ihr habt doch hoffentlich eure Abzeichen dabei?«, fragte Henry plötzlich und sah die Richter entsetzt an.

»Na klar«, sagte Dick.

Sie holten ihre Abzeichen hervor, und als sie sie angesteckt hatten, fuhren sie schon durch Radney.

»Seltsame Teilnehmer«, bemerkte Noel mit einem Blick auf ein Mädchen auf einem Pony und einen Jungen auf einem stämmigen, kleinen Pferd, die gerade am Gasthof vorbeiritten.

»Willkommen bei den Vereinten Nationen«, sagte Henry, als das Auto in die Auffahrt einbog.

»Hä? Kapier ich nicht«, sagte John.

»Er meint die vielen Fähnchen.« Noel zeigte nach draußen. »Wir haben noch eine Viertelstunde Zeit.« Henry schaute auf seine Uhr, als das Auto vor der Haustür hielt. »Möchten sich die Richter frisch machen oder die Ställe angucken?«

Sie wollten beides, also ließ Henry Noel bei ihnen zurück und rannte zum Reitplatz, um sich zu vergewissern, daß alle auf ihrem Posten waren und das Turnier anfangen konnte.

Noel fand die Betreuung der Richter eine sehr anstrengende Aufgabe. Alle drei Sekunden blieb einer von ihnen stehen um irgendwas Interessantes zu betrachten oder zu bewundern. Dick wollte sich gern die Rüstung in der Diele genauer ansehen, Susan musste sich unbedingt die Bilder an den Wänden anschauen, und dann bestand sie darauf, die Hunde zu streicheln. John war fasziniert von dem antiken Gewehr an der Wand und es sah so aus, als hätte er gern den Rest des Tages damit gespielt. Am Ende blieb keine Zeit mehr für einen Besuch im Stall.

Eine ziemlich genervte Noel gab ihnen schließlich die Notizblöcke und Kugelschreiber und scheuchte sie zum Turnierplatz.

Henry kam angerannt. Er sah aus wie ein begossener Pudel. »Das Mikro ist kaputt«, zischte er Noel zu. »Kümmer dich mal um die erste Truppe, dass die jetzt zum Sattelplatz kommt, ich mach mich auf die Suche nach dem Megafon.«

Noel fand die Marlowes. Deb schoss durch die Gegend, ruderte mit den Armen und schrie, dass sich alle mal Gollys bildschön gestutzte Mähne ansehen sollten. Graham polierte verträumt seine Brille, Fanny erhielt noch letzte Anweisungen von Juliet.

»Die Teilnehmer der ersten Klasse bitte zum Sammelplatz!«, sagte Noel.

»Wir können nicht als Erste da rein«, jammerte Fanny. »Das kann ich nicht, es geht nicht.«

David stand auf der anderen Seite des Platzes. Er hatte Tanzys Zügel locker um den Arm geschlungen und starrte auf irgendwas, das er in seiner gewölbten Hand hielt. Es sah so aus, als hätte er das Turnier völlig vergessen.

»David!«, schrie Noel.

»Hallo.« Er sah auf. »Sieh nur mal, das ist eine total merkwürdige Puppe. Ich hab keine Ahnung, was da mal ausschlüpfen wird.«

»Zum Teufel noch mal, jetzt mach, dass du zum Sattelplatz kommst«, sagte Noel. »Wir sind schon viel zu spät dran, und du sammelst hier Raupen!«

»Oh, na gut.« David sah sie an, als ob er sie trösten wollte. Er wickelte die Puppe sorgfältig in sein Taschentuch und steckte es ein. Dann stieg er langsam auf und ritt zum Sattelplatz.

Noel winkte aufgeregt Alex zu, der angaloppiert kam, und schickte ihn zu den anderen zum Sattelplatz.

Plötzlich ging das Mikrofon wieder und man konnte Bill hören. »Scheiße«, sagte er laut und deutlich, es folgte ein unterdrücktes Gekicher. Gerry ließ jetzt vom Lautsprecher ab, an dem er rumgebastelt hatte, und rannte zum Mikrofon. Bill flitzte zum anderen Ende des Platzes um zu prüfen, wie weit der Lautsprecher zu hören war. »Eins, zwei, drei, vier«, sagte Gerry sehr professionell ins Mikrofon, und Bill wedelte mit den Armen zum Zeichen, dass alles in Ordnung war.

Gerry kündigte gerade an, dass die erste Klasse gleich starten würde und dass Alex Turner auf Trappist der erste Teilnehmer wäre, als Henry keuchend mit dem Megafon zurückgeeilt kam. »Na, super«, sagte er, als er Gerry über den Lautsprecher hörte und schob das Megafon unter den Richtertisch.

»Jetzt klingt es schon wie ein richtiges Turnier«, sagte Juliet.

»Viel Glück, Alex!«, rief Noel.

## Siebtes Kapitel, in dem eine Mutter sich beliebt macht und David nicht nur sich selbst überrascht

Alex ritt langsam und ernst, aber mit großer Genauigkeit über den Parcours. Noel fand, dass er seine Sache gut machte. Henry maulte aber, dass sie noch bis Mitternacht hier stehen würden, wenn alle so lange bräuchten.

David, der als zweiter startete, brauchte nur sehr wenig Zeit. Er schaffte das Gehen im Schritt und Trab, doch beim Galoppieren brach Tanzy plötzlich seitwärts aus und galoppierte vom Platz. Davon völlig überrascht, konnte David nicht rechtzeitig reagieren. Seine Beine schossen nach vorn, er lehnte sich zurück und hielt die Hände auf Kinnhöhe. Noel bemerkte entmutigt, dass es aussah, als hätte er nie in seinem Leben eine Unterrichtsstunde gehabt.

»Disqualifiziert!«, riefen die Richter.

Gerry hatte nicht aufgepasst, und so stand noch kein Teilnehmer bereit um einzureiten. Die Richter sahen erwartungsvoll auf den Platz.

Henry schäumte. »Was denkt Gerry denn, was er tut? Merkt er denn nicht, dass wir eh schon zu spät dran sind?«

»Die Nächste am Start ist Nummer acht, Fanny Marlowe auf Juliet Naughtons Romeo«, kündigte Gerry endlich an.

Fanny ritt flüssig, weich und ruhig, aber sie war nicht sehr genau. Außerdem brauchte sie immer einige Meter, bis Romeo anritt oder anhielt.

Gerry kündigte die nächste Teilnehmerin, Prue Clarke auf Freckles, an. Die Mitglieder des Radney-Reitclubs beäugten sie misstrauisch, aber sie sah nicht so aus, als wäre sie eine ernsthafte Rivalin. Sie ruderte mit Armen und Beinen. Freckles war ein untersetztes braunes Pony mit struppiger Mähne und Schweif und ohne Nasenriemen. Prue Clark trat ihm ständig die Absätze in die Seiten, konnte Freckles aber weder zum Galoppieren bringen, noch ihn rückwärtsrichten.

Deb und Golly boten eine schöne Vorstellung und erreichten auch den Wegübergang, die letzte Aufgabe der Prüfung. Doch zum Schluss passte Deb nicht mehr auf und ließ Gollys Zügel frei, so dass die schnurstracks zurück zum Sattelplatz trabte.

Auf Deb folgte Roly, der Mühe hatte, Tomahawk unter Kontrolle zu halten. Er schaffte es nicht, an dem angegebenen Ort vom Galopp durchzuparieren. Als er dann zum Wegübergang kam, übernahm Tomahawk plötzlich die Führung, und bevor Roly absteigen konnte, wurde er über das Hindernis getragen. Das Publikum – und mittlerweile waren eine ganze Reihe von Schaulustigen eingetrudelt – klatschte laut Beifall, und Roly galoppierte mit feuerrotem Kopf vom Platz.

Die Landon-Zwillinge ritten zwei dicke graue Ponys mit Namen Tweedle-Dum und Tweedle-Dee. Sie schafften den ganzen Parcours, aber sie galoppierten auf der falschen Hand an und brauchten endlos lange zum Aufsteigen.

Henry fand es jetzt an der Zeit, die Teilnehmer der Klasse Zwei in die Startlöcher zu scheuchen.

»Na los, Christo«, sagte er und blieb kurz beim Tisch der Sekretärin stehen.

»Okay, gleich.« Christo sah abgekämpft aus. Sie und Angela gaben gerade an eine lange Schlange von Teilnehmern Nummern aus, berechneten die Startgebühren und das jeweilige Wechselgeld und versuchten Jeanette Sumner klar zu machen, dass sie nicht auf zwei Pferden beim Rennen ohne Sattel starten konnte.

»Wieso denn nicht?« Jeanette war ein blasses Mädchen mit scharfen Gesichtszügen und strähnigem blonden Haar. »Beim Leckhampton-Turnier letzte Woche konnte jeder in allen Klassen zweimal starten.«

»Tja, aber dies ist nicht Leckhampton, und wir bestimmen hier«, teilte Henry ihr mit. »Komm, Christo, Angela wird das mit den Nummern schon allein hinkriegen.«

Als die beiden über das Feld gingen, kam Paulina auf sie zugeritten. Sie trug in der einen Hand eine viereckige Pappschachtel.

»Die Büchse der Pandora«, zwitscherte sie fröhlich. »Aber jetzt wird das Geheimnis gleich gelüftet. Darf ich das neben den anderen Pokal auf den Tisch da stellen?«

»Noch ein Pokal? Super! Na klar, du kannst ihn auf den Tisch stellen. Angela wird drauf aufpassen.«

»Hat den deine Mutter gestiftet?«, fragte Henry.

»Ja, sie fand, die Älteren hätten auch einen Pokal verdient. Der ist für das Springen über 14 Jahre.«

»Klasse. Bitte, bestell ihr schon mal unseren heißesten Dank. Wir werden uns nach dem Turnier noch mal in aller Form schriftlich bei ihr bedanken.«

»Die Mütter waren überhaupt sehr spendabel, was die Preise angeht«, bemerkte Noel.

Als Henry, Noel und Christo beim Sattelplatz ankamen, kündigte Gerry gerade Herbert Suster auf Black Diamond an, den letzten der ersten Klasse.

Herbert war ein ziemlich kleiner Junge mit winzigen Fäusten, Black Diamond war ein Riese von fast 1,80 Meter Stockmaß. Trotz viel Gezerre und Reißen konnte Herbert ihn nicht zum Stehen bringen. Er trabte den Gartenweg rasch entlang und brachte die Stangen durcheinander, die die Windrose markierten. Black Diamond hatte offensichtlich das Rückwärtsrichten nicht gelernt, und Herbert, der keine Schenkelhilfen gab, zog und zerrte wirkungslos an ihm rum. Er war jedoch alles in allem viel flinker als die Landons und war nach dem Hauptteil der Prüfung blitzschnell aufgestiegen.

»Jetzt sind wir dran«, sagte Christo. »Gehst du als Erster, Henry?«

»Ich hoffe nur, dass Alex rechtzeitig den Draht anbringt.« Henry sah sich sorgenvoll um. »Alles andere ist wohl so weit.«

»Gerry sollte uns eigentlich aufrufen.«

»Jetzt kommen bitte die folgenden Nummern auf den Sattelplatz«, ertönte es da auch schon aus dem Lautsprecher, und daraufhin ritten Alex, Fanny, Graham und ein Unbekannter ein. Alex wurde Erster, Zweiter wurde die Nummer acht, Fanny wurde Dritte, und Graham wurde Vierter. Bill raste mit den Schleifen und den Preisen auf den Platz. Nach einem kleinen Durcheinander, während dessen geklärt wurde, wie die Sieger sich aufstellen sollten, bekamen sie von Susan die Preise überreicht.

»Graham hat den Sonderpreis von deiner Mutter gewonnen«, sagte Henry zu Christo. »Was für ein Glück, dass Deb ihn nicht gekriegt hat, sonst wäre sie noch unerträglicher.«

»Klasse gemacht, Alex.« Noel klatschte laut Beifall, als er vorbeigaloppierte.

Dann gab es eine kurze Pause, bevor die Klasse Zwei aufgerufen wurde. Henry brachte den Richtern die Stoppuhr und erklärte ihnen die Regeln. Dann schickte Gerry den ersten Teilnehmer auf den Platz – Eric auf Choc-Bloc. Eric machte eine fehlerfreie Runde, war aber nicht besonders schnell und fummelte ziemlich lange an Alex' Draht herum.

Henry folgte auf Echo. Weil es für Echo das erste Turnier war, hatte Henry sich zwar vorgenommen, ihn nicht zu jagen, weil er ihn nicht aufregen wollte, aber Echo ging äußerst langsam, bis sie an den Drahtverhau kamen. Dort weigerte er sich, still zu stehen, und jedesmal, wenn Henry sich vorbeugte, um den Draht abzumachen, tänzelte Echo rückwärts. Alle fragten sich schon, ob Henry diese Aufgabe überhaupt noch lösen würde, als Echo auch noch einen Pfosten umwarf. Daraufhin sprang Henry über die Trümmer und beendete den Parcours.

»Ich weiß nicht, ob wir das Hindernis wieder hinkriegen«, sagte Henry zu Christo, als er zurück zum Sattelplatz kam.

»Alex und David haben sich genug Zeit zum Reparieren genommen«, beruhigte ihn Christo, die als Nächste dran war.

Dragonfly riss mit den Vorderbeinen drei Zäune um und ließ Christo auch nicht an den Stacheldraht herankommen. Sie kämpften einige Minuten darum, wer das Sagen hatte, dann rief der Richter »Aus« und eine schamrote Christo ritt vom Platz.

Auf dem Sattelplatz kriegte Noel gerade eine Krise. »Ich weiß genau, das mit dem Draht schaffe ich nie! Ich bin sowieso so ungeschickt, und wenn du und Christo es nicht gepackt haben, dann kann ich mir das erst recht abschminken.«

»Quatsch! Nun jammer nicht so rum, du hörst dich

schon an wie Fanny. Das geht kinderleicht, wenn das Pferd still steht. Hör mal, Gerry brüllt sich die Lunge aus dem Hals, du bist dran.«

»Harrgh! Schon!« Noel ritt eilig nach vorn.

Sonnet sprang fehlerfrei und blieb beim Draht stehen wie eine Eins, doch auch so brauchte Noel ziemlich lange. Hinterher erklärte sie, ihre Hände wären vor lauter Aufregung ganz taub gewesen.

Jeanette Sumner, die immer schrecklich damit angegeben hatte, dass sie zu Hause neben ihrem Stall ein Hindernis zum Üben hatte, ritt jetzt auf ihrem stämmigen Pony Lassie auf den Platz.

Jeanette ritt mit äußerst kurzen Steigbügeln und hielt sich offensichtlich an den Zügeln fest. Sie war sehr schnell und schaffte die Aufgabe mit dem Stacheldraht in Nullkommanix, am Wegübergang riss Lassie aber eine Stange.

Juliet und Paulina überstanden ihre Runde jeweils ohne besondere Vorkommnisse. Michael Trew und sein dickes Pony Bess und nach ihm Helen Barbersley auf Swift hatten jeweils drei Verweigerungen beim ersten Hindernis.

Eric galoppierte auf Princess viel schneller als alle anderen über den Parcours, doch beim Stacheldraht musste er fast so viel Zeit wie Christo zubringen.

Henry auf Trappist war der letzte Teilnehmer und ritt entschlossen an den Start. Er wußte genau, dass Eric oder Jeanette Sumner gewinnen würden, wenn er jetzt nicht eine sehr viel bessere Runde als beim ersten Mal schaffte. Er setzte leicht über jedes Hindernis und hakte den Draht blitzschnell ab.

»Super!«, rief Christo ihm zu.

»Erstklassige Vorstellung«, fand auch Alex.

»Tja, sieht so aus, als wäre Trappist heute auf goldene Schleifen abonniert.« Juliet grinste.

»Nur keine voreiligen Schlußfolgerungen!«, wehrte Henry ab.

Doch als die Ergebnisse bekannt gegeben wurde, behielt Juliet Recht. Henry war Sieger, dann folgte Eric auf Choc-Bloc, Jeanette wurde Dritte und Noel Vierte.

»Auf zum Mittagessen!« Henry galoppierte aus dem Ring mit Trappists goldener Schleife im Mund.

Mrs. Thornton hatte ein opulentes Mittagessen vorbereitet. Henry hatte auch schon eine Woche vorher den Speiseplan mit ihr aufgestellt, denn er hätte sich schrecklich geniert, wenn es seinen Freunden bei ihm nicht geschmeckt hätte.

Nachdem massenhaft Hühnerschenkel und viele Salatportionen verschwunden waren, gab es Erdbeereis, Pfirsiche und Schlagsahne. Henry schenkte ständig Apfelmost nach, bis Susan anfing zu kichern und Kaffee trinken musste, weil Henry rumtönte, er könnte keine beschwipste Richterin beim Turnier gebrauchen.

Schließlich waren alle wieder so weit, und Gerry schickte den ersten Teilnehmer der nächsten Klasse auf den Platz: Herbert Suster auf Sultan. Sultan war ein sehr aufgeregter heller Fuchs, der die ersten beiden Hindernisse sehr schnell nahm und dann mit Herbert stracks vom Platz galoppierte.

»Aus«, riefen die Richter gleichzeitig.

Jetzt würde Deborah Marlowe auf Golly angekündigt. Trotz Debs wildem Rudern mit den Beinen verweigerte Golly einmal an der Hecke, am Tor und an der Mauer und wurde disqualifiziert. Eine sehr niedergeschlagene Deb kehrte zum Sattelplatz zurück.

Susan Sinclair, ein kleines, blasses Mädchen mit Rattenschwänzen, ritt auf einem großen dicken Pony mit Namen Nobby. Er verweigerte gleich beim ersten Sprung dreimal. Roly und Tomahawk kamen auch nur bis zur Mauer, da ereilte sie das Aus.

Henry saß mit Noel am Rande des Platzes und fing an herumzuzappeln und an den Nägeln zu knabbern. »Wie schrecklich schlecht die alle reiten! Ich glaub nicht, dass einer noch eine ganze Runde hinkriegt.«

»Vielleicht sind die Hindernisse zu hoch«, überlegte Noel. »Viele von der Zweiten Garnitur haben noch nie bei einem Turnier mitgemacht.«

»Für die Zuschauer bringt das ja jede Menge Spaß«, knurrte Henry aufgebracht. »Millionen Leute finden das bestimmt komisch, wenn die Zweite Garnitur ihre Verweigerungstour draufhat. Na, bitte«, Herbert Suster und Black Diamond wurden gerade nach der dritten Verweigerung disqualifiziert, »ich hab dir ja gesagt, dass es keiner schafft.«

»Die bringt das auch nicht«, prophezeite Henry, als Fanny auf Swansdown auf den Platz ritt. Zur Überraschung und Freude aller beendete Fanny aber den Parcours: allerdings mit elf Fehlern, zweimal gerissen und eine Verweigerung.

Die Atmosphäre des Turniers änderte sich, als Alex einritt und eine fehlerfreie Runde in blendendem Stil hinlegte.

»Er hat gewonnen!«, Henry sah man das Staunen an.

Die nächsten Teilnehmer – Hamish Drummond auf Keltie, einem brauen Pony mit hellem Maul – blieben dann aber ebenfalls ohne Fehler.

Dann kam David auf Tanzy, die die Hecke sprang,

ohne zu verweigern. Das Staunen der Clubmitglieder wuchs, als David ein Hindernis nach dem anderen nahm und Tanzy so weit unter Kontrolle hatte, dass er zwischen den Sprüngen immer in den Trab wechselte.

»Schon wieder fehlerfrei!« Doch Noel hatte zu früh frohlockt, denn in diesem Augenblick riss Tanzy bei der Tripelbarre.

»Wir sollten hingehen und ihm gratulieren«, sagte Henry. Er und Noel eilten zum Sattelplatz, als Prue Clark als letzte Teilnehmerin gerade einritt.

Mrs. Rice-Greene war auf dem Sattelplatz und gratulierte ebenfalls. »Ich konnte ja meinen Augen kaum trauen. Mrs. Swindon fragte mich, ob das nicht mein Sohn sei, der da so toll reitet. Sonst wird David immer beim ersten Hindernis disqualifiziert!«

David kriegte einen feuerroten Kopf und sah aus, als wäre ihm das schrecklich peinlich. »Nun mach doch nicht so viel Wind, Mummy. Schließlich hab ich ja Fehler gemacht.«

»Du bist spitzenmäßig geritten.« Noel strahlte David begeistert an.

»Eine klasse Vorstellung«, sagte Henry. »Auf jeden Fall bist du Dritter. Wer ist denn Vierter? Fanny?«

»Nee, dieses Mädchen eben hat nur acht Fehler gemacht«, warf Alex ein.

»Na, dann viel Glück beim Stechen. »Lass Trappist nicht zu schnell über das Tor springen, aber treib ihn vor der Tripelbarre ruhig mehr an.«

»Ich weiß natürlich, dass er das dem Reitclub zu verdanken hat«, wandte sich Mrs. Rice-Greene an Noel. »Vorher war er ja eine Träne, ja, das war er, eine echte Träne.«

Im Stechen waren die Hindernisse etwas höher gestellt, doch Trappist blieb wieder fehlerfrei. Für Hamish Drummond und Keltie waren sie zu hoch. Mrs. Thornton übereichte den Thorton-Pokal an Alex und den Extrapreis – die Reitgerte – für die beste Runde eines Ponys unter Stockmaß 1,30 an Hamish Drummond. David wurde Dritter und Prue Clarke Vierte.

»Trappist sieht aus wie ein Juwelier.« Henry grinste, als er sein Pony mit drei goldenen Schleifen um den Platz galoppieren sah. »Er hat sich heute fantastisch gehalten.«

## Achtes Kapitel, in dem es hoch hinaus geht und der Radney-Reitclub einen Riesenerfolg verbuchen kann

Nun stand das Springen für die Teilnehmer zwischen 14 und 18 auf dem Programm. Die älteren Clubmitglieder stiegen eilig in den Sattel.

Jeanette Sumner teilte Gerry mit, dass sie als Erste springen wollte. »Ich starte nämlich zweimal, und ich möchte gern damit durch sein, bevor die Hindernisse von den Verweigerern zerhackt werden. Ich weiß doch, wie es bei diesen popeligen kleinen Turnieren zugeht. Ich springe als Erste und Fünfte, dann hab ich dazwischen genug Zeit, um umzusatteln.«

Gerry hätte ihr am liebsten geantwortet, dass sie dann springen sollte, wenn sie dran war.

Als Jeanette auf Fairgame auf den Platz ritt, wünschte Gerry ihr drei Verweigerungen oder Runterfallen. Aber sie blieb fehlerfrei. Die Zuschauer klatschten heftig Beifall. Eric dagegen verzog verärgert das Gesicht, als er auf Princess einritt – er hatte einen leichten Sieg erwartet.

Auch Princess sprang fehlerfrei.

Paulina verdarb das Niveau, weil sie Starshine dreimal am Hindernis vorbeilaufen ließ. Helen Barbersley war noch schlechter, denn Swift verweigerte gleich beim ersten Sprung dreimal. Zur Bestürzung der Clubmitglieder machte Jeanette Sumner auf Lassie ebenfalls eine fehlerfreie Runde. Dann schaffte zur Überraschung aller Anwesenden auch Juliet den Parcours ohne Fehler. Als sie vom Platz kam, tätschelte sie Romeo wie verrückt und schrie den anderen auf dem Sattelplatz zu, dass dies die erste fehlerfreie Runde ihres Lebens wäre.

Henry behielt die Ruhe und ritt sehr überlegt, so blieb auch Echo fehlerlos. Betty Clarke auf Freckles machte vier Fehler, Michael Trews Bess verweigerte am ersten Sprung zweimal und wurde beim zweiten disqualifiziert.

Dann kam Noel dran. Sie sagte sich, dass dieser Parcours für Sonnet ein Kinderspiel sein müsste und dass es einzig und allein ihr Fehler wäre, wenn irgendwas schief lief.

Eric, der auf Choc-Bloc wartete, knurrte ärgerlich, als ihm klar wurde, dass auch dies offensichtlich eine fehlerfreie Runde war. »Lächerlich! Die Hindernisse sind viel zu niedrig! Wir hätten gleich bei 50 Zentimetern anfangen sollen, dann wären diese hoffnungslosen Fälle gleich raus gewesen. So reitet ja jeder Trottel eine fehlerfreie Runde.«

Christo war anderer Meinung. »Wir wollen die Leute ermutigen und ihnen nicht gleich mit drei Verweigerungen die Lust nehmen. Schließlich sind es ja nicht gerade Unmassen von Teilnehmern und beim Stechen können wir die Hindernisse ja höher stellen.«

Es gab noch drei weitere fehlerfreie Runden: Christo, Henry auf Trappist und Eric auf Choc-Bloc. Die Richter gaben bekannt, dass neun Teilnehmer und Teilnehmerinnen fehlerfrei geblieben waren und deshalb ins Stechen mussten. Die Hindernisse waren jetzt 60 Zentimeter hoch. Den Turniergeübteren erschien diese Höhe ganz normal, Juliet dagegen ganz und gar nicht.

Die anderen von der Zweiten Garnitur versuchten nach besten Kräften, ihr Mut zuzusprechen: Deb erklärte, dass Hindernisse immer nur halb so hoch seien, wie sie aussahen, Roly war sich absolut sicher, dass Romeo da rüberkam, und Alex sagte, Juliet wäre heute gut drauf und dann würde einem alles gelingen.

Die Clubmitglieder waren überhaupt nicht erfreut, als Jeanette auf Fairgame wieder fehlerfrei blieb. Sie klatschten lustlos Beifall, und setzten ein gezwungenes Lächeln auf, um ihre Enttäuschung zu verbergen. Die Enttäuschung wuchs noch, als Eric auf Princess, Juliet auf Romeo und Henry auf Echo Fehler machten. Juliet war gar nicht besonders enttäuscht, denn sie hatte nie mit einem Preis gerechnet und fand es schon ganz toll, dass Romeo solch einen schwierigen Parcours mit nur acht Fehlern geschafft hatte.

Die Zweite Garnitur wurde jetzt unruhig.

»Na, komm schon!«, schrien sie Noel zu. »Du musst einfach sauber bleiben!«

»Du musst, du musst, du musst«, sang Deb und hopste auf und ab.

»Seid schon still«, sagte Noel. »Das macht mein Lampenfieber nur noch schlimmer. Dann werde ich aufgeregt und mach lauter Fehler, und Sonnet reißt alles runter.«

Noel ging die ersten zwei Hindernisse langsam an, dann wurde sie schneller, setzte leicht über den Parallelsprung und noch schneller über die Tripelbarre.

»Hurra!«, brüllte Deb, und alle Mitglieder klatschten wie verrückt Beifall.

»So, Christo, jetzt musst du genauso weiter machen«, sagte Henry zu ihr.

»Ts, ts, ts«, machte Christo nur und ritt auf den Platz.

Dragonfly wollte nicht richtig an der Hand gehen. Vor jedem Sprung riss sie an den Zügeln, und so kam es, dass sie den Wegübergang und das Tor mit den Vorderbeinen riss. Die von der Zweiten Garnitur stöhnten vor Enttäuschung, als sie die Hindernisse wieder aufrichteten. Noch zwei Mitglieder kamen dran – Henry und Eric auf ihren anderen Pferden –, und beiden blieben fehlerfrei.

Die Richter berieten sich kurz und gaben dann bekannt, dass die vier Reiterinnen und Reiter ohne Fehler nun über die Mauer, das Tor, den Parallelsprung und die Tripelbarre springen würden. Die Hindernisse wurden höher gestellt. Noel fand diese Höhe unglaublich, Eric sagte ihr verächtlich, dass das doch nur lumpige 80 Zentimeter wären, Jeanette verkürzte ihre

Steigbügel nochmal um ein Loch und ergriff mit fester Hand die Zügel.

Gerry genoss die Situation, er kam sich vor wie ein berühmter Sportreporter. »Nun erwarten wir die vier Reiterinnen und Reiter, die fehlerfrei geritten sind, zum Stechen. Als erste startet Jeanette Sumner auf Fairgame.«

Fairgame setzte über die ersten drei Hindernisse mit dem übertriebenen Anheben der Hufe, an denen man ein Pferd erkennen konnte, das mit brutalen Methoden trainiert wurde. Die Atmosphäre auf dem Sattelplatz knisterte vor Spannung, als Jeanette sich nun der Tripelbarre zuwandte. Die Jüngeren von der Zweiten Garnitur beteten, dass sie reißen sollte, und entweder war es die Macht ihres Gebets oder die Tatsache, dass Jeanette Fairgame zu lange zurückhielt – jedenfalls sprang er zu früh ab und die oberste Stange zerbrach.

»Hurra«, rief Deb und wurde sofort von mindestens sieben Leuten ermahnt nicht so unsportlich zu sein.

»Noel, du musst einfach besser sein als sie!« flehte Deb völlig unbeeindruckt.

Alex schob sie weg. »Lass Noel in Ruhe. Du kannst auch jeden verrückt machen.«

Sonnet richtete die Ohren auf und zog ein bisschen am Zügel, als Noel mit ihr auf den Platz ritt. Sie war begierig auf das Springen. Noel schaffte es, dass sie ruhig die Mauer und das Tor anritt, doch vor dem

Parallelsprung entwischte ihr Sonnet und sprang zu früh ab. Alle hielten den Atem an und warteten, ob eine Stange runterfiel. Im letzten Moment riss Sonnet die Hinterhand hoch und berührte nichts. Als sie die Tripelbarre anritten, hatte Noel sie wieder unter Kontrolle. Sie donnerten über den Platz und setzten darüber – ein Superabsprung mit perfektem Timing. Beifall brauste auf.

»Du hast gewonnen«, stellte Henry fest, als Noel auf dem Sattelplatz absprang und Sonnet mit Leckerlis fütterte.

»So ein Blödsinn. Du kommst doch noch dran, und Eric, und ihr beide macht bestimmt keinen Fehler. Die Hindernisse sind toll – überhaupt nicht hoch.«

»Na, warte mal ab.« Henry grinste und ritt zum Start.

Er sollte recht behalten. Trappist riß das Tor und Choc-Bloc die Parallelstangen.

»Noel hat gewonnen! Noel hat gewonnen!«, kreischte Deb so schrill, dass die Umstehenden sich die Ohren zuhielten. »Sieht so aus, als müsste Trappist noch mal ins Stechen«, sagte Alex. Aber die anderen drei einigten sich darauf, den Preis zu teilen. Mrs. Swindon überreichte Noel den Pokal und Eric, Jeanette und Henry die silbernen Schleifen.

Dann scheuchte Christo eine Horde von Kindern auf den Platz, die die Hindernisse umbauen sollten. Während die Zweite Garnitur auf die Ponys stieg und

Gerry sie in Gruppen aufteilte, stellte Christo zusammen mit Juliet und Bill die Pfosten für das Geschicklichkeitsrennen auf.

Das Rennen für die Reiterinnen und Reiter unter 14 Jahren dauerte nicht lange, denn es gab nur neun Teilnehmer in drei Gruppen. Roly donnerte auf Tomahawk los und war schneller als Herbert Suster und Graham. Prue Clarke trabte sehr gemächlich, schlug aber dennoch Alex und David: Die ritten beide Pfosten um. Fanny galoppierte zum Erstaunen aller sehr schnell und schlug Susan Sinclair und Hamish Drummond. Aber im Endlauf ritt sie einen Pfosten um und wurde hinter Prue Clarke Dritte. Roly gewann.

Alex und Noel rannten jetzt auf den Platz und zogen die Pfosten wieder heraus. Die anderen sattelten ihre Pferde ab und übten für das Trabrennen ohne Sattel.

Deb fiel zweimal runter, bevor sie überhaupt auf den Platz ritt. Herbert Suster galoppierte davon, er hatte sein Pferd nicht mehr unter Kontrolle. Gerry brüllte erfolglos ins Mikrofon und drohte schließlich mit sofortigem Rausschmiss, um die Teilnehmer auf den Sattelplatz zu kriegen und in vier Gruppen aufzuteilen.

Zur ersten gehörten Lassie, Bess, Choc-Bloc und Dragonfly. Christo stöhnte und maunzte, als sie feststellte, dass drei kleine Pferde ihre Gegner waren. Bess gewann mit Leichtigkeit. Die anderen Pferde fielen immer wieder in Galopp und mussten dann zur Strafe eine Volte reiten. Susan Sinclair trat gegen Graham und Hamish an und gewann. Juliet wurde Erste in der dritten Gruppe. Die Teilnehmer der letzten Gruppe galoppierten ohne Ausnahme. Henry gewann, wenn auch nur knapp, vor Betty Clarke und Roly.

Dann traten die vier Gewinner gegeneinander an. Bess gewann die Endausscheidung noch leichter als die Vorrunde. Romeo und Juliet wurden Zweite, dicht gefolgt von Susan Sinclair, und Henry wurde Vierter, völlig unverdient, weil er fast die ganze Strecke galoppiert war.

Dann sollte das Slalomrennen starten, bei dem die Teilnehmer im Slalom bis zu den Wassereimern reiten, sich vom Sattel aus hinunterbücken und einen Apfel rausfischen mussten. Als die Älteren die Zweite Garnitur voller Freude auf die Wasserschlacht ihre Ponys besteigen sahen, wurden sie neidisch.

»Warum haben wir das nicht für Reiter bis 18 gemacht?«, ärgerte sich Christo. »Ich könnte meinen ganzen Kopf in so einen Eimer tauchen, so heiß ist mir.«

In der ersten Gruppe trat Deb auf Swansdown gegen David und Susan Sinclair an. Deb war mit Abstand die Flinkste, als es darum ging, den Apfel herauszuholen.

In Sekundenschnelle war sie wieder auf Swansdown gekrabbelt, wendete sie – nicht gerade nach den Regeln der Dressur – und galoppierte über den Platz zurück.

Die zweite Gruppe bestand aus Fanny auf Romeo, Alex und Hamish Drummond. Alex erreichte zwar seinen Eimer vor den anderen beiden, aber er war zu langsam beim Absteigen und noch langsamer beim Herausholen des Apfels. Fanny hatte anscheinend keine Lust sich nasszumachen, sie bummelte immer noch am Rand des Eimers herum, als Hamish schon wieder aufgestiegen und davongaloppiert war.

Graham gewann gegen Herbert Suster, wobei dieser Durchgang kaum als Rennen gelten konnte. Zuerst weigerte Golly sich, schneller als in ihrem langsamsten Trab zu gehen, und Black Diamond weigerte sich beharrlich, irgendwo in der Nähe der Eimer anzuhalten: Er galoppierte dickköpfig quer über den Platz, bis Herbert schließlich verzweifelt abstieg und ihn zu den Eimern führte. Doch da hatte Graham längst seinen Apfel und stieg schon wieder auf.

Im vierten Rennen schlug Roly Prue Clarke um mindestens drei Längen.

»Drei von der Zweiten Garnitur sind in der Endausscheidung«, bemerkte Henry. »Da hat das Üben ja doch was gebracht.«

Als John Manners das Startzeichen zum Stechen gab, drängten alle vier Reiter nach vorn. Die anderen auf dem Sattelplatz brüllten die Namen ihres Favoriten.

»Mach schon, Deb!«

»Los, Graham!«

»Roly, Roly!« Das Geschrei wurde immer lauter, bis man einzelne Worte nicht mehr verstehen konnte.

Deb erreichte ihren Eimer als Letzte. Dann aber warf sie sich vom Pony, grabschte gleichzeitig nach dem Apfel und war als Erste wieder aufgestiegen. Sie galoppierte über den Platz zurück, klatschnass, die schwarzen Haare klebten über dem ganzen Gesicht. Hamish Drummond kam weniger als eine Pferdelänge hinter Deb an den Siegespfosten. Einige Längen hinter ihm kam Graham, ihm war Roly dicht auf den Fersen. Als die tropfnassen Sieger ihre Schleifen in Empfang genommen hatten und Bills Vorschlag, sie sollten dem Nassesten einen Sonderpreis geben, überhört worden war, stellten Deb, Noel und Finch die Stangen für die Reise nach Jerusalem auf.

Es war sehr friedlich, als alle in der Stille herumgaloppierten, bis dann auf einmal über das staubige heiße Feld der Klang eines Jagdhorns ertönte, das an Herbsttage und nasse Wälder erinnerte.

Zur Freude aller Clubmitglieder gewann Christo, die letzten Schleifen und Preise wurden verteilt, dann war das Turnier plötzlich zu Ende.

Die Richter nahmen ihre Abzeichen ab und steckten die Notizblöcke weg. Nun sahen sie auf einmal gar nicht mehr wie Autoritäten aus. Die Teilnehmerinnen und Teilnehmer sahen bedauernd auf den leeren Platz, das zertrampelte Gras, die aufeinander gestapelten Hindernisse. Wieder mal war ein aufregendes Ereignis vorbei. Nachdenklich sammelten sie ihre Siebensachen zusammen. Die Eltern sahen auf die Uhren, ließen die Motoren an und dachten ans Abendessen. Angela räumte ihre Papiere zusammen und packte sie in einen Aktenkoffer.

»Dem Himmel sei Dank, es ist vorbei«, seufzte Henry. »Nächstes Jahr machen wir daraus eine viel dollere Angelegenheit.«

»Niemals! Nächstes Jahr organisiert sich die Zweite Garnitur gefälligst ihr eigenes dusseliges Turnier.«

»Alle Preisrichter und Helfer sind jetzt zu Kaffee und Kuchen eingeladen«, fuhr er dann fort.

John Manners, Dick Hayward, Gerry, Bill und Angela kamen mit ihm mit. Noel und Susan Barington-Brown wollten vorher Christo noch helfen Dragonfly zu versorgen.

Als sie über den Platz gingen, wurden sie alle paar Sekunden angehalten. »Das war ja super organisiert! Genau, was die Kinder brauchen, um Spaß am Reiten zu behalten«, sagte Mrs. Landon zu Noel.

»Ich weiß gar nicht, wie ich euch dafür danken soll, dass ihr David so aufgemuntert habt«, sagte Mrs. Rice-Greene zu Christo. »Und falls ihr mal wieder einen Pokal braucht, dann lasst es mich wissen.«

»Ungefähr sechs Leute wollen Mitglied werden«, erzählte Christo Noel und Susan, als sie halfen, Dragonflys Mähne aufzuflechten. »Ich hab ihnen gesagt, sie müssten einen schriftlichen Antrag stellen, dann würde ich das dem Vorstand unterbreiten.«

Der Kaffee- und Kuchenklatsch wurde sehr fröhlich.

Als Christo sich dann endlich auf den Heimweg machen wollte, entdeckte sie, dass Dragonfly in ihrer Box lag und schlief.

»Müde«, stellte Henry fest und Susan fügte hinzu: »Sie sieht aus, als ob sie sich sehr wohl fühlt. Da kannst du sie doch unmöglich mitnehmen wollen.«

»Laß sie bis morgen hier«, sagte Henry. »Finch hat bestimmt nichts dagegen. Noel und ich helfen ihm sowieso beim Ausmisten.«

Christo war einverstanden. »Toll, danke.« Dann durfte sie auf Gerrys Gepäckträger bis nach Hause mitfahren.

»Tja, und wir müssen uns jetzt aufs Abendessen stürzen«, sagte Henry zu den anderen, als die letzten Helfer verschwunden waren.

»Aber wir hatten doch gerade erst Kuchen!«, warf John ein.

»Ich weiß genau, dass ich platze, wenn ich auch nur noch einen einzigen Krümmel esse!«, behauptete Susan.

Nach dem Abendessen setzten sich Noel, Henry und die Richter in den Wintergarten und besprachen noch einmal das Turnier. Einer nach dem anderen kam zu der Einschätzung, dass es ein richtiger Erfolg gewesen war. Sogar Henry fing auf einmal an, vom nächsten Jahr zu sprechen und was man da alles besser machen könnte. Als das letzte Thema erschöpfend diskutiert worden war und Susan, Dick und John den letzten Klatsch aus West Barsetshire erzählt hatten, hörten sie noch Henrys neueste CDs. Dann spielte Dick auf Elizabeths Gitarre ein paar Hits, und anschließend erfanden sie zusammen ein Dressurlied und lachten sich schlapp darüber. Auf einmal stand Mrs. Thornton in der Tür und erinnerte daran, dass es schon reichlich spät geworden war.

Susan schlief mit Noel in einem Zimmer, aber es dauerte noch lange, bis die beiden wirklich eingeschlafen waren.

## Neuntes Kapitel, in dem Christo eine unangenehme Nachricht erfährt und Alex eine ungeahnte Chance erhält

Am nächsten Morgen machten die Gäste noch vor dem Frühstück einen Gang zu den Ställen. Henry ließ sich nicht blicken. Sonnet und Echo schauten ihnen entgegen und wirkten lebhaft wie immer. Trappist dagegen schien noch müde zu sein.

Finch war in Dragonflys Box. »Habt ihr gestern nicht gemerkt, dass die kleine Stute lahmt?«, fragte er nach der Begrüßung.

»Lahmt?« Noel riss entsetzt die Augen auf. »Nein, die war völlig okay, als Christo sie reinbrachte, oder?« Sie schaute die anderen an.

»Ich fand auch, dass sie in Ordnung war«, sagte John.

»Na, ich kann nicht sagen, dass ich besonders darauf geachtet hätte«, meinte Dick.

»Ich hab sie noch gestriegelt.« Susan schüttelte den Kopf. »Und ich bin mir ganz sicher, dass sie da noch nicht lahmte.«

»Sie hat eine Bänderzerrung, jawohl, das hat sie«, sagte Finch vorwurfsvoll.

»Eine Zerrung?« Noel sah ihn entsetzt an. »Aber das dauert ja eine Ewigkeit, bis das wieder geheilt ist.«

»Sechs Wochen«, entgegnete Finch.

»Naja, die Ferien sind ja eh fast vorbei, so schlimm ist es dann doch nicht.« Susan wollte trösten.

»Aber das Jagdspringen in Letchdale! Dann sind wir ja keine Mannschaft! Du Schande! Was wird bloß Henry dazu sagen?«

»Das hab ich mich auch schon gefragt.« Finch kratzte sich am Kopf. »Wo sein Herz doch so daran hängt.«

Wie alle sich schon gedacht hatten: Henry wurde von diesen Neuigkeiten regelrecht umgeworfen. Er säbelte und fuhrwerkte wie wild geworden in seinen Rühreiern herum und schimpfte, dass nur eine Verrückte wie Christo ihren Kopf durchsetzte, unbedingt dieses blöde Kinderturnier zu veranstalten. Wenn sie sich nur auf das Springen konzentriert hätten, dann wäre das nie passiert! Jetzt konnte man das alles sowieso vergessen, denn als einzelne Starter hätten sie nicht die leiseste Chance – nur als Mannschaft könnten sie da bestehen.

John behauptete, es gäbe sicherlich noch jemand anderen, und Susan bot ihr Pony Golden Wonder an. Aber das war für Christo zu klein und außerdem war die Zeit zu knapp, noch ein anderes Pferd zu schulen.

Henry konnte nur noch stöhnen. »So ein verdammter Mist!«, sagte er wieder und wieder, bis Mrs. Thornton von ihrem Riesenstapel Post am anderen Ende des Tisches hochsah und bemerkte, dass sie solche Wiederholungen nicht besonders unterhaltsam fand. Henry meinte daraufhin, wenn das Lebenswerk in Trümmern vor einem lag, dann konnte man auch schlecht unterhaltsam sein.

Noel bot sich an Christo anzurufen. Sie fand diese Aufgabe zwar gar nicht verlockend, aber alles war besser als sitzen zu bleiben und Henry bei seinen Wutanfällen zuzuhören. Außerdem wollte sie nachdenken. Jetzt, wo es so aussah, als sei die ganze Sache gestorben, merkte sie auf einmal, dass sie sehr gern mitmachen wollte. Sie dachte an die anderen Clubmitglieder. Eric war in Dressur ein hoffnungsloser Fall. Außerdem machte es keinen Spaß, mit jemandem in einer Mannschaft zu reiten, den man nicht ausstehen konnte. Mit Paulina hatte es auch keinen Zweck. Juliet war zwar willig, aber sie würde ihr Pferd nie auf dem Platz halten können. Obwohl sie gestern ganz gut gesprungen war, war das noch lange keine Garantie dafür, dass Romeo nicht doch mal wieder ausbrach. Blieb nur Alex übrig. Ob er das schaffen könnte? Trappist war ein erfahrenes Pony. Alex war jemand, der die anderen nicht im Stich lassen würde, er wuchs an der Herausforderung. Noel grübelte, als sie darauf wartete, dass Christo den Hörer abnahm.

Als sie ins Esszimmer zurückkehrte, waren die anderen auch gerade dabei, über mögliche Ersatzleute zu streiten.

»Christo war gar nicht so entsetzt, wie ich befürchtet hatte«, erzählte sie. »Aber sie kommt gleich her.«

»Als ob das noch helfen könnte!« Henry war immer noch stinksauer.

»Aber ganz im Ernst, ich glaube, Alex wäre gar nicht schlecht.« Damit kam Dick auf das vorherige Thema zurück.

Henry schwieg, schob seinen Stuhl zurück und ging voraus zu den Ställen. Finch strich gerade eine Salbe auf das verletzte Bein.

»Guten Morgen«, knurrte Henry. »Irgend so was musste ja passieren.«

»Wahrscheinlich war es die Reise nach Jerusalem«, sagte Finch ohne hochzublicken.

Kurze Zeit später kamen Christo und Alex. Als Christo nach ihrem Pferd gesehen und mit Finch geklärt hatte, wie sie es nach Hause transportierte, wandte sie sich an Henry: »Hör mal, ich war doch eh nie die Größe in Sachen Dressur. Ihr habt doch bestimmt die gleiche Chance, wenn ihr Eric ins Team aufnehmt – oder sogar noch bessere.«

»Eric?« Henry sah sie völlig entgeistert an. »Das wäre so ungefähr das Allerletzte, was ich tun würde. Er hat keinen Schimmer von Dressur und hat auch nicht die geringste Absicht, was zu lernen.«

»Aber er wird beim Querfeldein Rennen wahnsinnig viel Punkte machen«, entgegnete Christo. »Außerdem ist er in Dressur kaum schlechter als ich.«

»Und ich weiß hundertprozentig, dass er nie in unsere Mannschaft kommen wird! Wenn du es genau wissen willst, haben wir beschlossen Alex zu fragen.«

»Alex?« Christo war offensichtlich platt. »Aber –« Sie unterbrach sich abrupt, weil ihr einfiel, dass er hinter ihr stand.

Alex' Kopf war tomatenrot. »Ich? Mitmachen? Aber ich kann doch gar nicht so hoch springen! Ich bin bestimmt nicht gut genug für euch! Ich hab noch nie einen einzigen Preis gewonnen – bis gestern! Und auch das war nur so ein mickriger für Kinder unter 14.«

»Wir wollten es sowieso mit dir versuchen.« Henry wischte mit einer Handbewegung alle Bedenken von Alex weg. »Das Blöde ist nur, dass Trappist sich heute ausruhen muss.«

»Er könnte es doch mit Sonnet probieren«, schlug Noel vor. Nach langem Zureden gelang es ihnen schließlich, Alex zum Mitmachen zu bewegen, obwohl er steif und fest behauptete, er würde Sonnet nur alles abtrainieren, was sie schon konnte, jawohl.

John und Dick markierten eine Reitbahn, während Alex und Henry ihre Pferde sattelten und die drei Mädchen den Platz aufräumten. Henry fischte den völlig zerknitterten Zettel mit den Prüfungsaufgaben aus der Tasche, doch Alex teilte ihm mit, dass er die längst auswendig wusste.

»Ich hab immer auf Oscar geübt«, sagte er zur Erklärung. »Ich dachte, er würde vielleicht zur Dressur taugen.«

»Na, super.«

»Und? Wie hat er sich dabei angestellt?«, wollte Noel wissen.

»Höm, äh, ehrlich gesagt, nicht besonders. Er mag wohl überhaupt nichts gern tun, aber er ist jetzt viel dicker und auch viel netter.« Alex lächelte ein bisschen.

Alle waren erfreut und überrascht, als Alex die Aufgaben ganz passabel schaffte. Wenigstens blieb er die ganze Zeit auf dem Platz und brachte Sonnet zum Schritt, Trab und Galopp und sogar mehr oder weniger an den dafür vorgesehenen Stellen. Noel und Henry fanden sein Rückwärtsrichten und seine Vorhandwende hervorragend, doch mit den Zirkeln und dem starken Trab hatte er große Probleme.

Henry ließ John und Dick den Test auf Echo versuchen, dann ritt er ihn selbst. Noel sagte, sie hätte noch nie gesehen, dass Echo sich so angestrengt hätte, dass aber Echos Trab immer noch zu schnell wäre und er sich noch nicht im Gleichgewicht befand.

Schließlich ritt Noel selbst den Test noch mal auf Sonnet. Sie wollte die Meinung der anderen hören, ob sich ihr Sitz verbessert hatte und ob Sonnets Übergänge von schnelleren zu langsamen Gangarten jetzt besser klappten. Aber niemand traute sich zu, zu kritisieren, und von Susan war bekannt, dass sie sowieso immer am liebsten Schmeicheleien sagte. So hatte Noel letzten Endes nichts von ihrem Vorreiten.

Nach dem Mittagessen – bei dem es diesmal nur kalte Würstchen, schlaffe Salatblätter und Früchtequark gab – mussten die drei aus West Barsetshire zum Bahnhof, um ihren Zug zu bekommen. Henry und Noel begleiteten sie und winkten ihnen nach. Auf die Rufe »Viel Glück am Samstag!« reagierten die beiden mit schwachem Lächeln.

Die Clubmitglieder wurden durch eine schriftliche Mitteilung darüber informiert, dass ihre Startzeit auf dem Letchdale-Turnier für elf Uhr angesetzt war.

Die nächsten sechs Tage vergingen viel zu rasch. Während des Trainings stand Henry ständig kurz vor dem Zusammenbruch. Das Reiten ohne Steigbügel schaffte ihn völlig. Und Noel, die stundenlang um Bäume herumritt, konnte langsam keinen Baum mehr sehen.

Bei Alex gingen sie sehr vorsichtig vor und verlangten von ihm nicht zu viel. Sie ermutigten ihn, wo immer es ging.

Am schwierigsten war für ihn das Querfeldein-Rennen. Er war sehr besorgt um Trappist, verlangsamte vor jeder Kehre die Geschwindigkeit und schaffte es nie, in vollem Galopp einen Hügel hinunterzugaloppieren.

»Wir wollen ja gar nicht, dass du außer Rand und Band gerätst«, stöhnte Henry. »Aber wenn du da so langsam schleichst wie jetzt, dann kriegst du massenhaft Strafpunkte. Du musst einfach einen Zahn zulegen.«

Alex versuchte es, aber irgendwie brachte er es nicht fertig, schneller zu reiten.

»Hört mal, warum nimmt Christo nicht Trappist? Mit mir werdet ihr bestimmt nur Ärger kriegen.«

Henry entgegnete, dass Christo zu schwer wäre für das Pony. Außerdem wäre doch klar: Wenn es jemanden gab, der dem Team Ärger bringen würde, dann wäre er, Henry, das selbst.

Am Donnerstag war Echos Trab schlimmer denn je. Henry konnte nicht genau herausfinden, woran das lag: Entweder war Echos Rücken steif geworden, oder seine eigenen Beine waren zu schwach. Er stolperte mit ihm durch die Bahn und versank in Verzweiflung.

»Ganz gleich, wie sehr ich in treibe, er macht einfach keine längeren Schritte«, beklagte er sich bei Noel. »Ich wünschte bloß, ich hätte nie von diesem blöden Turnier gehört. Ich werde bestimmt alles verderben.«

Noel hätte ihm gern geholfen oder ihn getröstet, aber er hörte gar nicht zu. Henry regte sich nur noch mehr auf und wurde immer wütender. Er schulte fieberhaft weiter und kriegte vor lauter Zorn keinen Ton mehr raus.

Aber am Freitag zeigten sich die Früchte der donnerstäglichen Schwerarbeit mit Echo und Henrys Laune wurde besser.

»In Zukunft wird mein Motto heißen: Steter Tropfen höhlt das Pferd«, sagte er zu Noel.

»Das könntest du ja in Poesiealben schreiben. Deb wollte, dass ich ihr irgendein schönes Pferdezitat raussuche, aber mir fiel nichts ein. Stattdessen hab ich zu ihr gesagt: Marmor, Stein und Eisen bricht, a-ber dahein Knö-chel nicht. Ich fand das einen guten Wunsch.«

»Wie wär's, wenn wir auf Sonnet und Echo einen kurzen Ausritt machen würden? Wir wollen doch nicht, dass sie morgen total k. o. sind.«

Also machten die beiden einen ruhigen Spazierritt über die Feldwege, und Henry, der schon seit einiger Zeit mit Echo nicht mehr ausgeritten war, merkte zu seiner Freude, dass Echo sich ganz schön zu seinem Vorteil verändert hatte, er benahm sich besser und ging mehr im Gleichgewicht.

»Toll! Noel, sieh mal! Ich kann ihn mit einer Hand reiten und er scheut überhaupt nicht mehr!«

## Zehntes Kapitel, in dem die Reitclub-mitglieder doch noch in Letchdale ankommen und Noel wieder Lampenfieber hat

Cadlington im Bezirk Letchdale war etwa hundert Kilometer von Rodney Manor entfernt. Dort fand das große Ereignis statt. Am Samstagmorgen waren Finch, Henry und Noel schon ab sechs Uhr fleißig bei der Arbeit, und ab halb sieben stand auch Alex bereit. Die Reiter striegelten und Finch flocht die Mähnen.

Trappist und Sonnet hatten es geschafft, sich nicht zu sehr einzudrecken, und beide sahen bildschön aus, als sie in den Pferdetransporter geführt wurden. Sonnet ging mit energischen Schritten zuerst die Rampe hoch, die Ohren steil aufgerichtet. Trappist folgte ihr. Echo schnaubte ein paarmal und ließ sich dann ebenfalls bereitwillig führen.

»So. Das wär's. Habt ihr auch alles dabei? Heu, Eimer, Hafer? Sattelzeug, ach ja, da ist es ja. Striegel, Hufkratzer und das alles? Wo sind eure Kappen und Gerten?« Finch musterte die drei der Reihe nach.

»Ja, die Handschuhe auch. Aber Handschuhe bei so heißem Wetter sind echt eine Qual«, antwortete Henry.

»Immer noch besser als Blasen an den Pfoten. Na denn, Hals- und Beinbruch.« Finch zwinkerte ihnen zu. »Und bringt was Schleifiges mit!«, »Tausend Dank, allerliebster Finch!« Henry zog schwungvoll die Kappe. »Schade, dass du nicht mitkommst. Nächste Haltestelle: Waylebury«, krähte er dann, als die drei in den Wagen stiegen.

Sie winkten Finch noch mal zu, dann brauste Mr. Thornton davon.

Die drei machten es sich auf dem Rücksitz bequem. Bald nahm Echo Henrys Aufmerksamkeit in Anspruch, denn der hatte sich durch das Geräusch erschreckt, als herabhängende Zweige auf dem Dach herumkratzten. Henry hörte ihn bocken und austreten, doch zum Glück beruhigte er sich wieder. Noel und Alex waren kurz vor dem Einschlafen, als Mr. Thornton in Waylebury hielt, wo sie Christo abholten.

Christo wartete schon. »Na, ihr seht vielleicht munter aus.« Sie stieg in den Wagen, setzte sich auf den Beifahrersitz und gähnte.

»Psst! Wir meditieren gerade, damit wir nachher volle Power haben«, teilte Henry ihr großspurig mit.

Als die Zeit verging und die Sonne höher stieg, wurde es im Auto stickig und heiß. Die Fenster sollten sich auf Mr. Thorntons Bitte hin geschlossen halten. Sie zogen sich die Reitjacketts aus.

Henry meinte, nun wäre es aber Zeit für ein Spätstück, und machte den Picknickkorb auf, den Mrs. Thornton ihnen vorsorglich mitgegeben hatte. Jeder bekam einen Becher Tee und Kekse, nur Mr. Thornton lehnte dankend ab.

»Viertel vor zehn!« Christo hatte auf die Uhr geschaut. »Wir müssten gleich da sein!«

»Wie heißt der Ort denn genau?« fragte Alex.

»Fernley Park, Cadlington, Letchdale«, antwortete Henry.

»Ich glaub, wir haben uns verirrt«, flüsterte Christo kurze Zeit später nach hinten. Da hielt das Auto auch schon, Mr. Thornton kurbelte die Scheibe herunter und fragte einen Passanten nach dem Weg.

»Ach du liebes bisschen!« Henry rollte die Augen. »Straßenkarten waren noch nie seine Stärke.«

Dann fuhren sie weiter, doch an der nächsten Kreuzung kehrten sie mit viel Hin- und Herrangieren wieder um und fuhren den Weg zurück, den sie gerade gekommen waren.

»Mist, verdammter!«, sagte Mr. Thornton durch zusammengebissene Zähne.

Die Besorgnis der Passagiere wuchs, als die Minuten vergingen und sie immer noch nicht ankamen.

»Viertel nach zehn! Und ich hab noch kein einziges Schild gesehen, wo irgendwas von einem Turnier draufstand.« Christo schloss resigniert die Augen. Mr. Thornton knurrte etwas Unverständliches.

»Wir werden kaum noch Zeit für eine Aufwärmrunde haben, damit sich die Pferde ein bisschen entspannen.« Henry knabberte an seinen Nägeln.

Ein paar Augenblicke später hielten sie wieder an. Diesmal stieg Mr. Thornton aus und rannte in den Dorfladen.

»Was glaubt ihr: Fragt er nach dem Weg oder kauft er sich Zigaretten?«, fragte Henry wütend.

»Er fragt nach dem Weg.« Noel überlegte gerade, ob sie erleichtert sein sollte, falls sie nun doch nicht starten konnten.

»Jedenfalls kommen wir auf diese Weise nie an«, stöhnte Henry, als Mr. Thornton nicht wieder auftauchte.

»Ihr kommt bestimmt zu spät. Ich hoffe nur, dass sie euch nicht disqualifizieren, wenn wir bis elf nicht da sind.« Christo seufzte.

»Wo zum Teufel ist er bloss hin?« Henry öffnete die Tür, stieg aus und sah sich um. Mr. Thornton kam gerade aus dem Laden.

»Na, hier wohnen ja vielleicht Typen! Entweder sind sie taub oder dämlich oder beides.«

»Sind wir denn wenigstens schon in der Nähe von Fernley Park?«

»Sie sagen, es wäre auf der anderen Seite von Marford – das ist das Städtchen, durch das wir gerade gekommen sind.« Mr. Thornton hob beide Hände hoch. »Nur die Ruhe, meine Lieben! Wir werden das Kind schon schaukeln. Noch etwa eine Stunde.«

»Ach, du grüne Neune.« Henry stieg zurück in den Wagen. »Dann war's das ja wohl. Lasst alle Hoffnung fahren dahin.« Er stützte den Kopf in die Hände.

»Gleich werd ich noch verrückt.« Noel fand die Vorhersagen Henrys und seine Schwarzmalerei langsam unerträglich.

Alex träumte an einer Geschichte weiter. Darin sah er sich mit Blitzgeschwindigkeit querfeldein reiten, leicht setzte sein Pferd über riesige Mauern und breite Wassergräben hinweg. Als der Transporter durch das Tor rumpelte und Christo »Wir sind da!« brüllte, schwebten er und Trappist gerade über eine mannshohe Hecke.

»Wir sind bestimmt viel zu spät«, murmelte Henry bedrückt. »Solche Sachen starten absolut pünktlich. Jetzt ist es schon nach elf, da dürfen wir bestimmt nicht mehr an den Start.«

»Dann geh einfach mal hin und erkundige dich, während wir die Pferde ausladen, satteln und auftrensen«, schlug Christo vor.

»Wartet lieber damit, bis ich zurück bin.« Henry sprang vom Transporter. »Hat doch gar keinen Zweck, wenn wir sie ausladen und dann doch wieder umkehren und nach Hause müssen.«

Als er verschwunden war, sagte Christo: »Egal, was Henry sagt, kommt, wir laden sie aus und satteln sie. Vielleicht müßt ihr euch gleich sehr beeilen.«

Als Noel und Alex bereits aufgestiegen waren und Christo Echos Sattelgurt enger gestellt und die Steigbügel heruntergezogen hatte, sahen sie Henry durch den Park zurücklaufen. Als er näher kam, konnten sie erkennen, dass er strahlend Nummernschilder über seinem Kopf schwenkte.

»Alles okay!« Henry keuchte. »Sie haben ihr B-Team vor uns starten lassen. Wir sind dann zu deren Zeit dran, um Viertel vor eins. Hier sind unsere Nummern. Das Dressurviereck ist riesengross, und ich hab wahnsinnig tolle Pferde gesehen, und die Leute sind alle schrecklich fein angezogen. Schlagt euch den Gedanken an irgendeinen Sieg mal völlig aus dem Kopf: Null Chance.«

Mr. Thornton teilte ihnen mit, dass er den Transporter hier lassen und sich einen Platz auf der Zuschauertribüne suchen wollte, dort hätte er sich mit ein paar Bekannten verabredet. Falls sie irgendwas brauchten, würden sie ihn dort finden. Henry erklärte, sie hätten alles ausgeladen. Christo erhielt einen zweiten Autoschlüssel, dann wünschte Mr. Thornton ihnen noch Hals- und Beinbruch und verschwand in Richtung Tribüne.

Henry erinnerte sich an General de Veriacs Anweisung und schlug vor, sie sollten ein bisschen umherreiten, um sich und die Pferde aufzuwärmen.

Die Pferde waren sehr aufgeregt. Als Trappist aber merkte, dass es weit und breit keine Hundemeute gab, begriff er, dass es nur ein langweiliges Turnier war, und regte sich wieder ab. Sonnet betrachtete all die hübschen Pferde ringsum, dann bog sie anmutig den Hals und trat weiter aus in der Hoffnung, dass die anderen Pferde sie auch bewunderten. Echo machte ziemlich dämliche Glubschaugen, als er sich staunend umsah, aber obwohl er ein paarmal fröhlich bockte, ließ er sich leicht unter Kontrolle halten.

Das Dressurviereck war – wie Henry gesagt hatte – beeindruckend groß und von einem weißen Zaun umschlossen. Die Markierungen sahen wie riesige Zuckerwürfel auf Stelzen aus. Der ganze Bereich war durch ein Seil abgetrennt, damit die Zuschauer nicht so nahe herankommen konnten, weil die Pferde im Viereck sonst gestört wurden.

Das Radney-Reitclub-Team sah kritisch einem dicken Mann in schwarzem Reitfrack zu, der gerade die Dressurprüfung auf einem gut geschulten Fuchs absolvierte.

»Sieht ja nicht besonders doll aus«, kommentierte Henry überascht.

»Das Pferd hat Angst vor dem Zügel», bemerkte Noel.

»Es weicht mit dem Kopf nach oben aus«, fuhr Henry fort. »Und der Typ sieht so aus wie Eric, wenn der mal vierzig ist. Vielleicht hat der General doch recht und wir sind gar nicht die Schlechtesten.«

»Der General hatte aber mich nicht gesehen«, sagte Alex niedergeschlagen.

»Och, das wird schon klappen mit dir. Ich bin der Unberechenbare!«

»Jeder ist wahrscheinlich viel schlechter, wenn er erst mal im Viereck ist.« Noel grinste.

»Also, ich bring Echo jetzt rüber in den Schatten und schule noch ein letztes Mal«, teilte Henry den anderen beiden mit. »Trappist braucht nicht viel

Übung, du kannst also ruhig noch ein bisschen zuschauen, Alex.«

Im Schatten der großen Bäume war es angenehm kühl, das Gras war lang, und der Duft nach feuchter Erde statt wie in Radney nach Staub machte das Reiten sehr angenehm. Als Noel der Ansicht war, dass Sonnet sich genügend entspannt hatte, stieg sie ab und sah Henry und Echo zu. Da kam Christo auf sie zugelaufen.

»Das war eben zum Brüllen komisch. Ein todschicker Typ in einem feuerroten Jagdrock sprang aus dem Viereck, als er eigentlich mit der Vorderhandwende dran war.«

»Hups!« sagte Noel. »Ich kann nur hoffen, dass mir das nicht auch passiert, das wäre furchtbar peinlich.«

»Ach, übrigens«, meinte Christo, als Henry jetzt dazukam, »ich hab ein Programm besorgt, und danach habt ihr zwischen der Dressur und dem Querfeldeinritt kaum Zeit zum Ausruhen. Alle behaupten, man müsste unbedingt den Parcours abgehen. Alex hat Trappist in den Transporter gebracht und ich kann eure beiden Pferde halten, während ihr euch mal umseht.«

»Oh, klar doch, danke.« Henry stieg rasch ab.

Keines der Hindernisse war höher als der angekündigte Meter, niedriger war aber auch keines, und alle machten einen sehr massiven Eindruck. Die meisten hatten Gräben und Stangen davor, die den Absprung markierten, und einige waren erhöht. Das erste Hindernis war eine lange breite Hecke direkt hinter dem Start im Park. Das zweite, eine Treppe aus dicken Pfosten, war in den Zaun gefügt, der den Park von den angrenzenden Feldern trennte.

Noel sah schon wieder völlig schwarz und fand die Hindernisse viel zu hoch. Alex sah auf die Gräben und wurde von Minute zu Minute schweigsamer und grüner um die Nase.

Auf dem Stoppelacker waren drei Hindernisse errichtet, zwei Doppeloxer und eine mächtige, graue Steinmauer. Flaggen zeigten an, wo man abbiegen und zu dem Zauntritt oben am Hügel reiten sollte, dann ging es auf Wiesenboden weiter. Eine neue Kurve brachte sie zu einem Hindernis, das die drei besonders grässlich fanden: eine Hecke mit einem Graben davor, von dem Henry behauptete, dass er mindestens ein Meter breit wäre. Alex taufte es ›das Grab‹. Weiter unten am Abhang war ein Zaun, hinter dem es abschüssig weiterging, und fast im rechten Winkel dazu stand der Wegübergang. Danach gab es nur noch zwei Hindernisse: Das Tor und eine Pfostentreppe, die zurück in den Park führte.

Als er merkte, dass seine Gefährten von düsteren Vorahnungen heimgesucht wurden, versuchte Henry mit aller Macht sie wieder aufzumuntern.

»Es ist gar nicht schlau, wenn man sich die Hindernisse zum ersten Mal zu Fuß anschaut«, behauptete er. »Dann sehen sie viel ärger aus, als sie's eigentlich sind.

Wir werden das schon schaffen, das ist alles halb so schlimm wie es aussieht.« Aber er klang nicht sehr überzeugend.

Wieder beim Transporter angelangt zogen sie ihre Jacketts an, setzten die Reitkappen auf und Christo steckte ihnen die Nummern an.

»Wollt ihr was zu essen?«, fragte sie.

Doch die drei hatten nur Durst auf Orangensaft.

Die Unterhaltung wurde immer verkrampfter.

»Viel zu heiß für ein Jackett«, sagte Henry, und Noel fragte: »Wo sind die Testaufgaben? Ich glaube, ich hab sie vergessen.

»Du spinnst total, bestimmt nicht«. Henry zog das zerknitterte Zettelchen aus der Tasche.

»Bist du sicher, daß du sie weißt, Alex?« fragte Christo.

Alex nickte.

»Wir sollten jetzt mal besser zum Sattelplatz reiten«, schlug Henry widerwillig vor.

Sie klärten mit dem Platzwart, dass Henry als erster startete. Dann kam Noel, und Alex war als Letzter dran.

Christo polierte gerade noch einmal an Echos Zaumzeug herum, als der Ordner ankündigte: »Der Radney-Reitclub. Als erster des Teams startet die Nummer 36, Henry Thornton auf Echo.«

»Hals- und Beinbruch«, riefen Noel, Alex und Christo ihm hinterher.

## Elftes Kapitel, in dem das Radney-Reitclub-Team zeigt, was es gelernt hat, und Major Holbrooke Champagner trinkt

Da es eine Prüfung für Anfänger war, ließen die Richter die Teilnehmer einmal im Dressurviereck herumreiten, bevor die Prüfung begann. Echo machte einen eher besorgten Eindruck, er schielte nervös zu den Markierungen hin. Henry benutzte seine Schenkel und sein Gewicht, um ihn gut an den Zügel zu bringen. Der älteste Richter, der auf einer erhöhten Plattform zwischen den anderen Richtern hinter einem Tisch saß, klingelte mit einer Glocke – für Henry das Signal zum Start. Henry wendete bei ›A‹ und ritt genau auf der Mittellinie entlang.

»Sieht ziemlich gerade aus.« Christo kniff die Augen zusammen um besser sehen zu können.

»Das kannst du von hier aus gar nicht richtig beurteilen«, sagte Noel. »Sein Schritt ist zu schnell.«

»Aber er hat jetzt ganz gerade angehalten.»

»Nee, er ist zu weit von ›X‹«, meinte Noel.

»Er bleibt aber wenigstens auf der Linie«, murmelte Alex, »und das ist mehr, als einige andere Leute heute morgen hingekriegt haben.«

Henry hatte die Hitze vergessen und dachte auch nicht mehr ans Siegen. Sein Kopf war völlig leer, bis auf Echo – Echo und die Figuren, die sie zusammen reiten sollten. Der starke Trab war nicht so gut, ihm fehlte der Schwung, aber ihre Vorhandwenden gelangen einwandfrei. Der Schritt am langen Zügel war ein bisschen zu schnell, und das Rückwärtsrichten ein klein wenig schief.

»Jetzt der Galopp!« Christo drückte die Daumen, als Henry zum Trab mit Aussitzen überging.

»Bestimmt wird Echo bocken«, prophezeite Noel finster. Echo bockte nicht, aber sein Angaloppieren war etwas holprig, und er verlor für ein paar Sprünge an Tempo, als es auf den Zirkel ging. Sein Galopp auf der anderen Hand war noch etwas schlechter, er ließ den Schweif durch die Luft sausen, als er angaloppierte, und ging nicht mehr exakt am Zügel.

»Na, was wollt ihr denn! Er hat weder gebockt noch die Hand gewechselt«, sagte Noel, als der Galopp vorüber war und Henry am langen Zügel im Schritt ging. »Ehrlich gesagt, er hat es viel besser gemacht, als ich gedacht hab.«

Sie trieb Sonnet an, denn sie war als Nächste dran.

»Viel Glück«, sagte Henry, als sie sich am Eingang begegneten. Jetzt, wo der Stress vorbei war, konnte er wieder lächeln.

»Ich bin bestimmt viel, viel schlechter als du.«

Sonnet gefiel es im Viereck. Sie stellte die Ohren auf und sah sich interessiert um. Noel fühlte, wie die Panik sie zu überwältigen drohte, sie wusste, dass sie sich völlig versteift hatte und dass ihre Beine sich wie aus Blei anfühlten. Der älteste Richter ließ die Glocke bimmeln. Bei ›A‹ mußte sie wenden und die Mittellinie entlang reiten.

»Sie wackelt ein bißchen.« Henry sah vom Sattelplatz aus zu.

»Sie hat etwas schief angehalten«, meinte Christo.

»Noel fängt immer ein bißchen mau an«, tröstete Henry, »aber meistens beruhigt sie sich schnell.«

Und so war es auch. Noels starker Trab fühlte sich richtig an, sie wusste, dass die Vorhandwende tadellos gelang. Schon bald war der Galopp dran. Ein bisschen langsamer, sagte sie zu sich. Sie trieb Sonnet etwas an, als sie auf den Zirkel ging, denn sie wollte nicht an Tempo verlieren. Sie wechselte in Mitteltrab, galoppierte auf der rechten Hand im Zirkel, wechselte wieder in Trab.

Die Übergänge sind immer noch ihre Schwachstellen, dachte Henry.

»Du solltest schon mal anreiten und Trappist in Bewegung halten, gleich ist Noel fertig«, forderte er dann Alex auf.

Alex sah geknickter aus als jemals zuvor.

»Du schaffst das schon«, tröstete Henry ihn. »Wenn du erst mal dran bist, ist alles nicht mehr so wild, und kein Mensch verlangt von dir, dass du gewinnst.«

Noel grüßte die Richter zum Abschied und kam heraus. »Bist du so weit?« wandte sich der Platzordner an Alex.

Alex war soweit, doch ihm war übel und er konnte nicht antworten.

So ritt er einfach an.

Noel sprang ab und fütterte Sonnet mit Leckerli.

»Du warst Spitze«, sagte Henry.

»Am Anfang waren wir mies.«

»Ich hoffe nur, Alex reitet die Prüfung nicht mit so einem schlurfenden Trappist«, knurrte Henry. »Treiben, treiben!«

Die Glocke bimmelte und Alex ritt zur Mitte. Trappist hatte immer noch keinen Schwung, aber er ging zumindest ziemlich gerade. Alex dachte sogar daran, die Kappe abzunehmen. Als er dann antrabte, riss er sich merklich zusammen, und Henry stieß einen Seufzer der Erleichterung aus.

»Am besten können wir alle die Vorhandwende.« Henry sah, wie Alex gerade die zweite Wende ritt.

»Er macht seine Sache ganz gut.« Christo strahlte.

»Was für ein Glück, dass sie kein Zeitlimit gesetzt haben.« Henry rieb sich die Augen. »Er ist so schrecklich langsam und bedächtig.«

Noel ärgerte sich darüber, dass sie jetzt auch noch wegen Alex Lampenfieber hatte. »Oh, du Hölle, ich fühle mich so elend! Ich hoffe nur, dass Trappist nicht die Biege macht, wenn er galoppieren soll.« Ihre Stimme zitterte, so aufgeregt war sie.

Obwohl Trappist sich ein bisschen Zeit ließ, bekam Alex das Galoppieren sehr gut hin.

»Gib schon zu, er ist Lichtjahre besser als Eric.« Henry kniff Christo in die Seite.

»Hierbei ja. Aber ich bin mir nicht so sicher, was das Querfeldein und das Springen angeht.«

»Jetzt hast du mir wieder Lampenfieber gemacht«, jaulte Noel.

»Gib ihm mehr Zügel«, knurrte Henry, als Alex zum Schritt am langen Zügel überwechselte. Alex dachte auch noch rechtzeitig daran, dass er wenden mußte, bevor er bei ›A‹ ankam, damit er auf der Mittellinie ging. Dann ritt er zu ›X‹, hielt an und nahm langsam die Kappe ab.

»Du warst Klasse!«, sagte Henry zu ihm, als er herausgeritten kam.

»Viel besser, als ich erwartet habe!« sekundierte Noel.

Zufrieden tätschelte Alex Trappist.

»So, und jetzt zu den Übungshindernissen«, sagte Henry. »Christo, bist du so lieb und hilfst uns beim Üben? Du brauchst nur die Stange zu halten. Kommt, los. Ich muss in ungefähr zwanzig Minuten an den Start.«

Henry war als Erster beim Springen dran. Dann bekam er mit, dass alle in Hemdsärmeln ritten, zog erleichtert sein Jackett aus und steckte seine Nummer wieder an.

»Kümmer dich darum, dass sie noch mal ihre Sattelgurte kontrollieren, Christo«, rief er, als er zum Start ritt.

Auch Noel und Alex zogen jetzt ihre Jacketts aus und sprangen mehrere Male über die Übungshindernisse. Dann machten auch sie sich auf in Richtung

Start. Christo wollte sich zwischen dem ›Grab‹ und dem Zaun aufstellen, denn das schienen die schwierigsten Hindernisse zu sein.

Der Starter war über den Anblick von Noel und Alex erleichtert. »Da seid ihr ja endlich! Ich hatte schon Angst, ihr wärt uns verloren gegangen. Euer Kumpel hatte einen guten Start. Ihr seid ein ziemlich junger Reitclub, stimmt's?« Er musterte Noel und Alex von Kopf bis Fuß.

»Doch, das stimmt schon«, antwortete Noel. »Henry Thornton, der eben gestartet ist, ist unser ältestes Mitglied. Ich bin nur ein Gastmitglied, solange meine Ferien in Radney noch dauern. Sonst bin ich beim West Barsetshire Ponyclub.«

»Was? West Barsetshire? Das sind doch die Küken von George Holbrooke, oder?«

»Stimmt.«

»Der ist heute auch hier. Er ist einer der Richter auf diesem Abschnitt. Irgendwo da oben auf dem Hügel, glaub ich.«

»Eigentlich sollte der jetzt irgendwo in Frankreich sein!« Noel war entrüstet.

»He, du bist dran, junge Dame. Da steh ich und halte Schwätzchen, dabei solltest du schon los sein. Okay. Fertig? Los!«

Noel hatte gar keine Zeit mehr, über irgendwelches Lampenfieber nachzudenken. Sie hatte über die ersten beiden Hindernisse gesetzt, bevor sie überhaupt wieder einen klaren Gedanken fasste. Dann erinnerte sie sich daran, daß Henry was von Extrapunkten gesagt hatte, und gab Sonnet mehr Zügel. Rote Flaggen auf der rechten Seite, warnte sie sich, als sie unten am Hügel abbog. Jetzt galoppierte sie über das Stoppelfeld, sprang schnell über die Oxer, versammelte Sonnet ein bisschen vor der grauen Mauer. Als Sonnet den Hügel hochgaloppierte, fing sie an zu keuchen, Noel verhielt sie etwas vor dem Zauntritt. Jetzt waren sie wieder auf Gras, aber der offene Graben kam erschreckend schnell näher. Reite einfach so, als ob es eine Tripelbarre wäre, dachte Noel. Sie beschleunigte und Sonnet sprang ohne Zögern. Jetzt langsamer an den Zaun und sicher rüber, langsamer werden für die scharfe Kurve, die zu dem Wegübergang führte. Sonnet berührte den zweiten Balken, sie schlug hart auf, aber die Balken waren fest angeschraubt, deshalb fiel er nicht herunter. Durch den Zwischenfall war Sonnet allerdings etwas langsamer geworden. Noel fühlte, dass ihr Pony müde war, und nahm sie etwas zurück, damit sie sich vor dem Tor noch etwas erholen konnte. Aber Sonnet streifte es trotzdem und stürzte beinahe. Dadurch verlor Noel ihren Halt. Trotzdem schafften sie auch noch das letzte Hindernis, und Sonnet reagierte grandios auf Noels Forderung nach einem Endspurt über die letzten 70 Meter bis zum Ziel. Dort wartete Henry auf sie. »Hurra! Geschafft! Hat sie verweigert?«

»Nee, keinmal.« Noel stieg ab und lockerte den Sattelgurt. »Hast du noch Leckerli?«

»Klar doch. Aber ich würde sie erst mal ein bisschen zur Ruhe kommen lassen. Ich dachte, ich fall tot um, als ihr beim Tor dagegenkamt. Ich glaubte, du würdest stürzen.«

»Wir haben auch den Wegübergang gestreift, aber das ›Grab‹ ist sie super gesprungen. Wie war's bei dir?«

»Zwei Verweigerungen, leider. Echo war weder vom Anblick der Mauer noch von dem Graben beim ersten Mal begeistert – er wollte sich das erst mal genauer ansehen, bevor er da rüberging. Wir haben den Wegübergang auch getroffen, aber der blieb heil, deshalb macht das nichts. Außerdem glaube ich nicht, dass wir viel Zeit durch das Verweigern verloren haben. Echo war wahnsinnig schnell, auch bei den Kurven haben wir kaum was verloren.«

»Er hält sich doch toll für ein so junges Pferd.« Noel tätschelte Echos Hals. »Ist Alex schon gestartet?«

»Ja, kurz bevor du hier warst. Ich hab ihn noch das erste Mal springen sehen, aber du kannst von hier aus nur das erste und die letzten beiden Hindernisse sehen. Man muss sein Pferd irgendwo anbinden und dort hinten mitten aufs Feld laufen, so wie Christo, wenn man mehr sehen will. Aber Alex wird ja gleich hier sein, wenn er nicht wegen Verweigern disqualifiziert wurde.«

Alex hatte langsam begonnen. Nachdem er ohne jede Schwierigkeit über das zweite Hindernis gesetzt hatte, merkte er, wie sein Mut wuchs und dass er aufgehört hatte, sich wegen Karnickellöchern oder scharfen Kurven zu fürchten. Plötzlich war ihm alles egal, er genoss den Rausch der Geschwindigkeit – die Geschwindigkeit und die Musik des Windes, als er den Hügel hinunterraste.

Die Hindernisse erschreckten ihn nicht länger. Er ritt sie wild an, aber Trappist war erfahren genug, um nicht auf seinen Reiter zu hören. Trappist sprang gern schnell, entschied aber immer selbst, wann er abspringen wollte. Er zog den furchtlosen Alex dem übervorsichtigen Henry vor, der ihm immer zu spät den Kopf freigab.

Als Alex den langen, steilen Hügel vor sich sah, wurde er ein bisschen langsamer. Den Zauntritt brachte er heil hinter sich, da kam auch schon das ›Grab‹. Alex merkte gerade noch, dass er kein bisschen aufgeregt war, dann war er auch schon drüber, und es war zu spät, um vor dem Zaun noch die Geschwindigkeit abzubremsen. Er setzte viel zu schnell darüber. Trappist strauchelte beim Aufsetzen. Alex verlor beide Steigbügel und klammerte sich an Trappists Hals fest. Ich darf nicht runterfallen, das macht sechzig Strafpunkte, dachte er und hing an der Mähne fest, bis Trappist sein Gleichgewicht wieder hatte. Alex bog mit ihm ab zum Wegübergang und versuchte, wieder in den Sattel zu kommen. Da er keine Zeit hatte, nach den Steigbügeln zu angeln, klammerte er sich an den Hals und ritt das Hindernis an. Es gelang ihm, oben zu bleiben und beim Tor hatte er die Steigbügel wieder. Trappist nahm das Tor so knapp wie nur möglich. Beim letzten Hindernis schlugen sie auf, aber nicht sehr hart. Die letzten Meter bis zum Ziel ließ Alex Trappist in gestrecktem Galopp freie Zügel und nahm sie erst wieder zurück, als sie schon lange am Zielpfosten vorbei waren.

Sofort waren Noel und Henry bei Alex und bombardierten ihn mit Fragen. Doch er schnappte noch nach Luft. Er stieg ab, lehnte sich an Trappist und klopfte ihm den Hals. Noel lockerte den Sattelgurt.

Endlich konnte er wieder sprechen. »Es war wundervoll. Es war super, spitze, klasse und alles gleichzeitig.«

»Hat er verweigert?«, fragte Henry.

»Natürlich nicht!« Alex war ganz empört. »Ich bin aber beinahe runtergefallen. Nein, Trappist war einsame Klasse, ich war in meinem ganzen Leben noch nie so schnell.«

»Du bist das Finish mit einem Affenzahn geritten!«, staunte Noel. »He, da kommt Christo.« Sie deutete zum Park.

Christo begann schon in zehn Meter Entfernung mit ihren Lobeshymnen: »Das habt ihr toll gemacht! Alex, du warst der helle Wahn! Bei dem Zaun dachte ich ja, du würdest stürzen, es war furchtbar!« Sie wandte sich an die beiden anderen: »Er hat den Wegübergang ohne Steigbügel gesprungen und dazu noch wahnwitzig schnell!«

»Ich bin nicht richtig um die Kurve gekommen, das hat bestimmt schrecklich ausgesehen. Und dann hielt ich mich an der Mähne fest, koste es, was es wolle.«

»Echt wahr. Ich weiß überhaupt nicht, wie du das dann alles noch so toll hingekriegt hast. Ehrlich, ich dachte, das war's dann. Übrigens war Sonnet am ›Grab‹ auch ganz super, und wenn man bedenkt, wie jung Echo noch ist ... Ihr wart echt tausendmal besser, als wir uns das vorgestellt haben!«

Jetzt musste noch ausgiebig über die Erfahrungen bei diesem Querfeldeinrennen geredet werden, wie er oder sie sich bei diesem oder jenem Sprung gefühlt hatte. Endlich schlug Henry vor, sie sollten die Pferde etwas herumführen, bevor sie sie fütterten und ihnen zu saufen gaben. Alex lachte und erklärte, er wäre auch am Verhungern.

Die Pferde wurden gut und reichlich versorgt, dann setzten sich die Reiter neben den Transporter und machten sich über Mrs. Thorntons Picknickkorb her. Plötzlich erinnerte Noel sich wieder an ihre Unterhaltung mit dem Starter. »Henry, weißt du eigentlich, dass dein Onkel George hier Richter ist?«

»Hä?« Henry war gerade dabei, ein hartgekochtes Ei zu pellen. »Quatsch, der ist doch in Frankreich.«

»Der Starter sagte, er wäre Richter beim Querfeldein. Stimmt doch, Alex, nicht?«

Alex nickte nur, denn sein Mund war sehr, sehr voll.

»Wo ist das Programm?«

Christo warf es Henry zu.

»Tatsächlich«, sagte er, nachdem er die Titelseite hastig überflogen hatte. »Naja, ich denke, wir haben ihm keine Schande gemacht, oder, Noel?«

»Natürlich nicht«, bekräftigte Christo, noch bevor Noel antworten konnte. »Ihr habt euch ganz prima gehalten.«

»Aber die Ansprüche in West Barsetshire sind sehr viel höher als in Radney oder hierzulande«, erklärte Henry. »Denk doch bloß dran, wie sehr ihr alle Eric bewundert, aber meinem Onkel George wäre noch wochenlang danach schlecht, wenn er ihn mal beim Dressurreiten gesehen hätte.«

»Ph, das ist ja wohl leicht übertrieben.« Noel schüttelte den Kopf. »Aber stimmt schon, er würde fluchen wie der Teufel.«

»Naja, er flucht ja auch schon bei euch reichlich und keiner von euch ist so miserabel wie Eric.«

»Er hat uns bestimmt nicht bei der Dressur gesehen«, tröstete Noel.

»Aber ich verrate euch mal, wer euch dabei zugeschaut hat. Der General nämlich«, sagte Alex. »Ich bin mir ganz sicher, er hat mich ganz genau beobachtet.«

Diese Nachricht verursachte ein paar spitze Entsetzensschreie von Noel und Henry. »Der General erzählt bestimmt alles Onkel George. Obwohl – wenn wir schlecht genug waren, dann lädt er uns vielleicht nach Folly Court zu einem Dressurkurs ein, und dann nehmen wir Alex mit«, sagte Henry. »Und mich!«, rief Christo.

»Aber erst, wenn du zugibst, dass Dressur wichtig ist!« Henry lehnte sich zurück. »Du musst vorher den heiligen Dressurreitereid schwören, bevor wir dich in den geweihten Hallen von Folly Court empfangen.«

»Was ist denn der heilige Dressurreitereid?«, wollte Alex wissen.

Henry gab zu, dass er den Wortlaut nicht kannte, aber er würde sich nachher auf der Heimfahrt einen ausdenken.

Als sie mit dem Picknick fertig waren, gingen Noel, Christo und Alex hinüber zu dem Querfeldeingelände, um den letzten Teilnehmern zuzuschauen. Henry wollte seine Ruhe und legte sich in den Schatten.

Nach dem Querfeldeinrennen gab es eine Dreiviertelstunde Pause vor der Springprüfung. Sie gingen zurück zu Henry, Noel und Alex legten sich neben ihm ins Gras. Christo dagegen platzte fast vor Energie, sie wienerte noch am Lederzeug herum und musste unbedingt noch einmal alle Pferde striegeln. Dann fing sie an Henry zu nerven. »Ich finde, du solltest deinem Onkel aber mal Guten Tag sagen. Das verlangt die schiere Höflichkeit, und außerdem weiß er vielleicht schon, wo ihr in der Wertung steht.«

»Rede keinen Mist, kein Onkel will jemals seinen Neffen sehen«, widersprach der Neffe. »Er würde mir nur einen Vortrag darüber halten, dass Echo noch nicht im Gleichgewicht ist. Außerdem muss er wahrscheinlich dauernd im Festzelt mit den anderen Richtern Champagner trinken.«

»Du bist ein Schisser. Man könnte ja fast denken, dass dich überhaupt nicht interessiert, wo euer Team in der Wertung steht.«

»Das weiß ich auch ohne zu fragen.«

Als das Radney-Team wieder aufsaß und zum Parcours der Springprüfung ritt, waren sie noch sehr gut aufgelegt. Je länger sie auf dem Sattelplatz warten mussten, desto jämmerlicher kamen sie sich allerdings vor inmitten der hübschen Pferde mit ihren gut angezogenen Reiterinnen und Reitern. Sie fühlen sich sehr jung und unerfahren.

Der Parcours bestand aus zehn Hindernissen, die in Form einer Acht aufgestellt waren, mit den letzten drei Sprüngen in der Mitte des Platzes. Die Hindernisse sahen alle sehr kompakt aus, und der Parcours mit seinen Kehren und seiner Mischung aus geraden und schrägen Hindernissen verlangte ein sehr geschicktes Pferd.

Alle angemeldeten Teilnehmer durften beim Springen mitmachen, auch wenn sie während der Dressurprüfung oder während des Geländeritts disqualifiziert worden waren. Es waren mittlerweile nur zwanzig Reiter am Start, denn das einundzwanzigste Pferd lahmte.

Die Teams sprangen in der gleichen Reihenfolge wie bei der Dressurprüfung. Zuerst kam das Letchdale ›A‹-Team, drei Herren in todschicken Jacketts. Zwei von ihnen blieben fehlerfrei, der letzte riss aber zwei Hindernisse um, was ihnen zwanzig Punkte Abzug brachte. Das ›B‹-Team verlor insgesamt 60 Punkte. Das dritte Team war das, bei dem eines der Pferde nun lahmte. Die zwei übrig gebliebenen Reiter konnten sich jetzt nur noch um Einzelpreise bewerben. Jeder von ihnen verlor zehn Punkte.

»Die Pferde sind müde«, stellte Henry fest. »Anders kann ich mir nicht erklären, warum sie gerissen haben.«

»Sonnet ist wieder ganz frisch«, behauptete Noel, und Christo fragte: »Wollt ihr noch mal üben? Ihr kommt nach dem Flintshire-Team dran.«

»Hilfe, stimmt ja.« Henry überlegte. »Doch, wir sollten noch mal üben, die Pferde sind jetzt vielleicht ein bisschen steif. Kommt, los!«

Als alle gesprungen waren, ritten sie zurück zum Sattelplatz und hörten lauten Beifall. Wahrscheinlich hatte jemand eine fehlerfreie Runde geritten. Der letzte vom Flintshire-Team startete gerade und blieb ebenfalls ohne Fehler.

»Die sind gut.« Christo runzelte die Stirn.

»Das können wir bestimmt nicht, fürchte ich. Ich hab so ein blödes Gefühl, dass ich meine sechzig Fehlerpunkte noch erhöhen werde und ihr euch ganz umsonst anstrengt.« Henry verzog das Gesicht.

»Spiel dich nicht so auf«, schimpfte Noel. »Wir haben schließlich schon vor Urzeiten verabredet, dass es zwischen uns keine Vorwürfe gibt.«

»Nummer 36«, sagte der Platzordner, der gerade den Radney-Reitclub angekündigt hatte.

Henry ritt an. Echo hatte sich mittlerweise daran gewöhnt, dass die Umgebung sich dauernd änderte, und sah sich ruhig und abwartend um. Henry ritt auf dem Zirkel, bis die Richter ihm das Startzeichen gaben, dann erinnerte er sich an Echos Neigung, beim ersten Sprung zu verweigern, und trieb ihn vor der Hecke hart an. Er verstärkte das Tempo noch für den Parallelsprung und verringerte es dann etwas für das Tor. Danach kam eine scharfe Kehre und dann der Zauntritt. Echo machte einen kurzen Galoppsprung dazwischen und riss die oberste Stange. Der nächste Sprung war die Mauer. Henry dachte an die Mauer während des Geländeritts und trieb Echo stark an. Echo stolperte, sprang zu früh ab, setzte aber heil darüber. Nun ritt Henry quer über den Parcours zur Straßensperre und der Tripelbarre, dann drehte er nach rechts und ritt in die Mitte zum Oxer, dem Doppeltor und der niedrigen Mauer mit den Stangen. Echo konnte nun schon wieder den Rückweg sehen, er sprang gut ab und schlug die vordere Stange des Doppeloxers hart an. Henry versammelte ihn vor den Toren. Diesmal riskierte Echo nichts, er senkte den Kopf, bestimmte den Absprung und sprang beide Hindernisse mit Leichtigkeit. Der letzte Sprung war für ihn kein Problem.

»Zwanzig Strafpunkte für Nummer 36«, verkündete eine Stimme über Lautsprecher.

»Hach, nee, und jetzt ich«, stöhnte Noel.

»Na los, und viel Glück!«, rief Christo.

Während Noel und Sonnet ein Hindernis nach dem anderen nahmen, hielten die anderen drei die Luft an. Alles blieb stehen, und langsam stieg die Freude in ihnen hoch, als Noel sich zur Mitte wandte. Ob Sonnets Aufmerksamkeit nachgelassen hatte oder ob Noel sie einen Moment zu lange zurückgehalten hatte, wussten sie nicht, aber beide Tore wurden gerissen, und sie hatten nochmal zwanzig Punkte verloren.

Alex blieb ziemlich ruhig.

»Lass Trappist einfach machen«, riet ihm Henry. »Aber lass ihn nicht zu nah an diese schrecklichen Tore kommen.«

»Na gut, ich gebe mir Mühe.«

Noel kam gerade herausgeritten. »Tut mir Leid, Leute.«

»Hä? Und wer stellt sich jetzt an?« Henry grinste. »Tja, du hast summa summarum genauso viele Fehler wie ich.«

»Komm schon, Trappist«, flüsterte Christo. »Zeig es ihnen!«

Trappist sprang über die ersten drei Hindernisse und riss den Zauntritt.

»Typisch!«, sagte Henry. »Bei den Zauntritten gibt er sich nie Mühe.«

»Oh, oh«, stöhnte Noel, als die Straßensperre fiel.

»Gut gemacht«, lobte Henry, als die beiden über den Oxer flogen, »Achtung jetzt!«, als sie an das Doppeltor kamen.

Trappist schien sich auszukennen und schwenkte die Hinterhand noch ein bißchen höher, als er beide Tore glatt nahm.

»Hurra!«, knurrte Henry und dann »Scheiße!«, als die obere Stange bei der Mauer fiel.

»Dreißig«, sagte Noel. »Mist.«

Henry sah das anders. »Eigentlich hat sich Alex super gehalten.«

»Wem sagst du das.« Christo lachte.

»Tut mir leid.« Alex kam herausgeritten und ließ die Schultern hängen.

»Nun hör schon auf, dich zu entschuldigen!«, fauchte Henry. »Du bist das Doppeltor spitzenmäßig gesprungen. Was willst du mehr?«

»Jetzt ist alles vorbei«, sagte Noel bekümmert.

»Dann können wir mal die Pferde einladen.« Henry wandte sich um.

»Nö, nun warte doch mal. Vielleicht habt ihr ja was gewonnen.« Christo grinste. »Wär doch eure leichteste Übung.«

»Sagst du.« Doch Henry hatte angehalten.

»Kommt, Leute, ihr habt doch gar keine Ahnung, wie schlecht viele in der Dressur abgeschnitten haben. Klar, ich hab nicht alle gesehen, und ich weiß auch nicht ganz genau, wie die einzelnen Teams im Gelände waren, aber es gibt ja immerhin vier Schleifen, und es waren nur sechs Teams am Start.«

»Na gut, na gut. Aber wir geben den Pferden erst mal Wasser und zu fressen, was noch übrig ist.«

Ein Mann drehte sich um und fragte, ob sie wüssten, dass die Dressurergebnisse schon bekannt gegeben worden wären. Sie bedankten sich, führten ihre müden Pferde dorthin und näherten sich voll böser Vorahnungen der Anschlagtafel.

»Jetzt ist mein Lampenfieber wieder da«, bemerkte Noel.

»Sieh du's dir an, Christo.« Henry kreuzte die Finger. »Und fang am besten gleich unten an.«

| | |
|---|---|
| »Captain Leamington | minus 41 Punkte |
| S. R. Penhurst | minus 47 Punkte |
| Mrs. Hope-Gordon | minus 57 Punkte |
| Miss Dingley | minus 59 Punkte |
| Miss Kettering | minus 60 Punkte« |

Entgegen Henrys Wunsch hatte sie doch oben angefangen.

»Super! Noel ist fünfte!« Alex sah sie strahlend an.

»Mach weiter!«, forderte Henry auf.

| | |
|---|---|
| »Major Carpenter | minus 63 Punkte |
| H. Thornton | minus 69 Punkte |
| A. Turner | minus 72 Punkte.« |

»Hurra!«, brüllte Henry. »Sag mal, Christo, die werden doch auch wirklich der Reihe aufgeführt?«

»Na klar. Ein paar von den Leuten weiter hinten haben es bis auf 180 Punkte gebracht.«

»Ihr seht mich total geplättet«, sagte Alex.

Noel hatte es vor lauter Freude die Sprache verschlagen, sie drehte sich um und tätschelte Sonnet.

»Ihr habt bestimmt was gewonnen«, beharrte Christo. »Ich geh schon mal und hör mir die Endergebnisse an.«

Christo erfuhr, dass die Endergebnisse erst eine halbe Stunde nach Beendigung des Springens bekannt gegeben würden.

»Oh, da müssen wir ja noch endlos lange warten.« Henry führte Echo in Richtung Transporter. »Kommt, nun lasst uns endlich die armen Viecher füttern.«

Als die Pferde zufrieden am Fressen waren, machten sich auch die vier über die Reste im Picknickkorb her. Dann wanderten sie zurück zum Parcours, um noch ein bisschen zuzuschauen. Gerade war jemand gestürzt, sein Pferd hatte beim zweiten Tor verweigert.

»Das war der Letzte.« Christo hatte im Programm nachgesehen. Henry war nun der Ansicht, dass Christo vielleicht doch recht behalten würde.

»In Kürze«, hörten die Freunde wieder über den Lautsprecher, »werden wir die Endergebnisse bekannt geben.«

Die vier rannten zurück zu den Pferden. Sie kamen gerade rechtzeitig zurück.

»Erster Platz: der Radney-Reitclub mit 299 Minuspunkten«, tönte es. »Zweiter Platz: das Letchdale ›A‹-Team.«

»Hat der ernsthaft gesagt, wir wären die Ersten?«, fragte Alex.

Henry stand der Mund offen.

»Klar, ihr habt gewonnen!«, schrie Christo plötzlich und schlug Noel auf den Rücken.

»Au!«, jaulte Noel.

»Psst!«, sagte Henry. »Der spricht doch immer noch.«
»– vierter Platz: die Downland Dressurgruppe mit 334 Minuspunkten.«
»Bestimmt waren die Flintshires die Dritten.«
»Und hier die Reihenfolge der Einzelwertung«, kündigte die Lautsprecherstimme an.

»Erster Captain Leamington auf Sky Blue
minus 43 Punkte
Zweite Mrs. Hope-Gordon auf Montrose
minus 61 Punkte
Dritter S. R. Penhurst auf Joker
minus 73 Punkte
Vierte Miss N. Kettering auf Sonnet
minus 78 Punkte
Fünfter Major Carpenter auf April
minus 85 Punkte
Sechster A. Turner auf Trappist
minus 92 Punkte . . .«

Der Ansager las ruhig weiter seine Liste vor. Noel war also Vierte, Alex Sechster und Henry Achter.

Das Radney-Team war außer sich vor Glück und Freude. Alex konnte es einfach nicht glauben, Noel dachte, sie träumte und würde gleich aufwachen, und Henry behauptete, das sei die größte Überraschung seines Lebens. Christo meinte, ohne ihre Hilfe hätten sie es nie geschafft.

Dann rief der Lautsprecher die Siegerteams und die Einzelsieger auf das Dressurviereck.

Mit einem Grauen auf jeder Seite von Echo ritten sie ein. Sie sollten sich gegenüber der Richtertribüne aufstellen. Die Frau des Bürgermeisters von Letchdale schleppte einen riesigen Pokal und drei goldene Schleifen herbei und kam auf sie zu.

»Noel, du bist das Mädchen, du musst ihn in Empfang nehmen«, zischte Henry.

»Nee, du bist unser Kapitän, du musst ihn nehmen. Außerdem fällt er mir doch bloß hin, ich kenne mich. Komm schon, Henry!«

Da die Dame bereits unschlüssig vor ihnen stand, beugte sich Henry vor und nahm ihn.

»Vielen, vielen Dank«, sagte er.

Alex merkte plötzlich, dass er seine Kappe noch aufhatte, und riss sie herunter, gerade als er seine Schleife bekam. Einer der Richter fragte sie nach ihrem Alter und ein anderer nach ihrem Reitlehrer. Inzwischen hatten auch die anderen Teams ihre Schleifen erhalten. Dann verließen sie zusammen den Platz.

Bald darauf wurden Noel und Alex wieder aufgerufen, um ihre Schleifen für den vierten und sechsten Platz in Empfang zu nehmen. Christo hatte inzwischen aus dem Erfrischungszelt Zuckerstücke erbettelt und belohnte damit die Ponys, als sie zum zweiten Mal herausgeritten kamen.

Eine pferdebegeisterte Dame fragte Henry, ob er Echo verkaufen wollte, und ein sehr geschwätziger und nervtötender Mann erzählte Noel von einem Polopony, das er mal besessen hatte und das Sonnet angeblich sehr ähnlich sah.

Da tauchten plötzlich Major Holbrooke und General de Veriac auf.

»Das ist ja eine unerwartete Freude«, sagte der Major feierlich und schüttelte allen die Hand. »Ich habe zwar nur euren Geländeritt und das Springen gesehen, aber ihr habt euch sehr wacker geschlagen, und der erste Platz ist wirklich eine großartige Leistung.«

»Ja, da bin ich ganz deiner Meinung«, sagte der General. »Die Dressur war ebenfalls sehr gut. Ihr müsst seit meinem Besuch letzten Monat hart gearbeitet haben. Ihr habt euch sehr verbessert und dazu gratuliere ich euch von ganzem Herzen, denn so ein Erfolg kommt nicht von allein. Über etwas wundere ich mich allerdings. An den Vorsitzenden kann ich mich gut erinnern, und an die junge Dame, die sich heute mehr Zeit gelassen hat, ebenfalls, und auch an Christo. Aber dieser junge Mann – ich glaube nicht, dass ich damals das Vergnügen hatte, ihn zu unterrichten, oder?«

»Nein, da haben Sie völlig Recht«, antwortete Henry. »Alex war bei den Jüngeren dabei und damals konnte er noch nicht so viel wie jetzt. Er gehörte zu denen, die wir die Zweite Garnitur nennen. Aber Noel hat ihm Stunden gegeben, und als Christos Pferd lahmte, da dachten wir, wir könnten es ja mal mit ihm versuchen.«

»Dann muss ich Noel noch zu ihrem Unterricht beglückwünschen.«

»Ach herrjeh, das ist doch dieser verrückte Knilch auf dem Grauen!«, sagte Major Holbrooke. »Jetzt erkenne ich ihn wieder. Wegen dem hatten alle Richter beim Geländeritt fast einen Herzanfall. Er ist mit Affengeschwindigkeit über den Zaun am Hügel gehetzt und hing dann am Ende irgendwie am Hals von seinem Pferd. Hast du gesagt, dass Noel ihm Stunden gegeben hat? Naja, dann ist mir alles klar!«

Der General begleitete die Radney-Leute zu ihrem Transporter. Er unterhielt sich mit Henry und Christo über das Turnier und welch großartige Möglichkeit das für die Teilnehmer war, ihre Fähigkeiten zu überprüfen. Noel kriegte den Mund immer noch nicht auf und Alex war ganz in Gedanken versunken. Der Major knurrte, dass so was ja gefeiert werden müsse, und verschwand. Als sie die Pferde eingeladen hatten, tauchte er wieder auf und brachte eine Flasche Champagner mit, die sie in den eben gewonnenen Pokal gossen. In diesem Augenblick erschien auch Mr. Thornton wieder, mit knallrotem Kopf, weil er mit so vielen Leuten auf den Sieg seines Sohnes hatte anstoßen müssen.

Als dann die sanften Strahlen der untergehenden Sonne sich langsam golden färbten und die Schatten der Bäume immer länger wurden und mittlerweile den Parkboden verdunkelten, standen die Feiernden im Kreis, und jeder nahm einen Schluck – bis auf Mr. Thornton, der als Fahrer leider verzichten musste. Sie tranken auf die Pferde, auf den Club und die wahre Reiterkunst. Dann grinste der Major zu Henry rüber und trank auf Echos Erfolg bei der nächsten Olympiade.